Marcelo

GUILLERMO FESSER

Marcelo

Una historia basada en la vida
de Marcelo Hernández, barman del
Oyster Bar de la estación Grand Central
Terminal de Nueva York

Primera reimpresión: septiembre 2022

Diseño de colección: Estudio Sandra Dios

Madrid, 2022
Calle Juan Ignacio Luca de Tena, 15
28027 Madrid
www.contraluzeditorial.es

ISBN: 978-84-18945-26-7
Depósito legal: M. 11.283-2022
Printed in Spain

A Marcelo, y a todos los que, forzados a abandonar su mundo, lo transportaron con mimo en su corazón y tuvieron la generosidad de mostrárnoslo.

A Sarah, que me animó a meterme en esta aventura que resultó ser tan hermosa como ella

Capítulo 1. Jersey City

Marcelo Hernández repasa su biografía y se le antoja que la vida es como un tiovivo que, desde que uno monta, se empeña en dar vueltas cada vez más aprisa. Al principio los caballitos avanzan al paso, luego al trote, después inician un suave galope y, antes de que uno pueda caer en la cuenta, se sorprende en un carrusel que gira a velocidad de vértigo. Tan rápido que, ahora, a sus setenta y cuatro años recién cumplidos, este ecuatoriano de complexión modesta y eterna sonrisa se descubre a sí mismo aferrándose con ambas manos a la barra vertical que cruza el lomo de su cabalgadura de madera. Atenazado a la silla y con la espalda encorvada para poder resistir el creciente empuje de la fuerza centrípeta. Pero su esfuerzo resulta vano.

El colosal impulso que tira con insistencia de su cuerpo hacia afuera termina por elevarlo sobre el corcel cual blasón de guerra desplegado al viento. Y en esta posición, zarandeado como un pelele, cabeza abajo y con los pies apuntando hacia el firmamento, Marcelo Hernández presiente que va a salir despedido.

Es una intuición trágica que se encarga de corroborar la pérdida repentina de agarre de una de las manos y de acelerar sin miramientos el despegue paulatino, uno a uno, de los dedos de la otra. Se activa la cuenta atrás y, en compañía de un zumbido sordo, Marcelo desaparece para siempre absorbido por el negro infinito de la noche.

—¡Aaaah!

El ecuatoriano abre los ojos con tremendo sobresalto.

—Tranquilo, viejo, que de momento no vas a ninguna parte —se consuela enseguida al reconocer los desiguales grumos de pintura que aderezan la pared de su dormitorio.

Dios primero, todo ha sido un mal sueño. Sigue aquí, en su casita de la ciudad de Jersey. En los benditos Estados Unidos que lo acogieran con los brazos abiertos y le proporcionaran una nueva vida hace ya tanto. Hoy también puede ser un gran día. «God bless America.»

—Vamos, pata —trata de infundirse ánimos el septuagenario apartando con un hábil capotazo la manta—. Tenés que aprovechar la cuerda que te queda para agregarle un bello final a tu vida.

Vuela la colcha, olé y olé, pero las piernas se niegan a acompañar el viraje. Otra cosa que ya no. Por lo que se ve, con la edad, se acabó también la costumbre de saltar de la cama de un brinco.

—Pues habrá que aplicar un plan B —reacciona Marcelo con el temple y la sabiduría que supone saber restarle importancia al hecho de hacerse mayor y, sin más, divide el empuje en tres golpes de cadera decidido a maximizar sus fuerzas—. Ala, caballo… —se alienta.

La suma de vectores, igual que en los problemas matemáticos que el quiteño resolvía con gracejo de chiquillo en los cuadernos espiralados de la escuela, responde a las expectativas y procura el efecto deseado. Las piernas de Marcelo se desplazan sobre el somier cual vías del tren en un cambio de agujas hasta descolgarse por el borde del colchón y, con la precisión de acople del módulo espacial a la nave nodriza, encajan los pies en unas desgastadas zapatillas de felpa. «Mission accomplished.»

—Gracias, *thank you* —agradece el hispanoestadounidense el entusiasmo mostrado por una cucaracha rubia que parece celebrar el éxito de su hazaña agazapada en el rodapié.

Un último apretujón en los músculos del estómago lo ayuda a ponerse en pie y, una vez reestablecido el equilibrio, Marcelo se relaja. Al menos, la sujeción no le falla. El viejo zorro conoce de sobra que si algo puede retirar de la circulación a un barman son las piernas: los sacrosantos pilares que soportan las agotadoras jornadas que, independientemente de sindicatos, convenios y otras milongas, en raras ocasiones bajan de las doce horas diarias para quienes atienden una barra en la ciudad de Nueva York.

—Marcelo, tienes las rodillas para hacer un caldo —le diagnosticó anoche mismo en la barra del Oyster Bar el doctor Cosmopolitan.

—¿Y qué me recomienda usted, doctor? —se interesó asustado el barman por un posible remedio.

—¿A tu edad, Marcelo? Aceite multiusos WD-40 —soltó con ironía el galeno antes de explotar en una oronda carcajada.

Otro barman cualquiera lo hubiera mandado a la chingada sin contemplaciones; pero, como Marcelo cayó desde la cuna del lado de los compasivos, supo encajar el cuento del cliente bromista con una sonrisa. La ofensa no venía al caso. En primer lugar, resultaba obvio en el pensamiento de Marcelo que, a causa de los excesos de vodka, el doctor Cosmopolitan ya estaba hecho bunga y, en segundo y principal, a estas alturas de la película, Hernández era plenamente consciente de que él no había venido a este mundo a juzgar a nadie, sino a pegarse una ducha de agua caliente cada mañana y a salir de casa dándole gracias a la Virgen de El Cisne por haberle proporcionado un empleo estable. El suyo, concretamente y desde hacía ya cincuenta y cinco años, de barman de primera en la ciudad de Nueva York. Concretamente, en el Oyster Bar Restaurant de Grand Central Terminal; la impresionante estación de trenes de Manhattan que Jackie O logró salvar de la demolición.

—New York, New York... —canturrea ahora Marcelo, con escasa potencia pero buen tono, bajo el exiguo chorro de agua que escupe la oxidada alcachofa metálica de su ducha.

Mientras regula los grifos, «ahora me hielo», «ahora me abraso», la melodía que hiciera famosa Liza Minnelli le recuerda al mítico horizonte que ya no puede ver por culpa del muro de ladrillo que se empeñó en levantar el vecino, para ampliar sin ninguna necesidad su vivienda, y que ahora bloquea la vista de su diminuta ventana. De un día para otro, le cambiaron la célebre silueta de esos inmensos rascacielos que flotan cual náufragos sobre una isla delgada en aguas del Atlántico, por la trasera de un horno barbacoa. Manhattan queda apenas a dos palmos del baño de Marcelo y, de no haber levantado el de enfrente esa maldita tapia en su jardín, Hernández podría asomar el brazo por el vano y prácticamente acariciar la cresta de los edificios con sus dedos. A pesar de ello, juega a ser Godzilla: extiende las yemas de los dedos hacia el vidrio e imagina que pellizca la antena de la Freedom Tower. Repasa la terraza del Rockefeller Center. Tantea las gárgolas del Edificio Chrysler. Los áticos de las nuevas torres ultradelgadas que están siendo levantadas a velocidad de vértigo en Soho, en Central Park, en Hudson Yards, por todas partes, y que están cambiando en tiempo real la silueta neogótica de la ciudad por la de un pastel atravesado por velitas de cumpleaños.

—Grrrr —gruñe Godzilla Hernández Salcedo al tiempo que apoya su interpretación simulando con generosos pegotes de espuma en su pelo las escamas de un monstruo cuya fisonomía, al cortar el agua, se desinfla y más bien recuerda a la de un modesto Superratón.

Ese muro a Marcelo se le antoja una parábola. Nueva York («New York, New York») queda a menos de tres kilómetros de distancia de la Ciudad de Jersey, Nueva Jersey, y, sin embargo, las dos ciudades nunca se miran de frente.

—Ya puedes vivir pegado —reflexiona con lástima Marcelo una mañana más—, que, si eternamente te das la espalda, nunca llegarás a conocer al otro ni el otro llegará jamás a entenderte a ti.

Nueva Jersey y Nueva York. «Niuyork and Niuyersey.» Dos lugares tan próximos y tan lejanos. Los mismos paisajes, las mismas ardillas, los mismos rótulos sobre las mismas farmacias, los mismos indios esculpidos en madera a las puertas de las mismas expendedurías de tabaco, los mismos sueños asomados a las ventanas de vecindarios parecidos y, sin embargo, aún hoy, si Frank Sinatra volviera a nacer a esta orilla del río Hudson, en el continente, tendría que volver a coger el *ferry* y cruzar a la isla de Manhattan para demostrarle al mundo que sabe cantar.

—New York, New York…

Marcelo descorre la cortina de hule y abandona el cuadrilátero de porcelana. Al igual que el resto de los días, el pequeño extractor de humos le advierte con un quejido de su impotencia para succionar el excedente de vapor que no halla suficiente superficie para condensarse en la reducida estancia. Necesita un estudiado repaso con los dedos, en plan limpiaparabrisas, para abrirle camino a la visión en el nublado espejo.

—Acá, doña Olga, luchando por no ser soberbio —saluda con un guiño a la foto de su madre, que aparece reflejada junto a su rostro en el vidrio.

El retrato, enmarcado en la pared que tiene a su espalda, un friso de pálidos azulejos que solo recientemente pasaron de puro viejos a *vintage,* parece devolverle el saludo con una ligera inclinación de cabeza. Entonces, como cada mañana, Marcelo se rasura con cuidado la barba y se atusa con mimo el bigote. Ese mostacho, fino y elegante, que le da un cierto aire de director de orquesta de *swing* de la década de los cuarenta: lo que hubiera querido hacer de él su añorado padre.

Ya en la cocina, el barman prende la bombilla y una luz amarilla resalta las pinceladas de barniz en el póster de *La última cena* que preside la estancia. Bajo él, reposa una canasta de mimbre con ropa planchada, en cuyo centro destaca la camisa blanca que anoche, como cada noche, se encargó de almidonar y pasarle por el hierro su hermana Delia.

Marcelo se abotona sin prisa y, frente a la obra maestra de Leonardo da Vinci, se ufana un día más en repasar el nombre de los discípulos.

—Mateo, Marcos, José Luis…

Definitivamente la historia religiosa no es su fuerte. A pesar de la devoción por el agua milagrosa de Nuestra Señora de El Cisne y de los años dedicados en su infancia a ayudar durante la misa como monaguillo en un colegio católico, siempre se le atraganta el nombre de alguno. Quizás porque doce ayudantes suponen muchos para un humilde peón que hubo de acostumbrarse a lidiar siempre en solitario.

Cuando el barman enciende con sigilo la máquina del café, por debajo de la puerta de la habitación adyacente a la cocina se escurre un leve ronquido. Aún duerme la ñaña. Ambos comparten vivienda, pero apenas entrelazan sus vidas. Se ayudan, claro, a su manera, pero se relacionan lo justo. Conversan lo justo. Lo suficiente, según sostiene Marcelo.

Transcurren unos segundos y el intenso aroma a tierras volcánicas lo transporta un día más a la Plaza Grande de Quito, el lugar mágico donde su padre, Míster Otto, músico y comediante, lo llevaba de chico a ver pasar por delante el mundo.

—Marcelito, mijo: hágase cuenta de que el café no es mera infusión, sino un estilo de entender la vida. No lo prende uno y ya se fue andando. La gracia del café consiste en detenerse a disfrutarlo. Es una excusa para la conversación. Una pausa necesaria para respirar hondo. Para abrir bien los ojos y escuchar con respeto a los demás. Para tratar de entender mejor nuestra existencia. ¿Me sigue, mijo?

Como todos los días, Marcelo remueve la taza humeante con una cucharilla. Aunque no toma azúcar, gusta de beber el café a sorbos diminutos. Enseguida regresa a la alcoba y termina de vestirse. Lo hace sin mayores complicaciones. Le basta con elegir entre uno de los dos pantalones idénticos que cuelgan, por tener quita y pon, de sendas perchas en su desvencijado armario.

—Eeny, meeny, miny, moe...

A excepción de la camisa, todo es negro: los pantalones de tergal, el cinto de cuero, los calcetines de tobillo acolchado y los mocasines brillados, también con especial esmero, la noche anterior por Delia. El quiteño no se estresa a la hora de combinar colores y se regocija en ello pues mantiene, a ciencia cierta, que pocas cosas pueden hacerle la vida más placentera a un hombre que la suerte de vestir uniforme. Es una dicha que compartió por largos años con el capitán Caipiriña, figura habitual en su barra, hasta que el militar de alto rango tuvo la inesperada ocurrencia de pasarse al bando civil.

—No sé qué demonios de ropa ponerme, Marcelo. Desde que he dejado el Ejército, voy perdido como bola de ruleta. A veces siento que me paso y otras veo que no llego; pero nunca atino con el cóctel *attire* —le confesó cariacontecido Caipiriña la primera vez que se presentó en el Oyster Bar con atuendo festivo.

—Lo primero es lo primero, capitán —lo serenó con amabilidad su interlocutor poniéndole a tiro un trago de cachaza.

El desventurado guerrero se había curtido en la primera guerra de Irak, la de Bush padre y, con la inestimable ayuda del combinado de aguardiente de caña y limón y el sosiego que le proporcionaba la sensación de cercanía del extraordinario barman, se había atrevido a lo largo de los años a irle confesando a Marcelo algunos de los pecados mortales cometidos durante la campaña de liberación de Kuwait.

—Con tanquetas transformadas en buldóceres empujábamos la arena del desierto e íbamos enterrando vivos bajo nosotros a los soldados iraquíes pertrechados en las trincheras. Al pasarles por encima, los gritos desesperados de aquellos pobres miserables se transformaban en un silencio atronador cuyo eco me persigue todavía cada noche. Créalo.

A Marcelo se le escapó una lágrima. Echó mano de la bayeta y simuló que el jugo de un limón le había salpicado el ojo. El ecuatoriano nunca estuvo en una guerra, pero sabía por muchos compadres puertorriqueños enviados al Vietnam que, en esas circunstancias, la vida de un ser humano vale siempre menos que la bala que ha de terminar con ella. Y que nadie gana.

Aquella primera tarde en que Caipiriña se estrenaba como civil fue distinto. El que quería llorar, fruto de su desesperada frustración, era el militar.

—Después de toda una vida castrense, no doy con el atuendo acertado. No sé si calzarme botas o salir en chanclas.

—Chaqueta azul y pantalones amarillos... parece usted una rana dardo, capitán.

Caipiriña se echó las manos a la cabeza.

—No se atormente, no se atormente, que era una broma —reculó Marcelo—. Va usted a la tela.

—¿Tú no me ves demasiado informal? Hazte cuenta de que me nombraron jefe de seguridad de una central nuclear.

—No me parece.

—Igual es al revés y me he excedido en seriedad, Marcelo. ¿No me sobra la chaqueta?

—Le sienta bien la *sport jacket.* Ahora, si me permite un consejo...

—¿Qué? —le imploró al borde de un ataque de ansiedad Caipiriña.

—Yo cambiaría los pantalones amarillos de ballenas azules por unos caquis más discretos.

—¿No me rejuvenecen los Vineyar Vines? —ahondó en su inseguridad el combatiente retirado—. ¡Mierda, con lo que me gustan!

—Je, je... —ríe ahora el barman mientras recuerda las desproporcionadas gotas de sudor que, debido a la sobredimensión del agobio, brotaban al unísono de la frente, el torso y las palmas de las manos del artillero. El pobre Caipiriña parecía una esponja. Una esponja radioactiva.

—Menos mal que a mí solo me toca elegir corbata —se congratula al descorrer el cajón de su cómoda.

La tradición de anudarse al cuello una distinta cada día le ilusiona. La idea surgió de forma espontánea al poco de desembarcar del avión de la Pan American que lo condujo de Quito a Nueva York. Acababa de cumplir Marcelo entonces veinte años y, conseguido su primer trabajo en un bar, tuvo la ocurrencia de comprarse una corbata bien llamativa con la estudiada intención de ocultar detrás del trapo su enfermiza timidez.

—Así les proporciono a los clientes una excusa fácil para hablar de algo conmigo —descifró Marcelo el secreto a su atónita tía Laura, una hermanastra de su padre que emigró muy joven al norte.

Tras adelantarle generosamente el dinero del pasaje a su sobrino, la tía Laura lo había acogido temporalmente en su apartamento: un desván cercano a Penn Station en el que subarrendaba habitaciones.

El aprendiz de barman eligió para su bautizo de barra un corbatín verde eléctrico plagado de tiburones que pescó por diez centavos en un local del Salvation Army. La estrategia resultó harto eficaz.

—Así que del Ecuador, ¿eh? Qué atrevido con los colores. Se nota que es usted caribeño —sentenció un distribuidor con gran conocimiento del textil, pero no muy avezado en geografía—. Me cayó usted en gracia, Marcelo, así que mañana le voy a traer un presente.

—¿Y esto? —se sorprendió al día siguiente el emigrante al recibir el regalo prometido.

—Acéptelo como un simple detalle de bienvenida a la Yoni —le restó importancia a su espontánea generosidad el vendedor de telas.

Se trataba de una corbata de seda estampada con decenas de Marilyn Monroe; diminutas réplicas de la estrella de Hollywood que cruzaban la tira de tejido de arriba abajo soplando besitos desde una Vespa. Marcelo tardó décimas de segundo en ajustársela.

—¡Buenaza! Se lo agradezco de veras, caballero —pronunció el emigrante visiblemente conmovido.

—No me supuso nada, Marcelo. Soy distribuidor textil y las vendo a precio de huevo.

—Si se atreve con diseños rimbombantes, yo también puedo procurarle otra corbata, Marcelo —se ofreció a aumentarle la colección de pronto la mujer que recién había ordenado con sus huevos *benedict* una mimosa, la bebida para el *brunch* preferida por las señoritas.

Y fue ahí, en un instante de inspiración, donde nació la regla que exigiría cumplir Marcelo a partir de entonces al resto de sus fanáticos.

—Claro que puede obsequiarme una corbata, si así lo desea, *madame* —repuso halagado el del bigotillo—, pero con la condición de que su temática sea jocosa, nada de política, y de que su compra no le importe a usted mucha plata.

Medio siglo más tarde, sus rimbombantes chalinas se han convertido en el toque de distinción de don Marcelo Hernández Salcedo, su majestad el rey de los cócteles de la ciudad de Nueva York. Las tiene a centenares y, cada mañana, dedica unos minutos a escoger aquella cuya temática jocosa vaya en mejor consonancia con la actualidad del día. Se han vuelto una prolongación de su personalidad tan importante que, cada vez que se agacha como ahora a hurgar en la gaveta, este profesional de la hostelería nacido en Quito, Ecuador, en el año de 1944, vuelve a soñar con que algún día tendrá la oportunidad de plasmar en un libro sus memorias y que la ilustración de la cubierta consistirá en una sucesión de fotos suyas de tamaño carné en las que muestre orgulloso la colección de corbatas; pequeños retratos en blanco y negro y con similares poses, pero luciendo una tela distinta y a todo color en cada uno de ellos.

—A imagen y semejanza de esos lienzos con objetos repetidos que le están haciendo a usted tan célebre, don Andy —se atrevió a revelarle una noche, no sin cierto reparo, a un vivaracho Andy Warhol que se había presentado en el Oyster Bar exigiendo con prisas una botella de Dom Perignon—. Se lo comento —le aclaró Marcelo— para que no se vaya usted a pensar, de llevarse a cabo mi iniciativa, don Andy, que trato de hacerle plagio.

Pero el albino no estaba para discutir derechos de autor, sino para apretarse copas de champán. De Marcelo Hernández solamente le interesaban las burbujas que vertía obedientemente sobre el fino cristal con un chasquido de dedos cada vez que el líquido bajaba peligrosamente de nivel.

—A la orden, don Andy. A mandar.

Mediada la segunda botella, Warhol comenzó a experimentar una interesante metamorfosis y pasó de interpretar el dulce papel de Caperucita con el que se había presentado en la barra a encarnar a un malvado lobo feroz que despotricaba con menosprecio de todo el mundo.

—Lo siento, pero no le voy a servir ya más champán, señor Warhol —hubo de advertirle Marcelo.

—¿Y eso?

—Porque, si bebe usted otra copa, va a empezar a ponerse a hablar en francés —expuso la situación con exquisita elegancia el barman.

—*Au revoir, mes enfants*... —se despide ahora Marcelo de las corbatas del primer cajón, ya que ninguna ha pasado el corte.

Abre el segundo y tampoco. Pero no se frustra. «Paciencia, ñaño.» Quién le habría aventurado a él que algún día luciría en su cuello una corbata.

Capítulo 2. Quito

El otoño de 1954 llovió a cántaros sobre la ciudad de Quito. El aguacero arrancó una tarde en que el pequeño Marcelo jugaba con otros niños a tirarse calle abajo montado en uno de los improvisados carritos que confeccionaban con cajones de fruta, hierros y las ruedas oxidadas que hallaban en el vertedero. Por encima de sus cabezas, el viento arrastraba espesos nubarrones negros hacia la cordillera andina. Esos estratos, al chocar contra las cumbres nevadas del Cayambe y del Pichincha, se condensaron bruscamente y, por sobrepeso, comenzaron a descender con rapidez sobre la monumental avenida de los volcanes.

—¡Se nos viene el cielo encima! —advirtió alarmado uno de los miembros de la infantil pandilla.

El temor a morir aplastado por el firmamento acrecentó en Marcelo la ya de por sí inquietante sensación de ahogo provocada por tener que robarle a nueve mil pies de altitud cada bocanada de oxígeno al aire, y el muchacho quedó paralizado.

—Corra a casa, yo le guardo los zapatos.

La voz de Luisón sonó cálida y amigable a su lado. Marcelo se ajustó las gafas para observar al chaval de robusta musculatura y tez cobriza que acostumbraba a golpearle y a burlarse de él por el simple hecho de haber nacido con las orejas desabrochadas. En los años cincuenta, arriba en los Andes, la ley de la supervivencia consistía en que, si nacías feo, te lo recordaban constantemente tus semejantes con una golpiza. Pero esta vez Luisón parecía sincero.

—Yo le guardo los zapatos para que no los salpique de barro en las cochas camino de casa y los arruine. Así le evito el castigo mañana en la escuela por no llevarlos brillados. Baje tranquilo en su carrito que yo se los acerco más lueguito.

En ese instante las nubes, que no habían cesado ni un ápice su amenazador descenso, echaron repentinamente el freno de mano y comenzaron a descargar con furia su incontinencia. A borbotones. Sin reparar en las dosis. Vertiendo jarros de agua celestiales que despertaron el instinto de supervivencia en Marcelo y lo concentraron en acometer con agilidad la sugerida misión preventiva: la de desabotonarse deprisa los zapatos y entregárselos en custodia al maltón.

—Gracias —le dijo antes de salir mechado en su bólido por una avenida sin pavimentar que empezaba ya a convertirse en afluente temporal del río Manchágara.

Con las prisas, Marcelo no alcanzó a divisar la pícara sonrisa que se dibujó en la comisura de los labios de Luisón mientras acariciaba en sus manos la codiciada presa. La fortuna de poseer calzado no estaba al alcance de todos los chiquillos en aquella barriada y, mucho menos aún, la de poder contar con un par de zapatos que, encima, coincidieran con el número de pie que uno calzaba.

Cuando Marcelo alcanzó su hogar, su tío Víctor se afanaba en clavetear un tablón en los bajos de la puerta, a modo de umbral, para impedir que el torrente desbordado que serpenteaba desbocado colina abajo se metiera en la casa.

—¿Quiubo? —saludó el niño.

—La luz y el agua potable se nos va a ratos. —Se encogió de hombros su tío—. Acá estamos desamparados de todo. Somos extranjeros en nuestra propia tierra, mijo.

—¡Muchacho tonto! ¿Ya se lo volvieron a hacer? —Se llevó las manos a la boca su madre nada más verlo entrar descalzo.

—Se los presté a un amigo que me hizo un favor...

La cachetada resultó ejemplar. Avergonzado, el niño se tumbó en el piso y se hizo una rosca junto al perro. Desde allí, acunado por la intermitente respiración del fornido pastor alemán, observó a su madre trajinar con las ollas sobre la lumbre de la cocina mejorada. Sus dos hermanas pequeñas, la Delia y la Rosa, que apenas levantaban tres palmos del suelo, la ayudaban alternativamente a moler el choclo y a avivar con un cartón el fuego, mientras doña Olga no cesaba de rogarle con devoción al santo de la repisa.

—San Isidro Labrador, quítenos el agua y póngamos el sol.

Afuera, ajenos a las súplicas maternas, el viento y la lluvia sacudían con virulencia el tumbado de paja y lodo. Adentro, unas paredes de adobe desnudas hacían lo posible por mantener a flote la quinta vivienda que el pequeño Marcelo, en su limitada existencia, se había visto obligado a identificar como su dulce hogar. Los ingresos de Míster Otto, su padre, resultaban tan esporádicos como las fiestas patronales a las que acudía en calidad de músico para interpretar su romántico repertorio. En consecuencia, cada vez que flaqueaba la plata, no les quedaba más remedio a los Hernández que empacar sus escasos enseres y darse a la fuga, con nocturnidad y alevosía, para sortear al casero. La anterior morada había sido una mísera habitación ubicada en la trasera de un taller mecánico. Para acceder a ella había que atravesar una nave industrial plagada de carros chocados que Marcelo y sus hermanitas recorrían angustiados y a toda prisa para evitar que los atrapasen los fantasmas de los muertos en accidentes de carretera que, sin duda, acechaban entre los amasijos de aquellas chatarras.

—Encomiéndense a san Judas Tadeo, hermanitas.

—Fiel amigo y servidor de Dios, santo Judas —se santiguó la Delia—, no permita que nos atrapen los amigos de Mefisto.

La pesadilla se repitió a diario durante largo tiempo hasta que, Dios primero, había quedado atrás gracias a la tremenda generosidad de su tío: el bueno de Papá Víctor.

El apodo de «papá» se lo había regalado el propio Marcelo porque, en las prolongadas ausencias de su verdadero progenitor, su tío camionero era quien realmente se encargaba de ejercer las labores de padre. Papá Víctor, casado con la tía Beatriz, hermana del músico ambulante, había encontrado aquella casa en un golpe de suerte. Por despiste entró en una calle terminada en cuchara de un barrio periférico de venta nula y se topó con ella. Conoció que había sido desahuciada y, aquel mismo día, sin dilación, la tomó al asalto. Al parecer, los inquilinos genuinos adquirieron la parcela convencidos de que la urbanización era legítima, pero que, al poco tiempo, cuando el lotizador desapareció con toda la plata dejándolos con tremenda desazón y al área con insalvables deficiencias de infraestructuras, decidieron arrojar la toalla y se marcharon. Al menos, aquella fue la versión oficial que facilitó a Papá Víctor el vecino albañil que le vendió, a tres centavos la pieza, los bloques de adobe necesarios para finalizar la obra.

—Ande sin cuidado, caballero, pues le aseguro que con estos lingotes puede usted levantar, sin necesidad de planos ni conocimientos de urbanismo, una vivienda de hasta dos plantas.

La electricidad no fue problema, pues la tomó prestada del hilo cercano que atravesaba el barrio legal colindante. Lo mismo con el enganche del agua. Mudó a su numerosa familia a la vivienda recién reconstruida y, al poco, en cuanto estuvo al tanto de las dificultades económicas por las que atravesaban sus cuñados, les brindó la posibilidad de compartir con ellos aquel cobijo. En ausencia de Míster Otto, la señora Olga aceptó la proposición de buen grado.

Marcelo y los suyos abandonaron de madrugada el cementerio de carros, al amparo de la escasez de luna y, con ese grano de sal que aprenden desde la cuna a añadirle a la vida los andinos, su madre se dedicó desde entonces a pregonar que los Hernández pertenecían a una familia bien acomodada. El chiste consistía, según se apuraba en explicitar la buena señora enseguida, en que la totalidad de sus miembros habían logrado acomodarse en dos estancias. La una habitada por doña Olga, su marido y tres de los cinco vástagos que el matrimonio habría de terminar trayendo a este valle de lágrimas y, la contigua, compartida por tía Beatriz, Papá Víctor y una camada de seis primos carnales. Y entre medias de ambas, ocupando una y otra según le viniera en gana, se paseaba el verdadero amo y señor de la casa: Salomón, el pulgoso pastor alemán que gozaba de su privilegiada condición de ojo derecho del camionero. Fue así hasta que un vecino, anónimo y disoluto, harto de tanto ladrido a destiempo, lo mandó a correrse de este mundo con ayuda del popular veneno nueve ochenta.

Antes de ponerse al mando de su pesado trasto mecánico para empezar a hacer los repartos, Papá Víctor se encargaba de cursarle a su santa esposa instrucciones precisas sobre la alimentación del perro.

—Beatriz, usted primero le da de comer a Salomón. Que no le falte. Tiene que estar sano para vigilarme el camión por la noche. Luego reparta la olla entre los chicos y, de lo que sobre, coma usted. Y si algo aún quedase, me lo guarda por favorcito para alimentar a mis dos empleados.

La tía Beatriz acataba las órdenes de Papá Víctor al pie de la letra y nunca llegó a sospechar que su inocente y tímido sobrino, Marcelo, atento a las leyes naturales que invitaban a saltar la delgada línea entre la inanición y la supervivencia, devoraba con frecuencia y a escondidas el guiso de carne vertido por ella en el tazón del pastor germano. Era la manera que tenía el infante de contraatacar una injusta prioridad perruna que alcanzaba su vil apogeo en época de catarros. Ya podían arrastrar los cachorros humanos velas en la nariz o hartarse de inflar pompas a base de soplar mocos, que el bote de aspirinas adquirido por Papá Víctor en la farmacia se lo ventilaba solamente el chucho. Igual que los inyectables.

En cuanto arreciaba el frío en los humedales y el camionero apreciaba que se le aflautaba mínimamente el gruñido a su querido Salomón, le hacía entrega a su cuñada de una caja de antibióticos en finas ampollas. Como doña Olga había obtenido de soltera un título de practicante con el que aportaba algunos ingresos a los bienes gananciales poniendo en el vecindario inyecciones, era siempre la encargada de pincharle en la paletilla al perro. Con la misma jeringuilla y la misma aguja que utilizaba para los meros clientes que se acercaban a visitarla. Eso de hervir el instrumental quirúrgico para su desinfección, con lo que tarda en bullir el agua a tantísimos metros de distancia del nivel del mar, a mediados de los años cincuenta del siglo XX, todavía no se estilaba.

Acurrucado junto a Salomón, Marcelo soñó que pronto pasarían de largo las nubes. Pero el tremendo aguacero no cesó de arreciar durante toda aquella noche y tampoco contempló la posibilidad de que se disipara al día siguiente, cuando el niño hubo de acudir a la escuela descalzo. Muy al contrario, la tormenta acaparó fuerzas y les robó franjas de inestabilidad a otras comarcas y continuó su implacable embestida durante semanas. Era de una duración tan extrema que algunas voces autorizadas comenzaban a achacarla a la inminente llegada del apocalipsis, cuando escampó de golpe y sin previo aviso. Los negros nubarrones se retiraron de un plumazo al alba del día de la festividad de Todos los Santos. Ocurrió, por extenuación o por milagro, fruto de tantísimo rezo comunal en las parroquias. Fue como si un gigante le hubiera pasado una bayeta al cielo de izquierda a derecha. Marcaba el calendario el uno de noviembre del 54, fecha en que Marcelo estrenaba diez años y día en que regresó su intermitente padre de una gira musical que se había prolongado más de un año por las soleadas costas de Guayaquil y Machala.

—¿Qué hubo? —saludó Míster Otto descubriéndose el sombrero ante su abnegada esposa.

—Mucha humedad —le replicó con resignación doña Olga—. Acá es tanto el frío que nos acostamos cada noche con el abrigo puesto.

Para entonces, el diluvio se había encargado de devolverle al lodo lo que era del lodo. Disolviendo como azucarillos en café multitud de casitas de barro y sepultando decenas de vidas inocentes al paso de inclementes aludes de tierra. Anegando sin distinción selvas, potreros y terrenos baldíos. Tiñendo de humedad y verdín la piedra de sillería del casco histórico y causando estragos en los monumentos de la Plaza Grande; donde el agua llegó a penetrarle en los huesos al mismísimo Jesucristo, la catedral y a los dos ladrones, el palacio de justicia y el de gobierno, a base de goteras que dejaron marca a perpetuidad en paredes y fachadas.

—Ya no quiero estudiar más —fue el saludo envalentonado con que Marcelo dio la bienvenida a su veterano después de tan larga ausencia.

—¿Y cómo así? —preguntó sorprendido el músico.

Por culpa del engaño de Luisón, Marcelo se había convertido en el hazmerreír de todo el patio de la escuela. Su madre lo había obligado a calzarse unas sandalias prestadas por su prima Elsa, dos años menor que él, y no había habido un solo estudiante que no hubiera reparado con saña en cómo le rebosaban dedos del pie sobre las suelas, proyectados como uñas de gato, a través de las apretadas cintas de cuero. Cansado de tanta burla, el chico estaba determinado a ponerle punto final a su agonía. Sin embargo, tuvo dudas. Al final, temeroso de que la causa del conflicto encendiera la ira del padre, prefirió argumentarle que, dada su avanzada edad, ya había tenido tiempo de aprender todo lo necesario.

—¿Usted lo sabe ya todo con nueve años, Marcelo?

—Diez —le corrigió diligente su esposa.

—Ah, diez. Entonces la cosa cambia. Pues se va a venir a trabajar conmigo esta noche y ya veremos si no le entran deseos de regresarse a la escuela mañana.

La sentencia categórica que pretendió sonar a ejemplar escarmiento llegó, sin embargo, transformada en campanas de pura gloria a oídos del tierno cumpleañero.

—Sí, señor. A la orden.

Marcelo se afanó en rellenar con viejos trapos y bolas de papel las botas de goma que le prestó el padre para evitar que le bailasen sus reducidos pies en aquellas barcas. Poco después de la feliz e inesperada reagrupación familiar, ambos se despidieron de la señora Olga y echaron a caminar en dirección al centro de la ciudad.

—Buenas noches leidis an yérmani —agradeció Míster Otto la presencia de los diplomáticos y viajantes extranjeros presentes en el *grill* Henry's. Estaba en el centro del escenario.

En aquella época, la palabra *grill* se utilizaba a modo de eufemismo en el Ecuador para poder mencionar en público locales que, de otro modo, en castellano resultaban innombrables. En cuanto a Henry's, bueno, tampoco tenía mucho más misterio que el hecho de que el fundador del cabaret que acababa de contratar al padre de Marcelo como animador para sus veladas se llamase Enrique. La traducción del nombre del dueño al inglés, así como el subsiguiente añadido del apóstrofo posesivo anglosajón, trataban de dotarle al local de un toque de modernidad, finura y clase. Era lo que creían necesario para atraer a la clientela.

—Por las mañanas no me sube... —inició el maestro de ceremonias su número de humor picante—. No me sube el hielero la barra de hielo al piso y tengo que gritarle por la ventana.

—Ja, ja, ja...

A media luz y con la espesa neblina propagada por el humo de los cigarrillos, Míster Otto apenas podía distinguir a los asistentes. Sin embargo, intuía su presencia debido a que la reacción a sus juegos de palabras solía producirse en cadena. El eco de las primeras carcajadas lo empezaban los negociantes locales, lo retomaba la concurrencia foránea y, finalmente, pasado un rato, lo concluían las risas de los milicos, que aquel primer día de noviembre abundaban en la sala. Acababan de tumbar al presidente electo, hito histórico que venía dándose con saturada frecuencia en el Ecuador, y el *grill* Henry's había sido literalmente tomado al asalto por los gorilas de la nueva junta militar: machos alfa que festejaban su efímera victoria piropeando a señoritas en bikini que aprovechaban tanto acaloramiento para venderles a altísimo precio cajetillas de tabaco americano.

Mientras tanto, ajeno a aquel parnaso del despropósito y el deseo, el pequeño Marcelo se distraía jugando en el piso con unas botellas de licor vacías. Su viejo hacía bastante tiempo que no le prestaba atención. Aunque había disfrazado de castigo la presencia en el *grill* de su primogénito, Míster Otto en realidad lo había conducido hasta allá con la esperanza de que el contacto profesional con los miembros de su banda despertara en el niño el deseo de ser músico, como él; anhelaba que Marcelo llegara algún día a convertirse en un gran director de orquesta, al estilo de Cab Calloway. Pero el chispazo no se había producido.

Padre e hijo se habían personado en el Henry's a las tres en punto de la tarde, hora habitual de iniciar los ensayos y, por indicaciones del progenitor, el chaval había permanecido junto a él en las tablas; supuestamente estaba colaborando con la interpretación del repertorio musical de la banda con la ayuda de una maraca.

—Muy bien, mijo —había animado el veterano a su criatura, negándose a aceptar la evidente indisposición de Marcelo para seguir ningún compás con gracia.

—El chaval es negado —le espetó sin miramientos el colorado Wilson, un viejo saxofonista pelirrojo con quien había bregado Míster Otto más de cien batallas.

—Las cosas toman su tiempo —se mentía a sí mismo el padre.

Brasil. Guantanamera. Cantando bajo la lluvia… Marcelo conocía de sobra las melodías; pero con las orejas paradas, los ojos pelados, la voz como caja ronca, no acertaba a colocar en su sitio los desganados arpegios salidos de su instrumento de percusión. Sin mediar palabra, una vez concluida la frustrante prueba de sonido, Míster Otto fingió recuperar su enfado y condujo a su chamaco hasta la barra. Saludó al barman, demandó que tuviese a bien prepararle un canelazo y, tras guiñarle un ojo cómplice, le solicitó que se hiciese cargo del insurrecto menor.

—Este es mijo, compadre. Dizque ya lo aprendió todo en la escuela y que prefiere camellar a proseguir los estudios. Acá se lo entrego pues, para que lo ayude en las penosas tareas que usted disponga. Encárguese, por favor, de que conozca lo que significa faenar bien duro.

El hombre siguió la corriente al padre y con gesto severo invitó al pequeño a pasar al interior de su recinto; pero, una vez dentro y tras comprobar la poca edad de la criatura, se compadeció de él. Bastó que Míster Otto, té de canela y aguardiente en mano, desapareciese tras el inquietante bamboleo de la falda de una mujer morena para que el barman alertase al chiquillo de que podría quedarse en su compañía sin obligación laboral ninguna. Tan solo le solicitó que no interfiriera en el desarrollo de sus obligados cometidos. Y así ocurrió.

—Leidis an yérmani, el señor comandante me ofrece veinte sucres. ¿Alguien da más?

Para las nueve pe eme, mientras don José Hernández, alias Míster Otto, subastaba micrófono en mano las prendas íntimas de una rumbera, el pequeño Marcelo lo habría dado todo por abandonar definitivamente la escuela y abrazar para siempre el oficio de cantinero. Por alguna razón inexplicable, desde el primer momento en que el muchacho puso un pie en aquel recinto cerrado, supo que su sitio estaba allí. Que de algún modo él le pertenecía a aquella capilla mágica, cuyo santo grial era una copa en uve y en cuyos altares se veneraban santos de cuello largo y cuerpo cristalino. Le atraían los colores, las sonrisas, el bullicio. Le fascinaban los rituales, los sacramentos, las ofrendas. Ya nada se le antojó más maravilloso que la posibilidad de servir felicidad a los demás en pequeños tragos. Y supo que no había vuelta atrás.

Fascinado por tal descubrimiento, sintió una urgente necesidad de aprender el oficio y se dedicó enseguida a tratar de memorizar los exóticos vocablos con que la animada clientela demandaba en la barra sus preferencias: ron, whisky, Tom Collins... Procuró asociarlos a los respectivos envases que con tremenda diligencia ordeñaba el sumo sacerdote para elaborar las solicitadas combinaciones. Después, buscó botellas vacías en el cubo donde el barman arrojaba los licores que ya lo habían dado todo de sí y empezó a simular, sobre un vaso imaginario, que él mismo preparaba y servía las mezclas solicitadas por los parroquianos.

—Dos piscosagüers, por favorcito —escuchaba.

—Ya van marchando —respondía imitando en el piso los movimientos del barman en la barra.

A base de repetir este juego, empezó a intrigarle la naturaleza del contenido líquido de las botellas y se propuso averiguar en qué consistiría. Colocó para ello su colección de frascas huecas en hilera y comenzó a aproximar su naricilla a los cuellos de cristal con intención de aspirarles el alma. Y fue así como Marcelo, el mismo día en que estrenaba dos dígitos en su personal recuento, descubrió que el triple seco desprendía aromas de naranja, que el Chartreuse amarillo llevaba regusto a pimiento y que el Marasquino no hubiera sido posible si Dios no hubiese tenido el detalle de plantar en los campos semillas de cereza. Se conoce que Marcelo, acostumbrados como están los pobres a sobrevivir a base de merendarse el paisaje, tenía facilidad para identificar aromas de hierbas y plantas. Y se sintió inmensamente feliz por tales hallazgos. Afortunado, como nunca antes recordaba haberlo sido.

Capítulo 3. La española

—Definitivamente, tú hoy no. —Aparta a un lado en la tercera gaveta la corbata burdeos engalanada con cazabombarderos con la que Marcelo triunfó en su barrita del Oyster Bar durante la celebración del Memorial Day.

A continuación pasa por alto la de las velas de *windsurfing,* cuya procedencia no recuerda, y también rechaza, aunque no puede evitar detenerse a experimentar el suave tacto del plástico con que está confeccionada, la elegantosa corbata estampada con caballos de carreras que siempre reserva para celebrar el Derby de Kentucky.

Estos dos cajones vienen a resumir la biografía de Marcelo en la ciudad de Nueva York. Cincuenta y cinco años narrados corbata a corbata. Cada tira, como las canciones, asociada a un momento particular de su existencia. A un beso. A un desengaño. A una pérdida. Todas ellas, siguiendo fielmente el calendario festivo de Gringolandia. Barras y estrellas para el 4 de julio. Calabazas y fantasmas para Halloween. Gnomos y tréboles para San Patricio. Pelotas de baloncesto para la Final Four. Raquetas de tenis para el Open USA. Pavos para Acción de Gracias. Conejitos para Pascua. Renos con nariz roja para Navidad…; pero, por lo que se ve, nada que le motive especialmente para dotarle de sentido al día de hoy.

—Ese es el problema de la USA —se quejó la Delia con sarcasmo una mañana de domingo que platicaba con su hermano en el patio de la casa—. Acá tienen demasiado donde elegir. Tanto que la gente se pierde.

La Delia estaba en lo cierto. ¿Cómo se podía dedicar un pasillo kilométrico del supermercado solo a distintos tipos de cereales para el desayuno? En el Ecuador de su infancia, la palabra «zapatos» iba en plural porque venían de dos en dos, izquierdo y derecho, no porque uno dispusiese de varios pares debajo de la cama. Ni mucho menos. De este modo, a uno no le podían entrar dudas a la hora de calzarse.

—¿Se acuerda, ñaña —rememoró a cuenta de esto Marcelo—, de aquellas sandalias que me hacía poner mamá de niño? Me quedaban tan apretadas que, cada vez que me las quitaba, parecía que las seguía llevando puestas del daño que me hacían.

—Ave María…

—Ja, ja, ja… —Sacude la cabeza de nuevo ahora el barman rememorando con melancolía aquel pequeño detalle de infancia cuando, de pronto, descubre a su presa.

—¡Pero si hoy son los Grammy! —Le viene el titular a la cabeza mientras, como si de un cazador de anacondas se tratase, extrae de la gaveta con precaución una tira ancha estampada con guitarras eléctricas.

—Es lo malo que tiene esto de vivir solo, Marcelo: que termina uno hablando con los muebles —le confesó una noche el capitán Caipiriña al barman—. Yo, acá donde me ves, tan marcial, tan condecorado por el Pentágono y todo eso, converso en mi cocina con la loza. Pongo voz de dibujos animados y le digo: «Bueno, tacita, gracias por el café. Ahora te voy a meter en el lavavajillas, pero no tengas miedo, ¿eh? ¿Ves qué bien? Tú no te preocupes, tacita, porque, estando yo acá, nadie te va a procurar ningún daño. Ale...».

Termina el barman de ajustarse las guitarras con un estiloso nudo *windsor,* cuando amanece la Delia.

—Buenos días, hermano.

—Buenos días, ñaña.

—¿Durmió bien?

—Sí, de un solo lado.

—¿Ya tomó su cafetito?

—Recién lo apuré nomás.

Marcelo se pertrecha adecuadamente para el clima destemplado de la calle. El abrigo. El gorro. La bufanda. Los guantes.

—Parece mera cebolla, con tantas capas, ñaño —bromea su hermana.

—¿Le quedó quina para la compra? —Se lleva la mano a la billetera el barman.

—Ando más pelada que una pepa de guaba, Marcelo.

—Acá le dejo algo de plata. Que tenga buen día.

—Igualmente, hermano. Dios primero.

Marcelo agarra la pequeña bolsa de deportes en la que pasea sus pertenencias (calzado de recambio, una guía para preparar cócteles de referencia, un peine, una pastilla de jabón y una toalla y los audífonos para escuchar música) tira del portón y se baraja.

—*One, two, three…*

Como cada mañana, torpemente agazapado tras el visillo de la ventana de su cocina, el vecino mexicano que levantó el muro junto al baño y que se revienta cada noche la madre para ganarse un salario digno en el Coach House Diner de North Bergen le observa salir. El charro acaba de regresar, lleva un horario contrachapeado con el mundo y, como cada mañana, antes de calentar el colchón vuelve a convencerse de que su compadre, el señor Hernández Salcedo, padece un trastorno obsesivo compulsivo de la personalidad.

—*Four, five, six…*

Lo piensa al escucharlo un día más contar meticulosamente, en alto y uno a uno, los escalones que separan su vivienda del nivel más bajo de la calle.

—*… seven, eight, nine.*

El resultado del conteo vuelve a dar inexorablemente nueve. Lo que el cotilla del vecino desconoce es que enumerar con tanta parsimonia las cosas es un truco que le enseñó a Marcelo su padre la primera vez que lo llevó a verle ensayar con su banda a un club de jazz. Acababa de cumplir el muchacho diez años. La edad en que los pobres se hacen adultos.

—Cuente usted los árboles, las piedras, los picaflores, mijo. Es el modo de fijarse en ellos y de demostrarles que uno les tiene estima.

Más allá de comprobar que los nueve peldaños continúan inamovibles en su sitio, Marcelo detecta, gracias a esta infalible táctica, una nueva fisura en el último de ellos: un desgarramiento por el que puede colarse agua de lluvia que, al congelarse, reventará sin contemplaciones el cemento.

—Si uno no mira, no ve —cavila el barman—. El domingo toca bricolaje.

Tendrá que acercarse a Lowes en el carro. O mejor a Home Depot. Sale algo más caro, pero los materiales que sirven presentan mejores calidades.

—Prepárese para el viaje —le anuncia al desconchado auto que ocupa prácticamente la totalidad de la entrada del garaje, protegido de las inclemencias del tiempo por una capota de lona y de los delincuentes por una verja de hierro.

En este barrio todo el mundo vive enjaulado. Acá los malhechores tienen acceso fácil a un arma y la Policía no ha alcanzado celebridad, precisamente, por presentarse con puntualidad a las llamadas de auxilio. Si es que se dignan a personarse. Algunos ya prefieren no marcar el 911 porque a veces el remedio es peor que la enfermedad. Enfrente no más, en el mero asfalto, se dice que un agente del orden ahogó al hijo adolescente de una morena.

La calle hoy está botada, piensa Marcelo. No hay nadie. La calzada la ha tomado al asalto un vendaval gélido que vierte del mar y que, de sopetón, devuelve al andino a la cruda realidad de los duros inviernos en la costa este de Estados Unidos; no vaya a ser que Marcelo hubiera contemplado la posibilidad de olvidarse.

—Pucha... —se queja.

El barman sujeta firme con la mano el cuello del abrigo e inicia la caminata con ese andar dificultoso, chanchaco, con el que se acostumbró a trepar la cordillera. La Ciudad de Jersey no será San Francisco, pero también tiene sus cuestas.

En la parada del 320 aguardan impertérritos, quizás por efecto de la congelación, los mismos rostros de cada mañana. El señor metiche. El matrimonio carapalo. La estudiante malcriada. La doña simpática...

—Buenos días.

—*Morning.*

«Estos al menos viajan», recapacita para sí Marcelo al colocarse en la fila.

El veterano emigrante es consciente de que todavía encuentra paisanos en Nueva Jersey que jamás han cruzado a Manhattan.

—El negocio de hostelería anda flojo en América, Marcelo. Te lo digo yo, que lo veo con mis propios ojos. Entramos en recesión. No hay clientes.

Esa es la retahíla de quejas que le repite machaconamente, noche sí y noche también, Ataúlfo, el camarero de Oaxaca. Su vecino el espía.

Marcelo trata de cerrar su barra en el Oyster a eso de las once. Se pone a recoger y, pasada la media noche, si no tiene que arrastrarse al catre extenuado, se presenta en el Coach House Diner de North Bergen, que le queda a un tiro de piedra de su casa, a ver a Ataúlfo y a alegrarse el estómago con un bol de sopa caliente.

—¿Que no hay clientes en América, Ulfo? Pues cruce usted alguna vez el río Hudson y pase a Niuyork como yo, hombre de Dios. Ya verá la cantidad de clientes que se encuentra. Hoy no he parado un segundo de servir comandas. Una tras otra todo el santo día.

—A mí no se me ha perdido nada en Manhattan, Marcelo —refunfuña el mexicano.

El ómnibus no tarda en aparecer. El servicio es fiable y hace poco que la compañía de transportes reemplazó por fin la flota. Ya era hora, la verdad, porque los vehículos se habían convertido en pura chatarra. Se dice que en un trayecto perdieron a un pasajero que se coló por un hueco de los bajos. Los buses se caían a trozos como se están cayendo ahora los puentes. Y las carreteras, que son también meros hoyos. Nadie quiere pagar impuestos. Se conoce que la gente viene a Estados Unidos a hacer plata, no comunidad.

Marcelo saluda al tipo que conduce y encuentra enseguida asiento. Lo habitual porque Washington Park es principio de trayecto. En este *commute,* sacarse el premio de la New York Lotto no consiste en conseguir asiento, sino en que el acompañante que le toque a uno en suerte le deje tranquilo y no le obligue a darle palique. Como todos los ecuatorianos originarios de las montañas, el barman no salió muy charlatán y, además, bastante le toca hablar ya en el trabajo como para tener que darle conversación también a quien se siente a su lado cada mañana en el 320.

—¿Quiubo?

Ya estamos. Marcelo no contesta. Se hace el loco. No desea parecer antipático; pero la realidad es que, fuera de su puesto en el bar, nunca resultó muy amigable. Prefiere guardarse las energías para la barra. Además, los gringos te sueltan sin reparos sus emociones. A quemarropa. «Mi marido me hizo esto», «Mi pelada no me quiso hacer lo otro», y Marcelo tampoco es capaz de asimilar tantas intimidades.

—Murió mi madre, ¿sabe?

—Ajá.

—No me hablo con mis hermanos.

—Ajá.

—Llevo dos años sin hacer el amor con mi pareja.

—Ajá.

En el mundo hispano es distinto. Afuera salen los chistes, pero lo privado se deja a resguardo en casa. Si topas con alguien conocido por la calle, no comentas y, si me apuras, en lugar de saludarlo con un «hola», lo despides directamente con un «adiós» para evitar que se detenga a conversar, no vaya a tirar del hilo. En Estados Unidos ocurre todo lo contrario. Si tú le preguntas a un desconocido cómo está, a la mínima te lo detalla. Con pelos y señales.

—Murió mi madre y apenas alcancé a mencionarle que soy gay.

El misterioso acompañante insiste en hacerle partícipe de sus íntimas confidencias.

—Ella me reconoció que lo había sabido toda la vida y que me respetaba y me quería lo mismo. Que yo era su hijo. ¿Se imagina? Qué estúpido fui por ocultarle sin razón durante tanto tiempo… Se murió ella y sentí que el que se moría por dentro era yo. Así como se lo digo, caballero: soy un cadáver andante.

Marcelo se voltea para consolarlo, pero el tipo ya no está. Se acaba de bajar en la parada del Fallen Soldiers Memorial y, en su lugar, ya otra chica ocupa el asiento.

La nueva acompañante resulta ser una joven chismosa que le pregunta de dónde viene, adónde va, a qué dedica el tiempo libre. Marcelo responde rápido por quitársela de encima. Que es ecuatoriano. Que se dirige al trabajo. Que necesita descansar.

«¿Qué caso tiene darle cuerda a esta man?» Justifica su silencio el barman antes de desconectarse del mundo por completo seducido por la música de sus auriculares.

Don José Hernández, Míster Otto, quiso convertir a su primogénito en intérprete profesional y, aunque el experimento resultara un fracaso, ciertamente sirvió para infundir en Marcelo una apasionada atracción por las composiciones melódicas. Primeramente llega a sus oídos *Río Bravo,* interpretada por el inmortal Dean Martin. Después viene *Guantanamera* en versión de Pepesito Reyes y le sigue *Palomita guasiruca* del nicaragüense Carlos Mejía Godoy en compañía de los de Palacagüina.

—El Ecuador está ahora guay, mucho mejor que España —consigue hacerse escuchar por fin, elevando su voz sobre los primeros compases de *El último vals* interpretado por The Band, la pasajera espinaca.

—Vaya —recapacita reconfortado el barman—. Tuve que esperar setenta y cuatro años para poder escucharle a una hija de la madre patria afirmar eso.

—No, en serio. Tengo bastantes amigos que se mudaron a Quito en busca de mejores oportunidades para no comerse un marrón en Madrid.

A Marcelo le aflora la misma sonrisa pícara que le brotó la tarde en que la escuadra nacional del Ecuador le ganó a la del Perú por goleada.

A la entrada del Lincoln Tunnel el bus queda definitivamente atascado. Se forma el consabido embudo y los conductores olvidan sus modales y comienzan a pegar bocinazos; como si sus gritos sirvieran para ayudarlos a adentrarse con mayor agilidad por el agujero negro.

—El Lincoln Tunnel es lo más parecido que yo he visto al túnel del tiempo —le confesó el barman a Soledad O'Brien, la prestigiosa presentadora del *I Am Latino in America,* la vez que fue invitado a hablar de mojitos, piscosagüers y otros combinados hispanos en el programa que ella grababa en el Museo del Barrio.

—Interesante. ¿Y cómo así? —mostró curiosidad por el comentario sobre el largo túnel la O'Brien.

—Cuando lo atraviesa uno, de pronto sale a otra dimensión —aclaró Marcelo—. Verá, señorita: Niuyork es cien por ciento frenética, mientras que, Niujersey resulta más joumy. Más acogedora. En Manhattan trabajas y te diviertes. Acá, en Jersey City, siente uno que está en casa.

—Ajá.

—El cuento fácil para la gente de Niuyork consiste en reírse de los de Niujersey y despreciarnos —continuó su relato el barman—. Estamos hartos de escuchar que si el agua de Jersey está contaminada por fábricas malolientes; que si las playas de Jersey están tomadas por güidos, italoamericanos con cadenas de oro macizo sobre el torso peludo; que si nuestras desesperadas mujeres se desviven por unos pechos de silicona... pero la realidad es otra. Muchos de los grandes nombres que este país ha dado al mundo han nacido en nuestro estado jardín: Bruce Springsteen, Buzz Aldrin, Danny DeVito... ¡Si hasta la madre del alcalde Bloomberg, por favor, fue mi vecina durante muchos años...!

Finalmente, a embestidas, el ómnibus impone la autoridad de su tamaño y despacha turismos a la cuneta para adentrarse en el túnel. Marcelo pretende haberse quedado roque, pero la española, que anda con el ojo pelado y le ha visto manipular el celular para cambiar de canción, decide volver a la carga.

—Vale, entonces dice que va usted a trabajar...

—Así es —se resigna al interrogatorio el barman por no parecer trompudo—. Voy al Oyster Bar. ¿Lo conoce? Llevo cincuenta y cinco años haciendo este mismo trayecto y de momento no he fallado ni un solo día.

—¡Joder, sí que se pone usted las pilas! —reacciona alucinada su acompañante con una expresión castiza que el de Quito viene a interpretar como un «bueno es el cilantro, pero tampoco es para tanto».

—Ni siquiera solicité la baja la tarde en que el oftalmólogo me aplicó unas gotas que me dilataron sobremanera las pupilas, señorita —confirma con orgullo el menudo barman—. Como no era capaz de distinguir las etiquetas de las botellas, tuve que servir las copas de oídas. Je, je...

—Je, je, je... —rio la anécdota contada también en el Museo del Barrio la periodista Soledad O'Brien—. ¿De verdad, Marcelo, que no ha fallado a su puesto de trabajo ni un solo día en cincuenta y cinco años?

—¿Y cómo podría? —suspiró taciturno el emigrante ecuatoriano—. Trabajar es lo único que sé hacer.

Soledad cerró un instante los micrófonos y dejó que sonara un rato *El camisón de Pepa,* un simpático bolero de Machín interpretado por Compay Segundo. Cincuenta y cinco años sin faltar un día. ¿Se hallaría entre el público alguno de esos individuos estereotipados que se empeñan siempre en asimilar lo latino a la vagancia?

Volvió a encenderse el foco verde en el escenario. El regidor elevó el brazo. Aplausos.

—Dizque afuera, acá en la calle, yo, Marcelo Hernández, ya no soy el barman del Oyster Bar. En la calle soy tan solo un perro más en aguacero. Otro emigrante hispano que tiene que soportar comentarios harto desagradables a su espalda.

La O'Brien bajó dos estudiados tonos el *pitch* de su narración.

—¿Y qué es lo que usted escucha a su espalda, Marcelo? —preguntó al tiempo que posaba levemente su mano sobre la de su interlocutor en un gesto cariñoso de comprensión y apoyo.

—Se escucha bien feo —se disculpó con pena el barman.

—Es importante que se sepa… —insistió con el aliento entrecortado la entrevistadora.

Marcelo se tomó una pausa antes de atreverse a reproducir con literalidad los comentarios.

—¿Por qué no vuelves a tu infesta ratonera, *spic?* —recitó con pena—. ¿Acaso viniste a robarnos el empleo? Esto es América, *beaner,* y acá hablamos inglés.

—Y acá hablamos inglés… —repitió como un eco de la conciencia la locutora.

—Sí, claro que vinimos a hablar inglés, pero ¿solamente inglés? —Alargó los brazos al público repentinamente Marcelo—. ¡Por favor, señora O'Brien, si en mi casa de Jersey City hasta mi perro es bilingüe!

La presentadora hizo un gesto al realizador y el hombre cambió a rojo el color de la lamparita del escenario. Sabía de sobra que los silencios son capaces de transmitir una emoción mejor que mil palabras consecutivas.

—Por supuesto que hablamos también inglés —se apresuró a aclararle a micrófono cerrado el barman—. Lo que ocurre es que, si no naciste con el inglés como lengua materna, cada vez que abres los labios en público el acento te delata y te chingaste. Nada más arrancar a hablar ya te cayó el estereotipo.

—A mí su acento me resulta sumamente atractivo…

Marcelo no pudo evitar ruborizarse. Compay Segundo seguía a lo suyo.

Qué bonita se ve Pepa
con su camisón,
paseando por la Alameda
y por el Malecón…

—Los acentos son como los colores de la paleta de un pintor y dicen mucho de las personas —resonó, ahora sí ya por el micrófono, la reconocible voz de Soledad O'Brien.

—Yo siempre digo, señora, que, si alguien habla en inglés con acento, hemos de tratarlo con admiración y respeto porque eso significa que, cuando menos, sabe hablar otro idioma.

—¿Qué color diría que tiene su acento, Marcelo?

—Ah, bueno… Tendrá la musicalidad que uno no puede evitar. Los nacidos en la cordillera de los Andes, a casi tres mil metros de altura, se supone que debemos adecuar nuestros pulmones para oxigenar mejor y por eso, se conoce, nos acostumbramos a sacar las frases más bien cantaditas.

—¿Alguna vez se vio enganchado en una pelea verbal con sus agresores? —regresó la conversación la comunicadora al punto anterior.

—No es fácil —meditó Marcelo—. Suelen ir en piña, como los coyotes, y se las arreglan bien para meterle a uno miedo. Ahora hay un grandullón maleducado con el que coincido en el *diner* al que voy a cenar. Un tipejo que, últimamente, parece haberla tomado conmigo.

—No entiendo cómo la gentuza que viene de países corruptos nos quiere dar lecciones de democracia a nosotros —soltó inesperadamente y con un aire de desafío en la mirada el pata que apuraba un whisky junto a Marcelo en la barra del Coach House de North Bergen.

Al otro lado, Ataúlfo se secó el repentino exceso de sudor de las manos en el mandil y tragó saliva por toda respuesta.

—Lecciones de libertad a nosotros, la nación más libre de la tierra. ¡Ja!...

Aunque el acosador no se dignaba a mirarlo, Marcelo supo enseguida quién era el destinatario de su envenenado comentario y lo sintió como un escupitajo en la trompa. Lo estaba viendo venir desde que apareciera con aires intimidatorios, se despojara con chulería de su gorra roja con el acrónimo MAGA (de *Make America Great Again*) y la colocara en la barra demasiado pegada al plato de Marcelo como para no considerarlo una ofensa. Había detectado también desde el principio sus miraditas de refilón, cargadas de superioridad y desprecio, y los gestos de asco evidentes que le había dedicado al plato de sopa de tortillas que el ecuatoriano apuraba para reponer fuerzas tras una larga jornada en el Oyster Bar.

—¿Por qué, en lugar de venir a darnos lecciones, mejor no regresan y ayudan a reparar los infestados antros de perversión y vicio de los que vinieron? —le soltó de sopetón con voz agria.

—¿Serías tan amable de entregarme por ahí la cuenta, Ulfo? —pidió Marcelo con discreción a su vecino en un intento de quitarse de en medio cuanto antes y evitar el enfrentamiento.

—Hey, acá tienes que hablar en inglés, mi amigou —le recriminó envalentonado el maltón—. Esto es Estados Unidos.

—Oká —alzó Marcelo ambas manos en son de paz.

—*Here* —le presentó el tíquet de su consumición el camarero.

Marcelo pagó su deuda en metálico y se incorporó con intención de marcharse, pero el faltoso buscaba pelea y, visiblemente irritado, saltó del taburete para cortarle el paso.

—*Do you no* com-pren-de, hom-bre?

—Me hubiera gustado haber tenido valor para plantarle cara —le confesó Marcelo arrepentido a la O'Brien en el escenario del Museo del Barrio—. Pero, lo mismo, el tipo me hubiera arrancado la cabeza. Es mucho más fuerte y mucho más joven que yo. ¿Quién sabe si llevaría un arma? Está uno harto de ver en las noticias de este país a gente que asesina por nada: porque tal vez lo miró alguien mal en un pub, porque le quitaron la plaza en el parqueadero... Acá no existen derechos sociales. Las personas con problemas mentales no están asistidas. Ni hay hospitales psiquiátricos, ni los quieren sus familias. Dicen que si fracasaron es su problema. Que se hallan sin techo por decisión propia. Así que andan todos sueltos por las calles. Como perros callejeros. Tristemente, no puede uno arriesgarse.

—Pero ¿qué le hubiera gustado decirle a su agresor, Marcelo? —insistió la de Long Island.

—A lo mejor...

—Si...

—A lo mejor... a lo mejor esto: «Mire usted, caballero, por muchas vueltas que quiera darle, usted y yo somos igual de estadounidenses. Yo, como usted, tengo mi pasaporte y mis papeles en regla. Pago igual que usted mis impuestos. Ambos compartimos por igual derechos y obligaciones. Y cada uno gozamos de la libertad de poder expresar libremente nuestras ideas, aunque no las compartamos. Desista ya de buscar lo que nos divide y trate de entrever lo que nos une, porque la única diferencia que existe entre usted y yo, si me permite una observación de profesional de la barra, es que usted chupa el *scotch* con agua porque su origen es anglo y yo lo tomo con soda por ser hispano. Eso es todo».

Era lo que Marcelo Hernández Salcedo hubiera gustado argumentarle al racista de North Bergen. Pero no se atrevió a decírselo. En su lugar permaneció en silencio y solo acertó a acelerar el paso con las piernas en temblequera mientras la voz del grandullón retumbaba como un saco de truenos a su espalda.

—*Go back!* ¡Muéstrame tu pasaporte americano o vete a tu maldito país! ¡A-di-ous!

Ataúlfo recogió los dólares depositados por Marcelo en el platillo y, tras realizar el requerido recuento, en cuestión de segundos pasó de experimentar verdadera compasión por su buliado vecino a sentir ganas de cometer un homicidio involuntario en segundo grado.

Resulta que, con los nervios, el barman del Oyster Bar había calculado mal la propina y le había dejado al charro apenas un cinco por ciento. Marcelo acababa de cometer, posiblemente, el crimen más deleznable de cuantos tipifica el código penal de la Unión: una felonía del tipo C. Para Ataúlfo en asuntos de propina el aforismo era bien claro: *no tip, no mercy.* En otras palabras: si no dejas suficiente, te chingamos. Te escupimos en el plato o en la capucha del abrigo. Vamos, hombre, que todo el mundo conoce las reglas. Los camareros reciben un salario mísero y viven de las propinas.

—Si son los santos que, aun siendo santos, no se molestan en hacer milagros salvo que uno les deje limosna en la peana —reflexiona enojado el vecino cotilla—, pues imagínese usted yo, mano. Si a mí no me dan propina, ni me meneo.

No era para menos. Dejar por debajo de un doce por ciento, como le había ilustrado Marcelo en una ocasión a su propia hermana, se consideraba una canallada digna de un hijuefruta mal nacido.

—¡Port Authority! ¡Final de trayecto! —vocea puesto en pie el conductor del ómnibus.

Marcelo saborea el *Ripple* de los Grateful Dead en sus cascos. Una canción que lo transporta a un sueño del que trata de deshacerse ahora desorientado.

—¡Port Authority! —insiste el hombre.

Marcelo se incorpora, mira a su alrededor confuso y, ante el estupor de los pocos pasajeros que aún quedan, les pronuncia un sentido discurso elevando su voz por encima de la música.

—Muchas gracias, señoras y señores, por este premio. Solo puedo decirles que me siento un privilegiado por tener la fortuna de aprender cada día de las lindas personas que visitan mi barra. Nada más. Y a todas ellas les digo: «Muchísimas gracias, de todo corazón».

La inesperada perorata produce disparidad de opiniones entre el público. Desde el «¡usted chispotea!» de la esposa carapalo, al caluroso *«Jungle fever!»* de la morenita que alza un pulgar en señal de aprobación.

El conductor se encoge de hombros y vuelve a asombrarse, una vez más, de la cantidad de locos que predican en voz alta por las calles de su ciudad. Sintecho por vocación, ya dijimos.

—Pucha, se me zafaron los cables... —Se retira azorado Marcelo los audífonos.

—¿Se encuentra usted bien? Por un momento se le fue la pinza —se preocupa la española.

Marcelo la mira aturdido, mientras ella se hace cargo de la bolsa deportiva que el barman ya se dejaba olvidada en el suelo. Es pequeña, de piel sintética de color blanco y con la inscripción «MUNICH 1972» en letras negras junto al símbolo de un sol acaracolado.

—¿Me puede usted guardar un secreto? —ruega Marcelo.

—Seguro —confirma la joven mientras le ayuda a recorrer el pasillo hasta la puerta.

—Je, je... —se le escapa una risilla a Marcelo—. Es que andaba despistado en mis cosas y solté la frase de agradecimiento que tengo preparada para cuando me entreguen el Oscar. ¿Le pareció adecuada?

La explicación del barman deja seca a su joven acompañante.

—¿El Oscar? Yo lo flipo.

—Por la película de mi vida. Basada en mis vivencias, se entiende. De momento no están escritas, es solo un modesto sueño. Ni siquiera he comentado la idea con mi compadre Albert...

—¿Albert? —pregunta confundida la española por el inesperado aluvión de datos.

—Tiene que conocer usted a Albert algún día. Le va a gustar. Es el cajero del Oyster Bar y lleva allá exactamente los mismos años que yo. Cincuenta y cinco. Ambos competimos por arrebatarle el récord a Papa Díaz, ¿sabe?

—Papa Díaz... Lo siento, pero no estoy al loro —se excusa cada vez más desconcertada la joven.

—Oh... Papá Díaz era un dominicano bien entregado a su oficio. Se jubiló después de cincuenta y seis temporadas en el Oyster. Ostenta el récord absoluto de permanencia.

—¡Joder, tío!

—No está mal, ¿verdad? Pues Albert y yo nos hemos propuesto destronarlo. Ya veremos quién de los dos se lleva el gato al agua.

—Marcelo, ojalá que tenga suerte —le desea con sinceridad la joven al iniciar la obligada despedida y tras comprobar aliviada que el barman se maneja de nuevo con soltura.

—Dizque arar en el mar no puede causarle mal a nadie, ¿verdad, señorita? —sonríe Marcelo tendiéndole con cordialidad su mano.

La viajera, conmovida, prefiere plantarle dos besos en las mejillas.

—Así es la costumbre de España —le indica quitándole importancia a un acercamiento físico que para muchos estadounidenses resultaría intimidatorio.

—Muy linda costumbre —responde halagado Marcelo.

La española le hace entrega de su bolsa deportiva y de una tarjeta de negocios.

—Ah, caray. Qué cabeza. Gracias.

—No me presenté, soy periodista. Me llamo Anna y trabajo de reportera para *El Diario,* el periódico en español de Nueva York. Así que, igual, si no le importa, me dejo caer por el Oyster Bar un día de estos a tomarme una birra.

—¿Reportera? —Revisa ufano la tarjeta—. Entonces, señorita, usted entiende bien de qué vaina le estaba yo conversando. Mire, si me guarda otro secreto, antes de que se marche le confesaré que tengo incluso pensada la música para los títulos de crédito: *Ripple*, de los Grateful Dead. ¿No le parece adecuada?

Mientras aguarda respuesta, Hernández barrunta si, como solía mantener su padre, este fortuito encuentro con la súbdita de España no podría ayudarlo a propulsar de manera inesperada su sueño.

—Cada encuentro con una persona, mijo —le había explicado en más de una ocasión don Otto—, es como un punto dibujado sobre una lámina de cuaderno en blanco. No dejes de darle importancia a ninguno de ellos por nimios que te parezcan en el momento en que se produzcan, pues todos y cada uno de ellos te resultarán imprescindibles cuando llegue el tiempo de unirlos para formar sobre el lienzo el dibujo de tu propia existencia.

—Vale. Adiós, señor Marcelo.

—Quedo a la orden, pues, señorita... García.

Capítulo 4. Grand Central

En el vestíbulo de la estación central, el agente de policía Brian O'Connor reprende a un *millennial* por retozar en los escalones que conducen a la tienda de Apple.

—Ahueca el trasero, pana —le recrimina el chapa con cara de disgusto.

—*Dude*... —protesta el muchacho haciéndose el remolón.

—¡Largo! —refuerza el tono de su amenaza el policía acariciando el mango de la porra.

—*Peace, dude*... —Se recoloca las gafas de pasta, eleva las manos en son de paz el importunado hasta dejarlas a la altura de un gorrito de lana, enmohecido por las pocas ocasiones en que ha visitado una lavadora, que le embute la cabeza.

—¿No me has oído o es que te crees la última Coca-Cola del desierto, chaval?

El *millennial* finalmente acata las órdenes y se incorpora, pero a cámara lenta. Por dinamitar la paciencia del uniformado. La Yoni es un país libre, «home of the brave and land of the free», y aquí uno puede permitirse el lujo de no dejarse amedrentar por un guachimán. Siempre que tu raza, tu etnia y tu lugar de nacimiento hayan sido los adecuados, claro.

—En fotografía debemos de acostumbrarnos a aplicar la regla de los tercios a la hora de componer objetos —sigue fielmente el joven desalojado las instrucciones de su profesor de diseño en la Universidad de Parsons. Eleva su iPhone, dándole la espalda desafiante al agente del orden, y apenas tarda unas décimas de segundo en encontrar el encuadre.

«Horizonte bajo: dos tercios de cielo y uno de suelo», recuerda antes de disparar el selfi.

—*Lit* —aprueba el *millennial* la composición mientras sube con el dedo gordo la foto al firmamento o a donde quiera que quede la dichosa nube esa.

El autorretrato aparece casi de forma inmediata en una cuenta de Instagram que él decidió bautizar con el nombre de @mothhole, «agujero de polilla», en homenaje al roto deshilachado que preside el centro de su inseparable gorro, un avispero del que no se desprende ni para tomar el sol en verano en las playas de los Hamptoms.

El hemisferio izquierdo de la fotografía lo ocupa en su totalidad, en primerísimo plano y meditada pose, el autor del retrato. Los *millennials,* como el burro, siempre delante para que no se espanten. En la mitad derecha, se vislumbra en el *background* (que es lo que venía llamándose «el fondo» de toda la vida) la enorme bandera federal que preside el *lobby* de la estación. Justo debajo de ella, aparece en plano americano el malencarado agente.

«Llamamos plano americano a ese encuadre algo más abierto que el plano medio, aunque sin llegar a la amplitud de uno general, que surgió durante el rodaje de los wésterns para que pudieran apreciarse las pistolas de los vaqueros en la pantalla», recuerda el joven que le explicaron en el máster de diseño mientras repasa la composición fotográfica.

Todo muy estudiado. Perfectamente balanceado porque la llamada generación Y se prepara a conciencia las improvisaciones. Por eso, al *millennial* casi le entra un ataque de ansiedad al detectar que se le ha colado un intruso en su selfi.

—*What the f...!* —exclama al descubrir que, por detrás del agente del orden, en la mera esquina y de cuerpo entero, aparece un tipo con pinta de muñeco de futbolín que saluda descaradamente a cámara.

—*Morning,* Brian —llama la atención del poli Marcelo sacudiendo en alto los dedos cual sonajero.

—Nada de buenos días —le contesta sarcástico O'Connor mientras sigue con la porra los movimientos del chaval, que se pierde escalones abajo, dando pasitos de baile como los protagonistas de *El mago de Oz* en su periplo hacia la Ciudad Esmeralda—. Menudo tocapelotas.

El agente se vuelve hacia el barman.

—No sabes cómo echo de menos los viejos tiempos, Marcelo...

—A su madre los viejos tiempos... —se persigna el barman—. Déjese usted de nostalgias que, cuando yo empecé a trabajar en el Oyster Bar, la Estación Central parecía la entrada al infierno.

—¿La entrada? Dirás más bien el propio infierno —le corrige Brian.

—No me lo recuerde, por favor. Si entraba uno en los baños públicos, se arriesgaba a no salir con vida.

—Pues eso: ¡tiempos memorables! No como ahora que, con tanta visita programada y tanto puesto de comida nórdica, la han convertido en Disneylandia. ¡Que yo soy policía, coño, no Mickey Mouse para vengan a tomarse fotos conmigo los turistas!

El barman ríe el agrio comentario del poli.

—No me creo que eche tanto de menos aquella bulla, Brian.

—Pues créaselo, Marcelo… —suspira melancólico el de uniforme azul—. Cuando yo ingresé en el cuerpo, ser oficial de policía en la ciudad de Nueva York resultaba estimulante. Había prostitutas chinas en el distrito del Meat Pack, los gais celebraban *leather parties* escondidos en los contenedores de los tráileres de dieciocho ruedas que aparcaban en los descampados de Hudson Yards, se escuchaban intercambios de tiros a cada rato en Soho… Había de todo. Para elegir. Lo pasábamos de miedo. Pero ya ves tú la tarea de ahora: poner una sonrisita, «have a nice day» y levantar veganos de las escaleras. Porque te aseguro yo que el pana ese del gorrito putrefacto que acabo de largar es vegano. Léeme los labios, Marcelo: ve-ga-no. Esta civilización se va a la mierda.

—Oká. *Later,* Brian —se escabulle Marcelo insinuando que lleva prisa.

—*Wait!* —lo intenta detener sin éxito el agente.

Brian O'Connor, católico, apostólico e irlandés, no se resigna a dar por zanjada la conversación y eleva su voz por encima de los transeúntes para compartirle al barman sus apesadumbrados lamentos.

—¡Lo malo de los malos es que no son buenos...!

«... pero lo malo de los buenos es que resultan profundamente aburridos», completa el barman para sí la máxima del agente.

Se la sabe de memoria. Últimamente, el agente Brian la repite machaconamente cada vez que baja en busca de un sándwich de almejas fritas a la hora del almuerzo.

Un escalón más y Marcelo alcanza la planta sótano de la terminal, que viene a ser como pasar una pantalla en un videojuego. Definitivamente, otro universo. En ocasiones muy contadas se molestan en bajar hasta aquí los turistas. La *dining court* es territorio *commuter.* De los locales. De quienes entran y salen de Manhattan todos los santos días y han de conciliar la vida laboral en un minúsculo cubículo a una altura que rasca el cielo con una vida familiar a ras de tierra en una minicasa, con miniperro y minijardín en un barrio de las afueras.

En las colas de los puestos, decenas de pasajeros consultan, con los vellos de punta, las breiquin nius en los titulares de prensa del día. La mayoría lo hacen en sus teléfonos. Algunos, los más veteranos, todavía en papel. Todos, en cuanto reciben el café, buscan desesperadamente hueco en una mesa para ahogar al unísono sus *muffins* y sus preocupaciones en los humeantes vasos de cartón.

Como cada mañana, Marcelo confía en que Karen haya acudido hoy a su cita.

—Perdone... —reclama la atención de una dama con un pálpito en el corazón.

La mujer, con una larga melena reclinada sobre un libro, eleva molesta la vista porque un desconocido haya osado propiciarle unos indeseados golpecitos en el hombro.

—*Excuse me*... —se queja ella en demanda de explicaciones.

—A los americanos se los mira, pero no se los toca —le había advertido cincuenta y cinco años antes su tía, doña Laura Salazar—. Acá, Marcelo, tienes que respetar la distancia personal para que los individuos no sientan que les estás invadiendo su privacidad.

—¿Y cuánta distancia es esa, tía Laura? —inquirió profundamente intrigado el sobrino recién llegado de Quito.

—Dos pies más lejos de lo que tú acostumbres a distanciarte cuando le hablas a la cara a un paisano.

—Perdone... *I mean, I'm sorry*. La confundí con alguien... —se disculpa el barman.

Definitivamente no es ella. Karen no se dignó a presentarse hoy tampoco.

—Hace cincuenta y tres años que quedaron en verse, Marcelo. ¿No le parece que las posibilidades de que Karen acuda a la cita ya se agotaron? No puede usted pasarse la vida hecho una noche —se había sincerado a bocajarro la Delia una mañana de domingo en que sorprendió a su hermano cabizbajo en el patio de la casa de Jersey.

Marcelo no respondió nada.

—*Move on,* pana —le aconsejó su hermana.

—Háblame de esa mujer. ¿Quién es exactamente Karen? —cambió a un tono más intimista Soledad O'Brien.

Marcelo pegó un respingo. Se suponía que la interviú iba de cócteles; pero, por lo visto, los redactores del espacio se habían documentado a fondo con su hermana.

—De mi vida privada prefiero no hacer comentarios —despachó la cuestión algo incomodado el barman.

La periodista aguantó el silencio. Estratagema de libro: cuanto más calles tú, más habla el otro.

—Digamos que se trata de una persona muy linda... que conocí en el Ecuador cuando ambos éramos chiquillos... y a la que recuerdo con un grato cariño. Eso es todo.

Lo que Marcelo se guardó en la recámara es que se había enamorado perdidamente de Karen. Hasta la médula. Y que ese amor fue, precisamente, el motor que lo impulsó a emigrar a Nueva York.

Capítulo 5. Karen

Avanzada ya la madrugada, el colorado Wilson infló hasta lo impensable los mofletes para aprovechar al máximo los amplios matices de tonalidad de su saxofón. Le gustaba ir por detrás de la melodía, jugueteando con el resto de la banda, a lo Dexter Gordon. Míster Otto le guiñó un ojo desde el centro del escenario del *grill* Henry's y el público premió su esfuerzo con un aplauso. Risotadas, últimos besos arrancados a las dulces camareras. Llegaba la hora de la despedida.

Poco a poco fue saliendo toda la clientela. Se apagaron luces. El personal cambió su uniforme por la vestimenta de paisano, los vasos quedaron escurridos sobre la pila y las cuentas hechas. Los miembros de la orquesta recogieron con delicadeza sus instrumentos y les fueron dando cobijo en sus correspondientes fundas. Todo eran agradecimientos y despedidas, menos para el niño aprendiz de barman, que seguía concentrado en sus botellas.

Justo acababa de liberar Marcelo al genio encerrado en la botella de Calvados, que se esfumó dejando una estela de olor a verdes manzanas cuando, de improviso, como la aviación japonesa sobre Pearl Harbor, se ciñó una amenazadora sombra sobre la larga fila de tarros. Temeroso de que se tratase de su viejo, quien, sin duda, tarde o temprano se personaría cinturón en mano para recriminarle la escasez de rendimiento demostrada por él aquella noche, el mocoso se incorporó de un respingo. La torpe maniobra tumbó de un manotazo varias botellas.

—*Who are you?*

El desconocido acento lo dejó pasmado. Aquel dulce timbre de voz no se correspondía con el de su padre ni tampoco con el de su admirado barman. Alzó la vista y experimentó la turbación que hubieron de sentir los pastorcillos de Belén cuando se les apareció el ángel.

—*What are you doing?* —insistió en su lengua ininteligible la misteriosa presencia.

Se trataba de una niña de ojos verdes, piel trigueña, cabello negro rizado y espigadas piernas que, en asuntos de edad, aunque no de altura, lo superaría al menos en dos o tres años, según calculó rápidamente y muy por encima Marcelo. Su proverbial atractivo, ese que tan a menudo procura el cruce de razas, pilló al corazón del aprendiz de barman al descubierto y le encendió el rostro. Sin embargo, pudo más la curiosidad que la pena y, sobrecogido por la habilidad sobrehumana de aquella criatura para manejarse en otro idioma, se atrevió a preguntarle.

—¿Eres ex… extranjera?

—¿Te importa desatarme el caballito? —La niña cambió para su sorpresa al español con la facilidad de quien varía en su rostro de mueca.

Marcelo esbozó una sonrisa tímida, pero no entendió bien la propuesta hasta que ella le acercó una pierna.

Aparecía forrada por una media de seda, demasiado grande quizás, anudada por encima de la rodilla a un cordel que hacía las veces de liguero. Al final del hilo pendía, columpiándose a la altura de la corva, un minúsculo corcel de plástico. Era idéntico al que Marcelo había visto esa noche amarrado al cuello de la botella que el barman había sacudido sobre los vasos cada vez que le pedían un whisky. White Horse era el nombre que recordaba haber leído en la etiqueta.

—Que vaya usted a saber —masculló Marcelo para sí entre dientes— lo que significaría aquello.

—Caballo blanco —añadió la niña facilitándole una inesperada traducción simultánea.

Marcelo tragó saliva y se arrodilló para inspeccionar el muslo.

—¿Me lo desatas?

Marcelo asintió, pero se hizo un lío con el protocolo. No supo si debería mirar hacia arriba y enfrentar aquellos intimidatorios ojos de gata, al frente y recrearse en los pliegues tostados de su rodilla, si apartar la vista con discreción hacia un lado o qué diantres. Total, que, en una decisión sin sentido, optó por cerrar los ojos y desarrollar su misión a tientas. Y, así, con dedos harto temblorosos, se dispuso a desatar el nudo que atrapaba al jamelgo albino.

—Me llamo Karen —interrumpió sus labores de salvamento la voz de la niña—. ¿Usted no tiene nombre?

—Mar… —es todo lo que alcanzó a contestar el muchacho antes de atragantarse.

—¿Es usted varón y le pusieron Mar? —rio sin disimulo Karen—. ¿En qué andaban pensando sus taitas?

—Mar... celo —consiguió completar su denominación de origen el niño.

Algo impredecible le estaba aconteciendo. Era como si de golpe sus células se hubiesen transformado en centellas y le estuvieran provocando cortocircuitos a base de escupir minúsculas chispas por todo el sistema nervioso.

—Mis viejos son artistas y me llevan siempre con ellos —le aclaró la niña—. Cuando me aburro, juego a disfrazarme. De haber sabido que estaba usted aquí podríamos habernos divertido juntos.

—Ajá —replicó Marcelo al tiempo que se incorporaba como un caballero para hacerle entrega del caballito blanco a su dama.

—Gracias, Mar... celo —volvió a reír de nuevo la niña.

El muchacho advirtió que la extraña corriente eléctrica que le recorría por dentro lo había convertido en una suerte de imán, en un cuerpo magnético que cambiaba aleatoriamente de polo. A pesar de la irremediable atracción que sentía hacia aquella niña disfrazada de mujer y de la descomunal fuerza seductora que le impulsaba a querer permanecer a su lado, el instinto lo sorprendió. Sentía ganas de alejarse a la carrera con el nítido objetivo de no volver la vista atrás hasta haber alcanzado el infinito.

—*Nice to meet you too...* —musitó Karen con desencanto al comprobar cómo Marcelo se iba tropezando con los butacones de terciopelo del *grill* Henry's en su precipitada búsqueda de la puerta de salida.

Cuando accedió por fin a la calle y sintió, como una puñalada que lo devolvía a la realidad, el frío de la sierra en los pulmones, Míster Otto rasgaba con melancolía las cuerdas de su guitarra bajo la tenue luz de una farola. Estaba parapetado por un poncho y jaleado por un par de señoritas que gritaban más que entonaban y reían con acentuado desparpajo al final de cada estrofa.

—Acérquese a la casa, mi peladito, y avise a su madre de que más lueguito le caigo yo.

Súbitamente aliviado, al comprobar que se ahorraba el temido escarmiento paterno, Marcelo buscó la cúpula de la iglesia de Santo Domingo con el fin de orientar su trayectoria hacia el sur. Localizada la cruz de hierro, se puso a callejear deprisa. Tan absorto iba, repasando en sus pensamientos los extraordinarios sucesos acaecidos aquella noche otoñal, que no fue hasta enfilar la encrespada cuesta de Santa Rosa cuando comenzó a notar borroso el horizonte y a percibir el fuerte tremor bajo las piernas. Para entonces hacía rato que había enmudecido el volcán Roncador lo que producía en la noche un inusitado silencio. Fue una quietud enseguida interrumpida por el aleteo de los miles de pájaros que escaparon despavoridos de los dormideros y plátanos del botánico. Un inquietante amasijo de plumas que, en forma de punta de flecha, graznaba en estampida camino de Esmeraldas.

Abajo, en la avenida de los Tres Juanes, desapareció parte del pavimento. Al paso de Marcelo se hundió el empedrado central, cayeron los muros de ladrillo engalanados con desteñidos afiches conmemorativos del 12 de Octubre que apostaban por una raza fuerte, laboriosa, pacifista y soberana, y, por extraño sortilegio, los autos parqueados del lado izquierdo de la calzada se corrieron de un brinco para quedar recolocados en la orilla opuesta. Pero el pollito seguía a lo suyo. Loma arriba. Tal era la obstinación con que rumiaba sus deseos de ser barman y tan honda la preocupación con que anticipaba la reprimenda materna en cuanto doña Olga Salcedo notase que se le habían despistado en algún lugar las gafas.

—Ya me fregué. Me reta mi vieja —se dijo alarmado y aumentó el ritmo de su marcha.

Capítulo 6. El pata

—Se me antoja que ya transcurrieron demasiados años sin la Karen como para seguir esperándola. ¿No le parece, Marcelo? —insistió la Delia en un desesperado intento de hacerle entrar en razón a su querido hermano.

El barman solo se encogió de hombros.

—Fenómenos más extraños se dieron, ñaña —esgrimió al rato para justificar su terquedad—. ¿Te creerás que antier nació en el zoo de El Bronx un ejemplar de cebra sin rayas?

—Ah, ¿sí?

—Me lo relató en la mera barra la editora del *New York Herald*.

—¡Virgen del Cisne! Tú dale que sigue, hermano... —decidió dejarle por imposible la ñaña.

—Es que yo aún no perdí la esperanza —reafirma una jornada más sus votos de amor Marcelo ante el letrero que le anuncia la llegada a su verdadero hogar.

«Oyster Bar Restaurant», rezan las letras grandotas.

—Amigos, continuamos en *I Am Latino in America*, les habla su amiga Soledad O'Brien en directo desde el Museo del Barrio de Nueva York. Nuestro invitado de hoy es Marcelo Hernández, un prestigioso barman de la ciudad. Marcelo —se vuelve hacia el entrevistado—, ¿cómo describiría usted esa barra de cócteles ubicada en el Oyster Bar de Grand Central Terminal para todos aquellos que no hayan tenido la fortuna de visitarla?

—Quizás... —tiznó con un halo de nostalgia su alocución el barman— mi barra sea lo más parecido a esos cafés de la vieja Europa que aún quedan en la ciudad de Niuyork.

—Ajá...

—Un lugar en el que, digamos, el tiempo transcurre de otra manera. A la antigua usanza. Sin que uno tenga prisas porque se le enfríe el café.

—Ajá...

—Le voy poniendo un ejemplo. En Manhattan el oficio de *bartender* suele reducirse a una mera chamba de unos meses. Algo para hacer plata rapidito y saltar a otra carrera profesional más sugerente. Acá los *bus boys* no quieren ser camareros, quieren ser actores de televisión, gurús del mundo financiero en Wall Street... Los que paramos en el Oyster Bar no. Por alguna razón y, contra todo pronóstico, nosotros tendemos a permanecer desempeñando nuestro oficio con orgullo durante toda una vida. Morimos con las botas puestas. ¿Por qué será?

—Quizás porque los clientes agradecemos esa atención por parte de ustedes y no queremos que nos falte nunca... —sugirió con ternura la entrevistadora.

Halagado, el fabricante de sueños licuados arqueó su fino bigote y su sonrisa quedó atrapada en un círculo.

—Marcelo es un punto de fuga que dota de perspectiva a muchas vidas en esta ciudad —se arrancó a describirlo la presentadora—. Un *coach* que tiende gozoso su mano a las muchas almas que hasta él se acercan en peregrinación diaria, pues basta un minuto de su atención para devolverle a un solitario la autoestima. Un gesto de su cariño, para restablecerle la dignidad a un desamparado. Una chispa de respeto y le reintegra a un afligido la esperanza. Tres cuestiones encadenadas. Tres simples preguntas en boca de este doctor de almas, Marcelo Hernández Salcedo, bastarán para hacernos sentir apreciados y lograr nuestra sanación. Escuchen…

Marcelo captó al vuelo la intención de los tres puntos que dejó suspendidos en el aire la conductora y, en un tastás, rellenó con delicadeza el espacio en blanco con las tres interrogantes con las que siempre acierta a dar la bienvenida a sus clientes.

—¿Cómo se encuentra usted hoy? ¿Qué puedo hacer por usted? ¿Puedo ofrecerle alguna bebida que resulte de su agrado?

—Seguimos a la vuelta de los comerciales. No se marchen.

El público prorrumpió en un aplauso.

—*Geyco, 15 minutes can save you 15 % or more in car insurance.*

Marcelo abre, como cada mañana, la puerta acristalada que da acceso al restorán. En el centro del vidrio, seis letras rojas se tambalean enmarcadas en un rectangulito: «CLOSED». El local permanece cerrado al público.

—No servimos desayunos —ha de repetirles hoy también a los primeros turistas, pájaros tempraneros que intentan colarse impacientes para admirar las bóvedas de azulejos esmaltados que recomienda visitar la guía de Lonely Planet.

—No abrimos hasta las once y treinta —les recuerda el barman.

—¿Tan tarde? —protesta un señor que se estira los calcetines blancos que asoman por las aberturas de sus sandalias.

«Debe de ser alemán», deduce Marcelo con determinación detectivesca.

—*Pas de soucis* —le escucha pronunciar a su espalda.

«Ah, pues espérate, que va a ser francés», recapacita.

Cierra tras de sí la puerta acristalada, corre el pestillo por si acaso, vuelve a observar al turista y no da su brazo a torcer.

«Será francés —se dice—, pero seguramente que ya de muy al norte de Francia. Casi en la frontera. O sea, alemán.»

Aunque la apertura al público es a las once y media *o'clock*, desde muchas horas antes se faena sin descanso adentro en los fogones. Sandy, el cocinero que lleva veintiséis años prestando sus recetas, tiene que amanecer a las dos para ir a comprar el pescado al New Fulton Fish Market de El Bronx. Ahora se viene la temporada del *bluefin*. Tremendo atún. El chef lo compra en la subasta y lo trae enterito. Parece un tiburón. Abajo hay dos pescaderos que lo cortan en lonjas y lo filetean. Lo mismo que con la manta raya, la tilapia o el grooper. Dentro de poco será época del branzino mediterráneo, el pescado de las marismas del Guadalquivir que puso de moda el chef Dan Barber. En primavera llega el arenque. Y así. Desde las seis de la mañana un batallón remueve las ollas para elaborar la salsa de tomate y las sopas de marisco. Los turistas no imaginan el esfuerzo sobrehumano que supone servir miles de almuerzos, meriendas y cenas de forma ininterrumpida y hasta las tantas de la noche cada día.

La cocina abre a las once y media de la mañana y cierra a las nueve y media de la noche. El bar aguanta hasta las once. Los horarios se cumplen a rajatabla. Pragmatismo anglosajón. Nada que ver con el *grill* del Ecuador donde actuaba el padre de Marcelo. El local tenía colgado a la entrada este aviso: «ABRIMOS CUANDO LLEGAMOS / CERRAMOS CUANDO PARTIMOS».

—Épale —saluda el barman a su compadre Albert, que, sentado en su cubículo de caoba, se entretiene computando a mano, como cada mañana, los tíquets de caja de la noche anterior.

—¿Quiubo, Marcelo? —alza el cajero la mirada por encima de la montura de sus anteojos.

El barman se encoge de hombros.

—*Same all, same all.*

—Tienes una visita —le anuncia el colombiano.

Marcelo se sorprende. Es la primera vez, en los cincuenta y cinco años de servicio que lleva en la casa, que se presenta alguien a visitarlo sin anunciarse previamente.

—Dame luz. ¿Quién vino? —pregunta intrigado.

Albert apunta con la nariz hacia la barra del fondo. La de los ocho taburetes. Donde atiende el ecuatoriano.

—Ese.

A diez zancadas de distancia, el barman localiza al personaje misterioso. Está sentado en una de sus banquetas y, aparentemente, concentrado en su teléfono. No puede distinguir su rostro porque le da la espalda, pero le llama la atención el gorro marrón de lana que lleva calado. Parece el tipo al que mandó a El Cairo el agente Brian en el vestíbulo.

—Con la cabeza forrada, el man parece un hongo con gafas —comenta divertido el contable.

—Me pregunto a qué vino. ¿No te comentó?

Albert suelta el lápiz y da por finalizadas las cuentas.

—No dijo nada —le dice.

—Me apuesto un ojo a que es un *influencer* de esos. Se asemejan todos. Oye, como si los fabricasen con molde —trata de analizar al sujeto en la distancia Marcelo.

—Igual vino a hacerte un reportaje para la *social media*.

—Muy gracioso, Albert. Sacaste la sal bogotana.

—Averigua pues, compadre.

Marcelo se encamina con sigilo hacia su barra. Veinte pies lo separan de ella. Diez pasos para alcanzar el espacio de trabajo más chiquito del local. Un rectángulo que medirá… ¿cuánto? Seis metros cuadrados a lo sumo. De fondo, dos paredes en escuadra y, de frente, un mostrador de madera en forma de ele que las cierra. O sea, lo que se dice una barrita rinconera; como si fuera un modesto balcón al inmenso restorán de Grand Central Station.

—Si el Oyster Bar fuese un trasatlántico, póngase que a mí me asignaron el bote salvavidas —bromeó Marcelo a su tía Laura el día en que lo contrataron.

—No vaya a tener pena, sobrino, que todo se andará. Celeste al que le cueste. Seguro que, de a poco, le ascienden a un puesto de mayor categoría —lo animó la hermanastra de su padre, visiblemente entusiasmada al conocer que iba a recuperar en breve la plata invertida en el pasaje.

—Uy, no me malinterprete, doña Laura. Esa barra tan chiquita la solicité precisamente yo porque, al ser así de menuda, no tengo que compartirla.

—No saliste muy sociable, Marcelo —le recriminó la tía.

—Usted me conoce. No creo resultar huraño, pero dizque tampoco soy lo más amiguero para trabajar con nadie. Prefiero camellar solo. Tomo mis decisiones y me responsabilizo de ellas sin rendir cuentas a nadie.

—Igualico que tu padre: *one man show*.

—Eso es lo que a mí me gusta, doña Laura, y que no me lo cambien. Ojalá que nunca me destinen a otro sitio.

—*Dude,* no serás tú el Marcial ese, ¿no? —deja caer de forma irreverente el *millennial,* que se gira en el taburete tan pronto como siente en el cogote el aliento del barman.

Marcelo opta por guardar silencio. Usa la técnica periodística aprendida de la O'Brien: cuanto más te calles tú, más se va de la lengua el contrario.

—Me indicaron que me postulara acá —se explica el *millennial*—. Pero no me permiten que atienda al público hasta que un tal Marcial no me dé instrucciones. No sé de qué. Cualquier niño de tres años sabe usar un abrechapas, *dude.* No me parece que haya que cursar un máster para servir una cerveza y unas patatas fritas, pero bueno...

Marcelo se agacha por debajo del mostrador de roble para acceder a su puesto. Reaparece al otro lado y se sitúa en el centro.

—¿Es usted Marcial o qué? —le presiona con desfachatez el muchacho—. No hay cosa que me moleste más que que me hagan perder mi tiempo.

El barman le aguanta la mirada y bien despacio, con estudiada lentitud, se deja caer hacia adelante hasta colocar su rostro a escasas pulgadas de la nariz del *millennial.*

—¡Bu!

El pata recula intimidado.

—*Dude!* —protesta mosquedado por el asedio.

Marcelo se ríe. Con ganas. Le entra la risa floja.

—Muy gracioso. —El *millennial* se ajusta las gafas de pasta—. ¿Usted no salía en *Piratas del Caribe?* —le pregunta mofándose del bigotillo.

Marcelo se pone serio.

—Muy buenos días para usted también, pata —responde manteniendo una impostada sonrisa—. Antes de aclarar el asunto que le trajo a usted acá y aunque, como puede observar, no estamos todavía abiertos, dígame: ¿cómo se encuentra usted hoy? ¿Qué puedo hacer por usted? ¿Puedo ofrecerle alguna bebida que resulte de su agrado?

—Un zumo de kombucha, gracias —solicita el muchacho sin pensárselo dos veces.

Marcelo coloca delante del muchacho una servilleta de cóctel, un vaso de agua y un paquetito de galletas saladas.

—Esto no es un cibercafé de Williamsburg —le aclara.

—No hace falta que me lo jure. Yo no sé cómo aguanta en esta cueva de mierda sin ver la luz del sol en todo el día. Ni que fuera usted una gallina ponedora.

Marcelo traga saliva, respira hondo y solicita tiempo muerto.

—Me voy a volver. Ya regreso —indica mostrando sus manos cruzadas en forma de aspa.

A veinte pies de la barra vuelve a encontrarse con Albert. El colombiano, que ha mantenido la vista alzada y las orejas bien paradas durante el encuentro de su compadre con el *millennial,* de repente se hace el distraído.

—¿Escuchaste?

—No, pero me hubiera gustado —disimula.

—Dime la verdad, loco. Se me antoja que me ocultas una *scoop*. Dame primicias.

El colombiano saca de debajo del escritorio el periódico y le señala la sección de deportes.

—¡Se recuperó milagrosamente Nadal! —anuncia con un gesto de incredulidad—. Te lo iba a comentar en el almuerzo.

—Olvida el tenis, Albert, y dame haciendo un favorcito antes de que el agua se enturbie: ¿qué sabes de ese cocolo con gorro de alpaca?

—Que es un pelucón deslenguado —afirma el cajero con un gesto resignado.

—¿Y qué más, Albert? —insiste Marcelo sujetando en corto a su amigo con la mirada.

El cajero agacha la cabeza.

—Bueno, al parecer… —tropieza con dificultades el bogotano para encontrar las palabras precisas.

—¿Qué? Dime de una vez.

—Dizque… al parecer le contrató la doña para que camelle contigo.

Se tambalea el universo. Arrancan de nuevo los caballitos a velocidad de cometa y da vueltas el Oyster Bar como lavadora en el programa de centrifugado. Marcelo siente mareos.

—¿Camellar conmigo? —trata de comprender el barman desolado.

—Me consultó la doña y opiné que contratar a ese pata era gastar pólvora en gallinazo. Lo juro, pero no me quiso prestar atención. Al final yo acá solamente soy el contador. Bien lo sabes.

—Tiene que tratarse de un malentendido, Albert. Mi barra tiene solo espacio para un barman.

—No te hagas mala sangre, compadre. —Posa el colombiano con ternura la mano en el hombro de su viejo amigo—. Querrá que le enseñes el oficio un ratico y ya.

Marcelo comienza a encenderse como mecha de cañón.

—No voy a perder mi tiempo enseñando mis conocimientos a otro malcriado consentido que no quiere aprenderlos. Y menos en mi barra. Por ahí no paso.

—Masca chicle y no hagas bomba —le recomienda el cajero.

Demasiado tarde. El cordón ya prendió la dinamita.

—¡Recula pa' tras, broder! —le insiste Albert.

Ni caso. Marcelo aprieta el paso hacia la puerta soplado; todo lo rápido que le permiten sus oxidados meniscos.

—¡A su madre! —exclama contrariado al abandonar el local.

Albert pone la mente en modo Waze y calcula el trayecto que está a punto de recorrer su compadre hasta presentarse en el despacho de la presidenta de la empresa. Ha de subir la rampa hasta el vestíbulo principal, salir a la avenida Vanderbilt, seguir la fachada de la estación hasta el 200 de Park Avenue y meterse en el portal de la Met Life. Recorrido aproximado: 0,2 millas. ETA, hora estimada de llegada: cinco minutos caminando ligero.

—¿Cuál es exactamente el bildin de la Met, hermano? —le preguntó dubitativa la ñaña la primera vez que Marcelo mencionó el edificio en una conversación.

—Esa torre de hormigón que nos plantaron encima de la estación de Grand Central —explicó sin ocultar su pesadumbre el barman—. Dizque la construyeron para sacarle rendimiento económico al espacio aéreo. Por unificar la bóveda estrellada del vestíbulo con las verdaderas estrellas del cielo.

—Un rascacielos espantoso. Hace daño a la vista, Marcelo. Pura especulación —confirmó su desaprobación al proyecto John Kennedy Jr. la noche en que el joven fiscal se presentó en el Oyster Bar con el primer ejemplar de su revista *George* bajo el brazo.

—¿Qué? —le preguntó a Marcelo—. ¿Da su aprobación el maestro?

—Se ve que aprecia usted la belleza, John John… —comentó el barman impresionado ante la espectacularidad de Cindy Crawford retratada en portada.

—Le sienta bien el disfraz de General Washington, ¿no crees?

A Marcelo se le escapó un espontáneo silbido.

—Pensé que iba a lanzar una revista política…

—Y *George* es una revista política, Marcelo —se defendió el hijo del malogrado JFK.

El barman infló los carrillos en espera de una explicación.

—Es política, Marcelo, pero hay que conseguir que la gente la lea.

Albert calcula que el ascensor que transporta a su compadre ecuatoriano ha de estar a punto de detenerse en la planta 48 del rascacielos de la Met. Duración aproximada del ascenso: treinta y dos segundos. Velocidad de crucero de la cabina: cuarenta y cinco millas por hora (quince millas por encima del límite de velocidad que regula el tráfico de Nueva York abajo en las calles). Altitud: ciento sesenta metros.

Marcelo golpea con los nudillos la puerta del despacho de la presidenta de la corporación.

—¿Sí?

Está entreabierta. Empuja y asoma.

—Me temo que se ha producido un terrible malentendido, señora. —Repasa Marcelo en su mente el argumento que tiene pensado esgrimir en su defensa ante la presidenta, pero, a la hora de la verdad, solo acierta a preguntar tímidamente—: ¿Da su permiso? —La maldición latina: arranque de caballo y parada de burro.

—¡Adelante, Marcelo! ¡Qué agradable sorpresa!

Marcelo entra con decisión. La silueta de la dama que preside la Restaurant Associates se recorta a contraluz en los inmensos ventanales. Sin duda, esta oficina tiene la mejor panorámica de Manhattan que uno pueda imaginar. Mucho mejor vista que la terraza del Rockefeller Center.

—Debe usted sentirse como un cóndor acá arriba —rompe el hielo con una broma el barman para evitar que la señora note que trae el hígado medio revirado.

La presidenta le sonríe. Es obvio que se alegra de verlo, pero también es bien sabido por los empleados que dispone de escaso tiempo para charlas. Su responsabilidad abarca mucho más allá de la dirección de un simple local en la estación de trenes. Lleva las riendas del imperio que levantó Jerome Brody: el hombre que tuvo la ocurrencia de servir en Twelve Cesars el champán en cascos romanos y que revolucionó la tradición culinaria de Nueva York al inventarse el restorán temático. Su éxito se basó en una idea sencilla: «el alquiler del local, que lo pague otro». Se asoció con magnates inmobiliarios que le cedieron espacios a cambio de un porcentaje de los beneficios y empezó a abrir restoranes en las esquinas más codiciadas de la ciudad. Desde su misma oficina, la presidenta de la corporación supervisa ahora concesiones en restoranes, hoteles y aeropuertos, contrata proveedores, cierra acuerdos inmobiliarios, negocia convenios, programa cáterings para eventos... Múltiples llamadas en espera parpadean impacientes en forma de bombillitas naranjas en el aparato de teléfono que descansa entre los papeles de su mesa.

—Seguro que vino a decirme que le agrada Dylan —deduce la gerente invitándole a tomar asiento.

—¿Dylan? ¿Bob Dylan? —cuestiona aturdido el barman—. Bueno la canción de *Hurricane* no estaba mal.

—El otro Dylan —puntualiza la doña—. Me refiero a su ayudante. No se haga el tonto.

El barman intuye que lo que va a escuchar a continuación le va a sacar canas verdes.

—¿Recuerda, Marcelo, lo que costaba en los años setenta que asomara un alma por el Oyster Bar?

El empleado asiente. ¿Le va a contar el mismo cuento que el agente O'Connor?

—El abuelo de Dylan nos ayudó en los malos tiempos a sacar a flote el negocio. Si hoy seguimos abiertos, Marcelo, en gran parte se lo debemos a él. Ahora resulta que ese caballero necesita que le hagamos nosotros un favor a su nieto y no he podido negarme. Lo comprende, ¿verdad? Es nuestro turno.

Marcelo es incapaz de generar respuesta.

—Dylan es un buen chico. Le gustará compartir con él la barra.

—Pero ¿por qué tiene que ponerle conmigo? El restorán es inmenso —se anima a protestar el barman echando mano de sus galones—. Sabe que yo me valgo sin ningún ayudante.

—Seamos sinceros, Hernández: ¿cuántos años va a cumplir?

Por el despacho de la planta cuarenta y ocho del edificio de la Met Life pasa un ángel.

—Setenta y cinco —reconoce al fin turbado el ecuatoriano.

—¿Y cuántos años lleva usted con nosotros? —insiste en repasar fechas la ejecutiva.

—He cumplido cincuenta y cinco años de servicio en esta casa, señora.

La presidenta arquea las cejas. El ángel recorre la oficina de regreso.

Marcelo tamborilea los dedos sobre el brazo de la silla para evitar que se le escape una humillante lágrima.

—Es tiempo de que transmita su sabiduría a las nuevas generaciones, Marcelo. ¿O quiere llevarse el secreto a la tumba como los faraones?

El rey de los cócteles se siente de pronto despojado de su corona y palidece.

—Lo malo es que el pata no parece tener ninguna experiencia —argumenta desesperado—. Mejor póngalo de *bus boy* a servir agua por las mesas.

La señora presidenta no está dispuesta a iniciar negociaciones.

—Precisamente por que carece de experiencia le he ordenado que se pegue a usted como una sombra. Dylan se incorpora esta misma mañana, Marcelo. Proporciónele una camisa blanca. Buena suerte.

La gerente da por terminada la conversación, descuelga el auricular y atiende a una llamada.

—*Hello?*

Marcelo abandona el despacho en quema.

Capítulo 7. Martini Seco

—Quieren serrucharme el piso —le confiesa con amargura a su compadre Albert nada más volverse a encontrar.

El contable había salido a buscarle. Llevaba ya un tiempo inquieto, oteando el panorama a través de la cristalera de entrada del Oyster Bar, y nada. Ni rastro de Marcelo. Bajo los cuatro arcos de la galería de los susurros, como todas las mañanas, parejitas de enamorados se mandaban mensajitos de esquina a esquina en voz baja. Arrumacos que, por arte de magia de un arquitecto valenciano, míster Rafael Guastavino, viajaban por los nervios de piedra del techo y llegaban a su destino intactos. Albert no reconoció a su amigo hasta que lo tuvo encima.

—Quieren serrucharme el piso, Albert —le repite rosquituerto a su compadre.

El contable trata de elevarle el ánimo con delicadeza—. Primero Dios, Marcelo…

—Sí. Primero Dios, Albert, pero se metió por medio la Virgen y me jugó Barcelona.

El colombiano tuerce el cuello para seguir los pasos decididos de su amigo hacia la barra y se le escapa un gemido.

—Ay... —suspira Albert sabedor de que lo que le van a retirar a él no van a ser las piernas como a Marcelo, sino las malditas cervicales. Huesos profundamente desgastados a fuerza de encorvarse con el lápiz sobre los tíquets de caja.

Por otro lado, el joven deslenguado ha aprovechado la ausencia del barman para usurparle el puesto de mando. Se va a armar una bonita. Incapaz de leer los labios a tan larga distancia, el cajero daría la vida por que la doña instalara una pantalla sobre la barra, como en las funciones de ópera, que ofreciese en letras móviles las transcripciones del diálogo que está a punto de producirse.

—¿Cómo dijiste que era tu nombre otra vez? —Dispara la primera bala de su tambor sobre el intruso Marcelo.

El joven, que se concentra en documentar con su móvil las botellas iluminadas a contraluz en la repisa de la pared, ignora su presencia.

—¿Me escuchaste? —eleva el tono de su interrogatorio el barman.

—¿Me habla a mí, *dude?* —murmura distraído el *millennial.*

—Este es mi bar. ¿Estamos?

Dylan depone el teléfono y se voltea.

—Nuestro bar —corrige con arrogancia—. ¿Ya le informaron?

Marcelo traga saliva. El personaje que tiene delante de sí responde escrupulosamente al estereotipo humano que ha detestado a lo largo de toda su vida: un tipo crema y nata que se las da de tener cama, dama y chocolate.

—¿Ya cumpliste veintiún años?

Dylan decide decidir no responder nada.

—Sabes que para servir alcohol en el estado de Niuyork se precisa tener mayoría de edad.

—No hace falta que me trate como a un bebé. Soy lo suficientemente adulto como para chupar cuando me venga en gana —ataja el del gorrito de lana y las gafas de pasta.

—Oká. Entonces, ¿por qué no me haces un favor y me aclaras a qué viniste?

—A perder mi tiempo vine —le desafía el *millennial,* que no piensa dejarse intimidar—. Esta miserable cueva va a turbar mi capacidad creativa y la odio con todas mis fuerzas, pero me obligaron a venir. ¿Empezamos ya o qué?

El barman trata de rumiar la provocación sin perder la compostura.

«Caballo bronco —reflexiona—, anda necesitado de doma.»

Dylan le clava la mirada con gesto altivo. Marcelo apoya con sigilo los nudillos sobre la madera. Uno a uno, como depositan sus almohadillas los gatos.

—Mi nombre es Marcelo. Ni Marcial, ni Marciano, ni Delfín Quishpe. Mar-ce-lo —explica escogiendo con sumo cuidado sus palabras—. Y no me envió mi abuelo. Ni mi padre. Vine yo solito del Ecuador, cuando tenía tu edad, para poder mandar trayéndome luego a toda la familia. Primero le financié el pasaje a mi padre y, después, a mi madre y a mis cuatro hermanos. Esta «miserable cueva» ha sido mi única vida y mi único hogar durante cincuenta y cinco años. ¿Los contaste? Cinco-cinco. Más de medio siglo durante el cual no he podido permitirme nunca el lujo de perder mi tiempo ni de tener capacidad creativa, porque los pobres no tenemos de eso. Solo nos tocó rompernos el espinazo para que puedan vivir con dignidad nuestras familias. ¿Estamos?

—*Dude,* si me va a soltar una charla TED por lo menos podría proyectar diapositivas —resopla insolente el man.

—Mira, mijín —frunce el ceño Marcelo—, sin ánimo de ofenderte, este es un oficio que aprecio demasiado para enseñárselo a alguien que lo va a tratar con tanto desprecio.

—No pasa nada, ya miro yo cómo hacer las cosas en un tutorial de YouTube.

Marcelo aprieta los puños.

—Ya le dije que la decisión no fue mía —se defiende Dylan.

—Pues si saliste aniñado y has de permanecer conmigo por obedecer a tu abuelito, lo único que te ruego es que no me resultes chambón. Te paras en el cucho, ahí en la pura esquinita, y observas quedito lo que yo hago. ¿Entendiste?

El potro baja despacio la cabeza para esquivar las dos chispas intimidatorias que brotan de los ojos del domador. Marcelo teme de pronto haberse pasado dos vueltas de rosca y dulcifica un poco el tono.

—Ahora ándate donde Albert y que te proporcione una camisa blanca —le ordena de forma escueta.

—¿A ese le caigo? —dice y señala Dylan hacia el cubículo donde faena el cajero.

—Hágale —Se lo quita de en medio Marcelo con un aspaviento.

El nuevón se agacha y cruza resignado por debajo de la barra.

—Cincuenta y cinco años en esta cueva, *dude.* No sabe cómo lo siento... —murmura recuperando la impertinencia nada más asomar al otro lado del mostrador—. Seguro que el Albert ese ni se ha enterado de que ya se terminó la Segunda Guerra Mundial.

Las pupilas de Marcelo dan tres vueltas de campana. Si pudiese elegir entre ambas pesadillas, se quedaría sin duda con la del carrusel de los caballitos antes que con la de este cara nata impertinente. Pero no hay tiempo para reflexiones. Ha de apurarse. No ha llevado a cabo aún ninguno de los preparativos habituales y la clientela lo va a sorprender, por vez primera en su historia, desprevenido.

Lo primero que hay que hacer es llenar con hielo uno de los senos del fregadero. El otro ha de quedar libre para aclarar los vasos. Lo segundo, cortar limones. Antes de que termine la tercera rodaja, el inconfundible vozarrón del señor Martini Seco lo saca de sus cavilaciones.

—¿Es que hoy me quieres a matar de sed, Marcelo, o qué pasa?

—Hombreee... maestro, ¡qué alegría me da verle! —Carga rápidamente el mezclador con cubitos helados y vierte sobre ellos un generoso chorro de ginebra.

—¿Todo bien, Marcelo?

—Sí, gracias. ¿Y usted?

—Todo bien, si no entramos en detalles —rebufa el octogenario gordinflón.

—¿Cómo es que se dejó caer tan temprano? —le pregunta con curiosidad Marcelo mientras deposita una copa alta en forma de uve delante del recién llegado.

Martini Seco se encoge de hombros y alza con esfuerzo sus enormes posaderas hasta coronar la cima de su taburete: el número dos.

Sostiene Marcelo que cada uno de los ocho taburetes que bordean su barra goza de personalidad propia. Los cinco primeros, en el segmento largo que transcurre paralelo a la cristalera de entrada, atraen a los más discretos por dar la espalda a la sala. En ellos suelen sentarse quienes disfrutan más escuchando historias de otros que relatando las suyas propias. La cosa va, al parecer, en escalera ascendente; del más retraído al más sociable. Los otros tres, del seis al ocho, forman ángulo recto con los anteriores y están de cara al local. Estos, instintivamente, invitan a sentarse a los clientes más extrovertidos. A Martini Seco, personaje huidizo en las conversaciones de grupo, le gusta acomodarse en el número dos de la primera hilera.

De buena gana, debido a su patológica timidez, hubiera ocupado Jim el primero de los taburetes, pero el hecho de que estuviera tan pegado al muro le produjo desde su primera visita genuina claustrofobia. Así que se resignó a aceptar la segunda posición de la pole que, dicho sea de paso, le sienta como anillo al dedo. Además, le permite tener a tiro al barman porque es aquí, en el ala norte de la barra, donde Marcelo prepara sus combinados. Convergen en esta área la caja registradora, el ventanuco que comunica con la cocina y las neveras que contienen refrescos, frutas cortadas, jugos exprimidos y las mezclas con el ingrediente secreto (*copyright by* Marcelo) para elaborar sus famosos *bloody mary*.

«Treinta segundos», termina de contar mentalmente el barman y escurre la ginebra enfriada en el mezclador sobre la copa vacía.

La infusión de bayas de enebro ha de extraerse del mezclador justo antes de que los cubos de hielo consigan aguar el alcohol, pero sin precipitarse. Para que esté bien helada. Ceniza. Las prisas no resultan buenas consejeras en los asuntos de barra si quieres preparar tus combinados como manda Duffy Patrick Gavin, el dios de la coctelería, en su manual. Vísteme despacio, que tengo prisa.

—¿No vas a preguntarme a qué detalles me refiero? —reclama así Martini Seco la atención del barman como un muchacho a su maestro en la escuela.

«Pues sí que ha debido de suceder algo importante, se asombra Marcelo, para que hoy no tenga que sacarle conversación con ayuda de un sacacorchos.»

—Veo que viene usted con ganas de fiesta. Igual debería de pasarse al taburete cinco —le dice.

—Me provoca pudor contártelo, Marcelo, no te creas —se hace de rogar el gordo.

—De aquí no va a salir. No se preocupe. Lo que se dice en el Oyster Bar se queda en el Oyster Bar. Secreto de confesión. Sabe que no estoy autorizado para darle la absolución, pero con sumo gusto escucho sus pecados, si es que eso le hace sentir mejor.

Martini Seco escanea el escenario para comprobar que no existe peligro de testigos ni de grabadoras, se acaricia meditabundo el amplio mostacho y baja al mínimo la voz.

—Me falló el Tesla, Marcelo, y tuvieron que remolcarme con un camión grúa.

El semblante de asombro de Hernández lo expresa todo. Parece que el barman hubiese avistado al lobo.

—No le creo…

El señor Martini Seco solicita una tregua para saborear el trago.

—Mmmmm… —se relame.

—¿Cuántas veces en su dilatada carrera profesional habrá preparado un *dry* martini? ¿Cien mil? ¿Un millón? —intentó sonsacarle una cifra en el transcurso de la entrevista en el Museo del Barrio la O'Brien.

—¿Quién sabe? —restó importancia a las estadísticas el entrevistado—. Si me apura, doña Soledad, da igual porque en este oficio a uno lo juzgan por el último trago que sirvió.

Se escuchó algún carraspeo entre el público; la tos de una señora que resultó contagiosa.

—Ya puede uno ganar el trofeo James Beard al mejor mixólogo, que a sus clientes les vale madre el pasado. Lo que valoran es lo que les pongas ahora mismito en la copa. Reclaman magia en su vaso, no en las medallas de la repisa.

—Tengo que reconocer que sus *dry* martinis, admirado doctor Hernández, curan enfermos y levantan a los muertos de sus tumbas. —Se vuelve a pegar Jim Martini Seco el trago a los labios.

—No me haga sonrojar, por favor —se resta importancia Marcelo—. Buenaso el aroma de esa ginebrita, ¿no es cierto?

—Apesta a colonia de monja, *dude* —tira por tierra la alabanza Dylan, surgiendo repentinamente por debajo, como las marmotas, sin previo aviso y entallado en una pulcra camisa de barman de color blanco.

—¡Pucha, pata! Casi me matas del susto… —Se lleva la mano al pecho Marcelo al borde del colapso.

A Jim se le escapa una carcajada.

—Veo que le han proporcionado un ayudante…

—Temporalmente —aclara de inmediato Marcelo—. Hasta que lo transfieran a su puesto definitivo.

—¿Ah, sí? ¿Y adónde te van a destinar, muchacho?

«Al infierno», le sale decir a Marcelo, pero se muerde la lengua.

—Me quedo aquí por orden de la superioridad —defiende su plaza con bravuconería el *millennial.*

Marcelo se gira con disimulo y le recrimina su actitud chulesca con el cliente.

—Ve haciéndome el favor de respetar al señor.

El octogenario siente la fricción y opta por echarle un capote a su viejo camarada.

—Si vas a permanecer en este altar, muchacho, deberías de empezar por respetar sus santos.

—¿Me habla a mí? —pregunta el joven altanero.

Martini Seco asiente.

—¿Tú sabes cuál es la mayor contribución de Estados Unidos a la cultura universal?

Dylan se encoge de hombros como si aquello no fuera con él.

—Ni el hombre en la Luna, ni el jazz, ni el «yes we can». El *dry* martini. Esto que tienes delante de tus ojos, chaval, es el cáliz de la alianza; el santo grial que corona los altares de todo bar que se precie. El *dry* martini es lo más grande que jamás ha inventado este país. Así que un respeto y mucho cuidadito con confundirlo con un agua de colonia barata.

—*Cool* —pronuncia Dylan carente de entusiasmo.

—Es que esta generación no es muy de martini —justifica Marcelo por cerrar el asunto.

—No —puntualiza desdeñoso el *millennial*—. Nosotros somos más de Spotify.

El barman utiliza de puntero su napia para indicarle a Dylan que se retire al rincón, junto a la caja registradora, y que permanezca castigado y sin molestar hasta nueva orden.

—Me va a tener que explicar cómo diantres pudo fallarle el Tesla. —Se voltea hacia Martini Seco recuperando su tono confidencial—. Tenía entendido que eran unos carros fabulosos...

—No quiso arrancar —aclara con desolación el papiado—. El coche funciona sin llave, ¿no sabías? Se activa desde el teléfono y como salí de la ciudad y lo aparqué en un sitio en el que no tenía cobertura... pues luego no puede arrancarlo y me lo tuvo que andar trayendo una grúa.

—Ave María... —se santigua el barman sin dar crédito al sorprendente relato—. ¿Necesita echarle un ojo al menú?

—Marcelo, por favor, ¿qué preguntas son esas? —niega en rotundo el señor Martini Seco—. ¿Es acaso el papa católico?

—Lo de siempre entonces —sentencia.

Marcelo chasquea sus dedos por detrás de la espalda con la esperanza de llamar la atención del *millennial,* pero Dylan no se inmuta. Anda con los cascos puestos y pendiente de la pantalla del teléfono.

—Ordéname un sanduche de almejas fritas, pata —le requiere utilizando ahora las palabras.

Nada. Tampoco. Ni caso. Marcelo se aproxima entonces al nuevón y le extrae una de las almendras blancas que tiene encajadas en sus oídos.

—¿Qué? —se revuelve protestón el tipo.

El barman descorre la hoja de vidrio esmerilado que cubre el ventanuco que comunica el bar con la cocina.

—Un favorcito —le dice—. Cuando yo te solicite una comanda, tú se la cantas por acá a Luka, el chico, para que te la traiga. ¿Estamos?

—Vale. *Chill, dude* —le aparta con las manos el *millennial.*

—Pues ale, me ordenas un sanduche de almejas fritas.

Dylan asoma la cabeza por el vano y, como no ve a nadie, solicita la comanda a voz en cuello.

—¡¡¡Marchando un sándwich de almejas fritaaaas!!!

—¡Apaga la bocina, pana, que me vas a dejar sordo! —le llama al orden un larguirucho huesudo que, en ese preciso instante, asoma una bandeja cargada con vasos limpios por el ventanuco.

—*Sorry, dude*... —se disculpa sin mucha convicción Dylan.

—*Dude* tiene nombre —le llama la atención Marcelo.

—*No offense*... —le tranquiliza el larguirucho mientras procede a limpiarse, con la ayuda de su propio mandil, los perdigones de saliva con que el *millennial* le ha acribillado la frente—. Mi nombre es Luka y ahórrate la gracia porque no vivo en el *second floor*.

—Luka es el chico. Le decimos así porque es nuevo en la casa —explica Marcelo.

—¿Nuevo? —pregunta Jim sorprendido.

—Sí —asevera sin parpadear Marcelo—. No llevará en el Oyster Bar ni quince años.

Dylan sacude la cabeza con incredulidad.

—¿Quince años, *dude?* Si yo tengo que pasar más de dos meses en el mismo sitio y sin viajar me pego un tiro.

—¿Sin viajar? Yo no he tenido vacaciones desde 2002 —se lamenta Luka desde el ventanuco antes de entregarle a Dylan la bandeja—. Toda tuya, bróder —le dice, desaparece y se le escucha pegar un grito camino de la cocina—: ¡Marchando un sándwich de almejas fritas! ¡Rapidito lo quiero!

—Ve haciendo el favor de colocar cada vaso en su sitio —le saca a Dylan de sus pensamientos el jefe—. Las copas de vino de diez onzas las cuelgas del techo, boca abajo, con sus hermanas. Las de champán, al ladito. Las de balón me las dejas en la repisa con sus compañeras del coñac. Los vasos Collins, acacito, con sus compadres de cubalibres. Y las copas Hurricane para cócteles tropicales en aquella fila. Cada oveja con su pareja. ¿Entendiste? Pues dale, no más.

—No se motive, que tampoco es que haga falta ser Elon Musk para emparejar vasos —le baja los humos de comandante en jefe de los ejércitos a Marcelo el soldado Dylan.

—Muy listo. ¿Y también sabes preparar los cócteles que se sirven en cada una de esas copas?

—Lo busco en Google.

—¿De veras? ¿Y también enseñan en Google modales? Porque igual podrías visualizar un tutorial y tomar notas.

—Perdón por ser tan *hot* —responde irónico Dylan sin dar señales de arrepentimiento.

Al contrario. El *millennial* se humedece la punta del índice en la lengua y se lo acerca al hombro. Al tocar la chaqueta, Dylan imita el sonido del agua cuando revienta en vapor al entrar en contacto con una superficie al rojo vivo.

—Psssss...

—Comienza a colocar los vasos, pata —le ordena con severidad Marcelo.

—No he conocido a un viejo más mandón en mi vida —protesta disgustado el *millennial*—. Esto voy a tener que documentarlo.

Antes de que Marcelo pueda reaccionar, Dylan acerca su careta al barman y se hace un selfi con él.

—Lo soñado —se felicita al comprobar el resultado en la pantalla ajustándose las gafas de pasta—. *Hashtag:* el tipo más amargado del planeta. *Dude,* ¿te hago un *skinny-face* o la subo con tu careto así tal cual?

La clarificadora respuesta del barman llega en versión original y sin subtítulos. Él mismo se sorprende.

—Ándate a la gáver —le suelta con desprecio invirtiendo por discreción las sílabas de la palabra malsonante.

—¿Sabes qué te digo? —comenta el del gorrito sin darse por aludido—. Que casi mejor voy a esperar unas horas para subirla porque todavía es demasiado temprano en Los Ángeles y no quiero desperdiciar *followers.*

En silencio, el señor Martini Seco observa cómo el barman atiende también en silencio al aprendiz. Por fortuna, antes de que Marcelo se decida a tomar la desafortunada decisión de abalanzarse como un oso *grizzli* sobre el muchacho y despedazarlo vivo, una oleada de clientes toma al asalto la barra y lo salvan de la cárcel.

—Un agua mineral con gas.

—Media de ostras.

—Dos cervezas, cuando pueda.

—Un *bloody mary* y una sopa de langosta.

—Una botella de *prosecco* y seis copas, si es usted tan amable.

Desbordado por el repentino tsunami de demandas, Marcelo reclama la ayuda de su aprendiz, que, por fin, ha comenzado a moverse y coloca con parsimonia los vasos.

—Véngase —le insta Marcelo.

Dylan se aproxima silbando una irritante melodía.

—Hágame el favor. Lo primerito de todo, un vaso de agua para cada cliente —le indica—. Los gringos protestan si el hielo no llega hasta el borde del vaso. Los europeos, al revés. En el agua todavía, pero en los tragos ni hablar. Si le llenas de hielo el trago a uno de Europa, va a sospechar que intentas escatimarle en alcohol y te montará bronca. A un europeo nunca más de tres cubitos.

—¿Y a esos? —dice y señala con discreción Dylan a un par de ejecutivos con ojos achinados.

—Nada. Los asiáticos no quieren ver hielo ni a diez millas de distancia.

El muchacho arruga el gesto confundido.

—Dizque un estómago frío no resulta muy *feng shui*.

Por eso mismo tampoco consumen nunca helado en el postre.

—O sea, que les sirvo agua del tiempo. —Se precipita el muchacho a colocar delante de la pareja sendos vasos con el preciado líquido, pero sin hielo.

—Espera, pata... —le llama la atención el jefe demasiado tarde.

—¿Ahora qué pasa? ¿Pongo hielo no pongo hielo? ¿En qué quedamos? —le interroga con ironía el joven.

—¿Te aseguraste de que son asiáticos? Acá hay chinos más americanos que Abraham Lincoln.

—¿Y cómo adivino yo dónde demonios nacieron esos? —Levanta los codos el *millennial.*

—Preguntando, mijo —le aclara Marcelo en tono pausado.

—¿Preguntándoles? —ridiculiza el muchacho la estúpida sugerencia del *boss*—. ¿Qué les digo? «Perdonen, ¿son ustedes chinos de aquí o importados?»

Marcelo aparta al ayudante y se abre paso hacia la pareja de ejecutivos.

—Discúlpeme, caballero, ¿todo bien? —se dirige a uno de ellos Marcelo—. ¿Podría preguntarle si necesita alguna cosita?

—Ah sí, iba a decirle que no nos pusieron hielo.

—Perdone. Enseguida lo arreglamos, cómo no. Es que el chico es nuevo. ¿De dónde vienen?

—De San Diego, California.

—Lindo.

El barman retorna triunfal al fregadero y arroja el contenido de los vasos por el desagüe.

—Ahí lo tienes. Hielo hasta arriba. El arte de la vida reside en escuchar a la gente.

—Yo prefiero escuchar pódcast, *dude* —le contradice Dylan mientras rellena con cubitos los tubos de cristal.

Marcelo no puede contenerse.

—Mira, man —le sermonea—. Ya sé que tú eres muy especial, pero lamento ser portador de malas noticias. Resulta que los clientes no acuden en busca de un barman interesante, sino de uno que se interese por ellos. Trabajar una barra requiere prestar atención a las personas, hacer que la gente se sienta especial por un rato.

—Ajá. —Dylan sirve los vasos con hielo a la pareja de San Diego.

—Solo si les prestas atención volverán a visitarte con frecuencia —sigue Marcelo a lo suyo—. Y te presentarán a sus amigos. Y a su pareja. Y, con el tiempo, terminarás por convertirte en uno más de su familia.

—Bravo, Marcelo… —se emociona el señor Martini Seco que ha seguido la conversación al milímetro.

—Lo último que me gustaría a mí es ser familiar de ese gordo pendejo —murmura el Dylan impertinente.

Marcelo siente que su cupo de aguante se encuentra al límite y que ha llegado el momento de tomar una decisión drástica. «Si la presidenta de la corporación se empeña en que este pata ocupe su barra, pues que la ocupe. Hágase en mí según tu palabra.»

—¿Sabes qué? —le confiesa el barman a Albert, que se ha acercado a reclamar agua—. Que agarro mis charamitates y me jubilo. Boto la toalla. Ya está decidido.

Capítulo 8. Irlanda

El octogenario Martini Seco deposita su copa vacía sobre la madera. Una uve de cristal en cuyo interior yace exánime el cuerpo del palillo que osó banderillear sin piedad a una inocente aceituna. Marcelo se fija y reacciona.

A lo que se ve, los instintos serviciales de este barman, que ya había decidido jubilarse sin remedio, corren más aprisa que sus reclamaciones sindicales porque olvida presto todas sus cavilaciones y se pone de nuevo en marcha.

Vaso limpio, bandera roja. En tres golpes de muñeca —tas, tas, tas—, Marcelo tiene listo un *refill.* Segundo martini del día para el señor Jim Martini Seco, que, dicho sea de paso, no se llama así.

—Gracias, Marcelo.

—A mandar.

—¿Qué tendrán tus tragos para ser tan especiales, Marcelo?

—Será... —Se inclina levemente sobre la barra el barman para dotar de cierta transcendencia a su revelación—. Será, digo, que como las recetas no tienen alma, yo le pongo mi alma a las recetas y se nota. Je, je...

—Je, je… —comparte risueño Jim la ocurrencia de Marcelo.

—¿Ese pensamiento es suyo o le salió en una de esas galletas de la fortuna que dan en los restoranes chinos? —comenta sarcástico Dylan a su jefe, mientras se acerca al ventanuco a recoger el sándwich de almejas que trae cariacontecido Luka.

—Ya se cansará de disparar al aire, Marcelo —le consuela el señor Martini Seco.

—Eso mismo quiero cranear yo —resopla aturdido el barman.

—Tarde o temprano se le terminarán las balas —sentencia con seguridad el gordinflón.

Luka entrega el plato y recoge la bandeja con menaje sucio para la máquina de lavar, que está en la cocina.

—¿Tú conoces al tipo ese? —le pregunta el nuevón al nuevo.

—¿El señor Berberian? Es un chef muy famoso. Tú eres de Nueva York y ¿no te suena el Berberian? —se sorprende Luka.

—¿El Ber… qué?

—Se ve que eres muy joven. Era un restorán armenio muy conocido en el Upper West Side.

—¿Señor Berberian? Pero si Marcelo lo llama Martini Seco… —argumenta confundido el *millennial.*

—Es un mote. Marcelo les coloca a sus clientes el nombre del trago que les gusta beber. Como este Jim bebe martini, pues lo llama Jim Martini. Así se acuerda de sus nombres y de lo que beben. Por aquí vienen más Jims: Jim Dewards, Jim RedWine…

—¿Y lo de Seco?

—Ah, porque al chef Berberian le gusta beber su *dry* martini sin martini.

El *millennial* frunce el ceño desorientado.

—Chuta, pata: sin el vermú que lleva la receta, pura ginebra. *Dry* martini seco.

—Les pone motes... —mastica la información Dylan, sin quitarle ojo al viejo que, en ese instante, empieza a prepararle un combinado a una tipa que apenas acaba de entrar por la puerta y se entretiene en saludar a Albert.

—Marcelo es el más rápido del Oeste —sentencia Luka—. Antes de que le soliciten el trago, ya lo tiene listo. Un genio de las relaciones públicas el barman este.

—Imagínese que, nada más entrar usted en su bar, ya le está esperando ahí su combinado, recién preparadito en la barra. No se me ocurre un recibimiento más cálido —le confesó orgulloso Marcelo a Soledad O'Brien—. Es un gesto sencillo que, verá, suele traducirse en una mayor fidelidad de la clientela y, a la larga, en mejores propinas. Para mí, si se me permite, contribuye a engrasar la fórmula magistral de la hostelería: BC + CC = DE. Barman eficiente más cliente contento, da como resultado dueña del local entusiasmada.

El policía descendiente de inmigrantes irlandeses se abre hueco entre los parroquianos, saluda, se despoja de su gorra y deposita sus posaderas en el primer taburete.

—Marcelo, yo también quiero uno de esos —le solicita al barman.

—¿Uno como ese? —Sigue el barman la trayectoria de la mirada del agente hasta toparse con Dylan, que trae el bocadillo de Martini Seco—. ¿Está usted de broma? Por mí, llévESELO. Si quiere se lo envuelvo para regalo. Toditico suyo.

—¿Qué mosco le picó a este? —Se vuelve Brian hacia el chef armenio que le queda al lado—. ¿Acaso desayunó alacrán?

—Le pusieron de ayudante a un joven chingón y, como decimos en Armenia, anda como una cuchara sin mango —baja la voz el chef armenio para que no le pueda escuchar dentro de la barra.

—Yo solo le demandé un sándwich de ostras —alucina el irlandés.

Como cada día, Brian se recuesta contra el muro en su taburete preferido: el uno. El primero de los cinco asientos de la fila que, según sostiene Marcelo, atrae a los más discretos. A Brian le agrada porque, desde esa posición, puede dedicarse a escuchar con sagacidad las conversaciones de los demás parroquianos o bien desconectar y girarse contra la pared cuando no le conviene que se detecte la presencia de un tombo en la sala. Lo soñado para un poli de servicio.

—Dylan, pídele a Luka otro sanduche de almejas para el guachimán y hazme el favor de atenderlo, a ver qué se le ofrece beber —requiere Marcelo al *millennial.*

El muchacho se ajusta sus gafas, se centra el gorro de lana, se planta frente al uniformado y espera la orden.

El agente O'Connor, al observar el rostro de Dylan por vez primera con detenimiento, pega un respingo.

—No me mates que habéis contratado al vegano este...

Marcelo se encoge de hombros y se desentiende.

Dylan aguanta la embestida y fuerza al máximo su sonrisa. Terapia de choque. Nada como el exceso de amabilidad para aniquilar el odio enemigo.

—¿Cómo se encuentra usted hoy, agente? ¿Qué puedo hacer por usted? ¿Puedo ofrecerle alguna bebida que resulte de su agrado? —imita el muchacho la melosa cadencia de voz del barman.

—Agua —responde escueto el policía.

—¿Del grifo? —Y enseguida a Marcelo—: ¿Los chapas toman hielo?

El agente le guiña con descaro un ojo al *millennial* y Dylan no sabe cómo interpretar el gesto. Se olvida y se dirige a por un vaso de tubo a la repisa.

—Para mí que al *dude* este le gusta el arroz con carne. Me guiñó el ojo —le confiesa al oído a Marcelo de vuelta al fregadero.

—Ave María… —El barman le arrebata el vaso de las manos.

Dylan le deja hacer. Marcelo lo sumerge como una pala excavadora en la pila con cubos de hielo. Lleno hasta el borde. Abre el grifo y finge que rellena el vaso de agua mientras con la otra mano desenrosca el tapón de una botella de vodka oculta bajo el mostrador. El líquido cristalino que escancia, aunque de apariencia similar, resulta bastante menos inocuo que el que rebosa libre por el caño.

A Dylan se le dibuja en los labios una interjección.

—*Woke!*

El barman ecuatoriano cierra el grifo, seca los churretes del vaso con un paño y se lo entrega como si nada a su ayudante con un exagerado guiño de conchabanza.

—Ya aprendiste qué agua le gusta tomar a Brian.

Dylan se rasca el gorro. Sin duda, un acto reflejo, porque la acción no produce ningún efecto relajante en la cabellera, completamente aislada de sus uñas por los gruesos nudos de lana.

—Acá tiene usted su a-gu-a.

Ahora es el *millennial* quien le guiña su ojo al agente. Brian, cómplice, le devuelve otro igual en señal de agradecimiento.

—Pandilla de pervertidos... —critica escandalizado Luka desde el poyete de la ventana—. ¡El sándwich!

—Por los viejos tiempos —le propone al chef un brindis el policía.

Jim eleva su tercera copa.

—Ay, si supiera usted cuánto echo de menos los viejos tiempos... —apostilla invadido por la nostalgia.

—¿No me diga? —se interesa el agente O'Connor.

En el poyete de la ventana, Dylan intenta sacarles una foto cenital a las humeantes almejas fritas. Posiciona su teléfono en plan dron y hace una panorámica de derecha a izquierda hasta dar con el encuadre. Dispara y comienza a cliquear con el dedo la pantalla. La frustración va en aumento.

—Marcelo, *dude,* ¿en esta cueva hay wifi o todavía envían por fax?

—Olvida el celular y ve sirviéndome el bitute —le apremia molesto el barman.

—Encima de que les hago promoción... ¡Deberían de darme las gracias! No te fastidia... —se queja el *millennial* asiendo a regañadientes la comanda solicitada por el policía.

—Sus almejas.

—Gracias.

—En mi época, si usted quería triunfar en un restorán —le aclara el señor Martini Seco al agente Brian—, lo primero que tenían que comprobar los clientes es que el chef estaba bien cebado.

—Ajá —le escucha atento el agente mientras hinca el diente al bocadillo.

—Un cocinero rollizo como yo, con unas *apple cheeks* tan hermosas como estas que yo luzco —explica y se pellizca el señor Berberian con orgullo sus carrilleras— garantizaban que se comía bien, pero que muy bien, en mi establecimiento.

—Así era. Tal y como usted lo cuenta —asiente el patrullero.

—Pero salieron los de la comidita *light*. Los tipos esos que están en contra del fuagrás y contra todo.

—¡Veganos! ¡No me hable más! ¿Pero qué les habrá hecho a esos ignorantes el beicon?

—Se cargaron el Berberian. Siete años número uno en la guía *Zagat,* pero ya ve usted... Empezaron primero criticando el exceso de calorías del menú. Se conoce que esta mal visto comer tocino, que proviene de un animal natural creado por Dios, pero engullen sin pestañear lasañas congeladas que contienen grasas saturadas y conservantes mortíferos creados por humanos en un laboratorio. Bueno. Luego salieron con que tampoco eran aceptables los hidratos de carbono. Ya me dirá usted qué le queda a uno para comer si le quitan el pan con mantequilla. Alpiste, como a los canarios.

El policía asiente y pega otro mordisco generoso al sándwich de almejas.

—Total —continúa su apesadumbrado relato Martini Seco—, que entre unos y otros, como dicen en mi tierra, me plancharon la cabeza. Me obligaron a cerrar el restorán, no le digo más. Así que yo ¡me cago en la madre que parió a los que inventaron las dichosas ensaladas de aguacate!

—¡Correcto! —Chocan sus vasos los dos parroquianos para celebrar sus coincidentes opiniones.

—Un respeto, abuelos —se inmiscuye en la conversación el nuevón—. Un respeto que, si nos cargamos las ensaladas de aguacate, desaparecen de un plumazo Williamsburg e Instagram.

—Pues mejor nos iría a todos —se para amenazante el agente—. Anda, tira y no nos toques las narices que terminas en Guantánamo, chaval.

Interviene Marcelo para calmar los ánimos.

—No hay motivo para alterarse, Brian. Es solo que este man todavía está pollo y desconoce las reglas del oficio. Te ruego que nos disculpes. Yo me hago cargo.

—Era un simple comentario, *dude*... —se excusa agobiado Dylan.

—Un respeto nos dice, y son ellos los que no respetan nada —comenta contrariado el señor Martini Seco.

—Léame los labios —le corrobora O'Connor—. Con estos *instagrammers* y su mundo de tostadas con aguacate, paredes rosas y gatitos, nos vamos todos a la *fricking* mierda.

El barman arrincona a su ayudante contra la caja registradora.

—¿Estás loco, pana? Tienes suerte porque, de no venir tan recomendado, hace tiempo que te hubiera pedido que te anduvieses al cuerno. Pero escúchame, guapito, por mucho que te proteja la doña, yo no voy a permitir que faltes a mis clientes como un maltón. Lo siento, mijín, pero ya se murió el payaso. ¿Entendido? Se terminó el opinar. A partir de este instante te quiero quieto en el cucho hasta que termine el turno. ¿Estamos?

Dylan palidece de rabia, pero asiente y se retira cabizbajo al rincón.

—Piña, pues.

El agente continúa agitado.

—No le guarde rencor al pana, es solo un jovencito inexperto —le sugiere Marcelo—. La culpa no es de ellos: es de sus padres, que les han dado todo hecho y ahora estos no saben cómo hacer nada por sí solos. A mí lo que me producen es lástima.

—A estos lo que no les gusta es trabajar —sentencia con rotundidad el agente—. Los conozco muy bien, Marcelo. El esfuerzo les provoca alergia. Te sugiero que te evites dolores inútiles de cabeza y le mandes al vegano a su caleta.

Dylan echa mano del móvil con desgana y finge que revisa el contenido; pero deja las orejas puntiagudas.

—El problema es ese maldito teléfono —apunta Martini Seco.

—Lo que digo yo de los padres —corrobora Marcelo. Antes los llamaban «padres helicópteros» porque estaban todo el rato pendientes de sus hijos... pero a cierta distancia. Ahora, con el aparatito este, se volvieron padres cortacésped, porque los hijos los tienen pegados al trasero las veinticuatro horas del día. Acá tuve yo a Steve Jobs una noche y me lo dijo.

—¿Le dijo qué? —se interesa el policía.

—Que se arrepentía de haber creado tanta adición con sus aparatos.

—Buah, eso no se lo cree ni usted —responde a la vez que se sacude O'Connor incrédulo la cabeza.

Marcelo se dispone a contestar con una réplica el comentario cuando irrumpe en escena un treintañero que saluda a Jim muy cariñoso.

—*Hi, dad* —le dice.

Al chef del Berberian se le ilumina el semblante. Parece otro. Como sostiene Marcelo, la felicidad de un padre resulta siempre directamente proporcional al estado de gracia de su descendencia.

—¿Te acuerdas de mi hijo Yerban, Marcelo?

El barman se emociona al reconocer los rasgos del joven que se cuela a saludarlo entre el taburete de Martini Seco y el de Brian, apoyado en un bastón para no perder el equilibrio.

—Bienvenido. Menuda sorpresa.

El agente reclina su espalda contra la columna para facilitarle el paso.

—¡La réplica exacta de su padre! —exclama asombrado al observarlo tan de cerca—. Cortado con la misma tijera.

—Idéntico a mí —asiente orgulloso el armenio—. Como decimos nosotros, parece que ha salido de mi nariz.

—Hombre, idéntico a mi padre... —protesta el joven recorriendo con los dedos la planicie de su estómago.

Marcelo se pone de puntillas y el apretón de manos se transforma en un abrazo. Prolongado, intenso, sentido. Tanto que al chef armenio se le humedecen los ojos.

Martini Seco busca complicidad en el irlandés, pero el oficial no es amigo de ñoñerías, y mucho menos cuando va vestido de uniforme y está rodeado de hombretones en un bar.

Cuando se deslían, Marcelo se voltea hacia Dylan y le invita a acercarse.

—Venga a conocer al señor Jameson —le susurra.

El muchacho niega con un irreverente bostezo. No puede sentirse más ajeno a esta edulcorada expresión de dicha que atufa a película barata del Hallmark Channel.

A Marcelo el vientre le reclama sangre y su rostro palidece de inmediato. El señor Yerban Jameson percibe la tensión y baja incómodo la mirada. Brian juguetea con el vaso. Martini Seco carraspea. Los chinos colocan y recolocan una y otra vez sus servilletas sobre la barra.

A veinte yardas, Albert, que ha salido un momento a respirar, sujeta entreabierta la puerta. Desde allí se cuela de fondo el bullicio del *lobby.* Es una banda sonora confeccionada a base de pasos, risotadas y el traqueteo mecánico que provocan las letras al girar en el tablón que anuncia los horarios. Se ha producido un cambio de andén. El de Poughkeepsie parte ahora del 28. Y hay un retraso. El que viene de Chappaqua tardará en llegar unos quince minutos más.

Imprevisiblemente, al *cashier* colombiano se le escurre el pomo y, mecido por la corriente, el vidrio pega un portazo. Todo el restorán se gira hacia la puerta, pero a

Marcelo el impacto le viene de perlas porque explota el maleficio que se cernía sobre su barra.

Regresa la sonrisa al rostro de Marcelo. Solicitan otra ronda los de San Diego. Alza Jameson la mirada. Vuelve a bostezar Dylan. Aquí no ha pasado nada.

—Te caí con Yerban el día en que cumplía los dieciocho. ¿Te acuerdas, Marcelo? —retoma el armenio la palabra.

—Como si fuera hoy mismo. —Marcelo viaja en su memoria a aquellos días en que el tiovivo giraba a velocidad placentera.

Si mal no recuerda, el referido episodio tuvo lugar a mediados del año 1987. Al inicio del turno de tarde. Poco antes de que le cayera encima toda la clientela. Marcelo cortaba plácidamente limones cuando llamaron su atención unos golpecitos sordos y acompasados sobre el piso. Era la goma de un bastón.

—Acá traje a mi heredero —le anunció entonces con gran solemnidad el chef armenio—. Ya se convirtió en adulto y quiero que seas tú, Marcelo, quien le sirva su primera copa.

—¡Púchica!, menudo honor… —respondió el barman conmovido por tal anuncio.

—El honor es nuestro —repuso con orgullo Martini Seco.

—¿Y qué le podría ofrecer yo a este joven? —desvió Marcelo con exquisitez el foco de su atención hacia el muchacho—. Yerban, dijiste que te llamas, ¿cierto?

—Puede llamarme Shaky. Así me llama todo el mundo.

—¿Cheiqui?

—Perdí la pierna derecha en un accidente de moto y, como desde entonces voy dando tumbos con la ortopédica, me pusieron «tembloroso». De ahí el apodo —sentenció dicharachero.

—Es que este hijo mío lo lleva todo a la cháchara, Marcelo. —Se llevó las manos a la cabeza Martini Seco—. No veas el susto que le pegó a su esposa el día en que se conocieron…

Marcelo paró bien los oídos.

Acababan de operar a Yerban de una hernia en el hospital neoyorquino de Mount Sinai cuando entró en la habitación la enfermera.

—¿Cómo se encuentra el paciente? —preguntó risueña mientras revisaba el cuadro de incidencias.

El joven señor Jameson amortiguaba su aburrimiento contando las nubes pasajeras que cruzaban por la ventana.

—Acá, ventaneando —contestó sin más.

—¿Alguna molestia?

—Más bien una reclamación —indicó con un rostro que fingía el espanto—. El cirujano ha cometido conmigo un lamentable error, señorita.

—No me diga… —respondió preocupada la sanitaria.

—Me ingresaron por una hernia y resulta que, por error, me han cortado la pierna —sentenció el hijo del chef con gesto serio.

—Oh, no, no, señor Berberian —negó la enfermera convencida de que la anestesia estaba provocando alucinaciones en el proceso postoperatorio—. Comprobé su cuadro clínico y tan solo le practicaron una pequeña incisión en el abdomen.

—No, señorita. Me cortaron por equivocación la pierna derecha —insistió Yerban Jameson en tono grave.

—Verá que no —repuso la asistente convencida de que el chico desvariaba.

Entonces apartó confiada la sábana y los gritos de la pobre retumbaron a lo largo y ancho de las siete plantas de la instalación hospitalaria. Llegaron a Harlem.

—¡Aaaaaah! ¡Aaaaah! ¡Le serruchamos la piernaaaa! ¡Dios míoooo! ¡Le serruchamos la piernaaaa!

—Je, je, je... —rio entonces Marcelo con ganas la diablura del hijo del señor Martini Seco.

—La enfermera y yo al final nos casamos y lo demás es historia. Je, je, je... —rio también a gusto Yerban.

—Como veo que le gusta jugar, le propongo una prueba para elegir la bebida con que celebrar su bautizo —sugirió el barman.

—*Achk luys.* Luz a tus ojos, que es lo único que sé decir en armenio. Vamos, que estupendo —aceptó el debutante que no había heredado, precisamente, la timidez del padre.

Marcelo fue a buscar el discman que lo acompañaba a diario en el trayecto del ómnibus e invitó a Yerban a colocarse los auriculares.

—Le voy a ir poniendo canciones y usted me indica que me detenga cuando una melodía le resulte verdaderamente agradable.

Yerban le miró sorprendido.

—Es que cada trago tiene su banda sonora —le aclaró Marcelo.

Arrancó la selección musical por *La danza de los sables*. Más armenio, imposible. Pero nada. El candidato no alteró un solo músculo de su rostro al escucharla. Más bien le hizo ascos.

—Adiós al coñac —sentenció Marcelo.

Dejó retumbar en las membranas de carbono la voz grave de Louis Armstrong. *What a Wonderful World*. Tampoco.

—Tendremos que descartar también el ron.

Entonces tiró de intuición y arriesgó con un tema que los Clancy Brothers interpretaban en compañía de Tommy Makem. Folklore irlandés pasado por el *show business* neoyorquino. La fuente de inspiración de Bob Dylan... y vaya si funcionó. Aquello maravilló al chico de tal manera que ya no hubo vuelta de hoja.

Imposible hallar en el diccionario un superlativo capaz de definir con justicia el infinito grado de gozo que alcanzó el joven durante el minuto y cuarenta y dos segundos que duró la melodía de *The Boys Won't Leave the Girls Alone*. El armenio no cesaba de silbar y de pegar pataditas en el suelo con el pie sano.

—Whisky será —sancionó convencido Marcelo.

El joven vivaracho, sin saberlo, acababa de consagrar de por vida su corazón a Irlanda.

—¿Aún recuerda la letra? —le reta el barman ahora al señor Jameson, el joven al que adjudicara años atrás como apodo la marca de un whisky irlandés.

—¿Qué si recuerdo los *lyrics?* «I'll tell me ma, when I go home, the boys won't leave the girls alone...» —se arranca a cantar sin vergüenza alguna el hijo de Martini Seco.

Marcelo pincha un par de panecillos con dos tenedores y, a imitación de Chaplin en *The Gold Rush* se marca con ellos unos pasos de claqué sobre la barra.

—¡Yepiiii! —anima dando palmas entusiasmado el agente O'Connor.

Desde su rincón, el *millennial* documenta el acontecimiento en vídeo.

—Su madre y yo alucinamos cuando Yerban nos notificó que quería casarse por la Iglesia irlandesa y con música de gaitas —confiesa el viejo chef al policía.

—El primer armenio católico que conozco —reconoce asombrado O'Connor.

—No se crea que fue fácil darles explicaciones a mis suegros. Cristianos ortodoxos hasta la médula. Imagínese el papelón. Todo por culpa de aquí —señala el chef a Marcelo, que termina el baile de tenedores y recibe aplausos de los presentes.

—La ceremonia de iniciación resultó bárbara. Tendrían que haberla visto ustedes —les comenta con entusiasmo Martini Seco a los dos californianos.

Capítulo 9. El Santo Grial

—Señor —improvisó Marcelo dirigiéndose con solemnidad al chef armenio—, usted me ha solicitado nombrar caballero de la Insigne Orden de la Santa Barra del Oyster Bar a su hijo Yerban, y yo le solicito que, en calidad de padrino, haga el favor de preguntarle si él estaría dispuesto a aceptar tal distinción.

El orondo personaje le siguió la corriente, solicitó a su primogénito que se arrodillase y, tras posarle a Yerban sobre el pelo una servilleta de papel, a modo de velo, le formuló la pregunta.

—Hijo mío: su majestad Marcelo, rey de la barra de esta ilustre institución, me ordena saber de usted si tiene a bien dignarse a admitir el nombramiento de caballero de la Santa Bebida y si se tiene por muy feliz y honrado con tan insigne título.

—Padre, comunique usted a su alteza —repuso Shaky calcando literalmente una frase aprendida de memoria del segundo tomo de *El señor de los anillos*— que ha sido de mucha estimación para mí esta honra y que la acepto con total entrega y veneración.

Apenas con fuerzas para poder contener la risa floja, el barman vertió dos onzas de whisky irlandés en un vaso de cristal grueso y lo elevó al techo como hacía el cura de su colegio en Quito con el copón cuando Marcelo actuaba de monaguillo.

—Yo te ordeno caballero de la Santa Barra y te bautizo, por los poderes que me otorga la experiencia, con whisky de la madre Irlanda. Bendito sea este whisky, entre todos los licores, porque no necesita hielo. Solo añado, siguiendo arraigadas tradiciones, una chispa de agua para que te aclare la visión en tu peregrinaje, una gota de angostura para que te acostumbres a soportar las amarguras y un pellizco de azúcar, en dulce representación del buen fin que han de alcanzar tus hazañas. Je, je...

Marcelo no pudo evitar reír su propia ocurrencia.

—¡Bravo! ¡Bien dicho! —aprobó el orondo Jim el improvisado conjuro del barman.

—Ahora, pruebe usted la poción mágica y hágame saber si siente transformación alguna —le sugirió Marcelo al joven recién iniciado.

Yerban se puso en pie y se acercó el cáliz a los labios.

—¡Está buenísimo! Igual de delicioso que siempre, Marcelo —responde ahora el señor Jameson al saborear el contenido del vaso que le ha ofrecido el barman.

—Menuda sorpresa volver a verle. ¿Y a qué debemos tan agradable visita? —cambia la mirada hacia el chef armenio Marcelo.

Martini Seco tira del brazo hacia la barra a un chaval desgarbado cuya presencia había pasado hasta ahora desapercibida para el maestro de la barra.

—Marcelo, este es mi nieto Brendan. Acaba de graduarse con honores en Tulane.

—*Grandpa,* por favor… —El chaval intenta zafarse de las garras de su abuelo, cuyos rasgos le recuerdan al barman mucho más a la madre.

Marcelo intuye lo que está a punto de ocurrir y se conmueve.

—Brendan cumple hoy veintiún años, Marcelo. Así que hemos pensado que sería muy lindo seguir la tradición —le aclara Yerban Jameson por si albergase alguna duda.

—¡Pucha, me mataron! —se lleva la mano al corazón el barman.

—Ojalá fuese verdad y así nos íbamos todos a casa —murmura con malicia el *millennial* desde el cucho.

A Marcelo se le agua la mirada. A veces el paso del tiempo deja huellas que merecen la pena. Posos de satisfacciones. La sensación del deber cumplido.

Por delante del barman, tres generaciones de Berberians le confirman que el trabajo honesto ofrece su recompensa. El señor Jim Martini Seco, el bromista Yerban y, ahora, Brendan inauguran la tercera temporada de una serie a la que Marcelo lleva enganchado la friolera de cuarenta años.

—Acércate, hombre, que Marcelo no muerde… —Le propina otro tironcito del brazo a su nieto el chef.

—Hola, soy Brendan… —balbucea dando un paso al frente al fin el chaval.

—Pues encantado, Brendan —alarga la mano sobre la barra el barman—. ¿Te gusta la música?

—Se le da de maravilla el violín —confiesa orgulloso el padre.

—¿Algún compositor preferido? —interpela con curiosidad Marcelo.

—Tchch —dice tan bajito que no se le entiende.

—Habla fuerte, hombre —le pincha el abuelo.

—Chaikovski —repite con un hililllo de voz el muchacho.

—Ah, pues por lo pronto un vodka —decide el barman.

El señor Martini, eufórico, rodea con su enorme brazo el cuello de lápiz de Brendan y a punto está de chascárselo.

—*Grandpa*... —protesta el homenajeado.

Berberian lo libera, pero, en lugar de dejarlo ir, le planta en la mejilla un beso. El rostro de Brendan se vuelve más rojo que las bombillas del *grill* Henry's.

—Acá tiene, Brendan. Le felicito. —Marcelo muestra un vaso con hielo, hasta la mitad de vodka y dos rajitas de lima, que rellena con agua tónica.

—La lima la puse sin exprimir —aclara—, porque la experiencia me ha enseñado que cada cual prefiere estrujarlas con sus propios dedos.

—*Whatever*... —asiente avergonzado el nieto que no ve el momento de salir escopetado.

Marcelo le pide que se acerque. Se inclina por encima de la barra y le hace una confidencia.

—Te bauticé con vodka Tito's porque es igual que tú: de raíces europeas, pero elaborado en Estados Unidos.

Martini Seco y Jameson se intercambian miradas intrigados.

—Te dejo saber que Tito's no lleva gluten; pero, Brendan, dame haciendo un favorcito y no le menciones ni media palabra de esto a tu abuelo. El viejo es medio talibán con lo orgánico y como se entere me despelleja.

Brendan asiente, sin entender de qué va la vaina que le comunica el barman.

—No se preocupe —afirma pegando un trago al vaso que deja al cristal temblando.

—Su primera bebida con alcohol. —Se le escapa emocionado una palmada en el hombro del agente O'Connor al señor Jameson. Brian le mira aturdido y se sacude el uniforme.

—Será la primera oficial —cruza una mirada con el chaval Dylan— porque, extraoficialmente, este, como todos los de su edad, se ha chupado ya más de doscientas cervezas.

—Con dieciocho años puede uno alistarte en el Ejército y pegar tiros —le expuso Marcelo a Soledad O'Brien en el escenario del teatro—. Pero fíjese que no lo autorizan a beberse una cerveza. Ha de esperar a cumplir los veintiuno. ¿Se imagina? En la universidad, con los amigos ¿y bebiendo Coca-Cola Zero en las fiestas? Ni modo. Hecha la ley, hecha la trampa.

En cualquier caso, los Berberian no están ahora para valoraciones políticas. Andan con ganas de celebraciones y, el señor Jameson da buena muestra de ello enarbolando su bastón en plan batuta y lanzándose a cantar el cumpleaños feliz.

—*Happy birthday to you…* —agita la muleta invitando a participar al resto de los feligreses.

—¿Es que no puedo tener una familia normal? —se avergüenza Brendan buscando complicidad en los ojos de Dylan.

—*Happy birthday to you…* —sube el tono Yerban hasta conseguir, poco a poco, ir sumando adeptos al coro.

Los primeros en lanzarse a desafinar sin miedo son los de San Diego. Les sigue el agente de policía y, enseguida, se suma el propio Marcelo.

La excitación no tarda mucho en contagiarse por la sala. Los comensales de las mesas más cercanas alzan divertidos sus copas de vino, contagiados por la feliz algarabía, y continuan en efecto dominó los cientos de seres humanos que abarrotan a la hora del almuerzo el gigantesco restorán de la estación central. Mesa a mesa, barra a barra, se van sumando todos los presentes, clientes y camareros, hasta completar una coral polifónica que entona el cumpleaños feliz con la misma pasión con que los aficionados al rugby australianos corean en sus estadios el *Waltzing Matilda.*

—*Happy birthday dear Brendan, happy birthday to youuu…* —culmina con un do de pecho de tenor Luka desde su ventana.

Dos segundos de silencio y retumba en el Oyster Bar un espontáneo aplauso cuyo eco, como rompiente oleaje en las encrespadas rocas de un acantilado, desborda la cristalera de la puerta y asciende cual suelta de palomas por las hercúleas columnas de mármol de Tennessee hasta disolverse, convertido en fuegos artificiales, en el cielo de gresite de Grand Central Terminal.

—¡Marcelo, mi hermano, te queremos! —le planta un cálido beso en la mejilla el armenio octogenario, visiblemente sobrecogido y francamente sudoroso.

—Gracias siempre a usted —replica el barman enjugándose al tiempo una lágrima y el sudor del armenio con la servilleta.

Termina y se vuelve hacia su aprendiz en el cucho. Dylan se teme otra reprimenda. Un nuevo tutorial del viejo. Pero qué va. En su lugar, la voz del barman brota con ternura y calma de sus labios.

—¿Ves qué suerte tenemos, muchacho? —le dice.

—¿Suerte de qué, *boomer?* Yo, personalmente, odio los cumpleaños —responde el *millennial* sin molestarse siquiera en levantar la cabeza del teléfono.

—La suerte de poder llegar al corazón de la gente, Dylan. Esa es la suerte que tenemos los que trabajamos cara al público. ¿No escuchas los aplausos? Nos están dando las gracias. Nos están diciendo: «Os queremos». Nos están gritando que somos parte de su familia y, la familia, muchacho, es lo único que importa en este mundo.

Dylan estira el cuello y lo observa con pasmo; como si acabase de aterrizar delante de él un marciano con calcetines de nylon.

—Bla, bla, bla… —se burla Dylan—. Ya sé, ya sé, Marcelo. Para usted esta es su segunda casa.

—¿Mi segunda? No, mijo: para mí esta es la primera. Este no es un lugar cualquiera. Esto es el Oyster Bar de la gloriosa ciudad de Niuyork, Dylan. Estamos hablando de una institución sagrada, como la ópera de Milán. Como la bombonera en Buenos Aires. Estos aplausos no se cosechan con facilidad y significan mucho. ¿No entiendes lo honrado que debes de sentirte por recibirlos?

—Bah. Déjese de Oyster Bar. Yo lo que estoy deseando es pirarme, hacerme un Netflix y *chill*.

Marcelo echa profundamente de menos no haber tenido un maestro que lo ilustrase en técnicas de respiración profunda, meditación, taichí, musicoterapia o cualquier otra herramienta de ayuda para sobrellevar con dignidad la compañía de un ingrato. Así que hace lo que puede: lo mira y sacude la cabeza con resignación. El *millennial* no se rinde.

—Por cierto —remata Dylan en plan petardo verbenero—, ¿aquí pagan por días o hay que esperar una semanita entera para cobrar el cheque?

Capítulo 10. El *Speed Rack*

Marcelo salta del ómnibus en Port Authority, como cada mañana y, de forma automática, cambia el chip a posición Manhattan.

—Si lo dejas en posición Ecuador, te arrollan —le había advertido con sabiduría su añorada tía Laura cuando Marcelo pisó por vez primera Nueva York; un encuentro que ahora, en la distancia, se le antoja que había tenido lugar allá por la edad de la chispa.

—En Niuyork uno ha de permanecer continuamente en alerta porque todo el tiempo pasan cosas; lo cual resulta emocionante —había confesado él mismo, bastantes años más tarde, en la entrevista a la Soledad O'Brien—. Pero fíjese que es tanto lo que acontece acá, que el ritmo emocional de esta montaña rusa lo llega a agotar a uno. Por eso, cada noche, yo ardo en deseos de volver a poner el chip en posición Marcelo y regresar a Jersey.

Desde la estación de autobuses de la autoridad portuaria hasta Grand Central le restan por caminar cinco bloques. Dieciséis minutos de reloj en circunstancias normales. Una linda oportunidad para observar los rostros de los viandantes. Los turistas suelen terminar con dolor de cuello de tanto mirar hacia la punta de los rascacielos, sin saber que se pierden la esencia que convierte a esta ciudad en única: la diversidad de sus habitantes.

A medio camino lo para un tipo despistado.

—*Mund te me ndjhmoni, please?*

El tipo resulta ser de Kósovo, miembro de una de las últimas camadas de emigrantes en sumarse al crisol de culturas de la Gran Manzana. Se pensaba que Marcelo era uno de los suyos. Al final se entienden medio en inglés, medio por señas.

Tiene calculado el barman que las oleadas migratorias se vienen a solapar en esta urbe más o menos cada lustro. Al menos en el gremio de hostelería, que es el campo que él conoce de primera mano.

—Cuando yo caí en Manhattan —le había participado de sus cálculos la mañana anterior a la periodista española en el bus—, la mayoría de los empleados en los restoranes eran griegos y, como acá la vaina funciona a base de contactos, me costó Dios y ayuda encontrar una chamba.

La ley del más fuerte. El dichoso *pecking order:* tú le das una patada a un perro y este le ladra a un gato, que a su vez atormenta a un ratón —reflexionó para sí la plumilla al recordar un reportaje que le había tocado escribir sobre los *tenements,* las humildes viviendas donde se hacinaban los inmigrantes recién llegados al puerto de Nueva York—. Los restoranes helenos le quitaron el sitio a los italianos, quienes con anterioridad habían desplazado a los polacos, que a su vez relegaron a los alemanes, que con anterioridad se encargaron de sustituir a los irlandeses. Tela marinera.

—Los *diners* griegos se pusieron acá de moda cuando Jackie Kennedy se casó con Onnasis —continuó su repaso al archivo histórico Marcelo.

—Vale, pero hoy los empleados son casi todos hispanos... —se adelantó a la conclusión de su interlocutor Anna. Defecto clásico de los periodistas.

—Ahí vamos —reconoció Marcelo—. Cayeron los griegos y volvieron a pitar otra vez los italianos; pero, para entonces, ya había dejado de venir emigración de Europa, así que los cocineros se vieron obligados a contratar a mi gente. Ahí fue cuando cambió de verdad la cosa. Hoy, si usted va a un italiano, el dueño será de Nápoles, no se lo niego, pero le aseguro que los que preparan la salsa de tomate, amasan la pizza y meten las berenjenas con parmesano al horno son hondureños y salvadoreños de Long Island, colombianos y ecuatorianos de Queens y dominicanos de Corona Jackson Heights.

A la altura de Times Square, Marcelo se despista echando un ojo a la pantalla que reproduce la astronómica cifra de la deuda externa e introduce sin querer el pie en un hoyo.

—Ave María... —se lamenta dejando caer al suelo su bolsita deportiva.

Malditas infraestructuras. En el interior de las oficinas de la zona centro encuentra uno toda suerte de lujos; en el exterior, las calles de Manhattan se van pudriendo a base de abandono. A Nueva York la gente viene a hacer plata para llevársela, no para invertirla en reparar sus aceras.

Marcelo se lleva la mano a la articulación. En un primer reconocimiento, la rodilla parece encontrarse intacta. Sin embargo, le molesta. Qué faena. Justo ahora que había comenzado a ir a la piscina los domingos para conservar la buena forma. Bueno, al menos no se ha caído de bruces. Podría haber sido mucho peor.

Se incorpora con dificultad y asombrado reconoce, entre los numerosos peatones que lo esquivan en ambas direcciones, a un hombre que viene presto en su ayuda.

—¡Mi capitán! ¡Qué grata sorpresa! —tiende risueño Marcelo su mano a los refuerzos.

Pero Caipiriña pasa inadvertidamente de largo. Lo mira y pasa de largo. Lo reconoce y pasa de largo. Con el gesto abstraído. Callado, absorto, distante, el militar no detiene su avance. Como tampoco lo hiciera hace ya la tira de años en el desierto de Kuwait. Lo ignora como ignoró entonces los gritos desesperados del enemigo que iba sepultando al paso de su buldózer bajo la arena.

No es la primera vez que un cliente pretende no haber reconocido a Marcelo fuera de su puesto de trabajo. El bar *is another life, another crowd* y a algunas personas no les gusta que se las asocie en la calle con sus visitas periódicas a la barra.

—¡Mi capitán! ¡Qué grata sorpresa!

A pesar de la costumbre, la humillación duele lo mismo. Resulta muy duro tener la piel del color del agua: transparente.

—Se conoce, ñaña, que en esta ciudad, sin la chaquetilla blanca del Oyster Bar, me vuelvo invisible —intentó racionalizar con un grano de humor su aflicción el barman el día en que le relató un hecho similar a la Delia.

—No te engañes —le había respondido su hermana con una amargura tan honda que lo dejó aterrado—. Lo que es invisible en esta ciudad es el colonialismo, pana. Ese racismo disimulado que se hace fotos con nuestros niños de día, pero se cambia de acera en la noche en cuanto divisa a un hispano.

Marcelo se sintió cada vez más pequeño ante los comentarios de su hermana.

—Ese aliento colonialista que sentimos en la nuca nada más entrar a un comercio; detrás de uno constantemente; siempre vigilante con el de piel tostada para que no nos robemos mercancía —prosiguió la Delia con la mirada en la bombilla pelada que colgaba del cordón del techo—. En público nos hacen promesas de oportunidades, pero en privado piensan que la servidumbre es nuestro único destino.

Marcelo eleva los ojos y la observa con pena.

—Al menos en el Ecuador, ñaño, nos gritaban cholos a la cara. «Pónganle una pluma a su padre.» «Quédense en el páramo.» Eso escuchábamos, hermanito. Sabíamos quiénes eran los ignorantes y los evitábamos. Acá la intolerancia es peor. Acá el lobo va cubierto con pellejo de cordero.

A pesar del bajonazo emocional que por momentos lo paraliza, el barman consigue recoger las pertenencias que se han esparcido en el asfalto, volverlas a introducir en su bolsita de piel sintética y alcanzar la acera contraria. A punto de que el muñequito del semáforo cambie a rojo, consigue con un suspiro ponerse a salvo del tráfico.

«No cuentan las veces que uno cae, sino las que logra levantarse», se recuerda para infundirse ánimos mientras se apoya en el poste metálico.

Entonces, por no forzar la rodilla y, sobre todo, por miedo a volverse a topar de nuevo con el capitán Caipiriña, que bien podría seguir merodeando por la zona, Marcelo adopta una decisión inédita: tomar el suburbano para recorrer tan solo tres cuadras. Línea 7. Una parada.

El torno le descuenta dos dólares con setenta y cinco centavos, y Marcelo accede a la estación de metro. Es la misma en que los detuvieron a Albert y a él hace ahora veintitantos años. Allá por la época de la chispa. No había vuelto a poner los pies en ese andén desde que los dos compadritos se colaron sin pagar. Saltaron por encima de la cancela y un policía los detuvo. Dijeron que lo sentían. Que pagaban con gusto la multa, pero que los dejasen marchar. Que lo habían hecho solo por no aguardar la larga cola que se había formado frente a la máquina expendedora de billetes. Que se apiadase de ellos por ser el día de Navidad. Pero el agente los encarceló precisamente por eso. Resultó que los policías reciben en Nueva York un bonus especial por cada detención que consigan durante las fiestas y, obviamente, aquella Nochebuena las celdas quedaron abarrotadas: repletas de pobres diablos acusados de pendejadas y *wrong doings* de poca monta. Entablaron conversación con un negro dominicano que llevaba dos días en el calabozo por haberle propinado una patada a un bote.

—Lo que les cuento, mis hermanos. En Niuyork si usted se tropieza con una botella en el suelo y la rodea y sigue su camino, no pasa nada. Si le da una patada y le pilla un chapa, ya le perrearon por escándalo público. Está prohibido dar patadas a objetos en la vía pública en Manhattan.

Cualquier disculpa para echarle la culpa a un pobre. Manhattan *mode*: siempre alerta.

—*Stand clear of the closing doors!* —advierte la monótona voz de los altavoces cuando el convoy inicia su marcha.

A estas horas el vagón resulta ser un amasijo humano. Se rozan, sin poder evitarlo, los perfiles de la delicada modelo coreana, del supremacista blanco, de la diplomática keniata con turbante florido e insignia de las Naciones Unidas, del joven cubierto por una máscara de goma que imita a un pollo asado, de la mendiga que protege una carriola de bebé llena de espachurradas latas de refrescos y del boricua que corea la canción que resuena con sordina metálica en sus audífonos.

—Mal, muy mal, muy mal, muy mal, muy mal. Mira…

Pero nadie mira a nadie. Cada uno a lo suyo. Completamente ajenos a las biografías de quienes los rodean; aventuras humanas que terminarán desperdiciadas en el tren del olvido y que, en cualquier otro lugar del planeta, darían, cada una de ellas, para escribir un *best seller.*

—A mi modesto entender —le había matizado Marcelo a la reportera española al despedirse de ella la mañana anterior en la estación de autobuses—, una vida bonita no consiste necesariamente en haber realizado grandilocuentes hazañas. Más bien, pienso yo, que las vidas que emocionan son las de aquellos que supieron poner el alma en los pequeños detalles que nos hacen humanos. ¿No le parece?

Anna García se había quedado observando a su interlocutor con intriga. Marcelo trató de despejar su desconcierto.

—A mí me gusta mucho el cine, señorita. Y tan emocionante me parece una película sobre la Segunda Guerra Mundial como el drama de una viejecita solitaria a la que se le muere su única compañía: un pajarito. Por eso digo que no pierdo la fe en que algún día pueda yo ver publicada mi modesta historia.

—Ah, vale. Seguro que sí... —asintió la reportera, esta vez con el apoyo de una sincera sonrisa.

—¿La vida de un camarero? ¿Has perdido la cabeza, Annita? Dime tú: ¿a qué lectores podría interesarles semejante historia?

La reportera se revuelve en la silla con ánimo de defender su iniciativa, pero la causa ya está perdida.

—Marcelo no es camarero. Es barman —protesta.

—Lo mismo me da que me da lo mismo.

El sarcasmo del director de *El Diario* que se anuncia campeón de los hispanos desde 1913, «suscríbete ahora por solo $3,5 al mes», le deja claro a Anna García la falta de interés del tabloide por publicar la historia de un sencillo emigrante ecuatoriano.

—Dedícale si quieres un recuadrito en la contraportada y ya —la consuela el jefe de redacción mientras sube la ventana de guillotina para que escape el sofocante calor que emiten los radiadores. Afuera, en las calles de Brooklyn, el termómetro marca 31 °F.

—No pongo objeción a eso —remata el director—, pero siempre y cuando termines antes de escribirme tres columnas sobre la joven desaparecida en Staten Island. Esas son las historias que venden acá periódicos.

En el vagón del metro, un hombre con muchos tatuajes y escasos dientes proclama que Jesucristo es nuestro más fiel aliado.

—Él nunca nos falla —asegura mostrando a los viajeros una estampita del crucificado.

—Dios primero —avala Marcelo con una leve inclinación de cabeza antes de bajarse en la 42.

En el centro del andén, un representante de los sioux solicita firmas a favor del inalienable acceso de los indígenas de Dakota al agua potable.

—Cómo no —acepta de grado el barman.

Estampa sus datos en la lista y se sorprende al comprobar el nombre de la persona que ha rellenado justo antes que él el casillero: Dylan No Sé Cuántos. Se pregunta si se tratará del mismo Dylan.

De subida en las escaleras mecánicas, debidamente apartado a la derecha para que los cagaprisas puedan adelantarlo por su izquierda, Marcelo ha de aguantar junto a su oreja el rapapolvos que el tipo que viene detrás le está metiendo por el celular a su asistente. Habla a voz en grito y aprovecha la reprimenda, sin aparentes muestras de pudor, para revelar a todos los usuarios del metro de Nueva York el balance de cuentas de su compañía, el nombre de los accionistas de referencia y los objetivos estratégicos marcados por la corporación para el 2020.

Por las escaleras de bajada, mucho más despejadas, que se deslizan a su derecha, se aproxima un hombre que parece escapado de una pasarela de Versace: traje de cuadros llamativos, gafas rojas tipo Elton John y, en los brazos, un perro de alguna manera emparentado con un chihuahua que, debido al cambio reciente en las ordenanzas municipales, ha de ser transportado en una jaula portátil. En este caso, se trata de un bolso-perrera confeccionado con lona azul Bahamas y con el logotipo de Prada. Cuando barman y perro se cruzan a cuarenta yardas bajo tierra, el que ladra es Marcelo.

—¡Guau!

El medio chihuahua y su dueño pegan un respingo.

—*What the f...*

Marcelo no está de buen humor.

Alcanzada la codiciada cima, Marcelo recorre cabizbajo el vestíbulo de Grand Central Terminal. El agente O'Connor, que conversa amigablemente con un grupo de oficiales, se sorprende al verlo encarar renqueante, como un ave malherida, la rampa de mármol que conduce al Oyster Bar.

Abajo, en la galería de los susurros, los turistas ya han comenzado a intercambiarse mensajitos de esquina a esquina.

—Aló, ¿me escuchas, cariño?

—Te amo, gruñón.

Albert los contempla a través de la cristalera. En fila india aguardan a que el contable transforme, con un leve giro de muñeca, el letrero rojo de «CLOSED» en un verde «OPEN». Pero todavía no. Es temprano aún. Les toca esperar un poco más.

—*Morning* —saluda de forma escueta Marcelo al colombiano nada más traspasar el umbral.

—¿Qué más ve? —replica Albert.

—Nada. Madrugando, como siempre.

—Dizque a quien madruga Dios lo ayuda, Marcelo.

—Pues será que soy tan buena persona, Albert, que estoy deseando dejar de madrugar para que Dios pueda ayudar a otro.

—¿Qué mosco le picó a este? —barrunta el colombiano. Y enseguida le avisa—: Hay ropa tendida, Marcelo.

—¿Y eso?

—El pana del gorro de lana se presentó de nuevo —le aclara Albert.

—¡Pucha con el paracaidista! Confiaba en que hubiera botado la toalla.

—Oye, ¿te pasa algo en la pier…?

Marcelo no tiene tiempo para responder. Ha de llegar a la barra antes de que el maldito aprendiz de brujo pueda ocasionar algún estropicio.

Gracias a Dios, lo encuentra recostado sobre una de las mesas de la enorme sala.

—Al menos eres puntual, Dylan —le admite—. ¿Firmaste donde los indios?

—¿Eh? —se incorpora el chaval medio adormilado.

—En el *subway.* ¿Fuiste tú quien firmaste?

—¿La petición de los nativos americanos? Sí, ¿por qué?

—Por simple curiosidad. Me alegro.

—No me esperaba de usted ningún cumplido —responde en medio de un bostezo el *millennial*—. Pensaba que me había cogido manía.

—No me gustas, mijo. Es la verdad —aclara Marcelo mientras agacha la espalda para introducirse por debajo del tablón de madera en su barcito—, pero no te cogí el diente. Al contrario, te respeto como líder de la oposición.

—Muy gracioso —deja caer el torso de nuevo sobre la mesa el muchacho.

Lo próximo que cree escuchar Dylan son las instrucciones de Marcelo dirigidas en voz alta a las botellas.

—Usted esto y usted lo otro —las alecciona el barman igual que un entrenador de baloncesto a sus jugadores.

Dylan hace amago de incorporarse, pero le puede más la modorra. El *millennial* empieza a cuestionarse si no se habrá quedado dormido y estará soñando.

—Me está haciendo usted una temporada excelente, José Cuervo, así que le voy a adelantar un puestecito —escucha que le indica al tequila.

Solamente falta que la botella se ponga a cantar como en *La bella y la bestia*. Dylan decide pellizcarse y, para su sorpresa, comprueba que está despierto.

—Viejo loco...

—Lo tiene bien merecido, don José —escucha a Marcelo proseguir su arenga—. Ya... ya... y usted, señor brandi, no se preocupe tanto. Hemos vivido tiempos mejores, lo sé, pero no es culpa suya. Son modas pasajeras. Todo pasa y todo vuelve. Ya verá como el día menos pensado la afición reclama de nuevo su presencia y salta usted del banquillo. Aunque, ¿sabe qué? Mire usted por dónde, hoy voy a sacarlo unos minutos a la cancha para animarlo. Seguro que convencemos a algún tipo para que deguste un *harvard* o un *metropolitan*. Ale, y los demás, ¿qué estamos mirando? ¡A sus puestos! Menos chismes, que tenemos una tarea importante por delante.

Ante la atónita mirada del nuevón, Marcelo da un paso atrás para enganchar el paño blanco con rayas azules que encuentra junto a la pila y se lo coloca sobre el hombro. Luego, con la marcialidad de un general que pasa revista a sus tropas, comienza a recorrer la repisa de izquierda a derecha. De derecha a izquierda. Ida y vuelta varias veces, escrutando minuciosamente la formación en escuadra de sus botellas, hasta que finalmente se detiene frente al triple seco.

—Recomponga su postura, señor…

Marcelo se agacha levemente sobre la botella, pellizca su embocadura y la gira unos grados hasta centrar su etiqueta.

—Mejor así —confirma antes de retomar la marcha.

Apenas avanza unos pasos, se detiene nuevamente para intercambiar en sus puestos al ron y a la ginebra.

—Listo —se dice.

»No. —Se conoce que le entran dudas y al final termina recolocando las botellas en sus posiciones iniciales—. Un pasito más. Ahora le toca a la botella de Kahlua.

»Vaya, vaya —la amonesta tirando de trapo.

Marcelo repasa con el algodón el cuello del recipiente. Por fin le elimina los feos goterones que le deslucían las hombreras.

—Ejem... —interrumpe Dylan.

El fingido carraspeo del *millennial* le obliga a desviar su atención hacia el restorán vacío. Parado junto a la cercana pared, su ayudante se atornilla con descaro el dedo índice en la sien para darle a entender a su jefe que sabe que ha perdido la sesera. Algo más allá, también parado, Albert baja la vista al suelo para simular que busca algún objeto caído.

—¿Todavía estás allá, nuevón? ¡Vamos, asúntate! —le reclama Marcelo a Dylan sin darse por aludido—. Vamos, ¿a qué esperas?

El aprendiz de barman estira los brazos con desparpajo y se despereza como un gato callejero.

—Ya va... —responde.

Visiblemente contrariado por la falta de modales del joven, Marcelo vuelve a su faena y le llama la atención a una botella empezada de Chablis que reposa adentro de la heladera de los vinos.

—Ay, ay, ay. Esa gorra...

Sin dilación, el barman abre la puerta de cristal y aprieta el corcho flojo del blanco de origen francés.

—Mucho mejor, ¿no le parece? —comenta satisfecho al volver a cerrar la cámara.

Dylan, mientras tanto, sigue concentrado en sus ejercicios de pilates.

—¿Ya? —le regala un gesto recriminatorio Marcelo.

—Ya, papi —contesta el *millennial*.

—Ya, Marcelo —le corrige su jefe enfadado por el exceso de confianza—. Mire, mejor no entre. Siéntese acá en un taburete y me presta atención desde afuera.

Dylan opta por tomar asiento en el número cinco. El de la esquina, con vista panorámica a todo el restorán, que es el que suele atraer sin remedio a los parlanchines.

Marcelo le señala las tres filas de licores de la repisa.

—Te presento a tu equipo.

—*Lit!* —responde con un resoplido de desidia el *millennial.*

—Estas son tus jugadoras. Si quieres ganar partidos, más vale que conozcas a la perfección las virtudes y defectos de cada una de ellas y lo que pueden dar de sí en cada momento.

Los ojos del *millennial* giran tres veces sobre sus órbitas antes de quedarse en posición de bizcos.

—Lo primero, mijo, es decidir la alineación. Titulares y suplentes. Establecer un orden y, una vez fijado, mantenerlo. Un barman ha de saber siempre dónde está cada botella.

Marcelo pega su espalda a la balda de los licores y, sin voltearse, agarra con su mano izquierda un ejemplar.

—Anisette, ¿verdad? —le pregunta a Dylan antes de alargar el brazo por delante de su cuerpo para comprobarlo personalmente.

—Yep —asiente Dylan tras leer el nombre en la etiqueta.

Marcelo devuelve la botella a su lugar de origen y, a tientas, extrae otra de la repisa.

—¿Granadina? —pregunta.

—Granadina —obtiene un eco por respuesta.

—*¿Bourbon?*

—Yep.

—¿Brandi?

—Que sí… —protesta Dylan cansado de tanta exhibición—. Esto no es el circo Ringling. ¿Para qué quiero aprender yo eso? No vine a ser prestidigitador. Mejor, cuando me pidan una bebida, me doy la vuelta y la agarro no más… porque tampoco es que se pierda tanto tiempo, ¿no?

—Con que te ausentes un segundo del escenario se termina la función —le recrimina con voz grave el maestro.

—*Oh my god.* —Se lleva espantado las manos a la cabeza el *millennial* esperando la trasnochada moraleja que seguro está a punto de soltar el viejo.

—La barra de un bar funciona como el decorado de un espectáculo —le explica.

—De un teatro de guiñol, será, porque a usted no se le ven las piernas —replica con una risilla sarcástica Dylan.

Marcelo encaja el desafío con deportividad y se le curvan los labios.

—Oká. Acepto que parezco una marioneta…

El barman se pega las manos al torso y se bambolea de lado a lado imitando la rigidez de un muñeco.

Dylan sonríe, pero Marcelo enseguida recobra la compostura.

—Ahora acéptame también tú, Dylan, que en el teatro de guiñol el público pierde interés si el muñeco se da la vuelta. Acá hay que estar de frente todo el tiempo. No te puedes ausentar para buscar el licor que se te olvidó reponer la noche anterior. No puedes dar la espalda a los clientes cuando cortas fruta o preparas un trago. Elaboramos todo a la vista. Es nuestra manera de mantener su atención y demostrar que somos honrados.

Sorprendentemente, el *millennial* parece interesado en las explicaciones.

—Las buenas propinas no llegan por ser muy rápidos, mijo —prosigue su narración el barman—, sino cuando el cliente se siente bien atendido.

Demasiado largo el parlamento. Se pasó del minuto reglamentario. Dylan consulta el teléfono.

—El truco de un buen barman —habla ahora solo y en voz alta el jefe de barra— consiste en hacerle sentir especial a la gente. ¿Oká? Pues, ya lo dije. Ahora, ándame haciendo el favor y pasa.

—No. Si pasar, paso completamente. —Dylan ni se molesta en alzar los ojos de la pantalla—. No le quepa ninguna duda —remacha cáustico antes de curvar con agilidad la espalda para deslizarse por debajo de la barra.

Capítulo 11. El libro

La periodista se presenta en el Oyster Bar a primera hora de la tarde, justo en el momento en el que la barra de Marcelo está cerrada al público.

—Quiero escribir su historia —le confiesa de sopetón. Lo ha encontrado apurando una sopa de almejas en el apartado que el restorán acota para que almuerce el personal.

—Deje que me lo piense con calma —solicita vacilante el barman tras invitarla a tomar asiento.

—Propuse una entrevista en *El Diario* pero no la quieren. Si usted acepta, me gustaría presentarle la propuesta a una editorial para publicar su libro.

—No sé si tendría suerte... a mí empieza ya a entrarme complejo de aguafiestas. ¿Usted sabe que una vez fui a una reunión de alcohólicos anónimos y resultó que todos eran conocidos?

A Dylan se le escapa una carcajada.

—Es un cuento, señorita —se excusa el barman—; pero, si no nos tomamos la vida con humor, ¿qué nos queda? Por cierto, le presento a Dylan.

—¿Su colega? —se interesa Anna intercambiando un saludo con el chico a través de las miradas.

—Dejémoslo ahí, sí: mi compañero.

A Albert le entra la risa floja.

—Y este es mi compadre colombiano.

—Encantada. —Alarga Anna el brazo para chocar la mano de Albert. El contable no puede parar de retorcerse en su asiento.

—Dylan su colega... ja, ja, ja...

—Bueno, ¿qué me dice? ¿Le parece bien mi idea? Podríamos quedar una vez a la semana para entrevistarle.

—No corra tanto, señorita. Ayer yo le dije mi parecer, pero no recuerdo haber escuchado el suyo. ¿Qué la hace pensar que mi historia pueda interesarle a un editor?

—Aún no nos conocemos, Marcelo, pero puedo asegurarle que la comunidad hispana de Estados Unidos necesita *role models*. Héroes que hablen español.

—Yo no me vi todavía volando y con capa. Quizás si me pusiese los calzoncillos por encima del pantalón...

—En serio. En los tiempos que corren, los niños de nuestra comunidad se merecen ir con la cabeza en alto. Se lo debe a ellos. Dígame que sí.

—Le prometo pensarlo. Yo tampoco la conozco a usted. ¿Puedo ofrecerle una sopa?

—No. Se lo agradezco, pero a mediodía solamente consumo el compuesto químico que no engorda: el «nitrato» de comer.

Ahora es Marcelo quien explota en una risotada.

Anna se levanta y se despide de los tres. Tiene prisa. La prensa en Nueva York siempre va con la lengua fuera.

—Le llamo.

—Al celular ni se moleste, señorita, porque acá abajo no nos llega cobertura. Ya puede bombardear Rusia la Quinta Avenida que nosotros ni nos enteramos.

—De acuerdo.

—Interesante mujer —comenta Albert al verla perderse entre las mesas.

—¡Y bien guapa! —remata Marcelo—. ¿No te parece, Dylan?

—¡Y qué me importa a mí! —se defiende el *millennial* elevando las manos a la altura de la cabeza y sacudiéndolas bruscamente hacia afuera.

—Nada…

—¿No ve que me da igual? —insiste Dylan con tono de fastidio.

Resulta tan desproporcionado el desprecio del nuevón hacia la reportera de *El Diario* que Marcelo sospecha que hay gato encerrado.

—Este huevo quiere sal —se dice.

Capítulo 12. El lonche

Sostiene Marcelo que, a mediodía, la mayoría de los empleados del Oyster Bar se dedican a atender turistas. Los neoyorquinos no tienen tiempo de almorzar. Agarran un perrito caliente o un *wrap* en un carrito de la calle y se lo comen a mordisquitos mientras caminan de vuelta a su oficina. O, como mucho, si me apuras, se permiten el civilizado lujo de tomar asiento durante unos minutos en la escalinata de un edificio como la Public Library. Ese es el *almuerzo* de Nueva York: un mísero aperitivo, un triste sándwich con pan gomoso, una insípida ensalada de col rizada o, tal vez por ahí, el gran día en que se animan a darle un cálido homenaje a su desatendido estómago, una sopa confeccionada a base de verduras de lata. Y ya. Con eso tiran millas, que en Manhattan el tiempo es oro y la comida se considera una simple necesidad en lugar de un maravilloso placer.

—A la hora del lonche, en los salones del Oyster Bar usted podría practicar más idiomas que en Duolingo —le había confesado el barman ecuatoriano esa misma tarde a la periodista española mediante una cordial conversación telefónica—. Los clientes habituales no suelen detenerse en las mesas. Esos acuden en procesión a la barra a por media ración de calamares, a por una docenita de ostras, a por unas almejas fritas. Lo que se dice un detalle gastronómico que les mate el apetito y ya. Indio comido, indio ido. No sé si me cacha.

—*New York is always in the move.* No se para nunca —le anunció a su llegada la tía Laura y Marcelo había tenido sobrada oportunidad de comprobarlo a lo largo de los siguiente cincuenta y cinco años.

—A mi modesto entender, señorita, si usted le añade al ritmo frenético de la ciudad el hecho de no poder disfrutar a diario de una pausa, de un almuerzo como Dios manda, con mesa, mantel y compañía, le sale la fórmula magistral del estrés.

A tales efectos, mantiene Marcelo que los clientes que caen por la estación central al final de la tarde llegan siempre como gatos abatidos. Achicopalados. Y que, como él se considera persona sensible, capaz de percibir el profundo desamparo de estos llaneros solitarios, en lugar de servirles puras copas de alcohol, siente que les ofrece, licuado y en vaso, el poema que Carole King le regalara a James Taylor para confirmarle que siempre tendría al alcance un amigo.

When you're down and troubled
And you need a helping hand
And nothing, nothing is going right
You just call out my name
And you know wherever I am
You've got a friend

¿No es maravilloso dejarles saber que tienen un amigo? Así mismo acaba de hacer Marcelo con todos cuantos vinieron a visitarlo en la hora punta; periodo que, al concluir, dio paso a este remanso en el que a penas quedan en la barra cuatro almas que atender.

—Dylan, hazme un favorcito y dame pasando la bayeta que está junto al grifo —solicita Marcelo desde la esquina opuesta.

El *millennial* no hace siquiera ademán de mover un dedo.

—Esa labor no viene estipulada en mi contrato —puntualiza quisquilloso.

La descarada holgazanería del nuevón, a puntito ya de completar su tercera jornada laboral a las órdenes de Hernández en el Oyster Bar Restaurant, no deja de llamarle la atención al veterano mago de las combinaciones.

—¡Pues al empate, Calceta! —exclama Marcelo resignado.

Con gesto serio se acerca él mismo a la pila, agarra el trapo y comienza a repasar los cercos que han impreso los vasos por condensación en la madera.

—La bayeta es nuestra mejor compañera —se empecina Marcelo, sabiendo que su intento de adiestrar al joven es inútil.

—A mí me contrataron para servir copas —apostilla Dylan en tono reivindicativo.

Marcelo, sin embargo, sigue sin dar por perdida la causa. Igual que si se golpease la cabeza contra un muro de cemento en plan masoquista. «Pues dale.»

—A cada rato, uno ha de humedecerla un poquitico en soda y darle a todo un repasito. A simple vista el ojo no lo detecta; pero, al tacto con la gamuza, van apareciendo pegotitos, migas, restos de comida, que uno ha de eliminar. ¿Ves?

Marcelo se entretiene en ir contando de forma obsesiva, dos, tres, cuatro, cada mota de suciedad que queda atrapada en su red. Dylan se cuestiona seriamente si el personaje no sufrirá un preocupante trastorno del espectro autista.

—Solamente cuando uno cuenta una a una las escamas del pescado, mijo, llega a comprender cómo está organizada su anatomía —le había ilustrado su padre, cuando niño, en una visita que hicieron al mercado de Ambato—. Contar obliga a prestar atención. Da igual si el pescadito tiene mil o mil setecientas escamas, pero el hecho de entretenerse en contarlas le va a descubrir cómo de grandes son sus agallas y dónde las tiene estratégicamente situadas; o el número de aletas que posee y el porqué de sus diseños aerodinámicos. Mire.

De aquella experiencia, Marcelo únicamente se recuerda muerto de miedo y escondido bajo el puesto. Agachadito abajo en el piso, junto a los costales de frijoles, arvejas y arroz, para evitar que le clavaran la mirada con sus tremendos ojazos los pescados que, por ser niño, estaban situados justo a su altura, con sus amenazantes bocas abiertas sobre una cama de helechos.

—Si la barra queda pringosa —dirige el rostro hacia su ayudante Marcelo—, los clientes se nos pueden quedar pegados y luego no hay forma de quitárselos de encima.

Como allá, mire, que no limpió usted nada bien. Je, je... —celebra el barman en solitario su propia ocurrencia.

Aunque con desgana, Dylan gasta una mirada hacia el ala oeste del bar donde se encuentra una pareja de enamorados que no ha cesado de besuquearse desde su llegada.

—No parecen tener mucha sed. Llevan dos horas con una Coca-Cola... —comenta por lo bajo.

—¡Chuta! ¿No le digo que el pringue de la barra ha actuado con ellos como las cintas amarillas de atrapar moscas? Se quedaron pegados tan cerca el uno del otro que no pueden sino mucharse. Je, je, je.

Al otro lado del restorán, Albert, apoyado en la cristalera de la entrada, vigila con suma atención la barra.

—¿A qué vendrá tanta cháchara? —se estruja el cerebro intrigado.

Llegadas estas horas, reflexiona el colombiano, su compadre Marcelo suele estar a *full* con los preparativos del día siguiente y no es habitual verle dando cotorra.

—Chico, ¿me sir-ves otro traggo, por fa-vor? —reclama un cliente a Dylan arrastrando alguna que otra sílaba en su alocución.

Se trata de Peter Old Fashion. Un parroquiano habitual que, según le ha comentado Marcelo, toma asiento cada miércoles en el tercer taburete. Localidad que, al parecer, gustan de ocupar los tipos que sí, pero que no.

—Que calienta, pero no quema —matizó su explicación el barman al confundido *millennial*—. Lo que venía a sugerir que el número tres les resulta ideal a los parroquianos que disfrutan hablando, pero lo justo.

—Permítame un momentito —contesta afable Dylan al señor Old Fashion pasándole la pelota a su jefe—. Es que a mí, de momento, solo me permiten servir bielas.

—Ah.

En dirección norte, *due North,* a unos veinte pasos de distancia de la barra de Marcelo, Albert descorre levemente el puño de su leva azul y deja asomar un desgastado reloj de pulsera. Es el suizo dorado que compró con las ganancias del Open USA. Fue allá por la década de los sesenta, cuando todavía no se habían popularizado las tarjetas de crédito. Entonces, las entradas para el torneo de tenis se pagaban en metálico y la organización contrataba todos los años a Albert para que hiciese el recuento de sus taquillas. El contable pedía una excedencia en el Oyster Bar y, durante quince días, se encerraba en un cuartucho del Tennis Club de Queens. Allí estaba protegido por cuatro gánsteres, dos adentro y dos en el pasillo. Los de adentro corrían un piano de cola y lo empujaban contra la puerta en prevención de presumibles atracos. Los de afuera obligaban a Albert a despojarse de la ropa y a salir al baño en calzoncillos para evitar tentaciones.

—Hora de bajar la persiana —se dice el colombiano.

Albert voltea el letrero de la puerta acristalada, que pasa a leerse «CLOSED», y corre el pestillo. No más admisiones por hoy.

—El Oyster Bar, señorita, cierra al público a las nueve y media de la noche —le había descrito Marcelo su horario con suma minuciosidad a la periodista del diario hispano.

Anna García le localizó sin problemas en su periodo de descanso, entre tres y cinco, en la línea fija del restorán. Marcelo anduvo presto en advertirla, nada más descolgar, que aún no había tomado una decisión firme sobre su propuesta del libro, pero no puso objeción, sin embargo, en aclararle algunas cuestiones generales.

—Correcto... Yo sirvo mi última copa a las diez en punto de la noche, señorita y, para las once, u once y cuarto, ya estamos todos fuera. Sí, correcto... El último en salir soy yo. Siempre. Ajá... Todititas las noches. Ajá... Vea que a mí me entusiasma tanto mi trabajo que yo podría seguir; pero, como es natural, el resto de los compañeros quieren irse a su casa. Je, je...

—Corta ya, Marcelo. Vamos, corta... —suplica Luka desde el ventanuco apuntando con su nariz hacia el reloj del estante.

El barman ignora el comentario.

—Bueno, señorita Anna... ¿cómo le podría explicar yo? Será que para el resto de los empleados el Oyster Bar es como su segunda casa. Pero para mí es distinto, ¿ve? Para mí el Oyster Bar es mi primera.

—¿Qué es es-to? —protesta Peter Old Fashion.

—Agua, profesor —responde Marcelo—. Se la acabo de poner.

—Pero yo he so-li-ci-ta-do un traggo...

—*Really?* —le lanza una mirada recriminatoria el barman—. ¿Tenemos algún problema esta noche, don Peter?

—Tiene que entender que estamos en una estación y la gente tiene que tomar el tren, señorita.

—Llámeme Anna.

—Oká, señorita Anna.

Durante aquella conversación, Marcelo trató de hacerla entender que en su bar la gente entra y sale con inusitada rapidez.

—Acá en quince minutos se ventilan un trago, cuando no empalman dos seguidos. Bum, bum. Ahora, yo nunca le sirvo a nadie más de tres.

—¿Y eso? —se interesó la reportera de *El Diario* por su razonamiento aritmético.

—Porque después de chupar tres tragos, todititos cambiamos de personalidad. Los que hablan por los codos se vuelven mudos y los mudos comienzan a platicar sin medida. Como yo los conozco de sobra, bien rapidito percibo cuando ya están listos.

—Mar-ce-loo... —suplica hecho avión Peter Old Fashion.

—Tómese el agua, no más, profesor. No sea malito. Vea que no quiero verle tirado por el piso como el del cuento. ¿Recuerda? *One* trago, *two* tragos, *three* tragos... ¡*FLOOR* tragos! ¿Estamos?

—¿Pero no le montan un pollo sus clientes cuando se niega a servirles otro trago?

—Alguno por ahí siempre se disgusta, señorita.

—Anna.

—Señorita Anna. Pero entiendo que la mayoría me aprecian el gesto. Yo les dejo notar que me preocupo por ellos y que mi deseo es que lleguen a casa sanos y salvos. No puedo gobernarlos cuando estén afuera, en la calle; pero, mientras permanezcan en la barra del Oyster Bar, mi deber es mantenerlos derechitos. Por su bien y por el de esta santa institución. En un bar de mala muerte les van a servir diez tragos con tal de sacarles plata. Acá, no. Esta es una casa decente y aún mantenemos la dignidad. Si alguien intenta pasarse de la raya en la barra de Marcelo, yo no le sirvo. Le comunico que, sintiéndolo en el alma, si no sabe libar, yo no tengo por qué atenderlo.

—Mise-ri-cordia —junta las palmas de sus huesudas manos de mapache Peter Old Fashion.

Salta una bandera roja. *Emergency.* Marcelo se ve obligado a rebuscar en el baúl de los recursos una treta que lo ayude a combatir la tozudez que demuestra esta noche el señor Peter.

«¡La hora!», se dice perspicaz.

Entonces, con fina discreción, Marcelo alarga el brazo hacia el estante donde descansa el reloj de cuerda que se trajo al bar el primer día de contrato. El cacharro le costó dos yanquis en el sesenta y cuatro, y ahora dicen que si es *art déco,* que si es inglés, que si tiene el sistema de bracket en perfecto estado, y hay quien le ha llegado a ofrecer hasta quinientos dólares. Pero Marcelo no lo suelta. Ya no. Si acaso antes, pero ahora ya no. Demasiadas penas y glorias tiene compartidas con ese viejo cachivache como para atreverse a traicionarlo con una venta a estas alturas de la película. Además, la esfera del relojito lo ha ayudado a entablar cantidad de conversaciones con los clientes porque, en Nueva York, muchos no saben leer números romanos. Esos dígitos en forma de letras mayúsculas que, en este país que el resto de América llama Estados Unidos y los estadounidenses se empeñan en llamar América, solamente se estudian de pasada una mañana en segundo grado elemental.

—¡Anda, como los símbolos de la Super Bowl! —recuerda Marcelo que comentó emocionado el capitán Caipiriña cuando se conocieron, allá por el año en que la liga profesional de fútbol americano celebraba su XXIV campeonato.

Una vez abierta la portezuela de cristal de la caja de madera, Marcelo empuja con el dedo sortijerito la aguja de los minutos. Media circunferencia cuesta arriba hasta dejarla clavada en la pura vertical. La aguja corta no es necesario tocarla porque ya se desplaza ella sola al menear la larga. El reloj del estante queda marcando las diez en punto.

Clic.

De reojo, el barman repara en Dylan. El mocoso se entretiene sacándole retratos.

—Lo siento en el alma, profesor, pero el bar acaba de cerrar —anuncia el parte Marcelo.

—Oh… —muestra con asombro su decepción Peter Old Fashion.

—Váyase a casa, don Peter, y nos volvemos a encontrar de nuevo la semana próxima.

Sumiso como un pajarito, Old Fashion extrae de su chaqueta la billetera, la abre y se la ofrece a Marcelo para que escoja entre el abanico de tarjetas que, seguramente, se ha dedicado a clasificar por colores en algún momento de tedio en casa.

—Pinto, pinto, gorgorito... —va señalando una a una divertido el barman.

Finalmente extrae la Chase Blue metálica.

—Al parecer, es la que acumula más puntos por consumición en restoranes —justifica su decisión al entregarle a don Peter los papelitos para que rubrique su firma.

—Gracias, Maaarcelo.

—Las que usted tiene, profesor —devuelve el cumplido el barman.

—Hasta el miércoles.

—Si no pudiera venir la semana que viene, me avisa para no tenerme preocupado.

—Se-guro...

—Y ya conoce mis reglas: si, por cualquier causa, decidiera cambiar de bebida, me lo ha de comunicar al menos con cuarenta y ocho horas de antelación. Je, je...

Old Fashion se aleja dando tumbos. Al pasar por el cubículo de Albert se frena y, aunque a duras penas consigue mantener el equilibrio, junta dos dedos y se los lleva a la frente en señal de respetuosa despedida.

—*Night, night...*

El contable se levanta para ayudarlo a alcanzar la salida y le abre amablemente la cancela.

—Buenas noches, señor Peter.

Rampa arriba, camino de los andenes, Peter Old Fashion se va haciendo cada vez más chiquito. Quién lo ha visto y quién lo ve, al combativo guardaespaldas que tantas veces protegió a Albert en el cuartucho de Queens cuando al Open USA le decían aún U. S. Nationals.

Marcelo retorna las agujas del reloj a su sitio. Clic. Aún restan veintidós minutos para atender peticiones de los clientes, por mucho que a Luka le duela. Clic. El barman se vuelve mosqueado por el ruidito. Proviene del teléfono de Dylan. El *millennial* ha programado los ajustes con el sonido del disparador de una cámara fotográfica.

—No se me ocurre mejor manera de crearse un enemigo, Dylan, que hacerle una foto a alguien sin permiso y, encima, no enseñársela —le reprende Marcelo con ademán de fastidio.

Dylan le acerca la pantalla.

—*Lit!* Quedó bacán, ¿no le parece? —se felicita el *millennial* con patente falta de modestia—. La voy a titular: *Cambio de hora en Grand Central.* Con este perfil vamos a hacer dos mil amigos en Instagram.

Marcelo corre el dedo por la secuencia de instantáneas, enmarcadas en plan *story board,* que constituyen la prueba irrefutable de que ha trastocado el tiempo en el relojito del estante.

—Hoy, miércoles, a estas horas, es el mejor momento para subir contenido —explicita el *millennial.*

—Ajá… —refunfuña Marcelo.

—Mitad de semana, la gente tiene ganas de novedades… Ya me entiende.

A pesar de que el barman decide mostrarle a Dylan su desinterés por Instagram y las redes sociales, internamente no le queda más remedio que reconocer que el nuevón posee un endiablado talento para los encuadres.

Paga la señora del ocho. Piden la cuenta las dos muchachas del cuatro y cinco. Dylan sigue enredando en sus fotografías y, petulante, le muestra a Marcelo la que acaba de editar.

—Alegre esa cara, man, que le voy a hacer famoso.

—¡Poltamí! —sacude las manos bruscamente hacia afuera Marcelo para quitárselo de en medio.

Dylan menea la cabeza tratando de comprender la insólita reacción. Lo mismo el jefe está de revancha por su comportamiento de ayer.

Albert descorre el pestillo de la puerta a la pareja de enamorados. Son los últimos clientes de la noche en abandonar el barco. Se acabó. El contable camina aliviado hacia la barra. Puede que le fallen las cervicales, pero el oído lo conserva bien fino y ha escuchado nítidamente la imitación que ha hecho Marcelo del acento dominicano. «Poltamí.» Una dulce entonación que le resulta entrañablemente familiar y que lo ha transportado a velocidad de crucero a sus años de juventud.

—¿No echas de menos el mal genio de Papa Díaz, Marcelo? —le dice cuando toma asiento en uno de los taburetes libres de la barra.

—Poltamí. Qué lo qué. Traquetiao —responde su compadre imitando nuevamente al gigantón dominicano que hace ya quince años sustituyera en su puesto Luka.

El colombiano suspira risueño.

Marcelo eleva las manos y las aproxima hasta chocarse las yemas de los dedos. Repite la acción varias veces con golpecitos intermitentes. Como si quisiera aplaudir sin causar ruido. Exactamente el mismito gesto que solía reproducir el negro Díaz en el ventanuco de la cocina cuando algo lo soliviantaba.

Capítulo 13. Papa Díaz

—Dame banda, Marcelito —se quejó Papa Díaz chocando las puntas de sus dedazos a la altura del pecho.

—La del taburete siete reclama que no estuvo buena la torta de manzana, Papa —le aclaró un joven Marcelo.

—Pues ni tanto ni tampoco, Marcelito —murmuró protestón el negro Díaz mientras contemplaba atónito el plato vacío que le entregaba el ecuatoriano.

—Dizque la manzana estaba añejada y que le supo a guácala. Y exige que se la cambiemos por otro postre. Que la torta no la paga.

—Pero, cónchole… ¡Si devolvió el plato rebañado!

Marcelo se fijó en las enormes manazas del dominicano. Aquello no eran dedos, sino manojos de longanizas.

—Una fresca la del siete, Papa —sentenció el barman.

Papa Díaz comenzó a despotricar.

—Pues dile que se cuide porque ella no viaja ni le han pedido. ¿Pero qué se piensa esa tipa? ¿Qué acá estamos patrás del último? Dile que su mente es transparente y que no me jale los pelos del sobaco porque no tiene bujía.

—¿Y por qué mejor no se lo sugieres tú, Papa? —le insinuó Marcelo invitando al pinche de cocina a inclinarse sobre el marco de la ventana para echarle un ojo a la individua.

—¿Quién e?

—La del siete.

—El siete —le aclara Marcelo a Dylan en un aparte— es el taburete preferido de las personas que no necesitan gastar lucas en psicólogo. Humanos cuya autoestima no les baja nunca de cien. Ahí paran todos los parlanchines.

Papa Díaz frunció el ceño con intención de dedicarle a la señora una mirada asesina que le quitase para siempre las ganas de protestar, pero desistió de a una.

—Oye —se llevó la mano a la boca estupefacto—. ¡Tremenda hembra, mi hermano! Que te diga qué postre quiere. Piña, helado, lo que sea, que ya mismito se lo traigo de rodillas.

Albert y Marcelo mezclan el recuerdo con una sonora carcajada.

—Tremenda hembra, mi hermano —imita el contable al de la República Dominicana.

—E duro. Dale que te dio, Marcelito —contesta clavando también el acento caribeño Marcelo.

Dylan los observa furioso.

—¿Lo pasan ustedes bien burlándose de los demás?

—Lo pasamos bien riéndonos CON los demás —lo corrige Albert, harto de que el nuevón se la tire de muy cosita.

—Oká. Hasta ahí no más. Vení pacá, Dylan —le ordena Marcelo con voz severa.

El muchacho se aproxima vacilante a su jefe.

—Mira, oe —le dice—. Papa Díaz era nuestro amigo. Quizás seas todavía demasiado joven para haber perdido a un ser querido; pero, cuando eso te ocurra, te darás cuenta de que el dolor atraviesa tres etapas. Al principio uno llora desconsolado. Después guarda silencio impotente. Y, por último, solo le queda convertir la memoria del amigo en una canción o en un chiste. Eso es lo único que estamos haciendo nosotros: echar de menos al negro.

Palpablemente empiñatado, Albert deja escapar unas lágrimas.

—¿Viste? Mi compadre ya se fue de moco. Pero son lindos recuerdos. ¿No me oíste mencionar a la Sherry Cobbler?

—¿Una bloguera de YouTube? —pregunta con indiferencia el chico mientras se encoge de hombros.

—No, una *influencer* de tu barrio pelucón, no te fastidia… —apostilla malhumorado el colombiano—. ¡Qué al huevo, pata!

Marcelo media para calmar los ánimos antes de que les dé a los tres soroche. Parece una contradicción, pero el mal de altura, por lo visto, también le puede agarrar a uno en un sótano.

—Sherry Cobbler era la rubia despampanante que me devolvió la torta de manzana —aclara el barman a su pupilo—. Protestaba mucho la señora esa, pero algo bueno debimos de hacer nosotros porque regresó al bar en multitud de ocasiones.

La llamativa silueta de la señora Sherry Cobbler se recortó en el exterior del local difuminada por el cristal de la puerta de entrada. La tipa estaba de caite o bájate con todo.

Nada más detectar sus pronunciadas curvas, el joven Marcelo introdujo a toda prisa en la coctelera una rodajita de naranja, la espolvoreó con una pizca de azúcar y la machacó con la cucharilla.

Ta, ta, ta.

Acto seguido procedió a regar la pulpa con un generoso chorro de jerez y a bendecirla con una gotas de brandi. Con una mano agitó el recipiente metálico y con la otra atrapó un vaso de la repisa. Con ambos utensilios se aproximó al ala oeste de su barra, la más corta. En el centro, a la altura del taburete número siete, colocó el pesado recipiente de cristal y escurrió en su interior el dulce contenido agitado. Apenas unas décimas de segundo más tarde, Danielle ocupó su habitual asiento.

—¡Buenaso! —felicitó a Marcelo la rubia nada más probar el combinado.

—Se me adelantó un poquitico —excusó su intrusismo el barman al depositar sobre el brebaje un par de hojitas de menta.

—Ay, Marcelo —soltó la clienta de pronto sin venir a cuento—. ¿Te imaginas nacer fea? Yo me muero.

—¿Y por qué me cuenta a mí cosas de esa mujer? —protesta el *millennial* absolutamente convencido de que no le va a interesar el chisme.

—Porque, mientras trabajes en la barra de Marcelo, has de honrar el letrero ese que coloqué sobre el ventanuco de la cocina.

El *millennial* lee para sí el lema enmarcado en la pared: «Acá entran clientes y salen amigos».

—Ja —apostilla carente de todo entusiasmo.

A pesar de la apatía del aprendiz, Albert se emociona al escucharlo.

—Brindemos por eso.

—¿Por lo que no tiene hueso? —sugiere irrespetuoso el joven provocando una rima facilona.

—¿No te cansas nunca, mijo? —se asombra Marcelo de la insistencia del *millennial* mientras rellena de agua tres vasos en un tastás.

—Brindemos, Albert.

El contable y Marcelo chocan sus vidrios en el aire y pegan un sorbo para aclararse la garganta.

—Por los amigos que hicimos —proclama el ecuatoriano.

—Y en especial por ese monumento a la belleza que nos traía locos a todo el personal —añade Albert con añoranza—. ¡Bendita señora Sherry Cobbler!

—En su tarjeta de negocios ponía que era abogada experta en mediación de conflictos. ¿Te acuerdas?

Albert asiente.

—Pero, a juzgar por lo que nosotros pudimos presenciar en esta barra, compadre, ¿no te atreverías a afirmar conmigo que Sherry Cobbler era más bien experta en crearlos?

—Je, je... —recobra la risa el contable—. Una noche hicimos votación democrática entre los compañeros y salió aprobada una moción, con el noventa y nueve por ciento de los votos del personal de esta casa, para exigir a la susodicha señora que se colocase una señalización de peligro en la espalda porque, con semejantes curvas, podía causar accidentes graves de tráfico en la sala. Je, je…

—Casi mata a aquel pelado peruano, Albert —ríe también Marcelo—. Tú sabes. ¿Cómo se llamaba el gallina ese que abría las ostras a la velocidad de la luz, por Dios?

—Persio —puntualiza el contable.

—Sí, el Persio fue quien se estampó contra esa columna por no quitarle la mirada de encima. ¿No te acuerdas? Je, je…

—¡Era bien linda! —reconoce el colombiano—. Pero también muy descarada.

—Buuuf… No me hagas hablar, compadre —se lleva Marcelo las manos a la cabeza—. ¡Muy furufa la fresa esa!

—Marcelo, tú has de ser hombre entero, ¿verdad? —alzó Danielle la voz para que la escuchasen todos los contertulios presentes.

—Eso tengo entendido, madame —respondió Marcelo bajando la voz y ruborizado ante la atenta vigilancia que le profesaba toda la parroquia.

La rubia se despachó el *sherry cobbler* de un solo trago y, sin molestarse en apartar la vista del vaso de doce onzas, dejó caer sobre la barra su bomba de neutrones.

—Es que verás… —se explicó sin minimizar un ápice el volumen de su alocución—. Mi marido no me satisface y necesito la ayuda de un hombre hecho y derecho.

—¡Dile a la man que me llame a mí! Dale mi teléfono particular —le suplicó Papa Díaz a Marcelo desde el ventanuco.

El silencio perduró exactamente media eternidad y algunas décimas de segundo. Justo lo que se demoró la picapleitos en erguir su delicado cuello de cisne y en clavar sus ojos verdes esmeralda en los negros del emigrante ecuatoriano con papeles. Entonces se escuchó un murmullo que golpeó el bar como un tsunami y, al instante, comenzaron a dejarse notar los efectos colaterales. El joven chef Jim Berberian y el más joven aún doctor Cosmopolitan se intercambiaron una mirada perpleja. Al asombrado señor Peter Old Fashion se le dilataron las pupilas hasta tal punto que parecía que de un momento a otro se le iban a escapar los ojos de sus órbitas para desplomarse como Humpty Dumpty sobre la barra.

—¿Qué me ocurre, Marcelo? —prosiguió Danielle ladeando la cabeza con estudiada coquetería.

Papa Díaz se volteó hacia la cocina para radiarles en directo la jugada a sus alucinados compañeros de fatigas.

—¡Marcelo, ya se la chulió! ¡Marcelo, ya se la chulió!

—¡Este Marcelo es un bárbaro! —confirmó el chef de aquella época, un siciliano moreno que pasaba por afroamericano, acercándose apresuradamente al ventanuco.

La Cobbler permitió que su ondulado cabello se deslizara despacio sobre su frente hasta cubrirle la mitad del rostro. Sin prisas. De sobra sabía que, con un ojo tapado por la larga melena, aumentaba poderosamente su misterioso atractivo.

—¿Tú me encuentras algún defecto, Marcelo? —le insistió la mujer pirata con una dicción intencionadamente sensual.

—¿Defectos? Dios me libre… —negó con voz quebrada y flojera en las piernas el barman mientras la servía el segundo trago—. Con todos mis respetos: yo la encuentro a usted absolutamente perfecta. Divina.

Danielle se fulminó el *sherry cobbler* de un lingotazo y depositó el vaso vacío sobre la madera de roble con un golpe seco. Luego se removió en el taburete. Empezaban a hacerle mella los efectos del amontillado. Sintió calor y decidió deshacerse de algunas prendas. Primero se retiró la chaqueta. Luego se despojó del jersey. Después se desabrochó el escote de la blusa…

—Mira, Marcelo, me está dando de to —confesó mareado desde su ventana el dominicano.

Pero el de Ecuador no le escuchaba. Bastante tenía con lidiar con aquel toro de Miura que se empeñaba en acorralarlo contra los toriles.

—Te voy a ser franca, Marcelito —confesó en tono dulzón la abogada—. Mi marido me engaña con una mujer bastante más mayor que yo. Y yo eso no lo entiendo. No me cabe en la cabeza. ¿Tú no podrías ayudarme a comprenderlo?

Un creciente murmullo volvió a recorrer la barra de punta a punta.

—Bueno… —tragó saliva Marcelo sabiendo que esta vez no tenía escapatoria—. Está bien difícil de comprender. Tal vez su marido se quedó ciego. Es la única explicación. ¿Notó si el hombre se tropieza al bajar de la cama?

—Ciego debe de estar, porque la vieja esa es más fea que una tilapia.

—De pronto tendrá plata…

—Sí, a la tilapia le sobra la plata, Marcelo. Eso no te lo niego, pero…

Marcelo tuvo que echarle un brazo a la señora Sherry Cobbler para que no se cayera del taburete, y el resto de la concurrencia pronunció al unísono un ahogado «¡uy!», como cuando el portero de tu equipo detiene por los pelos un gol lanzado por el medio punta contrario.

—Bueno… usted ya habrá oído lo que dicen de una vieja con plata… —Encuentra en la edad de la concubina una salida de emergencia el barman.

Danielle negó dos o tres veces consecutivas con la cabeza y quedó a la espera de una explicación.

—Dizque una mujer joven y bella atrae (cómo no), pero que una anciana multimillonaria y a punto de morir… enamora —forzó Marcelo una estudiada sonrisa.

—Ay, Marcelito… —suspiró sofocada la mujer sujetándole ambas manos sobre la barra—. ¿Te parezco atractiva con esta blusa?

—Muy linda —respondió Marcelo echando el cuerpo hacia atrás prudentemente.

—Marcelo, eres un pendejo bolsón —le recriminó decepcionado Papa Díaz desde su madriguera—. La hembra te está dando caldo y tú no te pones las pilas.

El barman se encogió de hombros y se puso a atender las demandas de los demás feligreses.

—Pues, si tú no estás interesado en darle candela a la suca, dile que me llame a mí —le insistió esperanzado el pinche.

—Je, je, je… —ríe Albert con ganas al recordar la escena.

Marcelo le acompaña dibujando en su rostro una amplia sonrisa de chancho.

—Dile que me llame a mí —vuelve a imitarle—. Je, je, je…

A Dylan, que sigue de mal humor, la imitación no le hace ninguna gracia. Al revés, lo ofende. Le hiere sus sentimientos. «Qué gente más retrógrada», piensa reconcomido.

—Qué onda —trata de relajarle los ánimos al *millennial* el colombiano—. No se tome la vida tan en serio, pata, que le va a producir úlcera en el estómago. Haga caso a este viejo contador.

Dylan refunfuña, pero Marcelo y Albert no renuncian a la jarana.

—Como le escuché platicar a Woody Allen una noche acá mismito —insiste en sus recuerdos el barman—, creo que el pobre de Papa Díaz la única vez que debió estar dentro de una mujer fue cuando visitó la Estatua de la Libertad. Je, je…

—Ya me contarás tú el negro: todo el santo día acá camellando. Je, je… —se muere de risa el contable.

El estallido de la loza contra el piso les corta a ambos la diversión de cuajo. A Dylan se le ha escurrido de las manos el plato con el sándwich de almejas fritas que Albert le había pedido a Luka. Favor superespecial, irrepetible, porque una vez que se apagan los fogones ya no perdonan en la cocina.

—¡Chévere! —salta ajito el contable del taburete para inspeccionar de cerca los daños.

—Dylan, híjole, hay que ir con más calma —reprende Marcelo contrariado a su ayudante.

Al colombiano se le enciende la sangre al divisar su anhelada cena esparcida por el suelo entre añicos de porcelana blanca.

—¡Todo el día pajareando y ahora vas y me arruinas el sanduche, majadero! —se atreve a alzarle Albert la mano al *millennial*.

—Fue un accidente no más —trata de apaciguarle los ánimos su compadre.

Dylan acepta el envite del cajero, se envalentona y viene a hacerle frente encabritado.

—Eh, eh, eh —se interpone en su camino el jefe—. Está bien. Es un accidente. No nos alteremos. Recógelo. De todo se aprende.

—¡¿Que de todo se aprende?! —exclama irónico el de la caja registradora—. Seguro. A ver, mijo, ilústranos: ¿qué aprendiste tú de esta desgracia?

Dylan dibuja una sonrisilla pícara en su semblante y responde con sarcasmo.

—¿Que los sándwiches de almejas no vuelan?

Albert se baraja soltando aspavientos.

—¡Madre mía, qué humos! —comenta el nuevón con arrogancia—. ¡A este colombiano no le hace falta guitarra para ponerse a bailar!

—¡Mira, pata, déjate de vainas! —contraataca Marcelo decidido a enfrentar la altanería de Dylan y acortarle las riendas—. Adaptarse a una rutina, a unos métodos, para aprender algo que a uno le entusiasma, supone siempre un sacrificio. ¿Estamos?

Dylan no responde.

—¿Estamos? —insiste el jefe de la barra.

—Estamos —murmura de vuelta Dylan para quitárselo de encima.

—Aprender supone siempre un sacrificio, pero aprender algo que uno odia dobla el esfuerzo y lo convierte en tortura. ¿Sí? Así que, si no tienes paciencia para aprender este oficio, mejor te andas a la caleta y nos dejas a todos tranquilos. ¿Ya?

—Fue un accidente, usted lo dijo —se justifica Dylan.

—Me estoy refiriendo a tu actitud chinchosa, mijín.

Dylan intenta sumergirse de nuevo en el mundo de su teléfono, pero Marcelo se lo impide.

—Míreme a los ojos —lo reta.

—Ya —contesta y abandona la pantalla llena de aplicaciones el nuevón.

—Que conste que te entreno porque me lo requirió la doña y no me queda más remedio que acatar sus órdenes; pero no te hagas falsas ilusiones, ¿eh?

Dylan se pregunta a dónde quiere llegar el tipo.

—Servir un simple trago, como tú muy bien me soltaste de manera impertinente el primer día, está papaya —continúa su exposición Marcelo—. Lo puede hacer cualquiera, no te lo niego. Pero es que el verdadero arte no reside en eso, sino en la manera de presentarlo. En cómo se ofrece ese trago. En cómo trata uno a su clientela. La mecánica quizás la puedas aprender, tas, tas, tas; pero, de ahí a captar el entusiasmo, el mimo y la elegancia que le imprime uno al oficio para conseguir que un cliente quiera regresar a tu barra una y otra vez, una y otra vez, a lo largo de los años, a tomar el mismo trago… Eso mucho me temo, Dylan, que te lo vas a perder.

Dylan hace ademán de encender de nuevo el móvil y Marcelo se lo impide de un manotón.

—Mírame a los ojos.

—Le estoy mirando —se queja el *millennial.*

—Haz el favor de escuchar —le dice con enfado—. Lo fácil es servir una copa de vino, dejarla ahí, y ya te fuiste. Lo difícil es mostrar autoridad cuando la sirves. Que el cliente detecte en tu actitud el firme convencimiento de que le estás ofreciendo lo mejor y que se lo presentas con suma honestidad.

—Me va a despedir, ¿verdad? —rebufa el aprendiz.

—Con gusto te daría chapeta, pero, desafortunadamente, no está en mi mano. Se conoce que tu a-bue-li-to —se detiene a pronunciar esta última palabra con retintín— debe de ser un tipo bien principal.

Dylan baja la mirada desinflado como la rueda de un camión abandonado.

—Lo ignoro, no tuve el gusto de conocerlo —confiesa.

La revelación pilla al barman desprevenido. De pronto siente lástima por el muchacho y recula.

—¿Por qué no estás estudiando como los demás chicos de tu edad, Dylan? Es obvio que tu familia tiene plata y no necesitas esta chamba.

—Me expulsaron de la universidad —responde con voz agria el *millennial.*

—¡Chuta! Pues para conseguir eso ya tuviste que tratarle a alguien como perro en misa...

—Le llamé hijo de perra al entrenador de básquet. Eso es todo.

Marcelo arquea las cejas y resopla.

—¿Eso es todo? Entonces no me extraña, mijo.

—Solamente le dije a la cara a ese hijo de perra lo mismo que el resto de mis compañeros le dicen a sus espaldas.

Marcelo se agacha para pasar por debajo de la barra y, una vez fuera del bar, se libera de su chaquetilla y camina despacio hacia el cuartito de las taquillas para cambiarse de calzado.

—Bueno, mira, muchacho. Hoy nos tocó faenar duro y estamos los dos bien cansados. Seguimos mañana si te parece —le recomienda al fin mientras se enlaza los cordones.

—Yo me cuido los pies más que la cara, señorita —le había confesado durante la grabación del programa *I Am Latino in America* Marcelo a la señora O'Brien mientras la melodía del *Hang on Little Tomato* de Pink Martini sonaba de fondo—. Me cambio de zapatos tres veces al día, ¿sabe? Primerito los que traigo de casa. Luego los de la mañana. En el descanso, otra vez los de la casa y, al final ya, los de la noche.

—Yo no quiero ser barman, lo admito —recapacita Dylan, que no parece muy dispuesto a aceptar el rapapolvo del ecuatoriano—. ¿Hay algo de malo en eso?

—Entonces ¿qué te gustaría ser, mijo, si puede saberse? —le interpela Marcelo mientras se ajusta la presión de las medias Spandex en los gemelos.

—Creador de contenidos.

Marcelo menosprecia los sueños del chico.

—¿Un *influencer* de esos? —comenta incrédulo el barman.

Dylan rebufa.

—Ya volvió a sulfurarse el *mustang.* —Se baja las perneras del pantalón Marcelo—. No tengo ganas de pelea, Dylan —confiesa.

—Déjeme explicarle —se defiende el joven tratando de contener las iras.

—Está bien —acepta resignado el maestro mientras descuelga su chompa de la percha de la taquilla.

—Para ser considerado un *influencer* de esos, como los califica usted con desprecio, necesito un mínimo de veinte mil seguidores y, de momento, apenas me siguen quinientos.

Marcelo se mete las mangas. Se abrocha el primer botón.

—Y no crea que es por falta de esfuerzo —prosigue Dylan—. No soy tan vago como usted me pinta. Me tiro horas enteras para componer cada fotografía que subo a la red.

Marcelo se sube la cremallera, guarda los playeros en su bolsita de deportes.

—Tendría que ver la colección de retratos que hice de los viajeros del metro en Brooklyn... pero el arte no se reconoce. Los *likes* solo se disparan cuando subo un selfi en una azotea de Nueva York sin camiseta. Un autorretrato que tardo en hacer tres segundos. Así de triste es la cosa.

—¿Listo? —Posa la mano sobre el interruptor de la luz el barman y le cede el paso a Dylan para que abandone la estancia primero.

—Demasiada presión me pone ya el sistema, mi padre, la universidad, la *social media,* como para que encima usted, señor Marcelo, al que yo no le he hecho nada malo, que se sepa, me coja tiña.

Marcelo observa al *millennial* meditabundo.

—No tienen cristales, ¿verdad? —le había preguntado Anna García al barman a punto de finalizar su conversación telefónica.

—¿Cristales? —devolvió el interrogante confuso Marcelo sin entender la demanda de la periodista.

—Su compañero. El joven ese del gorrito —le aclaró la española—. Al principio pensé que no veía tres en un burro, pero me da la impresión de que es todo postureo. Lleva monturas de pasta sin cristales ¿verdad?

O sea que la reportera de *El Diario* se había fijado en el chico. ¿Podría ser posible que aquel tipo bochinchero tuviese un punto de atracción para alguien?

Dylan, con la mirada de Marcelo sobrevolando con curiosidad sobre sus cejas, se da cuenta de los pensamientos que deben de atravesar el cráneo del barman y le ofrece una respuesta franca.

—Sí, llevo gafas sin cristales. No las necesito; pero, como la gente prefiere verme con gafas, y así parece ser por el número de *likes,* con gafas salgo. Al menos no son de marca. Necesito crearme una imagen, ¿sabe? De esto va la cosa. Y usted, si lo que desea es que yo desaparezca cuanto antes de su vista, empiece por entrar en mi cuenta de Instagram, @mothhole, hágale un *share* a mis retratos del Oyster Bar, y no se olvide de etiquetarme. Buenas noches.

Atraviesan la sala vacía. Salen a la rampa de Grand Central. Dylan inicia su ascenso hacia el *lobby*.

—Espere un momento —le solicita Marcelo.

—¿Sí?

—¿Qué iba a comentar? —hace una pausa—. Ah, sí. Quisiera que sepa que, aunque no quiera ser barman, por ahí mañana en la mañana, si de pronto se interesa por algo que yo le pueda enseñar, conversemos. Muéstreme que es bien pilas y ya. Tratemos de llevarnos bien. A lo mejor me puede hacer cada día un retrato en la barra con una corbata distinta para utilizarlos luego en la portada de mi libro. ¿Le parece?

—¿Para la biografía que quiere escribir la periodista fracasada esa del lunar?

—¿Del lunar?

Marcelo se queda pasmado. O sea que, mucho fracasada, mucho poltamí, pero el *millennial* se había fijado en ella.

—La chica esa que vino a verle ayer a mediodía, ¿no tiene un lunar pequeñito en el cuello? —detalla sin darle mucha importancia el nuevón.

Love is in the air. ¿Cómo habrá podido escapársele un detalle tan obvio al barman? ¿Estará perdiendo facultades con la edad?, se pregunta inquieto.

—Buenas noches, Dylan. Que descanse —se despide y lo deja ir.

—Buenas noches, Marcelo —alza la mano el chico rampa arriba sin voltearse.

—Y no me ponga esa cara de borrego degollado, que tampoco mi sermón fue para tanto.

Capítulo 14. El inglés

Doña Olga Salcedo se disponía a avivar el carbón para cocinar unas manos de puerco en la olla cuando le salió su marido con el anuncio.

—Me bajo a Manabí a tocar cumbia —dejó caer como si nada.

El frío habitual del páramo, que en la primavera de 1955 sacudía con especial obstinación a la ciudad más antigua de las fundadas por españoles en Sudamérica, le provocaba a don José Hernández el mal de la chiripiolca y le costaba muelas.

—Cada hombre ha de saber cómo matar sus pulgas —sentenció escueta la mamá de Marcelo al tiempo que soplaba sobre los tizones.

Para entonces, la señora Olga estaba encinta del último de sus retoños: el Pepe. Tenía ya a su cargo cuatro propios y una adoptada: la Adalgilsa, que había crecido como una Hernández Salcedo más. Sus hermanos, Marcelo, Delia, Luzmila, Rosa Mercedes y Pepe, jamás llegaron a sospechar que aquella dulce hermanita fuera en realidad su tía carnal. Escucharon rumores, cierto es reconocerlo, sobre una criatura abandonada en un moisés y de forma apresurada en la cercana ladrillera, pero nunca les prestaron demasiada atención.

—Y quién sabe si, de pronto, me doy también un garbeo por Guayas. —Dobló el marido en cuatro una cuartilla y se la entregó a la señora Olga a modo de despedida—. Me deja dándole, por favorcito, esta nota a Marcelo.

A pesar de que Míster Otto tomó su decisión a horas bien tempranas, su hijo mayor no se encontraba entonces en la casa. Como cada mañana, Marcelito se había adelantado al amanecer para marchar con Papá Víctor a ordeñar vacas. A las cinco en punto habían de presentarse ambos ante el patrón en una hacienda lejana, allá arribota, al norte de Quito, para ayudar primero a las tareas de recolección y, ya después, más lueguito, cargar en el camión las cántaras de leche fresca que de regreso se dedicaban a repartir por las pequeñas poblaciones serranas. Y de allá al colegio. De modo que, en aquella ocasión, no hubo para Marcelo agónica despedida. Ni manito en alto. Ni corazón en un pálpito durante los fotogramas encadenados en los que, durante breves segundos, la silueta de su progenitor iba haciéndose cada vez más pequeña hasta perderse difuminada entre las ramas de los guabos. No, aquella desaparición fue distinta. En la tarde, cuando recibió de manos de su madre el papel, sus ojos tampoco se humedecieron. A los diez años, a Marcelo se le habían desecado los conductos lacrimales, deshidratados por completo a fuerza de tanto usarlos.

—¿Y qué mismo?

—Nada.

—¿No dijo el viejito por qué se fue?

—Su papá amaneció con el mico al hombro, mijo.

Marcelo leyó la nota en voz alta.

—Me cuida y me respeta a su madre y se hace cargo de sus hermanos. Y no tenga lástima. La próxima vez le voy a llevar a usted conmigo para que también conozca.

No más guitarra. No más chistes. No más bromas en la casa. Quién adivinaría esta vez por cuánto tiempo. Además, con el embarazo de Pepe, su madre no paraba de vomitar. Doña Olga guardaba cama debido a que el feto amenazaba con descolgarse en cualquier momento, y el primogénito tuvo que encargarse de las tareas domésticas. Cuidaba de sus hermanos, se acercaba cada tarde a la taberna de unos conocidos a recoger unas ollas de guisos para la cena y lavaba la ropa en el río Machángara.

«El día domingo se acerca por favorcito a casa de la señora Margaret, en Turubamba, y le entrega el sobre con dinero que dejé en el cajón de la mesa —seguía la nota redactada por Míster Otto a su tierno retoño—. Le indica, primero Dios, que es para que pague a mis músicos. La avisa también que, por favor, comunique que no vamos a actuar más en el *grill* por un tiempo. Quedo a la orden. Su papá, siempre.»

—¿Ya terminó de leer, mijo?

—Sí, mamá.

—Pues saque, por favor, a sus hermanitos un rato al parque del Ejido, antes de que anochezca, que yo he de poner unas indiciones —le señaló la puerta doña Olga.

A Marcelo le agradaba ser el medio de comunicación de su padre, lo tomaba como un reto y, ese mismo domingo, a trancas y barrancas, consiguió dar con la dirección indicada. Se trataba de una casona colonial antigua, de esas construidas con cubierta abovedada para aminorar las posibilidades de derrumbe durante los sismos.

La edificación ocupaba el esquinazo completo de una cuadra. El mocoso tocó al portón que se le antojó debería de ser el principal y salió a recibirlo una mujer en calzón y camisa. Tan desabrochada la prenda que apenas la tapaba.

—¿Qué?

La dama era lindísima y a Marcelo la visión de sus piernas desnudas, de su ombligo impolutamente torneado y de sus tenues pechos moldeados como tiernos limones contra la tela semitransparente del sujetador le provocó un inmediato sonrojo. Bajó la vista con pena, pero para cuando sus ojos encontraron los cantos rodados del piso, ya la había mirado.

—Soy el hijo de Otto Hernández —se presentó el niño.

—Ah, venga, peladito. Pásele.

La mujer se cubrió con una bata.

Atravesaron un zaguán y desembocaron en un patio rodeado de columnas. Marcelo no había visto cosa igual: la fuente de piedra con agua, las macetas cuajadas de orquídeas y motilones, los corredores...

—¿Cómo anda tu papá? ¿Puedo ofrecerte una soda?

Hasta entonces, Marcelo no había percibido el leve acento extranjero de la señora Margaret. La delataron las erres del verbo en su segunda frase.

—Ahisito no más —desestimó el niño con exquisita educación la sugestiva oferta, aunque no le faltaron ganas de aceptarla.

Sortearon una higuera centenaria y entraron en una sala aliñada con telas exóticas colgadas de las paredes.

—Mi papá le manda este sobre y le indica que este mes no hay trabajo en el Henry's.

La mujer lo invitó a tomar asiento en los cojines del estrado.

—Gracias, pero una soda me ha de aceptar en pago por el recado. Espere acá. Voy a darle aviso a la perol.

«Perol» era el apodo que también le daban a su abuelita Mercedes. Marcelo lo había escuchado la vez que fue a acompañar a la madre de su viejo, siendo muy chiquito, a las cocinas del palacio presidencial donde laburaba la anciana de cuarenta y dos años. Aquella familia había de resultar pues de mucho rango, calibró mientras la señora Margaret abandonaba la estancia. Las pinturas murales, las molduras del techo y las lámparas de forjado así parecían atestiguarlo.

—*Hey!*

Marcelo pegó un respingo. Recortada contra el blanco de una de las altísimas ventanas de la casona, le pareció reconocer al ángel inmaculado que se le había aparecido meses atrás en el *grill* con un caballito ceñido a la media.

—¿Karen? —preguntó atónito para chequear que estaba en lo cierto—. Gud si yu.

—¿Qué tiro contigo? Veo que recuerda mi nombre y que... ¡parlotea un poco de inglés! —respondió la niña con una sonrisa resplandeciente.

—Solo jelou, guz bai y cosas sueltas que aprendí de mi abuelita —respondió el muchacho halagado.

—¿De su abuelita?

—Cocina en la embajada inglesa y para el presidente Velasco Ibarra.

—*Follow me.*

—¿Mande?

—¡Que me siga, batracio!

Hechizado por la intrigante propuesta, Marcelo alzó el trasero de los cojines y siguió sus pasos. Karen lo condujo por una larga galería con suelo de terracota y techo artesonado a cuyos lados se iban abriendo espaciosas antesalas. La luz proyectada en sus paredes, a través de los enrejados balcones, recortaba amplios rectángulos de claridad en el yeso.

—Llegamos.

La muchacha abrió una puerta polícroma, coronada por un bajorrelieve con dos leones, y ambos salieron al huerto.

—Pensé que sus padres eran meros artistas —confesó Marcelo maravillado por el tesoro arquitectónico que acababan de contemplar sus incrédulos ojos.

—Eso es lo que me contaron cuando nos mudamos al Ecuador hace unos meses —se encogió de hombros la Karen.

Marcelo elevó una ceja.

—Para mí que son espías —remató.

—Sopla…

—He empezado a sospecharlo porque no puede ser que cambien de profesión cada poco. Ahora mi mamá dice que es bailarina. Hace unos meses, en Nueva York, era profesora de historia, y mi papá, científico. Trabajaba en un laboratorio. Yo fui a visitarlo. Pero acá en Quito resulta que es experto en textil y vende uniformes a los militares. Cuando yo era niña, ambos eran psicólogos y tenían la consulta en casa. *I don't know...*

—La gente a veces cambia de oficio —intentó animarla con ingenuidad Marcelito—. Mi mamá antes lavaba y planchaba camisas y ahora pone indicciones.

—No, mis papás han de ser espías de la CIA. Además, cuando vamos a la embajada americana, los conocen todos.

—Pucha, ¿no son gringos?

—Sí. Bueno, papá es puertorriqueño. Por eso hablo español. *You know?*

Marcelo la observó embelesado por la formidable capacidad de aquella criatura para cambiar de idioma.

—¿Quiere que le muestre un secreto? —modificó súbitamente el tema de la conversación la muchacha con una sonrisa pícara.

—Está bien —se dejó llevar por la curiosidad Marcelo.

Karen lo invitó a entrar en un antiguo bohío que, en su momento, debió de haber hecho las veces de corral, pues sobre su polvoriento piso de lajas, aún podían observarse restos fosilizados de cagarrutas, correajes y aparejos. Se hicieron paso entre cajones de madera, ladrillos, cañas y bejucos apilados contra las tapias de barro, y llegaron a un rincón desde el que podía divisarse el cielo. Las tejas de barro de la cubierta habían desaparecido hacía lustros, dejando la capa inferior de paja al mando de la techumbre.

—¿Cuántos años tiene? —lo interpeló Karen nada más detenerse.

—Diez recién cumplidos. ¿Y usted?

—*I am thirteen*. Le llevo tres.

—Pues lléveselos, lléveselos. No tengo gana ninguna de crecer más.

Karen sonrió con ternura. Marcelo miró hacia arriba y, a través de los huecos abiertos por las palomas en el recubrimiento vegetal, pudo divisar el gris espeso del firmamento quiteño.

—¿Usted me podría enseñar inglés?

—Yo le podría enseñar muchas cosas, renacuajo —le insinuó ella mientras le arrebataba las gafas.

—¡Chuzo! —protestó Marcelito contemplando cómo el rostro de Karen se desenfocaba extrañamente ante él.

—¡Chitón! —le replicó la chica mientras introducía la mano por debajo de la camisa de Marcelo y comenzaba a hacerle cosquillitas.

—¿Qué le parece?

Marcelo fue incapaz de responder.

—¿Ya aprendió a nombrar los deditos?

Marcelo quiso asentir, pero no pudo. Sus labios permanecieron tercamente sellados mientras Karen, entre caricia y caricia en la barriga con las uñas, iba recitando despacio los nombres.

—El meñique es niño bonito. El anular, sortijerito. El índice, lameplatito…

Karen se paseó la lengua despacio entre las comisuras de los labios.

—El dedito pulgar, es el matapulguitas… —continuó.

—Ay… —se le escapó un gemido a Marcelo al sentir que la cálida mano del ángel descendía sobre su piel y se abría paso a través de la cinta elástica del calzón.

—Y el dedo del medio. ¿Cómo se llamará el gordito este? —se preguntó en voz alta la muchacha.

—¡El de en medio es tonto bellaco! —recobró repentinamente la movilidad en los labios Marcelo.

—Shsss… —lo silenció de nuevo Karen.

Marcelo sintió que se le tensaba como un arco el cuerpo entero. Desde la punta de los pies hasta el último mechón de pelo. Un arco, como el de Cupido, cargado con un flecha de amor a punto de ser disparada.

—Este dedo compró un huevito… —le recitó al oído con voz sensual la muchacha—. Este otro lo frio… Y este gordito… ¡Este gordito se lo comió! ¡Se lo comió! ¡Se lo comió! ¡Se lo comió! ¡Se lo comió!

Marcelo sintió como todas y cada una de sus células estallaban al unísono en una satisfactoria explosión de fuegos de artificio. Apretó los dientes, perdió el equilibrio y, antes de que sintiera un guarapaso seco en la cabeza, el universo fundió a negro.

Cuando volvió en sí, la señora Margaret lo observaba enternecida con un botellín de Fioravanti en las manos.

—Tómese la gaseosa, mijín. Verá que la fresa le ayuda a recuperarse. Ay, qué susto nos dio.

Marcelo se incorporó confuso entre los almohadones del estrado de la sala de tapices y apoyó la espalda contra el yeso.

—Gracias —dijo aceptando el refresco y, al punto, notó aliviado que Karen había devuelto a su sitio las gafas pues, sin ambages, pudo leer el célebre lema que rezaba en su etiqueta: «Orgullo del Ecuador desde 1878».

—*Would you take care of him, darling?*

—*Sure, mom.*

La señora Margaret abandonó la estancia y Marcelo reparó entonces en Karen. La muchacha estaba reclinada sobre el alfeizar de la ventana en que se le había aparecido con anterioridad esa mañana. Tenía el pelo recogido, la cabeza hundida entre las manos y la vista perdida en el punto de fuga de la avenida. A Marcelo se le antojó aún más linda que nunca.

—¿Por qué hizo eso? —se atrevió al fin a preguntar el chiquillo.

—¿Qué cosa?

—Nada.

Karen se volvió hacia él y se alisó el vestido.

—¿Le gusta la música? —le interpeló marcando dos interrogaciones en sus ojos verdes.

—Sí, mucho. Mi padre quiere que sea músico como él, pero a mí cantar no me sale.

Karen esbozó una sonrisa.

—¿Usted sabe cantar?

—¿Quiere escucharme? —preguntó la niña.

—Ajá.

Karen agarró el chal de su madre, que descansaba doblado encima de una coqueta, y se lo echó por los hombros. Se soltó el pelo y comenzó a avanzar a cámara lenta hacia el muchacho mientras entonaba una popular copla.

Una rosa en un rosal
tiene mucha fantasía

y viene el viento
y la deshoja.
Ya está esa rosa perdía.

En el último verso se sentó junto a Marcelo. El niño se apartó unos centímetros algo temeroso.

—¿Qué le pareció? —le preguntó la gerla alargando el brazo para acariciarle la cabeza como a un perrillo.

—Superbién. Canta muy lindo —alabó su actuación Marcelo.

—Le salió un chibolo —le informó Karen tras inspeccionar el pequeño bulto detectado por sus dedos bajo el cabello del niño.

—Fue por su culpa —se defendió Marcelo—. ¿Por qué lo hizo? No somos novios.

—Le noté roto y todos necesitamos a alguien que nos cosa.

—¿Entonces sí somos novios? —intentó aclarar el muchachito repentinamente emocionado.

—No —negó Karen de forma rotunda.

—Pues mejor —sentenció Marcelo volviendo a recuperar su gesto taciturno.

—¿Mejor por qué? —interpeló Karen ofendida—. ¿No sabe que los hombres casados viven más?

—Dizque los casados viven más... pero que les entran ganas de morirse antes.

—¿Dónde escuchó usted eso?

—Por ahí.

Karen meneó la cabeza atónita ante la tamaña ridiculez de aquellas declaraciones.

—En cualquier caso, usted nunca querría tenerme a mí como enamorada —respondió y se incorporó plantándose delante de Marcelo en espera de que este adivinara sus pensamientos.

Marcelo le dedicó una mirada ceñuda. La niña se hurgaba los dientes con la uña.

—En la escuela me llaman Pampa —prosiguió Karen procurándole una pista.

—¿Pampa? —preguntó el muchacho incapaz de seguirle el juego.

—Porque me veo lisa, Marcelo. ¿Acaso no lo notó? Voy a cumplir catorce años y aún no me salieron pechos.

—A mí me parece muy linda.

Ella sonrió halagada.

—En realidad le mentí, Karen —se arrancó el niño con sonrojo—. Sí quiero que sea mi novia.

—No diga boludeces —le atajó ella—. Nadie quiere una novia sin pechos. Una novia sin pechos no es una novia, es un amigo.

—Pues entonces seamos amigos.

—¿En verdad quiere aprender inglés?

—Lles.

—Pues levante y acompáñeme a la embajada americana. *Today is your wish day.*

—¿Qué?

—Que mueva el trasero. *Let's go!*

Capítulo 15. La tía Laura

Desganado, Albert revuelve con el tenedor el pan frito de su ensalada César.

—¿De veras llegó a aprenderse todas las calles de memoria? —le pregunta a Marcelo incrédula la reportera de *El Diario*.

El colombiano alza la vista del plato y posa con deleite la mirada en su veterano compadre.

—Mucho antes de venir, yo ya había vivido acá, señorita —responde Marcelo con una mezcla de añoranza y de misterio.

Anna anota la cita y la comparte. El cine, la televisión, las novelas. Tantas veces había recorrido ella Nueva York en su imaginación que la primera vez que se paró frente al estanque de Central Park, en Central Park South, lo reconoció como algo propio. Pero lo de Marcelo, le parece, es para echarlo de comer aparte. Tiene un mérito infinitamente especial.

La periodista madrileña se había plantado en el Oyster Bar a las tres en punto, con la firme determinación de no abandonarlo hasta persuadir al barman de que aceptase su oferta. Ella tenía que escribir el libro de Marcelo. Desde su fortuito encuentro en el bus, no había podido concentrarse en otra cosa. De día apuntaba ideas en un cuaderno y por las noches ordenaba los capítulos en sueños. Desconocía los datos, pero intuía lo poderosas que podrían llegar a ser las emociones.

—¿Tan importante te parece ese hombre, mi niña? —le preguntó intrigada, esa misma mañana, su compañera de piso en el Starbucks de Prospect Heights.

—No es una biografía al uso, Margaux —se respondió García a sí misma—. Es la crónica de la emigración; el alma de esta maldita ciudad.

—Muy alto pones tú el listón, mi niña —la previno su compañera preocupada.

La periodista se alejaba ya a toda prisa camino de la redacción, donde pasó la mañana al teléfono. De puros trámites. Come que te come las uñas.

A mediodía se excusó y salió disparada hacia Grand Central. Alcanzó la estación justo cuando el reloj de la barra de Marcelo marcaba el final de su turno de mañana.

—¿Ya se ha decidido? —disparó la española sin rodeos.

—Por ahí seguimos masticando —respondió el barman mostrando su fina dentadura blanca—. ¿Cómo ha estado? ¿Le parece bien una Guinness?

Antes de que Anna pudiese reaccionar, Marcelo ya le había regalado una jarra de cerveza negra en son de bienvenida.

—Los irlandeses son los que mejor saben beber —le dijo.

—Pues no entiendo cómo pueden tragarse estas birras, y menos sin comer nada —respondió con el gesto torcido la reportera, poco acostumbrada al sabor amargo de la cebada tostada.

—¿En los pubs de Irlanda? Ya lo creo que ponen de picar, señorita Anna —la corrigió el barman—. La Guinness se considera comida. La bebida es el whisky.

Anna esbozó una leve sonrisa.

—¿De pronto prefiere un vino?

—Está bien así, gracias. Marcelo… —se le escapó a la periodista, ansiosa por reconducir la conversación hacia el asunto que había motivado su visita.

El barman se aproximó para escucharla. Anna había elegido el taburete número seis, el de la esquina: el que suelen ocupar quienes charlan con unos y con otros y reparten juego. Líderes natos o charlatanes de feria.

—Mire, yo lo pensé así —fue directa al grano la reportera—: Va a ser mi libro, pero es su vida. No me gusta tener morro, así que vamos al cincuenta por ciento de beneficios. ¿Qué le parece?

—Miti-miti, ¿eh? —saboreó la seductora proposición el prestigioso barman.

Anna cruzó los dedos. Marcelo se rascó pensativo la cabeza. Dylan les tomó una foto.

—La bella y la bestia —musitó para sí el *millennial* checando la pantalla.

Anna descruzó los dedos. Marcelo guardaba silencio.

—De acuerdo. Hágale, pues —cedió al fin.

La periodista no pudo disimular su alegría y pegó un grito de júbilo.

—¡Vale, tío!

Todo el Oyster Bar se giró hacia la barra.

—Estamos *fine* —llamó a la calma con las manos Marcelo a la clientela.

Intercambiaron un cálido apretón de manos y Anna le plantó dos besos en las mejillas. La española estaba exultante. No paraba de hablar.

—Verá que no voy a defraudarle, Marcelo. ¡Me cago en la leche! —le repetía.

—Ya, señorita.

De un sorbo se terminó la Guinness y se pidió otra.

—Todo irá bien. No voy a fallarle.

—Sí, sí. Claro.

La segunda cerveza le bajó los ánimos y sintió una inminente necesidad de sincerarse.

—Ya estuve en una editorial. Me lie la manta a la cabeza —confesó fastidiada.

Marcelo aguzó los oídos.

—Las novelas de latinos no interesan al gran público —sentenció el hombrecillo trajeado que se había dignado a recibirla.

—Vale, pues deberían publicar más para que empiecen a interesar —contraatacó Anna el desdeñoso comentario.

El tipo la miró de soslayo. Llevaba una peluca rubia desencajada por rascarse en demasía las patillas para fingir que el cabello era natural.

—Su propuesta no nos encaja —se excusó—. ¿Ve esa pila de originales? Esto es Nueva York y recibimos peticiones de medio mundo. ¿Por qué no publica su libro en español? Le resultaría más fácil tratar con su gente.

—Mi gente ya sabe su propia historia —respondió impávida la periodista—. Son tipos como usted los que necesitan conocerla.

—*Good day* y buena suerte con su proyecto —se la quitó de encima el hombrecillo sin demasiadas contemplaciones.

—Espero tenerla —aseveró Anna conteniendo con dificultad la rabia para no montar un pollo.

—*Good day.*

—Buenos días.

Se propuso pegar un portazo tan tremendo que le volase el postizo al chinchoso, pero antes se volteó para examinarlo por última vez. ¿Cuántos años tendría aquel pijo? ¿Cuarenta? ¿Cincuenta? Nunca se le había dado bien calcular la edad. ¿Y qué cargo ostentaría en la editorial? Desde luego, para haberla recibido a ella, una doña nadie, seguramente de último mono de la corporación. O sea: que el falso rubio debía de ser el ayudante del ayudante del ayudante del secretario del corrector. Aun así, nada de ello justificaba el ser tan maleducado. «¡Que le den morcilla», pensó.

—Usted ya sabe lo que dijo Mandela, ¿verdad? —se dirigió a él Anna con el labio tembloroso.

El hombre jugaba abstraído en su teléfono y no le prestaba atención.

—Que todo parece imposible hasta que alguien va y lo hace —recitó con dignidad antes de machacar con todas sus fuerzas la puerta contra el marco.

Anna no tuvo la satisfacción de ser testigo presencial, pero el flequillo se elevó unas pulgadas dejando la calva del hombrecillo temporalmente al descubierto.

—Vaya, lo siento —trató de consolarla Marcelo—. Me temo que comprobó la diferencia entre pescar y agarrar un pez. Ya le advertí que mi vida carecía de interés…

—Me gustaría seguir intentándolo, si usted me permite —confesó Anna temerosa de que el barman se fuera a retractar de su decisión después de escuchar la deprimente anécdota.

—Si usted quiere, yo la dejo —se rindió Marcelo a la franqueza de la reportera—. ¿Por qué no me acompaña y almorzamos juntos?

Anna asintió y así lo hicieron.

Capítulo 16. Manhattan

A pesar de que el domingo era un día feriado, los alumnos del colegio normal católico Carlos María de la Torre estaban obligados a atender la celebración de la misa mañanera en la capilla. Por ese motivo, Marcelo se había presentado a mediodía en la casona de Turubamba luciendo el trajecito azul marino. Era el que su madre le tenía reservado para las grandes ocasiones.

—¿Le gusta mi carrito? —le preguntó Luisón cuando Karen y él alcanzaron la cima de la empinada calle desde la que se tiraban los muchachos del barrio en sus coches de madera.

La embajada americana quedaba justo del otro lado de la loma.

—Claro… —repuso Marcelo llevándose inquieto la mano a su indomable mata de pelo.

—Pues yo le puedo regalar uno igual a este.

—¿Cierto? —contestó y arqueó las cejas incrédulo el chiquillo.

—Conozco a una señora rica y, como usted me cae bien, puedo pedirle que le regale un auto. ¿Le gustaría si le digo?

Karen guardaba silencio. Luisón ignoró su presencia y continuó con su artimaña. El pez estaba a punto de morder el anzuelo.

—Pero verá, Marcelito: primerito tengo que mostrarle a la millonaria su chaqueta y su pantalón para que vea que es cierto que tengo un amigo y ella me entregue el coche.

—¿Cómo va a ser eso? —reculó Marcelo intuyendo que alguna pieza no encajaba en el puzle.

—Así es como hay que hacerlo si usted quiere el carrito —afirmó Luisón.

—¿Cómo voy a sacarme la ropa acá? —protestó el niño confuso.

—No se apure —lo tranquilizó el acosador—. Yo le muestro un sitio donde se la puede sacar sin que lo vea la dama.

Luisón y Karen se cruzaron una mirada de mutua desconfianza.

—¿Vamos?

Tanto le convenció el tipo que Marcelo acepto seguirlo hasta detrás de una tapia. Allá escondido, el hijo del Otto y de la Olga se despojó de su terno, de su camisa blanca, y de sus zapatos brillados, y le entregó hecho un ovillo todo en prenda al embaucador.

—Ya me regreso con su ropa y su carrito. Aguárdeme un rato no más.

Marcelo se sentó sobre una roca a esperarlo pacientemente. Apoyó la espalda contra la tapia y anduvo matando un tiempo que empezaba a antojársele eterno, cuando lo alertó la voz de Karen que coreaba en alto su nombre.

—¡Marceloooo!

La misteriosa ficha encajó súbitamente en el puzle. Marcelo entendió que Luisón le había birlado la ropa y supo que iba a ganarse de nuevo una buena cachetada por flojo en la casa. De una, arrancó a llorar desconsolado.

—Acá tiene sus zapatos, su pantalón… ¡Todo!

Era Luisón quien se los mostraba. El maltón traía el rostro descompuesto; tenía un morete en el ojo y una hebra de sangre que manaba del labio superior, inflado cual pompa de gas. Pegadita detrás de él iba Karen, sujetándole firme por un brazo que le mantenía trenzado a la espalda.

Marcelo se vistió aprisa, sin atreverse a pronunciar palabra.

—Y usted bochinchero bolsas tristes —amenazó la niña a Luisón al dejarlo en libertad—, mejor se marcha de acá en Dodge porque su carrito lo requisamos nosotros.

El instigador desapareció avenida abajo a la carrera.

—Alegre esa cara, man, que ya consiguió su coche —intentó animar Karen al desvencijado peladito.

Niña y niño montaron en el auto de madera y, con el ángel de la guarda al volante, descendieron en dirección a la embajada de Estados Unidos a velocidad de vértigo.

Aparcaron en la puerta. Era un edificio estrecho, de tres pisos de altura, rodeado de potreros. Karen habló con el apuesto marine que guardaba la entrada y enseguida les permitió entrar. Entonces no existía esa desconfianza que hay ahora.

—Algo para leer en inglés —confirmó la funcionaria cuando volvió con la pila de periódicos atrasados y los panfletos propagandísticos que había recopilado en los despachos de la misión diplomática para la parejita.

—¿No tendría por casualidad un mapa de Nueva York? —dejó caer con mirada suplicante la adolescente.

—De Estados Unidos, seguro; de Nueva York no lo sé, pero déjeme mirar —contestó la señora regresando diligente por el sendero de puntitos que sus tacones de aguja acababan de marcar en la blanda tarima.

Marcelo se entretuvo siguiendo los pasos de la dama hasta que sus zapatos pasaron por delante de una puerta entreabierta al otro lado del vestíbulo. Entonces, fijó el cuello, dejó que la funcionaria saliese de cuadro por su derecha y se concentró en fisgonear el interior de lo que parecía un despacho. Por la abertura pudo distinguir a un individuo alto y calvo que platicaba con una silueta esmerilada por el cristal de la puerta. Apenas asomaba por el vano un trozo de pierna, pero aquello bastó para provocar en el corazón de Marcelo un respingo inesperado.

—¿No es aquella su mamá? —balbuceó tirando nerviosamente de la blusa a Karen.

La muchacha siguió la trayectoria marcada por la nariz del niño y guiñó con fuerza los ojos para enfocarlos con precisión sobre la sospechosa silueta, pero no pudo llegar a tiempo. El pelado se percató de que estaban siendo espiados y desbarató la Operación Reconocimiento Materno con una ágil patada a la puerta.

Al instante llegó de vuelta la funcionaria. Les había encontrado un mapa.

—*Here is your New York map.* Que les aproveche.

—Zenquiu madam —repuso Marcelo conmovido por tamaña generosidad.

Salieron a la calle.

—Marcelo, usted no vaya a contar nada.

—Ande sin cuidado.

—Bueno, pues acá nos despedimos.

Marcelo intentó arrancarle un beso, pero Karen le apartó la trompa con la mano.

—Amigos no más —le dijo.

Marcelo cargó resignado los papeles en el carrito y, de reojo, la observó alejarse por entre la grama del potrero. Con un andar dócil que marcaba el sutil bamboleo de su falda. Un suave ritmo tropical al que Marcelo reajustó los latidos de su corazón y que le reveló que estaba enamorado de aquella man. Loco perdido de amor por la muchacha.

—¡Pero me enseñará inglés!, ¡¿cierto?! —se atrevió a gritar antes de que Karen desapareciese del todo.

La muchacha se volvió. Por alguna razón la inocencia de aquel ratón la atraía poderosamente. Sabía que era solamente un niño. Que por sacarle tres años de ventaja y, también por el hecho de ser mujer, se encontraban a dos galaxias y veinte planetas de distancia. Que, por su posición privilegiada y por su belleza, tenía a su alcance acompañantes mucho más deseables y vistosos. Pero debajo de los desordenados churitos de aquel cabello revuelto, Karen adivinaba un candor desconocido que la reconfortaba; una sensación de paz que la hacía añorar aún más el equilibrio que nunca había podido disfrutar en su propia casa.

—¡Claro, patucho! —le gritó ella—. ¡¿Si no, a qué vinimos a la embajada a por material didáctico?! ¡Blanco es, gallina lo pone! ¡Mañana cuando salga de la escuela le espero en la tapia de la loma!

La idea de volverla a encontrar al día siguiente transfiguró el rostro de Marcelo de tal forma que podría haberse asegurado, sin miedo a exagerar, que manaba luz del interior de este. Como los santos.

Aquella noche se la pasó en vela. Acompasado por los ronquidos de su mamá y de sus cuatro hermanitos, el niño no paró de rogarle a la Virgen de El Cisne, que asomaba tímidamente la cabeza por la repisa, que acelerase al máximo la velocidad de rotación del planeta terrestre para que llegase cuanto antes la hora del encuentro.

—Ahora, eso sí —especificó Marcelo en su rogativa—, en cuanto aparezca la Karen, por favorcito, me invierte el milagro y el tiempo me lo ralentiza.

Llegó por fin el amanecer. El camión. Las vacas. El reparto de leche. El colegio normal católico. Todo se sucedió como un sueño en blanco y negro del que nunca se sintió partícipe.

—¡Marcelo! —le insistió el cura en el aula—. Repita las frases que están escritas en la pizarra.

—Repítalas usted, padre, que para eso le pagan.

Ni siquiera el castigo consiguió retornarlo a la realidad. La vida continuó emborronada hasta que se sorprendió subiendo la cuesta de la loma tan deprisa que a punto estuvieron de estallarle los pulmones. Ella ya había llegado y lo esperaba sentada en la tapia. Al verla, el universo recobró su paleta de vivos colores y el barrio periférico de venta nula le pareció de pronto el lugar más maravilloso del mundo.

—*How are you?* —le saludó Karen en inglés.

—Hola —repuso él con timidez y las clases comenzaron prácticamente de inmediato.

No mediaron muchos preámbulos porque, enseguidita, la profesora le hizo saber que para aprender el idioma habría de poner todo su empeño en la tarea. No tenían tiempo que perder.

—Olvídese de fantasías, Marcelito, que usted es todavía un niño —le cortó de cuajo cuando el alumno intentó salirse del temario para mostrarle torpemente sus sentimientos.

«Ya voy a crecer un día y entonces verá», pensó el chavo sin atreverse a hacer públicas las alegaciones de su esperanza.

—Lo primero que voy a hacer es mostrarle la ciudad de Nueva York.

Karen desplegó el plano obtenido en la embajada y señaló un punto en el mapa.

—*That was my house.*

—¿Tu jaus?

—*Yes, my house.*

—Ya no voy a olvidarlo —le confesó Marcelo—. Así, si algún día voy a Niu York, sabré dónde encontrarla.

Después de aquella primera clase, los encuentros con Karen se sucedieron regularmente cada tarde. Refugiados por la tapia de piedra que lindaba con los terrenos del parque del Edén, el mismo lugar en el que el infausto Luisón le había inducido a despojarse del traje dominical, hubiera sido necesario el uso de una computadora para calcular la cantidad de veces que ambos repasaron el mapa de Manhattan. Juntos visitaron museos y monumentos. Viajaron en metro. Tomaron un taxi. Pasearon de la mano por Central Park. Una a una, la cautivadora maestra le fue enseñando a Marcelo a reconocer y ubicar cada calle, cada plaza y cada una de las grandes avenidas que, como en el juego de los barquitos, convertían en una cuadrícula la isla alargada.

«Co-lam-bus Ser-ques.»

Marcelo llegó a memorizarlas todas.

El curso intensivo duró algo más de año y medio, y fue tal el grado de felicidad que Marcelo experimentó durante aquellas lecciones que moría al sospechar que tendrían que terminar algún día. A pesar de la frustración de no poder ver su amor correspondido, la simple compañía de Karen le bastaba. Verla dibujar una sonrisa en el rostro, cuando él la sorprendía con alguna ocurrencia y conseguía hacerla reír, le era suficiente. Una caricia de la muchacha sobre su pelo, aunque lo tratase como a un inocente cachorrillo, cada vez que pasaba con éxito alguna prueba de gramática, lo colmaba de dicha.

—¿Dónde queda la confluencia de la calle 81 con la Central Park West? —lo retó Karen.

—Acá, no más —señaló el punto exacto Marcelo en una versión casera del mapa que él mismo había reproducido, sin rótulos ni leyendas, en una cuartilla robada en la escuela.

—¿Y qué se encuentra allá?

—*The Museum of Natural History* —respondió el alumno sin dudar un ápice.

Karen le había revelado con tanto entusiasmo los rincones de su añorada ciudad de los rascacielos que Marcelo llegó a sentir que él también había habitado en algún momento en ella. Y así se encargó de hacérselo saber a cada cual que quiso escucharlo.

—Las avenidas cortan Manhattan a lo largo, de norte a sur, y las calles la atraviesan en horizontal, de este a oeste —le dejó saber a Papá Víctor cuando viajaban por la sierra con el camión cargado de cántaras de leche.

—Ajá —le respondió su tío pasmado.

—La avenida del mero centro es la Quinta y los portales de las calles se numeran a partir de ella. El unito queda en el centro y el último ya pegado al agua —le explicó a doña Olga mientras su madre le daba pecho al Pepe junto a la lumbre.

—Órale, mijo.

Gracias a Karen, Marcelo aprendió que Canal Street había sido un canal navegable y que Wall Street estaba donde los holandeses habían levantado una muralla. También que el sol salía por El Bronx y se ponía por Nueva Jersey. O que una frase aparentemente sin sentido («millas por litro») le vendría de perlas para ordenar las tres avenidas sin número: Madison, Park y Lexington.

—Le voy a enseñar un truquito para que recuerde la posición de los puentes —le confesó una tarde, cuando ya estaban muy avanzados en las lecciones, su particular profesora.

—BMW.

—¿BMW? ¿Cómo el carro alemán? —se extrañó por la revelación el alumno.

—Brooklyn, Manhattan, Williamsburg —recitó Karen al tiempo que iba señalando las tres obras de ingeniería que atravesaban la ría en el mapa.

Aquella tarde la profesora le pareció más atractiva que nunca.

—¿No me permitiría usted un besito? —se le escapó a Marcelo inoportunamente cuando ambos rozaron inocentemente las manos sobre la cartulina.

—Nope —negó ella desenrollando la espalda hasta apoyarla en la tapia.

—Tantito unito. Yast guan kiss —insistió el pelado en inglés por ver si de este modo impresionaba más a su maestra.

—*Okay. Just one,* pero en la mejilla —se rindió risueña Karen mientras inclinaba el rostro para que el niño pudiera darle alcance.

Radiante, Marcelo se despojó de sus gafas y se atusó el pelo, con tal ceremonial preparativo que le arrancó a la profesora una carcajada.

—¿A qué viene engallarse tanto?

Marcelo no respondió. En su lugar, extrajo con solemnidad un pañuelo del bolsillo y se repasó los dientes como quien brilla un zapato.

—No estará usted chisposito...

El niño meneó a los lados la cabeza para desmentir la insinuación. Cerró los ojos y acercó con suma delicadeza los labios hacia el pómulo de Karen. El primer contacto le supo a caramelo y sal de mar, como las sobras de los postres que su abuelita Mercedes les solía acercar a casa en una ollita cada vez que le tocaba cocinar una cena de gala en el palacio presidencial de Carondelet. Después respiró hondo y paseó la lengua por el interior de los labios y del paladar para buscar matices.

Llevaba semanas experimentando con nuevas fragancias, gracias al cargamento de botellas vacías que tan generosamente le había donado, en una inesperada visita a la casa, el barman del Henry's. El mismo que les trajo noticias de su padre.

—Que estaba bien —había dicho.

—¿Cómo usted sabe? —le había interpelado su madre.

—Se revela el misterio, pero no el santo, doña Olga —fue toda la información que había sido capaz de sonsacarle la señora después de recibir de la mano un sobre con un puñado de sucres.

—¿Qué cranea tan concentrado? —consiguió abrirle los ojos a Marcelito con una sacudida de su mano en el pelo Karen.

Marcelo se volteó hacia su maestra, maravillado por haber descubierto que la piel sedosa de la muchacha emanaba aromas de Cordial Medoc; a medio camino entre el cacao y la naranja.

—No me importa que usted sea *full* pechochifle —se atrevió a reconocerle.

—¿Eso cree de veras? —disimuló ella su sonrojo con una pudorosa sonrisa mientras cubría con el brazo las escasas curvas marcadas por sus tenues pechos en el vestido.

—De ley —afirmó Marcelo desviando su mirada hacia la sobrecogedora cima del Pichincha que presidía el paisaje.

—A mí me gusta la llanura —continuó—. Y usted, señorita Pampa, es la persona más dulce del universo.

Karen lo observó con ternura y, entonces, Marcelo escuchó la frase que le acompañaría el resto de su vida.

—Pues mire por donde… ¡se lo ganó!

Siete palabras que resonaron en sus oídos como un poema en el mismo instante en que la Virgencita de El Cisne cumplió el milagro de la rotación reversible. Se pararon en la cordillera los trenes. Quedaron fijas las nubes del firmamento. Los pájaros a punto de posarse en las ramas, inmóviles. Las espigas de grama mansamente mecidas por el viento, estáticas. Solo se movía Karen. A cámara lenta. Despacio. Pausada. Serena. Solamente ella acercando su rostro al de Marcelo, fotograma a fotograma, hasta depositarle un prolongado beso en los labios.

El niño sintió un fogonazo cálido que esta vez le trajo reminiscencias de campos de manzanilla y mejorana, y le lanzó directamente hacia las estrellas sin necesidad de nave espacial. Planeó sobre los volcanes, rozó con los dedos las copas de los árboles y, para cuando abrió los ojos, la profesora había desaparecido. Confuso, la llamó por su nombre y buscó a su alrededor sin dar con ella. Aquella tarde, sin saberlo, Marcelo había recibido su última clase.

Capítulo 17. Retratos

Luka pasa por delante de la mesa y se sorprende al ver a Marcelo en distendida cháchara con la española. Le hace un gesto a Albert, que se entretiene mordisqueando una rebanada de pan, pero el colombiano solo se encoge de hombros.

—Cuénteme más de su llegada a Nueva York —le pide ella.

Marcelo baja la cuchara. Repasa el labio con la servilleta. Se aclara la garganta con un buche de agua. Indica con una mueca a Luka, que observa la escena por el rabillo del ojo, que se dedique a sus asuntos y arranca.

—Nada más aterrizar tuve que ubicarme un poco, como es natural, pero al momento ya sabía yo cómo llegar al departamento de mi tía Laura. Quedaba en la calle 34, pegadito a la estación de tren de Penn, que entonces la estaban demoliendo con harta maquinaria. ¡Ave María! Mi tía me presentó al capataz de obra y al momento me aceptó. Me proporcionó una pala y una carretilla para recoger escombro… pero no era lo mío. Duré día y medio. Je, je.

Suspira. Pega otro buche del vaso. Vuelve a espantar con la mano a Luka para solicitarle que deje de clavarle la mirada.

—«Usted es linda persona, Marcelo, pero no puede con esto», me reconoció el capataz. «Búsquese otro oficio», me dijo. Entonces, en el taller de costura donde laburaba mi tía Laura, en el barrio de la aguja, quedó un puesto de repartidor vacante. «¡Pero usted acaba de llegar, Marcelo! ¿Cómo va a hacer repartos?», me interpeló con marcada desconfianza la rusa que regentaba el taller. Yo le aseguré que conocía el barrio, las calles, pero mi declaración jurada no sirvió de prueba en aquel parlamento. La doña quería probarme.

Anna va tomando notas en lenguaje cifrado. Apunta palabras clave que más tarde habrá de enlazar para recuperar los conceptos: «rusa», «taller», «no sabe calles», «recién llegado».

—Había un puñado de mujeres cosiendo en una estancia sin apenas ventilación —prosigue su relato el barman—. En su mayoría escapadas de países de la Unión Soviética. De Ucrania y de por ahí. Rubias, regordetas, de ojos claros. De mala manera apiñadas. Ave María... Confeccionaban sin descanso abrigos de piel para las distinguidas damas de los grandes financieros. Doñas de alta alcurnia que durante las pruebas no paraban de cursarles instrucciones a las modistas: «me gusta más así», «lo prefiero más asá», «lo quiero que se vea más caro y ostentoso que el de mi amiga»... o que el de mi cuñada, o que el de mi vecina.

Anna escribe: «Ucrania», «señoras», «asá», «así», «más caro que vecina».

—Ya me lo había advertido mi tía Laura antes de subir al taller —prosigue Marcelo.

Albert lo observa intrigado.

—Una ha de escuchar lo suyo en este oficio, Marcelo —le apuntó a su sobrino la Laura—. Tantas miserias nos confiensan... La una que si el marido no le habla. La otra que si su hija hace meses que no la visita. Y nosotras a tragar como si nada, chitón, a lo nuestro, cose que te cose. Yo, Marcelo, si quieres que te sea sincera, sospecho que estas damas nos encargan sus abrigos solo por salir de casa y tener oportunidad de charlar con otras mujeres un rato.

Anna sigue la historia a la zaga: «miserias», «chitón», «disculpa abrigos». Albert le pide a su compadre que continúe el relato.

—Era un local muy pequeño en la tercera planta de un edificio de departamentos. A un lado, unas mujeres cortaban las pieles siguiendo unos patrones dibujados en papel de periódico y, al otro, las costureras unían las piezas a base de empujar, con endemoniada fuerza, el pulgar sobre la aguja para atravesar el cuero. Y, en medio de la estancia, la patrona, cinta métrica y jaboncillo en mano, tomaba medidas a las clientas. Una doña que, ya digo, resultó ser harto desconfiada.

—¿Pero usted cómo puede distinguir las áreas de Nueva York si acaba de llegar? —le espetó incrédula la rusa al joven Marcelo—. A ver: señáleme en qué dirección queda la calle que pone acá en la tarjeta.

Marcelo leyó con atención el cartón prendido en la solapa de un abrigo listo para su entrega. Decía: «544 3rd Ave, New York. NY, 10016».

—Eso queda al este de acá, señora. En el centro. Por la zona de Murray Hill —esclareció el enigma el candidato a repartidor sin pestañear.

—Mmmm —frunció el ceño la mujer todavía no muy convencida—. ¿Me sabría decir qué calles atraviesan Central Park?

«La 65», piensa para sí Anna y anota la cifra en su cuaderno adelantándose al relato.

—Así que la entrevista se convirtió de pronto en un concurso televisivo. *Family Feud* —aventura Albert soltando una carcajada.

—Ah —le borra importancia al suceso Marcelo—, pero yo no tuve problemas en seguirle el juego.

—La 65, la 72, la 79, la 86… y la 97 —respondió de una y sin necesidad de mascullar la respuesta el joven ecuatoriano.

En lugar de felicitarlo, la quisquillosa señora, erre que erre, siguió en sus trece y sin darse por vencida.

—¿Y en qué dirección circula el tráfico en la 79?

—Even East —contestó al instante Marcelo recordando el truco que le había enseñado Karen en el Ecuador.

«Even East», apunta Anna.

—¿Iven ist? —preguntó extrañado el niño a su atractiva profesora.

—*Even* significa «par» en inglés, Marcelo. En las calles de Nueva York que tienen número par, *even,* el tráfico va hacia el este, camino del East River.

—*Even East* —procuró atinar esta vez mejor en la pronunciación el aventajado alumno.

—Y al revés —matizó Karen—. En las calles impares, la 55, la 67, los coches circulan en dirección oeste, hacia el río Hudson. Así, cuando tomes un taxi en Manhattan, sabes dónde te conviene pararlo.

—Oká —se rindió al fin la doña—. Queda contratado como repartidor. Tres dólares la hora. Apúrese.

Anna comprueba que el Voice Memos de su teléfono sigue grabando. Ya le ha pasado otras veces que, al entrarle un WhatsApp o un mensaje de voz, el proceso queda interrumpido sin previo aviso y le jode la marrana. Por si acaso, pulsa el *stop* e inicia una nueva grabación. Mejor, así no pesan tanto luego los archivos.

—Su tía Laura trabajó toda su vida en el Garment District, ¿verdad? —se adelanta Albert a la pregunta que tenía la periodista cargada en la recámara.

—Sí. Fíjese que, cuando la aprobaron finalmente para sacarse la tarjeta *green card* de residencia, le fueron a tomar las huellas dactilares y ya no le quedaban rayas en las yemas. Los dedos eran puros callos de tanto apretar la aguja. Je, je, je.

«Dedos lisos», anota Anna.

—El que no duré mucho fui yo —aclara Marcelo con un punto de añoranza—. Pata, me tiré meses empujando percheros de abrigos por las aceras… pero mi ambición no era la de jubilarme como chico de los recados. Ah, no.

Clic.

Dylan alarga un brazo sobre el sándwich de ostras fritas de Anna para captar en la pantalla de su teléfono el rostro de Marcelo en primer plano.

—Es para la portada de su libro —justifica el *millennial.*

Anna acerca ofendida hacia ella el plato. Ni entiende la invasión de su territorio por parte del *millennial* ni le acepta la disculpa.

—Me tienes hasta las narices, tío —le suelta.

—¿No me cree? —insiste Dylan.

La reportera aletea con los dedos al aire para indicarle al de los anteojos ficticios que se evapore y la ignore. A punto está de marcarse un santo Tomás y meterle el dedo en la montura para ponerlo en su sitio y dejarlo en ridículo. Tipo engreído.

—Verá que no le miento —dulcifica el tono Dylan—. Mire usted misma la foto.

Anna pretende no prestarle atención, pero observa de reojo el retrato y lo flipa.

«El tío este sabe lo que se hace», reconoce la reportera en silencio.

—¿A que le gusta? —interpela petulante el *millennial.*

—Me la suda —responde la señorita García con desgana fingida, pues sabe que el retrato que Dylan le ha hecho en un tastás al barman cumple a rajatabla las cinco reglas del fotoperiodismo.

—Enfoquen a los ojos, que son la vida. Busquen un fondo uniforme, para evitar distracciones. Abran el diafragma para difuminar lo prescindible. Coloquen la fuente de luz a un ángulo de cuarenta y cinco grados para resaltar las facciones del sujeto. Suban el objetivo un poco por encima de los ojos para poder penetrar en el alma. ¿Comprendido? —fueron los consejos predicados por el profesor de diseño de la universidad de Parsons a Dylan y al resto de sus compañeros de clase.

—Entendido, profesor —habían respondido diligentes sus alumnos.

—¡Quedó súper! —diluye la tensión Marcelo con una entusiasta aprobación de su retrato.

—Gracias, *boss* —agradece el cumplido Dylan.

El barman aprovecha el chivatazo que le proporciona su fotografía para reajustarse la corbata. Luce un ejemplar decorado con pavos.

—¿Les gustan los guajalotes? Un anticipo para el día de Acción de Gracias, que es la semana que viene —aclara innecesariamente a la concurrencia.

—Le tomé algunas fotos más —indica Dylan—. Pase hacia atrás la pantalla si desea verlas.

Anna cede a Marcelo el móvil. El barman se lleva el dedo índice a la lengua y lo humedece antes de pasar de página en la pantalla. Dylan y Anna comparten una risilla cómplice.

—¿Quiubo? —se defiende el barman.

—Nada... —responde la reportera ocultando sus labios tras la servilleta.

Marcelo desplaza el índice humedecido a derechas y, uno detrás de otro, van sucediéndose en la pantalla retratos prácticamente idénticos. Mismo peinado a raya, mismo bigote, misma sonrisa, misma impoluta chaquetilla blanca… Lo único que varían son las corbatas.

—Estita la escogí para el desfile de los almacenes Macy's —comenta ante una con figuritas de Bob Esponja—. Por los muñequitos flotantes rellenos de helio.

La siguiente aparece estampada con manzanas.

—Para conmemorar la semana de la sidra —explica—. Por algo llaman a Niuyork la Gran Manzana.

Otra viene decorada con bombillitas de colores.

—Ah, esta la decidí en apoyo al festival Lumino City. ¿Ya estuvieron?

Dylan, Anna y Albert sacuden la cabeza.

—Bien lindo. En Randalls Island. Allá descubrí yo el helado de vainilla frito. Una delicia. Gracias.

Marcelo devuelve el teléfono a su dueño.

—¿No le interesaría saber cómo entró acá mi compadre, señorita? —cuestiona Albert la garra profesional de la entrevistadora.

La periodista asiente. Marcelo suspira. Dylan desinfecta con ayuda de una toallita de farmacia la pantalla de su teléfono.

—Una noche tocó un individuo a la puerta del departamento de mi tía Laura.

Capítulo 18. Alberto

La Laura se recogía pronto, a eso de las ocho de la noche. Terminaba de grabar sus últimas canciones en el casete y le daba las buenas noches al sobrino. En el departamentico de Penn Station no se practicaba vida nocturna. Dios primero, la costurera amanecía a las cinco de la mañana, como las gallinas, ponía un huevo y preparaba el café. Luego marchaba a la colocación, aparecía de nuevo hacia las seis, con la compra hecha; cortaba, sazonaba, sofreía, cocía, horneaba lo que correspondiese para la cena y poco más. Su tiempo de asueto consistía en unos rezos y en un poquitico de música. Esa era la gran vida de la buena señora en Nueva York. Por eso, cuando alrededor de las nueve de la noche resonaron unos nudillos en la puerta, a Marcelo le escamó sobremanera.

—Usted debe de ser el sobrino de la Laura, ¿verdad? —le inquirió un joven desconocido que se manejaba bien en español, pero con un acento peculiar. Decía, por ejemplo, «bolígrafo» en vez de «esfero», «refresco» en lugar de «cola» y a la «cinta adhesiva» la llamaba «teipe».

—Marcelo Hernández Salcedo, para servirle —respondió afable a la par que intrigado el ecuatoriano.

—Soy el colombiano que vive en el departamento de enfrente —se presentó el visitante—. Mi nombre es Alberto. Mucho gusto.

—¿Alberto? —se vuelve pasmado Dylan hacia el contable.

Una sonrisa espontánea ilumina de pronto el sombrío semblante de Albert, que, sintiéndose el centro de las miradas, se atusa el cuello de la camisa, lo estira y se alisa las arrugas. Recuerda.

—Doña Laura me platicó que usted presume de harta experiencia en restoranes y yo le tengo proporcionado un empleo —le anunció a Marcelo de forma inesperada el vecino.

Al joven emigrante se le disparó como una goma sin querer la ceja.

—Si le interesa, espéreme mañana tempranico, aseado y listo. Yo le paso recogiendo acá mismo.

Dylan, ausente al contenido de la charla, concentra con disimulo su atención en las particularidades del atractivo lunar que resalta en el esbelto cuello de Anna García. La periodista, que ha apuntado en el papel «vecino», «restorán», «tempranico» suelta el bolígrafo y pregunta:

—¿Qué pasó al día siguiente?

—Al día siguiente, me trajo Albert a la Grand Central —recuerda risueño Marcelo.

—Pero no acá abajazo a este sótano, ¿eh? —apostilla el contable colombiano—. Lo llevé a donde está ubicada la dirección, en uno de los pisos de arribota.

Clic. Dispara otra foto el *millennial*.

—¡Ay! —suspira el barman.

«Restaurant Associates», rezaba la placa de bronce a la entrada de las oficinas a las que condujo Albert al sobrino de su vecina.

—¿Restorán Asocieits? —repite en voz alta la periodista de *El Diario*.

—Sí —retoma entusiasta el relato el veterano contable—. Era una compañía de mucho postín. Tenían unos veinte o treinta restoranes repartidos por la isla de Manhattan. ¡Los mejores nombres de toda la ciudad! El Four Seasons, el Rainbow Room, el Gallagher's Steak House, el Oyster Bar...

—Y el chef que supervisaba todas las cocinas en ese momento no era otro que el insigne maestro de cocineros James A. Beard, al que acababan de contratar como consultor —apostilla ufano Marcelo.

—¿Beard? ¿El del premio culinario? —interpela con sorpresa la española—. ¿Lo conocieron?

Albert asiente con orgullo, como si la admiración de la española hubiese ido personalmente dirigida hacia él.

James Beard, el campeón de la New American Cuisine, era lo que normalmente se conoce como un *tour de force*. Una fuerza de la naturaleza. Inquieto. Imprevisible. Imparable. Y ahora Marcelo lo tenía ante sus propios ojos.

—Bienvenido a nuestra casa —lo recibió con una efusiva reverencia el famoso chef—. Alberto nos ha facilitado excelentes referencias de usted. Lo felicito.

—Siempre a la orden —respondió halagado el ecuatoriano tratando de barruntar qué diantres se habría inventado sobre su *curriculum vitae* el colombiano.

—Usted viene llegando de Ecuador, ¿no es así? —dijo el famoso calvo de Portland mientras le pasaba un brazo amigable por el hombro.

—Eso es correcto, señor.

—Entonces aterriza usted en el momento justo —se congratuló el señor Beard—. Resulta que este año celebramos la Feria Mundial en Flushing y, con motivo de esto, estoy pensando en incluir ceviche en el menú de La Fonda del Sol. Me gustaría que pudiera probarlo y me dejara saber por qué, hasta ahora, ningún *restaurant* decente de Nueva York se ha atrevido a incluir semejante plato en la carta.

Bajaron unos pisos en ascensor y el chef los condujo a una cocina. Una manada de cocineros, elegantemente uniformados, condimentaban platos con acento latino y discutían ingredientes. Aperitivos de pulpo sobre monedas de papa, navajas con virutas de chorizo, croquetas de bacalao y cordero al yogur.

—Chef —le salió al paso quien parecía llevar las riendas—, estamos experimentando la receta tradicional de la *tarte tatin,* pero utilizando calabacín en lugar de manzana. Creo que funciona.

—Estupenda idea, ya me comunicará el resultado —lo felicitó Beard—. Sáqueme, por favor, la fuente que pusimos a macerar anoche en la heladera.

Anna se da cuenta de que Dylan le ausculta el cuello. El *millennial,* viéndose sorprendido, la encara.

—¿Qué?

—Eso mismo digo yo. Nada.

La reportera se vuelve a Marcelo.

—En cuanto le presentaron al chef la corvina curada al limón que sacaron de la heladera, me la dio a probar a mí. ¿Puedes creerlo? A mí —responde al tiempo que el barman se sacude la cabeza con incredulidad.

—Imagínense ustedes qué presión... —apostilla el *cashier* colombiano levantándose a por un poco más de ensalada.

Anna lo sigue. Con tanto tomar notas apenas ha probado bocado. Elige una sopa y regresa. Mira el reloj. ¡Caramba, qué manera de correr el tiempo! Ya debería de estar sentada delante de la computadora en la redacción de *El Diario,* pero de ninguna manera va a marcharse antes de que Marcelo concluya el relato.

—Nos quedamos en el ceviche —le recuerda.

Marcelo paladeó el pescado blanco ante la atenta mirada del maestro y le pareció que estaba en su punto. La leche de tigre que bañaba la corvina presentaba un excelente grado de acidez y la salinidad del choclo y de los camarones parecía adecuadamente equilibrada.

—Está en su punto —reconoció sin más detalles.

—¿Seguro? Pruebe un poco más, hombre. No tenga pena —le sugirió Beard, insatisfecho con tan rápida aprobación.

—Bueno, si me permite un pequeño apunte... —se aventuró entonces a matizar Marcelo.

—¿Qué? Diga, diga —se impacientó el chef.

—Creo que le vendría bien un punto de picante.

—Ah, bueno. De acuerdo. ¿Y el resto? ¿De sabor? ¿De textura? ¿De sal?... ¿Todo bien?

—El resto lo ha bordado usted, señor —afirmó plenamente convencido el probador.

—Entonces así lo dejamos —respiró aliviado el célebre cocinero—. En Estados Unidos no toleramos la comida picosa. Al menos por ahora. Permítame que le agradezca el favor, amigo.

Anna anota diligente: «picosa», «favor», «amigo».

Albert alza la mano para pedir el turno de palabra. Marcelo se lo concede.

—A continuación, el señor Beard pidió a su ayudante que le trajesen un libro. ¿Te acuerdas, Marcelito?

Marcelo, que ha dejado a su compadre tomar el relevo en la narración, asiente.

—Lo abrió delante de nosotros por la primera página y allá estampó su rúbrica.

—Me puso una dedicatoria personal bien linda —indica con satisfacción el barman.

—¿La recuerda? —pregunta Anna.

Marcelo la recita de memoria. Albert se le adelanta.

—Recuerdo que le dijo algo así como que, si llegaba algún día a ser un gran barman, entonces no tendría clientes, sino feligreses. Que ese libro era la Biblia. Y que no se le ocurriera extraviarlo.

—¿De qué libro estamos hablando? —se interesa la española.

Albert baja la voz para dotar de mayor solemnidad a su confesión.

—Del *Manual oficial del mezclador de cócteles*. Escrito por el barman más grande de todos los tiempos: míster Patrick Gavin Duffy.

—Otro grande de aquella casa —corrobora con voz grave Marcelo.

—Y prologado por el mismísimo James Andrews Beard —recalca el colombiano—. O sea, por Dios padre. Créame, señorita Anna, que el chef Beard fue el mentor de todos los grandes nombres de la restauración que usted conoce hoy en día.

—Conservo ese manual como un tesoro —confiesa con orgullo Marcelo—. Si se produjera un incendio, Dios no lo permita, el libro de Duffy sería lo primerito que salvaría yo de las llamas.

Dylan se levanta. Arroja la servilleta sobre la mesa. Hace aspavientos que en principio carecen de sentido. Vuelve a sentarse. Todos lo miran.

—*Dude* —al fin se justifica el *millennial*—, tanto predicarme sobre el esfuerzo y el sacrificio necesarios para ganarse un puesto en la vida... y resulta que entró usted en el Oyster Bar como un señorito y con alfombra roja.

Marcelo y Albert intercambian dos miradas y un suspiro. Al parecer, el joven de color nata ha decidido recobrar la insoportable arrogancia que lo caracterizó en sus primeros días de aprendizaje.

«Muele que muele, pata...», masculla para sí el contable.

Anna trata de descubrir cuánto hay de verdad en la arrogante acusación del nuevón.

—¿Le contrataron así de fácil? —le interpela a Marcelo.

—Casi —responde el andino atusándose el bigote.

Concluida la entrega del códice sagrado de la coctelería, James Beard repartió órdenes.

—Trato hecho —le indicó al colombiano—. Proporciónele a su amigo un uniforme y que se incorpore a su puesto de inmediato.

Marcelo, emocionado, siguió a su compadre escaleras abajo. No podía dar crédito a su inesperada fortuna. Bajaba a saltitos. Esquivando de vez en cuando, en improvisada coreografía, algún que otro peldaño. Como el hombre de hojalata en *El mago de Oz*. «We're off to see the wizard...»

Llegaron a la altura de la calle y salieron. Entraron en la estación. Albert siempre marcando el paso delante. Marcelo detrás, dándose pellizquitos para comprobar que todo aquello no era un sueño, hasta pararse ante la puerta del Oyster Bar.

—Después del trato exquisito que me había profesado el señor Beard, yo di por hecho que me habrían fichado de *maître* o de asistente de *manager* en tan prestigiosa institución. No cabía en mí de gozo —recupera la narración el barman—. Cuando me percato de que Albert pasa de largo la sala, la barra, el *office* y también la cocina.

—Je, je, je... —Albert no puede reprimir una risotada.

—¿Qué pasa, colega? —pregunta impaciente Anna.

—Je, je, je... —suma su carcajada Marcelo—. Pues nada. Resulta que descendimos una altura más y veo que Albert me conduce por un angosto pasillo. Llegamos al final, abre una puerta y... aparece el cuartucho donde tienen instalada la máquina de lavar platos.

Albert se lleva la mano a la boca. Está rojo. Va a explotar de risa.

—¡Juepucha! —exclama Marcelo—. Casi me da un *stroke* allá mismo.

El Albert de entonces no notó la decepción del ecuatoriano. Trabajo es trabajo, mano, y no queda otra que agradecerlo. Dios primero.

—Compadre —le platicó sin más a Marcelo—, tenemos que limpiar a fondo esta colección de vajilla antes de que abran la sala al público. Démonos prisa, mono.

Apoyados contra la pared, aguardaban una hilera interminable de carritos cargados hasta arriba de fuentes de servir, cristalería, cubertería, trastes sucios... ¡Ave María!

—Al menos no nos toca lavar manteles —trató de darle ánimos el colombiano con una sonrisa tímida—. Usted sitúese allá.

Desde su extremo, el ecuatoriano observó con asombro la inmensidad de la máquina de lavar. Aquel prodigio era más grande que la locomotora de vapor que se abría paso entre las rocas de la cordillera andina.

—Usted, Marcelo, me bota los desperdicios al cubo y me coloca los platos por la abertura de su lado —le indicó el colombiano—. Yo los jalo a la salida del mío y los seco. Dele no más, que nos pilla el toro.

Luka pasa por detrás y recuerda a sus compañeros que es tiempo de aventar el trasero. Terminó el descanso. Dylan desaparece. Los demás transportan los trastes hasta la cubeta plástica que contiene platos sucios y se despiden de Anna.

—Ahora ya sabe cómo nos hicimos amigos, señorita —confiesa Albert con morriña.

—Bah —desdramatiza Marcelo—. Lo que nos unió de verdad fue el fútbol. Yo me considero buen aficionado, pero Albert... Pregúntele por qué convenció a su guaifa para celebrar la boda un día trece.

Anna le pregunta lo de su *wife* sin muchas ganas porque no tiene tiempo para disertaciones futbolísticas. El contable se lo aclara.

—Me casé el trece porque es el número de camiseta del delantero más grande que ha dado la historia: Eusébio, la Pantera Negra.

—¡Hum, ya dijo! —impugna Marcelo el nombramiento.

La señorita Anna se desentiende de la discusión.

—Está bien. Les dejo. Gracias por el almuerzo.

Sale apresurada. Ha de regresar a *El Diario* para redactar una columna que irá en la primera página y de la que, por ahora, solo ha tenido tiempo de elaborar el titular «Casos migratorios en cortes podrían tardar meses o años tras sumar 1,4 millones de expedientes acumulados».

La periodista sube al vestíbulo. Recorre el pasillo. Se pierde en las escaleras del subterráneo. Entra en el vagón. Reflexiona sobre lo que le gustaría escribir. Teclea en su cabeza.

«Si en lugar de "expedientes" los llamáramos "vidas" quizás empezaríamos a entender mejor la tragedia de millones de seres humanos a quienes les resulta imposible regularizar su situación y obtener un permiso de empleo. Básicamente, porque en los Estados Unidos no existe hoy una ventanilla en la que cursar esos papeles. No existe la posibilidad de pedir turno y aguardar en la cola porque sus señorías en Washington no son capaces de ponerse de acuerdo y pactar una ley de inmigración.»

El convoy engulle estaciones.

«Stand clear of the closing door, please.»

Los compadres quedan verbalmente enredados en el Oyster Bar sobre la valía de Eusébio, el delantero. Marcelo no cede, y Albert, nunca mejor dicho, se mantiene en sus trece.

—El mejor del mundo —asevera el colombiano.

—Del mundo nada, Albert. Eusébio será, si acaso, el mejor punta de la historia de Portugal... —concede el barman para rectificar prácticamente de inmediato—. Y ni eso, porque ya le arrebató el título de mejor futbolista luso Cristiano.

—¿Ronaldo? ¿Cristiano Ronaldo? —se enoja visiblemente el contable ante la mención de la estrella del Real Madrid—. Venga, llave. A ese man le hubiera dado Eusébio chumbimba, por favor. Que estamos hablando de don Eusébio da Silva Ferreira... ¿Usted lo vio jugar alguna vez con el Benfica?

—Sí.

—Ah, ¿sí? ¿Cuándo?

Se calientan. Rebufan. A punto están de montar un numerito cuando los salva la campana. El *millennial* reaparece de la nada y cambia radicalmente el tema.

—¿Marcelo, me permitirá echarle un ojito a ese libro que mencionó de cócteles?

Albert no da crédito a lo que escucha. Y esa voz de corderito sumiso, ¿a qué viene? ¿Se disfrazó de carnero el lobo? ¿Con qué motivo? El repentino interés del nuevón por algo relacionado con el aprendizaje lo pilla con el pie cambiado. El contable menea incrédulo la cabeza y los deja. Se retira a su cubículo. De camino, sabedor de que Marcelo sigue sus pasos con la mirada, alza las manos terco y extiende y encoge los dedos un par de veces hasta sumar trece. Una pícara sonrisilla se le dibuja en los labios.

Marcelo y Dylan regresan en silencio a la barra. En medio de la sala, un ejército de camareros, los del segundo turno, cambian los manteles de las mesas por otros limpios. Arrojan los arrugados a un cesto y colocan con precisión geométrica sobre los nuevos la vajilla y la cubertería.

El barman abre un cajón y encuentra lo que busca. Le pasa con mimo un trapo. Relee la cubierta.

—Con ese libro aprendí yo bastantito —reflexiona con voz titubeante el barman—. Las gotas de amargo, las gotas de naranja... Aderezos que todavía no se conocían en el Ecuador. ¿De veras quieres consultarlo?

Dylan asiente.

—Te lo presto únicamente si prometes que me lo vas a cuidar.

—*Fire!* —asegura el aprendiz.

Marcelo se arrepiente. Tal vez se haya precipitado. «Este desvergonzado es capaz de subrayar las recetas con un *marker* amarillo. O de recortarle algunas hojas. O de dejar el libro abierto boca abajo en la mesilla de noche y saltarle la encuadernación.» Le invade un sudor frío, pero ya es demasiado tarde para dar marcha atrás. Dylan le arranca de las manos el manual. El pájaro vuela libre fuera de su jaula. Ave María purísima. Sin pecado concebida.

El eco de la voz de la madre de Dylan retumba tras la puerta de la mansión familiar.

—¡¿Ya llegaste?!

A tres recámaras y un salón de distancia de la entrada principal, la señora identifica el sutil chirrido provocado por la llave que su hijo ha introducido en la cerradura. A sus cuarenta y nueve años, mantiene el oído bien fino.

—¡Soy yo, *mom!*—confirma el eco de la voz de Dylan, que llega desde el porche hasta la estancia de lectura donde ella devora el nuevo libro de Fannie Flagg, la autora de *Tomates verdes fritos*.

Quizás por ralentizar la entrada en su hogar, que siempre le procura al *millennial* tremenda pereza, Dylan se detiene a repasar el título del ejemplar que Marcelo extrajo del cajón de su barra con el mismo fervor con el que los curas alzan el copón del sagrario.

THE OFFICIAL MIXER'S MANUAL. FOR HOME AND PROFESSIONAL USE en letras grandes y después el encabezado: «PATRICK GAVIN DUFFY. REVISED AND ENLARGED BY JAMES A. BEARD».

Con aire alicaído, el muchacho eleva el manual de bebidas alcohólicas hasta fijarlo a la altura de los ojos. Alarga el brazo, fuerza una exagerada sonrisa y se dispara un selfi. A continuación, de nuevo cariacontecido, abre en el teléfono su página de Instagram: «@mothhole», teclea.

En el Coach House Diner de North Bergen Marcelo y Ataúlfo mantienen una conversación animada.

—Dizque Dylan creció en Elizabeth, Nueva Jersey —le aclara detalles de su nuevo aprendiz el barman del Oyster Bar a su vecino— y que, como cualquier adolescente de su edad, no dudó en acercarse una noche con amigos al cementerio de Westfield para comprobar si era verdad que la tumba de Whitney Houston estaba custodiada las veinticuatro horas por un policía.

—¿Y eso?

—Cuentan que enterraron a la cantante con sus mejores joyas, Ulfo. Piedrazas preciosas. Como a las faraonas.

—¿Y tú te fías de esos cuentos, Marcelo? —se interesa el camarero del *diner*.

—No sé, Ulfo. El muchacho es bien reservado. Tampoco me platica gran cosa.

El acosador metiche, que sigue atento la conversación desde un asiento esquinero en la barra, se cala su gorra roja e interviene.

—¿De veras piensan que pusieron a la Houston un guarda de seguridad para espantar ladrones de tumbas? No le creo, man —proclama.

—Pues yo tampoco se lo puedo asegurar —se disculpa Marcelo temeroso de que el *bully* inicie una pelea—. Solo que por el instituto de Elizabeth circuló la leyenda esa…

El matón se calla. La fiesta prosigue en paz, pero al señor Ataúlfo ya le entraron los nervios. Le tiembla el pulso al servirle un vaso de vino a Marcelo.

—Así que el pata de Nueva Jersey es poco hablador... —comenta por retomar el punto en el que habían quedado.

Marcelo contesta, pero solo por dentro.

—Hábleme de su padre —le había solicitado el barman al *millennial* una mañana mientras ordenaban juntos el estante de las botellas.

—No hay mucho que platicar. Trabaja en finanzas. Tiene un apartamento en Manhattan que comparte con la amante. A mí me firma cheques. La última vez, antes de rellenarlo, tuvo que pedirme que le deletrease mi nombre para asegurarse de que no lo escribía erróneamente. No sería la primera vez que le calza una D al final y lo convierte en Dyland.

—¿Y su madre? —intentó Marcelo dulcificar la charla trasladando el centro de atención hacia una figura que, confiaba, le resultase más amable al atormentado muchacho.

—*¿Mom?* —replicó Dylan con sarcasmo—. Se las pasa todo el día borracha en la mansión de Elizabeth. Un castillo estilo tudor con un jardín al que le hacen siete mexicanos la manicura. Cortan el césped como si fuera el *green* de un campo de golf y luego quitan las malas hierbas con pinzas de depilar y pasan la aspiradora para chupar las semillas de arce. Así es mi *home sweet home:* inmaculada por fuera, putrefacta por dentro.

Dylan cierra la puerta, corre el pestillo tras de sí y atraviesa el recibidor. Luego la sala del billar. Después el cuarto de estar, donde el fuego crepita entre los leños de la chimenea victoriana triste por no proporcionarle calor a nadie. Su padre llegará hoy también tarde del trabajo, si es que llega, y, en lugar de entrar alborozado a saludarlos, permanecerá unas horas dentro del BMW, estacionado en el centro de la entrada, charlando por el teléfono.

—Según *dad,* él se queda en el auto para hablar con clientes —le explicó Dylan al barman según remplazaba una botella de Don Julio que había quedado vacía en el estante—, pero *mom* y yo sabemos que se trata de la conversación con la amante de turno.

—¿Y qué dice su madre?

—Mi madre está chapada a la antigua y asegura que no le importa porque, al final del día, la señora de la casa es ella.

Dylan escucha el hueco retumbar de sus propios pasos según recorre las inmensas estancias deshabitadas de su casa. Zancadas lentas, dificultosas, como las de Neil Armstrong sobre la superficie lunar. Alcanza la sala de lectura y no encuentra a su madre. Se le antoja extraño. Solamente divisa la novela que debe de estar leyendo, boca abajo y encima del reposapiés. De pronto, el estallido de un cristal contra el piso le obliga a volverse hacia la cocina.

—*Darling?*

Dylan sorprende a su progenitora. Trataba de tirar una botella de ginebra vacía al cubo del reciclaje. La mujer disimula con torpeza.

—*Mom?* Me prometiste…

—No estoy para sermones, Dylan.

—Mira, *mom.*

—¿Qué?

Dylan la muestra el libro.

—Voy a prepararte el mejor cóctel del mundo.

—¿Tú?

—Sí, *mom.*

—Pues tengo malas noticias, hijo. Para preparar un buen cóctel es necesario tener talento.

—No, *mom,* de veras: quiero aprender a prepararlo. Por ti...

—Uy, por mí no lo hagas. A mí tus cócteles no me interesan. Bueno, ni a mí ni a nadie.

Después de la publicidad, volvió a encenderse la luz verde en el escenario del museo y Soledad O'Brien sugirió a su entrevistado que continuase. De fondo, mezclados con los aplausos del público reclamados por el realizador del programa, resonaban los acordes del *Green Grass of Home* en la voz de Tom Jones.

—Verá, es que el tomador de ginebra se vuelve agresivo y se halla siempre a la defensiva. Si usted le observa con detenimiento, doña Soledad, lo notará nervioso, desconfiado, siempre platicando con un poquito de... ¿Cómo le diría? Olvidé cómo expresarlo en español. En inglés se dice *edge.* Es debido a que la ginebra lleva flores de enebro que resultan muy adictivas. Ellos no lo aceptan, pero uno, que se considera un profesional, lo detecta enseguida. Entre otras cosas porque este tipo de bebedores, en cuanto ven la mínima oportunidad, conducen la plática hacia el vicio. Son medio picantes.

La madre de Dylan intenta apoyar el codo en la isla de la cocina, pero calcula mal la distancia y casi se cae al suelo desvencijada. Dylan la observa compasivo. Ella disimula.

—Me ha telefoneado la metiche de tu hermana, Dylan, y me ha vuelto a preguntar por mi relación con tu padre. ¿Sabes lo que le he contestado? Que dos diarios.

Dylan no comprende.

—¿Dos diarios?

—Dos diarios: el *New York Times* y el *New York Post*. Ja, ja, ja... —estalla en una risa cascada—. Los periódicos que tengo que leer para matar el aburrimiento de tener un marido que me ignora.

Su madre enciende un cigarrillo mentolado. Escupe el humo en argollas. Tose.

Dylan necesita huir. Da media vuelta y se escabulle escaleras arriba. Según sube, siente cómo le clavan sus miradas en el cogote los serios y distinguidos antepasados dibujados en los retratos de las paredes. Antepasados de otro, de vaya usted a saber quién, porque todas las pinturas que decoran la mansión fueron adquiridas por su padre en un lote de subasta en Christie's.

Ataúlfo le ofrece más agua. ¿Más? Pero si Marcelo no tocó el primer vaso.

—¿No mencionó que el pata ese tiene una hermana? —le recuerda de pronto el charro.

—Sí; pero, al parecer, mucho mayor que él. Dylan fue tardío. Un regalito del cielo.

Ambos ríen.

El *millennial* se arroja sobre la cama y deja que la esponjosidad del colchón contornee su cuerpo y lo arrope. Al rato enciende la luz de la mesilla. Esta noche no hay Netflix. Ni Amazon Prime. Ni Hulu. Abre el manual de cócteles. Lo primero con que se topa, al inicio del libro, es con la dedicatoria:

«Para mi nuevo amigo Marcelo, a quien desde ahora recibiré siempre en mi casa con el corazón en la mano y una etiqueta negra en el whisky. James A. Beard. New York City, 11/01/1965.»

Capítulo 19. Elizabeth

Hoy, víspera del día de Acción de Gracias, las mansiones victorianas de Elizabeth amanecen decoradas con velas en sus ventanas. Las llamas de led parpadean a través de los cristales. Afuera, en los cuidados jardines, hileras de luces blancas realzan los contornos de las verandas y acentúan los perfiles de arbustos y rododendros. A Dylan le espera un Uber en la puerta.

—*Morning.*

—*Peace.*

No median instrucciones. La conductora del Hyundai Sonata sabe perfectamente que ha de dejar al pasajero en la estación de tren.

«Uno más que atrapa el North Jersey Coast Line para llegar a Penn Station», se dice la tipa y arranca.

En el retrovisor, Dylan ve cómo su mansión encoge hasta quedar reducida al punto de fuga que marca el final de la calle.

—Hablamos de una *custom home* con ocho *bedrooms,* seis aseos y medio, cuatro plantas de *living* y tres mil pies de *frontage.* Situada en una *location* extremadamente privada y con las *taxes appealed* con éxito el pasado otoño

—había recitado, con una espantosa voz de pito, la agente inmobiliaria cuando se la mostró a sus padres por vez primera.

Dylan tendría apenas cinco años; pero, por alguna razón que correspondería analizar a psicólogos y pediatras, el exordio de aquella mujer se le quedó grabado para siempre en el disco duro.

—Ahora, tengo que prevenirlos de que hay un matrimonio de alemanes muy interesado en la compra —imita el *millennial* el tono agudo de la vendedora.

—¿Mande? —voltea la cabeza la conductora del auto.

—*Salty*... Solo pensaba en voz alta —se disculpa Dylan.

Y al rato. Nada más cruzar las vías del tren, esa doble línea de hierro que en todas las poblaciones de Estados Unidos separa la dignidad de la pobreza, pregunta:

—¿Creció usted en Elizabeth?

—Acá mismito —contesta la conductora con orgullosa lealtad a su barrio italoamericano.

Los urbanistas estudiaban en qué dirección soplaba el viento y, a ese lado de las vías, instalaban los barrios de los trabajadores de color (negro, marrón, rojo, amarillo), que se veían forzados a respirar el humo emanado de las fábricas. Al otro lado del ferrocarril, con el aire fresco de cara, construían las residencias de los rostros pálidos.

—Desde niño me atrajeron estas casitas —comenta embelesado Dylan—. Mi abuela solía traerme a una pastelería por esta zona.

—Bella Palermo.

—Creo que sí.

Los antejardines de la Pequeña Italia ya están decorados con motivos navideños. Ristras de bombillas multicolores suben enroscadas por los árboles. Figuras de plástico que representan la sagrada familia (la *madonna, il bambino Gesù* y *San Giuseppe)* aparecen en el frontal de cada casa pinchados en el césped e iluminados por dentro.

«Este, pues yo le cambiaba mi casita por la suya sin mirar», quisiera atreverse a decirle al mocoso consentido a la conductora del Uber, pero no se atreve.

—Llámeme pavoso, Marcelo —admite el *millennial* mientras el barman termina de calzarse la chaquetilla blanca en el Oyster Bar—, pero en mi infancia yo hubiera dado la vida por un Santa Claus inflable, de esos que venden en el Walmart.

—Le entiendo perfectamente, mijo —consuela la pesadumbre de su ayudante el barman—. Las lucecitas blancas resultan harto elegantes, no se lo niego, pero la felicidad requiere colorines.

—Ojalá hubiera sido usted mi padre... —se le escapa inoportunamente a Dylan con voz entrecortada.

Marcelo hace como que no se sorprende y le regala una mirada afectuosa.

—O, mejor dicho, mi abuelo —disimula el *millennial* su incómoda revelación con una gracia.

Marcelo se pone serio.

—¿Qué ocurre, Dylan?

El barman le sujeta la barbilla y le levanta la cara. Aparecen dos ojos acuosos.

—¿Ya vio *Titanic?*

—Nope —deniega el chaval.

—Pues mírela, mijo, porque a alguien le está pasando lo mismo que a la novia del DiCaprio.

—Los hispanos nos damos golpecitos, Marcelo; palmaditas en la espalda, nos abrazamos —le había puesto sobre aviso su tía Laura nada más llegar a Nueva York—. Pero a muchos anglos les molesta que los toquen. Si les hablas cerca, enseguida dan un paso atrás. ¿Sabe que me platicó la dama que vino a probarse ayer su abrigo?

Marcelo sacudió la cabeza.

—Me reveló este secreto: mi mamá jamás me dio un beso.

Al recién llegado se le escapó una exclamación de espanto.

—No la creo, tía. Exagera.

—Así mismito me confesó, sobrino. Me lo soltó con pena y bien bajito mientras yo me apuraba en sacarle el largo de las mangas. Dizque la costumbre de abrazarse y de profesarse cariño no se estilaba en su casa. ¿Qué le parece?

—Bien —responde Dylan—. Me parece bien.

—¿De veras? —corrobora incrédulo la respuesta el maestro.

—Sí, de veras, me está gustando el libro. Aunque, si me permite una pregunta…

Los dos caminan hacia la barra.

—¿No se cansa usted nunca de servir siempre las mismas copas? Día tras día. Día tras día.

Marcelo abre la trampilla del bar y le cede el paso.

—¿Cansarme? ¿A usted le gusta escuchar música, mijo?

—Dah —remarca con desgana la obviedad el *millennial*.

—¿Y a qué artista escucha? Dígame unito.

Marcelo accede al interior de la barra y cierra la trampilla tras de sí. Dylan tarda en decidirse por un intérprete.

—Lizzo —menciona al fin.

—¿Lizzo? —A Marcelo no le suena de nada el nombre, pero da lo mismo—. Oká. Lizzo. ¿Una canción en especial?

—*Truth Hurts*.

El título le suena menos aún.

—Pues dígame: ¿cuántas veces estaría dispuesto a escuchar *Truth Hurts* a lo largo de su vida?

Dylan rumia la respuesta mientras comienza a colgar boca abajo las copas de vino limpias.

—Mejor me prepara el estante de botellas —le solicita el jefe—. Recuerde que la primerita de todas es la del vodka.

El *millennial* repasa la fila de botellas con la mirada. A fuerza de repetir diariamente el ejercicio se sabe las posiciones de salida en la pole prácticamente de memoria.

—Absolute, Tanquerai, Bacardí, José Cuervo, Dewars, Johnnie Walker, Jack Daniels, Seagram's VO, Kahlua, Amaretto y Granadina… —recita como un escolar cuando repasa la lista de los presidentes—. ¿Y la botella de Ricard dónde va?

—Detrás. En el *box* de suplentes. Si alguien le demanda un *pastisse,* se la acerca a la barra para tenerla bien a mano para la segunda ronda. Pero luego me la devuelve rapidito a su sitio. En cuanto se marche el cliente. Acuérdese de que usted no trabaja solo y yo no me quiero volver loco buscando el instrumental.

—Okay.

Marcelo afila el cuchillo, talla las puntas de unos limones sobre una tabla y mira hacia la puerta. Albert todavía no ha descorrido el cerrojo. Una señora indaga el interior del local con los ojos pegados a la cristalera. La nariz chafada contra el vidrio y los labios impresos sobre el vaho de su aliento la hacen asemejarse a uno de los gorilas del zoo de El Bronx. Marcelo se ríe. Coloca de pie los limones, como barriles, y le pasa los utensilios a su ayudante.

—¿Cómo será que podemos escuchar infinitas veces la misma canción sin cansarnos, Dylan? —reflexiona el barman en voz alta—. ¿No será porque, cada vez que la volvemos a escuchar, nos provoca las mismas emociones que la primera vez?

—¿El limón en rodajas? —consulta el nuevón.

—En medias ruedas —aclara el maestro.

Dylan insiste en su escepticismo.

—No hablamos de lo mismo. Una cosa es escuchar una canción, y otra, cantarla. Lizzo también debe de terminar harta de tener que interpretar siempre en sus conciertos la misma canción.

—A ver cómo le explico —se impacienta Marcelo—. Los cortes van en vertical, a lo largo. Para eso le paré los limones. Fíjese en la telilla blanca de en medio y divida por ahí. Espere. El cortador siempre bien firme. Póngale el pañito debajo para que no se resbale.

—El cuchillo está bien filoso —protesta el *millennial.*

—Dele gracias al cielo —le aclara Marcelo—. Un cuchillo poco afilado resulta más peligroso porque le obliga a presionar en demasía y se le puede ir de lado y cortarle el dedo.

Dylan parte las frutas siguiendo la vena del medio y luego, de cada mitad, se pone a sacar medias lunas.

—El cóctel que preparamos no es para nosotros. Yo miro al cliente, leo en sus ojos la excitación que le produce su encargo, me dejo contagiar de esa emoción y me digo: «¡Vamos allá, Marcelo!».

El barman guarda la fruta partida en un táper y saca las limas de la heladera. Albert se levanta y se dirige hacia la puerta, toca darse prisa.

—A mi modesto entender —sigue con sus enseñanzas Marcelo—, un buen barman sabe, al igual que una estrella de la música, que el éxito de sus actuaciones no se basa en interpretar composiciones sofisticadas, sino en llegar al corazón del público con sus canciones. ¿Me cacha? Para mí, cada trago que sirvo es un reto personal.

Dylan rellena la pila con hielo. Mitad cubitos, mitad picado, que es la mezcla que le ha sugerido el maestro. Los dedos de Albert juegan sobre el cerrojo. Consulta el reloj. Aún quedan unos minutos.

—Ahora bien, escúcheme una cosa, Dylan —puntualiza Marcelo—: uno ha de saber delante de quién actúa. No prepara uno el mismo repertorio para un público, digamos fanático, gente que se sabe de memoria los combinados de uno, que para alguien que se acerca por vez primera a tu barra.

Tas, tas, tas. A Marcelo, de cada lima, le salen ocho cuñas. Las naranjas en ruedas para ponches y cócteles tropicales. La piña a la mitad y dos cortes en uve para aprovechar mejor la fruta.

—¿Se fijó en cómo lo hago? —limpia el cuchillo Marcelo.

Dylan asiente.

—Pues mañana le toca demostrármelo. Ahora, hágame el favor de salirse.

El *millennial* no entiende.

—Afuera. Rapidito. Antes de que entren los clientes. ¿No le dije que un barman es como un cantante? Empieza el concierto. Tuvo suerte y le regalé una boleta.

Dylan obedece. Abandona la barra, da unos pasos hacia atrás para coger perspectiva y, desde allí, con una mano posada en la barbilla, observa al barman intrigado. Alertado por el ajetreo, Albert, que está a punto de dar la vuelta al letrero de la puerta y descorrer el pestillo, se gira hacia ellos, interpreta erróneamente la escena y les pega una voz.

—¡¿Van a pasarse la santa mañana lanzándose perros, como una pareja de camotes? ¿No vieron la hora?!

Ni el joven ni el viejo le hacen caso. Acaba de comenzar la función.

Marcelo cuenta tres mentalmente y pega la espalda a la repisa. Atrapa con la mano por detrás la botella de Havana Club, refugiada entre el grupo de suplentes, y la deposita con delicadeza, como quien maneja un pájaro herido, en el centro de la barra.

—La apertura del primer acto ha de ser siempre explosiva —proclama ceremonioso mientras agita con rapidez la coctelera y la ubica a tres palmos de la botella.

Albert se rasca confuso la mollera. La turista gorilácea golpea impaciente el cristal con los nudillos. Marcelo se posiciona a medio camino entre la coctelera y la botella, se remanga y cambia intermitentemente el peso del cuerpo de un pie a otro, como un tenista preparado para recibir un saque.

—¡Alehop! —se arranca y lanza con ágiles movimientos de muñeca el Havana y la cubitera al aire.

La botella de ron con apellido cubano ejecuta un triple salto mortal, alcanza la cima de su órbita y se cruza con el vaso metálico que sube rotando, como los planetas, en dirección opuesta. Ambos caen a plomo sobre las manos del prestidigitador, que vuelve a lanzarlos. El aterrizaje esta vez es diferente. La botella se posa de pie sobre su palma. Marcelo sujeta el vidrio por su base. Por el centro. Por el cuello. Lo gira sobre sí mismo, mientras la coctelera rueda de un hombro a otro por detrás del cuello del barman.

Dylan alucina. La turista reclama explicaciones por el retraso en la apertura del local a Albert y el colombiano finge no haberla escuchado. Marcelo inicia el más difícil todavía.

Entra en juego la copa de cóctel y el señor de la barra encadena con sus tres improvisadas mazas malabarismos impensables. El sube y baja. Las tres cruzaditas. Las torres. Hasta que, por fin, el Havana Club encesta en el agitador y la copa de cristal aterriza con suavidad sobre su mano.

—Segundo acto, Dylan —anuncia el barman con voz misteriosa—. Toca levantar el pie del acelerador.

Dylan observa ensimismado cómo Marcelo sobrevuela sobre la barra el mezclador, como si de un aeroplano de juguete se tratase, y lo dirige al fregadero. En horizontal, con la boca bien abierta, como un avión antincendios dispuesto a rellenar su panza sobre una laguna.

—Brummm... —simula el ruido del motor el de Quito y el vaso se traga el hielo.

—Añadimos el ron —ordeña la botella sobre los cubitos helados—, un chorrito de jugo de lima. Dos cucharaditas de sirope de azúcar y... ¡estamos listos para el tercer acto!

De a poco, Marcelo va imprimiendo velocidad a su coctelera hasta llegar a un punto en que su silueta se vuelve borrosa ante los ojos del aprendiz.

—¡Tas, tas, tas! —Termina el centrifugado y escurre el coctel sobre la copa de cristal—. Llegamos a la gran final.

—Su daiquirí, caballero —recuerda Marcelo que le anunció por sorpresa, hace ahora muchos años, al entonces recién conocido señor Wall Street.

—¿Cómo supo? —le interrogó intrigado el joven ejecutivo que jugueteaba con su anillo de la Universidad de Michigan para ocultar su inseguridad.

—La pregunta no es cómo, caballero, sino cuándo —repuso Marcelo al tiempo que colocaba una jugosa rodaja de lima flotando sobre las olas de ron.

Marcelo le indica a Dylan que ya puede volver a meterse. Albert descorre el cerrojo. El *millennial,* en silencio y sin salir aún de su asombro, comienza a desempaquetar servilletas.

—Páseme tantitas —le pide el barman.

Marcelo presiona el taco entre las palmas de las manos, gira las muñecas en direcciones opuestas y convierte las servilletas en un abanico.

—Parece el Jenga *building* de Tribeca —comenta Dylan divertido.

—A esto se le llama *fanning* —explica el jefe depositando el taco en la barra—. Primer mandamiento de la ley del bar: tenga siempre servilletas a mano. Es nuestra manera de darle la bienvenida a un cliente.

Dylan extrae una servilleta de la retorcida torre de papel y la posa en la barra. Delante de un imaginario cliente.

—Hola, soy Marcelo —imita con mofa la voz de su jefe—. ¿Cómo se encuentra usted hoy? ¿Qué puedo hacer por usted? ¿Puedo ofrecerle alguna bebida que resulte de su agrado? —concluye con una genuflexión desorbitada.

—Muy gracioso, pata, pero veo que no prestó atención —corrige el burlado la posición del taco de servilletas—. Los bordes doblados miran hacia nosotros para poder extraer una con facilidad. Si jala de los bordes *fluffy floppy,* lo mismo agarra una que tres al tiempo. Ah, y el emblema del Oyster Bar me lo respeta: siempre de cara al cliente.

—Buenos días.

—Ya era hora.

—Buen día.

Albert saluda a la clientela y regresa a su cubículo. Toma asiento y se repasa los brillos de la nariz con el antebrazo. Que lo lleven los diablos. No da crédito: en la barra de Marcelo, la extraña pareja parece que comienza a hacer buenas migas.

—Si me permite usted un consejo de amigo —le sugirió el chef Beard al ecuatoriano nada más hacerle entrega del manual de *mixers*—, le recomiendo que perfeccione un par de cócteles. Digamos un martini y un *old fashion*. O, tal vez, un *piccadilly* y un daiquirí. Los que usted elija. Da igual, pero consiga la perfección en dos de ellos y ofrézcaselos siempre de entrada a sus clientes. Cuántos más se lo acepten, mejor para usted. Y para el negocio. Preparar diferentes bebidas lleva su tiempo, y lo último que un barman puede permitirse es tener a un cliente esperando.

—Se lo agradezco, chef.

—Pero no me interprete mal y no vaya usted a caer en la monotonía. El primero que tiene que disfrutar en una barra es el barman. Si la persona que prepara el cóctel es feliz, no le quepa la menor duda de que la bebida transmitirá su felicidad, porque los objetos no experimentan alegría, pero son portadores.

—Le agradezco mucho, señor.

—Pues como le digo lo unito le menciono lo contrario: procure sorprender de vez en cuando a sus clientes. Lo que engrasa de verdad el motor de este negocio, créame, es el elemento sorpresa. Ya ve que yo estoy cambiando el menú de a poco.

—¿Qué me tomaría yo hoy, Marcelo? —lo retó el señor Wall Street más travieso de lo normal aquel mediodía de agosto.

Marcelo le retiró el martini, preparó la mezcla de ron, arrojó una rodaja de lima y, en dos segundos, le entregó el nuevo brebaje.

—¡Un daiquirí! Hace años que no lo cataba... ¿Cómo se te ocurrió? ¿Cuándo supo?

Luka asoma por la ventana. Bosteza. Señala al grupo de turistas que se colaron primero. Siguen diligentes a la señora gorilosa: una guía bien conocida por todos, que mantiene su paraguas en alto, cerrado y apuntando al techo. Por el aspecto, cabello cenizo y larguiruchos, los parroquianos que contrataron hoy la visita guiada a la estación central parecen proceder de algún país nórdico.

—Admiren los azulejos esmaltados del techo —repite su retahíla diaria la guía con desencanto—. Lo que observan es una mejora de la cubierta abovedada que a los europeos les legaron gratuitamente los romanos y que, acá en Estados Unidos, patentó como método ignífugo don Rafael Guastavino a finales del siglo XIX.

Luka le guiña un ojo a la guía turística cuyo contorno, a pesar de estar entrada en carnes, ciertamente presenta mayor atractivo en directo que a través de la rugosidad imprecisa del vidrio de la puerta.

—Esa falda es como Dios —murmura socarrón el serbio—. Aprieta, pero no ahoga. Je, je...

El nuevón alucina. Marcelo sigue a lo suyo.

—Una bebida es como una canción, Dylan. Trae gratos recuerdos. Alegra una velada. Inicia conversaciones. Ayuda a hacer amigos. Y, si uno consigue hacer un amigo, unito, cada día, al final del año sumarán trescientos sesenta y cinco… que es un número que no está nada mal. Algunos clientes te regresarán a diario; otros, una vez a la semana; tal vez cada quince días; otros una vez al mes…

Dylan se rasca una ceja.

—Yo nunca voy a aprender a hacer esos equilibrios con las botellas, Marcelo. No se haga usted ilusiones.

—¿Y a quién le importan los malabarismos de circo, pata? ¿Acaso somos payasos?

El *millennial* lo niega.

—Nadie va a venir a visitarnos por eso, mijo. Ni siquiera por que hagamos bien las mezclas. Para degustar un *gin-tonic* no hace falta desplazarse hasta Grand Central. Se lo aseguro. Los sirven buenasos en decenas de locales de Manhattan. Mire, le voy a platicar lo mismo que le dije a Tom Cruise cuando le preparé para la filmación de aquella película. ¿Cómo se titularía? Bueno, da lo mismo…

«Se llamaba *Cocktail* y se filmó en el 1988», recuerda Albert en el silencio de su cubículo. Ciento setenta y un millones en taquilla. Ensayaron varias semanas.

—La misión de un barman es la de reconfortar a su clientela, don Tom, no sé si usted me sigue. Uno puede impresionarlos con todos los malabarismos que le dé la gana; pero, como no consiga emocionarlos, caerles en gracia, conseguir que estén deseandito regresar al día siguiente a confiarle a uno sus cuitas, la barra no va a durar abierta por mucho tiempo.

La estrella de Hollywood lo escuchaba perplejo.

—Pensé que lo contrataron para que me enseñase sus trucos, Marcelo.

—A eso vamos, don Tom. Si usted se propone interpretar a un barman de forma realista, lo que tiene que ser capaz de transmitir en pantalla es la sensación de camaradería y la capacidad de escucha de este oficio. Ese es el verdadero truco de un *bartender.* Lo otro, lo de lanzar botellas al aire, lo puede rodar por usted un especialista en Las Vegas.

La guía turística va ganando terreno hacia la barra de Marcelo, seguida de los fieles vikingos. Varios de ellos graban las explicaciones en vídeo.

—Mientras Gaudí hacía historia en Barcelona con la Sagrada Familia, Guastavino hacía caja en Nueva York con su patentado sistema cortafuegos —prosigue la mujer una narración aprendida de memoria.

—Preparaste el *mix* para el *bloody mary,* ¿verdad? —interroga inquieto el barman a su ayudante al ver aproximarse a una parejita que abandona el grupo.

Dylan asiente.

—Grand Central se construyó en la época de la luz de gas. Saltaban chispas con frecuencia, ardían los artesonados de madera y, como consecuencia, se desplomaban los edificios. La bóveda de azulejos de don Rafael Guastavino, colega de Standford White, impedía que se propagasen las llamas al piso de arriba y de ahí su fulgurante éxito. Van a encontrar ustedes sus famosas cúpulas en la Biblioteca Pública de Boston, en el Carnegie Hall o en la Corte Suprema de Washington D. C. Síganme, por favor —prosiguió—. Nos encontramos en el salón principal del Oyster Bar Restaurant. Cuatrocientos cuarenta asientos. Más de cien empleados. Diez mil ostras abiertas cada día…

Dos pinches atraviesan el local cargados con ollas de sopa. El aroma de la salsa de tomate que condimenta las almejas llega hasta Dylan y le provoca la añoranza del hogar que le hubiese gustado tener y nunca tuvo. Desvía su mirada hacia Marcelo, recala en su corbata cuajada de hojas otoñales, símbolo de la fiesta familiar que ya todo el país presiente, y se le escurre del alma, sin poder evitarlo, la solicitud que se juró solemnemente no formularle jamás a su patrono.

—¿Le importaría si, por ahí, me sumo a almorzar con usted mañana?

El barman casi deja botar el preparado para los *bloody mary* que sujeta en sus manos.

—Esto sí que no me lo esperaba —mastica para sí desconcertado—. ¿Acaso se cayó el pata este anoche de la hamaca?

Dylan simula que ordena los cubiertos recién ordenados mientras aguarda nervioso la respuesta.

—Pero… mañana es Acción de Gracias, Dylan —trata de hacerle entrar en razón el barman.

—Oh, ya sé. Es solo que detesto el menú que sirve mi madre en Acción de Gracias —responde el *millennial* y se encoge de hombros tratando de mostrar cierta convicción en su excusa.

No cuela. No hace falta ser zorro viejo para captar que lo de la comida es un pretexto absurdo. Si existe una fecha en la que los ciento veintiocho millones de hogares de Estados Unidos cenan exactamente lo mismo es precisamente la de mañana. El cuarto jueves del mes de noviembre, en todo el país se sirve pavo asado con compota de arándanos y maíz dentado. *Touché.*

Dylan se quiere morir. Daría la vida por poder volverse invisible; pero, como no posee el anillo mágico de Frodo, continúa coloca que te coloca, quitando y volviendo a poner en el mismo sitio los cuchillos para disimular su apuro.

—Dos vinos blancos, por favor.

La voz de un desconocido llega al rescate en el momento justo.

—Marchando —responde aliviado el aprendiz.

—Y media de ostras —añade su pareja—. ¿Las tienen pequeñas?

Marcelo, atento a la petición de los turistas, guarda en la heladera la mezcla de tomate y sigue con detalle los movimientos de su pupilo.

«La botella de vino apoyada sobre la mesa. Bien. Nada de ponerla entre las piernas o sujetarla con un brazo. De ese modo, lo único que va uno a lograr es que se rompa el corcho o, incluso, hasta la propia botella. Eso es, Dylan. Ajá. Sin moverla. Acá solo da vueltas el sacacorchos. Bien.»

Podría afirmarse sin miedo a equivocaciones que a Marcelo le recorre un pellizco de orgullo. Dylan sirve de la botella por la derecha, que es lo suyo. Lo tradicional. Llena la copa. Tres cuartos y para con un giro seco de muñeca en el sentido de las agujas del reloj. Así se evita el goteo. Correcto. Ahora va a depositar la botella directamente en la barra, junto a un salvagotas, pero el maestro le recomienda abortar la maniobra con un gesto de nariz.

—Al ser blanco hay que devolverlo a la heladera o bien colocarlo en una cubitera con hielo —le sopla—. Pídale a Luka las ostras. Ya me encargo yo del vino.

Dylan obedece, visita al serbio en el ventanuco con la comanda y retorna al centro del redil. La tensión previa se ha evaporado.

—¿Por qué no me acompaña a cenar esta noche, mejor, y así me cuenta…? —sugiere el barman y Dylan casi sonríe—. Déjeme hacer una llamadita.

Capítulo 20. Wall Street

Tres comensales, Delia, Marcelo y el *millennial,* se aprietan en una mesita para dos del Coach House Diner de North Bergen. Una *deuce,* que es lo único que le ha podido proporcionar Ataúlfo a su compadre por haber hecho la reserva tan tarde. A Marcelo no se le ocurre ni rechistar, pues sabe qué pulgas se gasta el mexicano mandón en su puesto. Al *diner* viene el jefe de policía del área o el alcalde de Jersey City, y el señor Ulfo les indica dónde han de sentarse y lo que tienen que pedir.

—Usted, señor alcalde, en esa mesa y come pescado.

—Usted, *chief,* se acomoda allá y me ordena carne.

—Esta noche es Drinks Giving, Marcelo, víspera de Acción de Gracias —justificó al teléfono el charro la adjudicación de una mesa tan chica—. Hoy sale todito Jersey a celebrar.

Manteles y vajilla blanca. Servilletas rojas. Paredes de ladrillo repletas de fotografías en blanco y negro que resumen, en plan tablón de anuncios cinematográfico, la historia del *diner* y de sus protagonistas. En una de ellas, Dylan reconoce a un jovencísimo Bruce Springsteen. En otra, mucho más reciente, aparece Queen Latifah.

—Le agradezco, Ulfo —le reconoce Marcelo al charro cuando les sirve agua y les da a escoger entre los panecillos del cesto.

—Ni lo mencione —se marcha su vecino a seguir con el reparto en otras mesas.

—¿Por qué no me cuenta algo del señor Wall Street? —rompe el hielo Dylan al rato, temeroso de que el interrogatorio pueda centrarse en su persona.

—¿El señor Wall Street? —se hace el despistado el barman.

«OPENED SINCE OCTOBER 1939», reza el letrero sobre la barra. Algunos clientes, piensa el *millennial,* definitivamente parecen haber entrado al local en esa fecha y no haberse decidido a abandonarlo aún.

—Me entró curiosidad cuando le escuché mencionarlo esta mañana —aclara Dylan su inusitado interés por el personaje—. Ya sabe que mi padre también pertenece al mundo financiero.

—¿Su padre trabaja en banca? —se interesa la Delia.

—Bueno, es abogado. Pero trabaja con esos tipos, qué más da. A mí me parecen todos igual de canallas —replica el *millennial.*

—Ah, no, Dylan —interrumpe alarmado el barman—. No se puede generalizar. El señor Wall Street era un buen tipo. Bueno, y lo seguirá siendo. ¿Recuerda qué le conté, ñaña?

Delia gira los ojos sobre sus órbitas en señal de desesperación. La posibilidad de tener que volver a escuchar por enésima vez la misma anécdota de labios de su querido hermano le provoca escalofríos.

Ataúlfo regresa con los aperitivos.

—Espero que el cordero y la salsa de yogur resulten de su agrado —comenta mientras esparce sobre el mantel los platos—. Aquí el maestro Marcelo sabe que cobrar por un almuerzo ochenta dólares es fácil, ¿verdad, mano? Lo complicado es servir un menú del día satisfactorio por doce con cincuenta.

Marcelo aspira el aroma que desprende el guiso, se vuelve a su compadre y alza el pulgar en señal de franca aprobación.

—Esta es la mera razón por la que ustedes tienen altísimas colas en la puerta, Ulfo.

—Y la calidad del pan —apostilla la ñaña—. Es tan bueno que podría uno cenar solo la baguete con pura mantequilla y ya.

—Ahí le dio, doña —afirma Ataúlfo orgulloso de su comanda—. Como suelo decir yo: un pan gomoso le arruina a uno la cita.

—¡Ulfo! —reclaman su urgente presencia otros impacientes comensales. En North Bergen no hay tiempo para conversaciones si uno es mesero.

—Estos yanquis quieren comer siempre a toda prisa. Tienen el ansia por cama —se queja el mexicano a Marcelo antes de salir disparado.

—A ver por dónde empiezo con el cuento del señor Wall Street... Supongo que por el día en que nos conocimos. Fue a principios de los años noventa b. C.

—*Before Christ?* —descifra confuso el acrónimo Dylan.

—*Before children* —aclara la Delia harta de escucharle repetir el mismo chiste a su hermanito. La guasa Hernández.

—Marcelo, por ahí tengo que presentarle a mi mamá, que está sola. Ya verá como se van a caer de maravilla —le aventuró eufórico el joven que acababa de solicitarle un martini en su barra del Oyster Bar.

Marcelo se acarició el bigotillo intrigado.

—Además, mi mamá pasó tiempo en Honduras, o en uno de esos países, y usted es sudamericano, ¿no? —insistió el desconocido en la conveniencia del encuentro con su progenitora.

—¿Qué edad tendría entonces el señor Wall Street? —pregunta con curiosidad el *millennial.*

—Déjeme calcular...

Los ojos de Marcelo y de su hermana ruedan al tiempo. Los del uno, por el esfuerzo que le supone el cálculo; los de la otra, por saberse de memoria la respuesta.

—Veintisiete años —responde la doña.

—¿Cómo supo, Delia? —alucina el barman.

—Siempre dijo que usted le sacaba unos treinta —aclara la ñaña.

—Más o menos —precisa Marcelo—. El caso es que era jovencísimo y por aquel entonces andaba pletórico de energía. Se comía el mundo. Se graduó como ingeniero, pero se metió en finanzas para hacer plata y no disimulaba su orgullo por haber sido nombrado bien pronto socio de uno de esos fondos que se dedican a rescatar empresas.

—¿A rescatar? ¡A merendárselas! Son auténticos tiburones... —masculla con disgusto el *millennial*.

Marcelo no lo escucha. Su memoria viaja ya hacia la época en que, en la ciudad de Nueva York, todavía se estilaban los almuerzos de tres martinis y el señor Wall Street solía ir a almorzar a su barra acompañado de un grupo de financieros. Allí mismo negociaban acuerdos millonarios que luego firmaban en una servilleta de papel.

—Era un tipo muy ambientado. Bien amiguero —rememora risueño el barman—. Me cogió enseguida estima y empezó a hacerme todo tipo de consultas. Un día llegó y me dijo:

—Mi auto ha quedado destrozado en un accidente, Marcelo. ¿Me permite usar el teléfono del bar?

Era al principio de la década de los noventa, cuando aún no se estilaban los teléfonos móviles. El señor Wall Street le dictó un número, Marcelo lo marcó en la circunferencia con la ayuda de un lapicero y le pasó el auricular.

—Mi Mercedes quedó siniestro total. Un deportivo —explicó Wall Street a quien le estuviera atendiendo al otro lado del hilo.

El barman seguía la conversación atento. Sirviendo una ración de almejas acá, dos copas de *prosecco* por allá, pero sin despegar la oreja.

—Me tienen que enviar un auto nuevo —insistía Wall Street—. ¿Quéééé? Por supuesto que ha de ser descapotable. Ajá. ¿Qué? Aguárdeme un segundo...

El joven Wall Street protegió el auricular con la mano y le hizo una señal al barman para que se aproximase.

—Me dan a elegir color, Marcelo. Recomiéndame, ¿de qué color pido el auto?

Marcelo cerró los ojos y formuló un deseo como si el carro fuera para él. El auto de sus sueños. Un Mercedes nítido. Tremenda nave. Puestos a pedir, lo máximo.

—Plateado y con el interior tapizado en rojo —pronunció el barman en voz alta sin dudarlo.

—Buena idea. Gracias, Marcelo... *Silver* y con asientos de piel. Rojo. Exacto. A ustedes. Gracias.

A la semana siguiente Wall Street se presentó en el Oyster Bar con un llavero con la estrella de tres puntas y se lo mostró al barman.

—Mire lo que tengo, Marcelo —le guiñó un ojo el financiero—. Se maneja como un puro lanzallamas.

—¡Bravo! —exclamó Marcelo entusiasta—. Pero me tendría que dejar probarlo, puesto que yo contribuí a escoger el tono de los asientos —bromeó.

—Hecho, Marcelo —le aseguró Wall Street—. Le dejaré conducirlo.

—Así me prometió el tipo —emite un suspiro el barman con tres décadas de retraso—, pero ya ve que nunca llegó a ocurrir. Je, je...

—Promesas hechas después de ventilarse tres martinis de ginebra. ¿Qué esperaba? —sacude la cabeza descreído el *millennial.*

—Tres martinis de ginebra hasta que empezó a considerarse socialmente inaceptable eso de regresar a la oficina con unas copas de más —puntualiza el barman—. Lo malo de la ginebra es que le huele a uno mucho el aliento y lo delata, ¿oyeron?

—¿El señor Wall Street y sus amigos se pasaron al agua? —interpela la Delia.

—Ni atados. Simplemente cambiaron al vodka, que no tiene aroma. Los tradicionales tres martini lonches de Niuyork se convirtieron en almuerzos de tres martini de vodka y... ¡En Manhattan, siguió la fiesta! Je, je, je.

—Oiga, Marcelo —le preguntó al final de uno de aquellos almuerzos el señor Wall Street mientras el ecuatoriano le servía su tercer *refill*—. Estoy pensando en invertir dos o tres millones de dólares en Pets.com ¿Cómo le suena a usted esa operación?

—Fantástico.

Dylan sorbía el final de su Pepsi con ayuda de una pajita. La subida de las pompas de aire medio huecas retumba en el comedor del *diner* con tal estruendo que la mitad de los comensales se vuelve hacia ellos concentrando miradas de desaprobación en el muchacho.

—¿Le pedía a usted asesoramiento fiscal? —pregunta el *millennial* para quitarle hierro al engorroso asunto.

—A ver, Dylan, mijo —le responde abriendo los brazos el barman—. ¿Qué le voy a aconsejar yo a nadie sobre inversiones? Creo que a los cuatro días de pedirme aquel consejo estalló la burbuja del internet y le avisaron de que esa compañía se fue a la quiebra. Je, je, je.

Marcelo ríe abiertamente mientras Ataúlfo posa sobre la mesa una enorme bandeja cargada de platicos.

—Sardinas a la brasa, sofritos… —comprueba el charro la comanda—. Albóndigas con tomate, *tzatziki,* calamares y setas rellenas. Creo que está todo. Que les aproveche. ¿Necesitan algo más de beber?

—Si acaso una botella de agua mineral —le solicitó a Marcelo el señor Wall Street.

Ese mediodía el financiero venía hecho perros. La oficina de tasas acababa de salir diciendo que las corporaciones no podían incluir las comidas de negocios como gasto deducible y, a raíz de aquello, las compañías decidieron dejar de subvencionar el consumo de alcohol a sus ejecutivos. Aparecieron los Perrier lonches.

—El agua aclara la vista —remacha su hermana Delia.

—No sé qué decirte, ñaña —argumenta en contra Marcelo—. Fue vetar de golpe el consumo de alcohol y la vida perdió algo de chispa. Desapareció, por ejemplo, la costumbre de firmar contratos con un apretón de manos. Ya nadie se atrevía a dar un paso en la ciudad de Niuyork sin antes asesorarse con un buen abogado. Menos mal que América descubrió enseguida el vino. Primero fue un vaso. Luego, tal vez dos. Y en ello estamos —remacha su reflexión el barman.

Dylan cree reconocer en una de las viejas fotos enmarcadas en la pared del *diner* a Salvador Dalí, el pintor surrealista de imposibles bigotes que pasaba los inviernos en Nueva York. En el *lobby* del hotel St. Regis recibía la visita de damas acaudaladas que le encargaban la factura de sus retratos. Algunos, afirman las malas lenguas, venían ya pintados de antemano. De mucho antes de conocer a la retratada. Es lo que tiene el surrealismo, que el parecido es lo de menos. De todas formas, la veracidad o no de esa información no viene al caso, puesto que el *millennial* solamente asocia a Dalí con una serie de Netflix y cree que la aportación histórica del personaje se resume en una máscara.

Delia solicita tiempo muerto y bendice la mesa con una letanía aprendida en los tiempos del hambre.

—Bendice, Señor, nuestro pan y no permitas que vengan más de los que están. Y, si vinieren, con tu infinito poder, quítales, Señor, las ganas de comer.

—Amén —se santigua Marcelo.

—*Peace* —levanta dos dedos en forma de uve el *millennial*.

Trinchan. Digieren. Mojan la salsa con las rebanadas de pan. Beben. Marcelo vuelve a sumergirse en sus recuerdos.

—Durante muchos años, el señor Wall Street acudió religiosamente a almorzar a mi barra del Oyster Bar. Al menos una vez por semana. Se la pasaba bromeando con los amigos. Lo estoy viendo como si lo tuviera delante, sentado en el taburete número cuatro.

—¿El cuatro? —levanta los ojos del plato el *millennial* con desencanto—. No me diga más. Ese es el lugar que atrae a los fantasmas que se quieren hacer notar.

—Oh, no diga —le defiende Marcelo—. El señor Wall Street tenía desparpajo, pero era buena gente. Mientras yo cerraba la barra, él se quedaba a menudo a hacerme compañía.

Uno de aquellos días, terminado el primer turno, el barman se disponía a salir a la calle para cambiar de aires cuando el señor Wall Street le cortó el paso.

—Marcelo, ¿por qué no me deja usted ahí la bayeta? —le rogó el financiero bajando a un discreto tono su voz.

—¿Y eso? —le reclamó sorprendido Marcelo.

—Me gustaría darle un repasito a la barra mientras usted descansa, si es que a usted no le importuna.

Marcelo se quedó como un cervatillo cegado por los faros de un auto.

—¡Pero, por Dios! —exclamó abrumado—. ¿Cómo voy a permitir que se ponga a limpiarme usted el bar?

El señor Wall Street agachó su mirada al piso y se puso a juguetear con los pies, montando un zapato sobre el otro.

—¿Sabes qué, Marcelo? —se decidió a confesarle al fin—. Me hará sentirme útil.

El barman no daba crédito.

—Ve tranquilo. Si yo me regreso ahora, me va a tocar ir al club náutico a socializar con un montón de gente estirada. Prefiero quedarme a repasar tu barra con la bayeta. Solo dime algo: le pongo soda al trapo, ¿verdad?

El barman expandió la frente. Sus cejas parecían un puente romano.

—No me mires así, Marcelo. Déjame que haga una cosa positiva por alguien alguna vez en mi vida.

Y así quedó cerrado el trato. Cada vez que el señor Wall Street aparecía por la barra del Oyster Bar de Grand Central, se quedaba después a limpiar en solitario un buen rato. Marcelo se ausentaba a almorzar con Albert y, de vez en cuando, el señor Wall Street asomaba la cabeza con alguna consulta específica.

—Marcelo, hoy repasé también las mesas. ¿Se le ofrece alguna cosita más?

—Bueno, ya puestos —se entrometió el colombiano—, ¿por qué no le pasa el paño del polvo a mi cubículo?

—¡A la orden! —respondió el financiero dirigiéndose de inmediato al puesto de combate del contable.

—Pero ¿qué hiciste, loco? —le reprochó Marcelo a Albert su osadía profundamente alarmado.

Ataúlfo apila platos, recoge cubiertos, encaja vasos, cepilla las migas de pan.

—Ya regreso —les dice soltando sobre la mesa una carta de postres.

Delia le da las gracias.

—La barra de un bar viene a ser como el confesionario de una iglesia, Dylan —responde y acerca Marcelo su rostro al del aprendiz para hacerle la confidencia.

—Entonces, usted no debería de airear tanto los secretos de confesión —le reprocha la ñaña a su hermano.

—Oh, Delia —protesta el barman—, yo no le hago mal a nadie por revelar pequeñas anécdotas.

A las cinco en punto, cuando Marcelo volvía a reabrir la barra, el señor Wall Street se tomaba un cafetito y aprovechaba para comentarle asuntos personales. Inquietudes que, probablemente, no se atrevía a compartir con nadie más.

—Mi hija mayor marchó este año a la universidad, Marcelo.

—Le felicito —sonrió el barman en espera de detalles.

—Está en Siracusa.

—Ajá.

—No imagina qué es lo primerito que hizo.

Marcelo enderezó las orejas.

—Mandarle a su madre la ropa sucia en una caja por UPS para que se la enviase de vuelta planchada. Y la madre lo hizo. ¿Se lo puede creer?

Delia casi se atraganta con el vino. Esta hazaña no se la sabía.

—Babosa malcriada... —farfulla a la par que sacude la cabeza con tal fuerza que le salta un pendiente.

Dylan se agacha a recogerlo.

—Otro día me llamó a un aparte para confesarme: «Mi esposa se encuentra ahorita de compras con mi hijo pequeño».

—No sabía que tuviera usted un hijo —le respondió sorprendido Marcelo.

—Sí. ¿No se lo comenté? —repuso el señor Wall Street sin darle demasiada importancia al olvido—. Es aún pequeño, tiene doce o trece años.

—¿Y a dónde lo llevó su esposa de compras, si no es indiscreción? ¿Tal vez al *mall* de White Plains a mirar ropa?

—No, Marcelo —le aclaró el señor Wall Street al barman—. A la tienda de Rolex de la Quinta Avenida.

Ulfo despide a unos comensales.

—Ya vengo —le vuelve a prometer a Marcelo al pasar junto a su mesa cargado de platos camino de la cocina.

—De acuerdo —le siguió el cuento Marcelo al señor Wall Street sin entender muy bien hacia dónde conducía aquella historia.

—Es que mi esposa se ha empeñado en comprarle un reloj como el mío al mocoso.

—Oh, ya veo.

El señor Wall Street se desabrochó los gemelos de oro de su camisa y se remangó para descubrir la joya maciza que lucía en la muñeca.

—Acá donde lo ve, este Rolex está valorado en diez mil dólares, cabrón; pero ya ve que, según mi esposa, no es lo suficientemente bueno para nuestro hijo. ¿Sabe qué está haciendo pues? Comprándole al mocoso uno el doble de caro. ¡Un Rolex de veinte mil dólares, Marcelo!

El barman tragó saliva y se puso a hacer cuentas de los días que tendría que trabajar para sacarse esa cantidad en propinas, pero no consiguió adivinarlo porque el lamento del financiero le interrumpió los cálculos.

—Resulta que yo, que soy su santo padre, me tengo que conformar con este relojito modesto, ¡pero el mocoso de mi hijo no puede! ¿Cómo he podido caer tan bajo, Marcelo?

—Entiendo su disgusto —lo acompañó en el sentimiento el barman mientras comprobaba por el rabillo del ojo el Timex de quince yanquis que llevaba abrochado a su muñeca.

A Dylan el relato lo pone nervioso, lo frustra, lo saca de sus casillas.

—El Wall Street ese de las narices es un cretino de la misma talla que mi padre… —se desahoga asqueado por los detalles biográficos que les ha ido procurando Marcelo.

—¿Qué? ¿Tomarán algún dulcecito? —aparece Ataúlfo libreta en mano y secándose el sudor de la frente con el mandil.

—Traiga unos pastelillos de esos que llevan miel y pistachos, Ulfo, que están de pelos —se lanza la Delia sin darles opción a los otros—. Es para que los pruebe el chico, porque yo no tengo gana ninguna —se justifica.

Dylan va a protestar cuando una voz áspera interrumpe de forma abrupta la conversación.

—Hombre, a-mi-go, veo que estamos celebrando —escucha detrás de sí el ecuatoriano.

Marcelo desplaza las piernas sobre la silla para voltear el torso. Gira la cabeza y se topa con el instigador, que se ha pegado descaradamente a su respaldo y le tiende el brazo con sarcasmo.

—*Evening* —fuerza una sonrisa Marcelo y se vuelve sin aceptarle el apretón de manos.

Delia reprocha la inusitada descortesía de su hermano regalándole una miradita envenenada. Marcelo se justifica.

—A este chanchullero de siete suelas no le estrecho yo la mano ni con guantes de hule —les confiesa a sus dos acompañantes.

—¿Quién es? —se interesa Dylan.

—Un VIP: *very important* pendejo —aclara con una risilla malévola—. Un racista, para entendernos.

—¿Cómo de racista, hermano? —le interpela la ñaña.

—Delia —se pone serio Marcelo—, ser racista es como estar preñada, que se está o no se está, pero no se puede estar solamente un poquito. Y este tipo es racista hasta el rabo.

Con pasos calmados, el de la gorra roja rodea la mesa y se sitúa ahora detrás de Delia para que lo distinga con nitidez Marcelo.

—Mañana es el día de Acción de Gracias —anuncia con voz chulesca—. El día en que celebramos en MI PAÍS la llegada de los inmigrantes que vinieron LEGALES. Los demás van de regreso.

En el aire del local se puede respirar la amenaza de tormenta. Marcelo esconde la vista en los hilos del mantel vacío. Delia comienza a propinarle pataditas intermitentes al suelo. Dylan aparta la silla y se para. Se enfrenta sin miedo al malhechor.

—¿Inmigrantes legales? —le espeta con ironía—. ¿Me podría indicar qué pasaportes presentaron los peregrinos del *Mayflower* cuando llegaron y ante qué autoridades de este país exactamente? ¿A Toro Sentado? ¿O fue a Jerónimo?

El enojón enrojece de ira.

—¡Van de regreso, les digo! —grita. Como, si por elevar su discurso dos muescas más en la rosca del volumen, fuese a dotarlo de argumentos más convincentes.

—Yo a usted no le detecto rasgos de nativo americano —mantiene el pulso con el maltón el *millennial* sin arrugarse—. Así que usted también debe provenir de algún país extranjero…

—Ya —lo desafía el *bully*—, pero a mí me educaron bien y me enseñaron que el último en llegar a la casa cierra la puerta tras de sí. ¿*Do you* com-pren-de?

—Entendemos inglés, muchas gracias —se atreve a encontrar los ojos del acosador al fin Marcelo.

El tipo está furioso. Se aproxima al barman y le pincha con su índice en el pecho.

—Van de re-gre-so, hom-bre. ¿*Do you* com-pren-de?

Dylan le aparta el brazo de un manotazo.

—No se haga bolas, *my friend* —le reprocha también encendido el *millennial*.

El tiparraco, cogido por sorpresa, da un paso atrás. Ahora es Dylan quien lo acosa.

—Escúcheme bien, idiota —alecciona el *millennial* al de la gorra roja, que, en los últimos diez segundos, da la impresión de haber menguado algunas pulgadas en altura—. Este hombre al que usted se dirige con desprecio resulta ser un hombre tan sabio que puede sentir crecer la hierba bajo sus pies, mientras que usted, imbécil, es una persona tan simple que, si le creciese un arbusto en las mismísimas pelotas, ni se enteraría.

El puñete del ahora increpado llega tan rápido y de un modo tan inesperado que el *millennial* no tiene opción de esquivarlo y cae al piso desplomado.

—¡Eh, eh, eh! —interviene Ataúlfo acompañado de dos meseros—. Ya se pasó de la raya, *buddy*. Haga el favor de marcharse.

Entre los tres rodean al abusador y lo sujetan. Lo sacan a empujones a la calle.

—¡Van de regreso! —grita una y otra vez el agresor tratando de zafarse de sus captores.

Al fin se cierra la puerta y Ataúlfo corre el cerrojo. El espontáneo *sheriff* y sus diputados suspiran, examinan sus rasguños, se felicitan y regresan a la sala donde los escasos clientes que quedan prorrumpen en un espontáneo aplauso. Ulfo aprovecha su momento de gloria y da las gracias. Sus compañeros alzan los brazos en señal de victoria.

«Mucha lucha grecorromana y mucha lucha libre han visto estos», comenta para sí Delia que, en cuclillas en el piso, trata de reanimar al *millennial.*

Marcelo humedece la frente del chico con agua y Dylan al fin reacciona. Lo ayudan a incorporarse. Lo sientan. El chaval está definitivamente tocado, pero los daños colaterales no parecen demasiado graves.

—¡Bravo, mijo! ¡Le comiste los dulces a ese faltón! —le estruja entre sus brazos la ñaña.

Ulfo regresa con una funda con hielo, una botella de Don Julio reposado y tres vasos, y se sienta con ellos a la mesa.

—No me había sentido tan orgulloso de ser hispano desde que México ganó el mundial sub-17 en 2005 —declara henchido de orgullo mientras sirve el tequila.

Delia cubre los hielos con una servilleta y se la aplica a Dylan en el pómulo cortado.

—¿Sabe lo que tenía que haberle dicho al *bully?* —sugiere el mexicano al muchacho con los ánimos visiblemente crecidos—: Que los centroamericanos no vinimos a este país a quitarle su empleo, sino a salvarle el trasero. Y que no le pedimos que nos lo agradezca, mamón; pero que, al menos, tenga la decencia de no insultarnos.

—¿Y por qué no se lo dijo usted? —le reprocha Delia.

Ataúlfo sirve otra ronda y cambia con rapidez de tema.

—De parte de la dirección del *diner,* sepan que están ustedes invitados a la cena. Solamente me dejan la propina. ¿Le parece bien, Marcelo?

—Está bien —asiente complacido el barman.

—¿Presentarán cargos?

—No —zanja Dylan la cuestión de forma rotunda mientras se levanta de la silla—. Nada de policías. No quiero dar explicaciones en casa.

Ulfo respira aliviado. El seguro del local acaba de ahorrarse sesenta mil dólares.

El barman observa con admiración a su pupilo. El ojo inflado comienza ya a mostrar a su alrededor los aretes morados de la luna en primavera.

—Marcelo... —se arranca con dificultad el muchacho.

—Dígame —asiente Marcelo con un nudo en la garganta.

—Al final no me dejó saber si podré almorzar con usted mañana.

—¡Por supuesto que puedes! —le adelanta la respuesta sin dudarlo Delia.

Dylan intenta sonreír, pero se lleva la mano con una mueca de dolor a los labios. Nadie dice nada. Ulfo sirve otra ronda. El *millennial* se pone en pie, se recoloca el gorrito de lana agujereado, mete los brazos por las mangas del abrigo y echa a caminar hacia la puerta. A su paso, recibe el aplauso de la única mesa que aún sigue con vida. Luego desaparece.

—Esa es la mera diferencia entre los hispanos y los anglos —alza su vasito de tequila el charro—. Los anglos se marchan sin despedirse y nosotros solemos despedirnos sin marcharnos. Je, je, je.

—Ja, ja, ja —ríen la ñaña y Marcelo a coro antes de proceder a meterse el tequila de un trago.

—¿No trajo sal y limón? —pregunta Marcelo mientras escanea la superficie del mantel sorprendido del despiste de su cuate.

Capítulo 21. El Cid

El calor golpeó con tanta intensidad la provincia de Pichincha durante el mes de agosto de 1960 que la emisora HCJB, La Voz de los Andes, se puso a radiar villancicos con intención de refrescarles los ánimos a sus compatriotas.

La iniciativa fue recibida con especial regocijo en Quito. En aquellos espesos días de verano, no resultaba extraño cruzarse por las empedradas calles del centro capitalino con alguna chiva, cuyos pasajeros del sobrecupo, apelotonados en la parrilla superior del camión, ahuyentaban sus tremendos sudores entonando a coro composiciones navideñas que añoraban paisajes nevados.

—Al niño pastores venid a abrigar, que la noche es fría y empieza a llorar…

Marcelo tuvo tiempo de sobra para memorizar al completo la letra del *White Christmas,* que, repetido en bucle, no cesaba de resonar en la inconfundible voz de Bing Crosby por los altoparlantes de la residencia El Cid.

—Mi padre se dañó. Cayó enfermo y hubo que hospitalizarlo —le acababa de comentar a la periodista de *El Diario* en una conversación telefónica—. El viejo se fue bajando hasta que ya no pudo trabajar más. Vendimos los muebles, subastamos los instrumentos musicales y no me quedó más remedio que abandonar los estudios y buscarme un empleo.

—¿Qué edad tenía usted entonces? —tragó saliva Anna al otro lado de la línea.

—Dieciséis años, pero no crea que me costó, señorita —trató de consolar Marcelo a su apesadumbrada interlocutora—. Dese cuenta de que me coloqué de barman. O sea, que conseguí el sueño de mi vida. Je, je, je.

El Cid era un bar español, aunque de España no tenía más que el nombre y un envejecido póster de la Alhambra, ubicado en la primera planta de un pequeño palacete que hacía las veces de albergue al norte de la ciudad.

—Lo que aquí llamamos *bed and breakfast* —le clarificó a Anna García su interlocutor.

Los principales clientes del establecimiento eran gringos, y el casero, el señor Alexander, precisaba de un ayudante que se manejase con soltura en inglés para poder traducirles las comandas.

—Según me presenté, el señor Alexander llamó a uno de los americanos para comprobar si le estaba mintiendo o no con el idioma. Se acercó el señor y, allá mismo, me tomó el examen. Nada: dos frases.

—¿Cómo se dice «morder el polvo»?

—*Bite the dust.*

—¿Y qué significa *all thumbs?*

—Manazas.

—Sí, el pana sabe hablar —sentenció el expatriado con desgana.

Por supuesto que lo hablaba. Terminadas las lecciones particulares con Karen, Marcelo se había enrolado en una academia privada de inglés allá por la Ciudad Mitad del Mundo y, a base de sacrificio y esfuerzo, comenzó enseguida a experimentar un considerable progreso.

—Mire, guagua —cerró un trato con el muchacho la doña que regía la academia de idiomas—, le permito que atienda de gratis a la última clase de la noche, a cambio de que se quede lueguito no más a fregarme bien todas las aulas.

—*Hang on* —escribió la profesora en la pizarra el primer día de clase.

—Persevera —tradujo feliz para sí Marcelo desde su pupitre mientras copiaba la expresión en su cuaderno.

En la embajada americana lo conocían todos. Cada semana, Marcelo tocaba a la puerta y los marines le daban la bienvenida, se interesaban por sus progresos y avisaban a la funcionaria de turno para que le regalara al chico los periódicos atrasados.

—¡Pero si en esos diarios ya se quedaron viejas las noticias, pelado! —le advertía la doña cada vez que le hacía una nueva entrega.

—Tal vez envejezcan las noticias, señora, pero no el idioma en que vienen escritas —justificaba la vigencia del material didáctico el joven estudiante.

—No los vaya a vender al peso, ¿eh? —levantaba amenazadora el dedo la funcionaria antes de que Marcelo brincase cargado con su botín escalones abajo.

—¡Ande sin cuidado, doña, que los papelones son para estudiar!

El guardamarina de la garita se entretenía en retenerlo un buen rato a base de preguntas. Aburrido por la ausencia cotidiana de actividad en esa área de Quito, el militar le tomaba unas veces la lección sobre noticias pasadas, y otras, más a menudo, le anticipaba algún *spoiler* sobre lo que Marcelo estaba a punto de descubrir en la nueva entrega de prensa.

—¿Vio que ya nos chingaron? —le espetó un día con nostalgia mientras le señalaba la portada de la revista *Life* que el niño había colocado arriba en su lote.

—¿Cómo así? —frunció el ceño Marcelo.

—Joe DiMaggio se casó con la novia de América y nos dejó al resto con las ganas —le aclaró desolado el portero—. ¿Le gusta el juego de pelota?

Marcelo se fijó en el retrato que ocupaba la portada del magacín y le pareció intuir un pellizco de tristeza en los ojos de Marilyn, la novia.

—Tal vez no resulte —se atrevió a aventurar.

—Dios lo oiga —suspiró el uniformado apurando un Chesterfield sin filtro.

—¿Se fijó en el reporte del tiempo? —le retuvo en otra ocasión con la excusa de comentar la ola de frío que sacudía el noroeste del continente.

—Aún no —reconoció él.

—Pues mírelo. Batimos el récord de frío en mi pueblo. Great Falls, Montana. Setenta grados bajo cero. Es por lo único que me alegro de estar acá.

A Marcelo, incapaz de imaginar seis pies de nieve, se le escapó un silbido. Hasta la fecha, él nunca había visto escarcha fuera de una heladera.

—Yo, señorita Anna —le había explicado el barman a la periodista de *El Diario*—, cortaba las tiras cómicas de Dick Tracy y las llevaba al día siguiente a la escuela para mostrárselas con orgullo a mis compañeros. Las mirábamos fascinados en clase. A escondidas. La profesora de gramática solía pillarnos *in fraganti* y me quitaba los recortes; pero, para entonces, yo ya había registrado todos aquellos cuentos en mi cabeza. Je, je, je.

Los rumores que sugerían que el primogénito de Olga y Otto se manejaba en inglés con más acierto que el pirata Drake no tardaron en circular por el barrio. De la noche a la mañana, el muchacho comenzó a recibir múltiples solicitudes de sus vecinos.

—Marcelo, no sea malito y me traduce esta cartita de mis parientes de California.

—Marcelito, ¿no me enseñaría usted a juntar alguna palabrita en inglés?

—¿Qué cuentan las noticias de América, mi nietito? ¿No me leería alguna cositica que encuentre sobre boxeo?

—Claro, con gusto lo hago, abuelita —atendió Marcelo el reclamo de doña Delia Orozco de Salcedo, la mamá de su vieja y gran aficionada al pugilismo.

La abuela Delia se había desplazado desde Guayaquil para asistir al enterramiento de la pierna de su marido.

—Resulta que mi abuelito, don Jorge Hernández Salazar, mecánico de fundición, participó en calidad de cabo primero en la campaña de 1941 contra el Perú —le había señalado ufano Marcelo a la redactora.

Anna, en su cubículo de la redacción, transcribía la voz de Marcelo en el Word de su computadora.

—Entonces, en consecuencia, mi abuelo cualificaba como veterano de guerra. Así que, cuando le pasó factura la gangrena y le cobró una extremidad, tuvo derecho a enterrar la pierna con todos los honores en el cementerio nacional de Quito.

—¿Enterraron la pierna de su abuelo con honores militares? —se asombró la reportera del Diario.

—Ya lo creo —repuso al otro lado del hilo telefónico el barman—. Homilía con tres capas, desfile a caballo de granaderos de Tarqui, bandera patria sobre el ataúd y doce salvas con cañones de fogueo. Un enterramiento muy lindo.

—Aún albergo la esperanza de irme al cielo de una pieza, mamá —le había confesado el abuelo Jorge a su condolida esposa durante la solemne ceremonia.

—No se preocupe papá que, cuando usted muera, recuperamos su piernita y le completamos de nuevo en la caja.

—¡Acá sacan en portada a un boxeador, abuelita! —anunció a gritos Marcelo desde el otro lado del callejón. Venía acalorado por la excitación y el esfuerzo de la carrera y blandía en una mano un ejemplar de la revista *Time* que le acababan de donar en la embajada.

Doña Delia, de rodillas sobre el barro, alzó la vista intrigada. Se afanaba la buena señora en adiestrar, sin demasiada fortuna, a sus tiernas nietecitas (Delia, Luzmila y Rosa) en el simpar arte de liar puros con las hojas de tabaco que ella misma había transportado en una funda plástica desde la costa.

—Dizque se llama Casimiro. Casimiro Barro, abuelita —aportó los primeros datos Marcelo a la anciana, que ya se ponía en pie para recibirlo con un abrazo.

—Uy, de ese pata ya oí hablar. Apunta maneras... —aseveró al reconocer al boxeador del retrato.

—Pone que, antes de los combates —tradujo del epígrafe con agilidad el niño—, se alimenta solo con dos yemas de huevo y dos naranjas, para no acumular grasa.

La abuela doña Olga acercó un encendedor de butano al pie de su cigarro.

—Qué cosas... —suspiró soplando levemente sobre las chispas incandescentes—. ¿Y dices que se apellida Barro?

—Sí, Clay en inglés lo llaman. Cassius Clay.

—Ajá.

—Desde el reinado del todo poderoso Joe Louis, el bombardero negro —siguió leyendo de una vez el nieto el cuerpo principal del reportaje—, nadie va a proporcionarles mayor trabajo a los traumatólogos de América que este nuevo depredador cuyos puños de alto voltaje electrocutan en el cuadrilátero a sus rivales...

Doña Olga volvió a bajarse al suelo y se recostó en la pared de adobe dispuesta a saborear a un tiempo la traducción y la fumada. Poco a poco, la voz del pequeño Marcelo la hizo entrar en una suerte de ensoñación que la transportó a tierras lejanas. Quiso la señora entonces creerse que embarcaba en un *liner* en Guayaquil, camino de la bahía del Hudson, para asistir a una velada en el Madison Square Garden. Y se vio a sí misma en la cubierta: con una valija de piel de serpiente, de esas que dicen que llevan el interior forrado en seda; un traje de raso azul marino, en dos piezas, bajo un manto del mismo color; medias finísimas sobre calzado blanco; una pamela decorada con plumas de tucán y tules; un bastón con mango de plata y piedras preciosas, y un habano de tripa larga mordisqueado en la boquilla por una boca sonriente en la que relucía sin vergüenzas un diente de dieciocho quilates.

—I'm dreaming of a white Christmas...

Marcelo superponía distraído su voz a la de Bing Crosby mientras realizaba sus quehaceres en la barra de El Cid, cuando la vio entrar y aproximarse hacia el mostrador. Todo, menos su imagen, desapareció de golpe.

Estaba resplandeciente. Los cinco años transcurridos desde las lecciones de idiomas en las quebradas del parque Metropolitano la habían convertido en una auténtica mujer. Traía las ondas del pelo domesticadas con gomina y recogidas. La piel tostada y brillante. Los labios carnosos y atrevidos, sin necesidad de adornos de carmín en su sonrisa. El andar firme y, en el perfil de su contorneada silueta, una suerte de erupción interna se había encargado de transformar la llanura de la Pampa en dos volcanes de la cordillera andina.

—Debe de andar Dios distraído allá en el cielo, pata, para que se le haya escapado este ángel —le pegó un indiscreto codazo el señor Alexander apuntándolo hacia la moza con tal descaro que a ella no le pasó desapercibido.

Marcelo enrojeció y se acercó a atenderla. Karen irradiaba belleza y desparpajo. Venía del brazo de dos apuestos marines uniformados de gala que, claramente, competían por su aquiescencia. A aquella hembra, desde luego, no le cohibían los hombres.

—*How are you?* —sacó fuerzas el joven de donde no tenía para saludarla sin que ella notase que le temblaban los labios.

—*You kept practicing, Marcelo. Good for you!*

«*Good for you?* ¿Eso era todo?», se preguntó decepcionado el muchacho, que solo tenía ojos para ella.

En realidad, no había dejado de pensar en Karen ni un solo instante. Las casonas coloniales, la embajada, el parque, los diarios en inglés, las botellas de licor vacías, el aroma del cacao… A todas horas se topaba con algo o con alguien que le devolvía el recuerdo de sus verdes ojos y le hacía añorar su cálida presencia. Pero para ella, obviamente, era distinto.

—Tres Tom Collins, amigo —demandó con marcado acento yanqui uno de los guardamarinas.

Marcelo se puso a preparar los combinados.

—¿Quieren echar un ojo al menú? —ofreció el señor Alexander—. Tenemos arroz con menestra, locro de papa, carne asada, camarones al ceviche, bolón verde, pollo apanado y mariscos encebollados con patacones.

—Hey, hey, hey. Barájemelo. Más despacio, compadre, para que pueda seguirlo —protestó alzando los brazos en señal de rendición el marine.

Karen aprovechó el incidente para deshacerse por un momento de sus escoltas y se aproximó al rincón donde su exalumno mezclaba con mimo las recetas.

—Cuánto creció, Marcelo. No puedo creerlo. Ya casi es un hombre.

—¿Casi? —torció enconado el labio el muchacho.

Karen se encogió de hombros y en ese preciso instante, Marcelo, que creía firmemente en el amor a primera vista, supo que tendría que pasar muchas veces por delante de aquella mujer si en verdad quería que ella se fijase también en él.

—Yo no desespero —arriesgó a hacerse el gracioso al tiempo que colocaba las tres copas de balón sobre la barra—. Algunas princesas, para encontrar al príncipe azul, tienen que besar primero a un sapo como yo.

—*Funny. Ha, ha, ha...* —soltó una carcajada Karen. Se llevó una uña a los dientes—. Ay, Marcelo. Veo que ya trabaja como un hombre, pero aún sigue pensando como un niño.

Marcelo encajó el comentario con desilusión. Es verdad que seguía siendo tímido. Se lo había recordado recientemente una chiquilla en la Feria de las Flores de Ambato.

—En esa ciudad fui concebido yo —le comentó Marcelo a Soledad O'Brien cabalgando sus palabras sobre las marimbas del Bermuda de Gordon Michaels—. Es un lugar bien cálido, en mitad de los Andes. La llaman la ciudad de las flores, las frutas, y los tres Juanes: Montalvo, Mera y Benigno Vela. Filósofo y literato este último que dicen que escribió los tres últimos capítulos del *Quijote* que se le olvidaron a Cervantes.

—Don Quixote... —suspiró nostálgica la presentadora del espacio en el Museo del Barrio—. ¿Sabe que yo crecí creyendo que ese libro de Cervantes versaba sobre la vida de un burrito?

Marcelo frunció el ceño extrañado.

—Es que en la escuela me parecía escuchar *donkey* Xote. El burro Xote. Je, je, je… —A doña Soledad la sonrisa la hizo más guapa.

—Je, je, je —se contagió el barman.

—Je, je, je… —se propagaron las risas también por el patio de butacas.

—Pues sepa que al escritor ese, a don Benigno me refiero, lo tienen embalsamado en una urna que se visita. Hay un pata que se encarga de peinarlo y de arreglarlo cada día porque se conoce que le siguen creciendo las uñas. Mire a ver…

—¿Ambato? —quiso confirmar el nombre del lugar la española al otro lado del teléfono.

—Sí. Mi padre frecuentaba mucho esa ciudad, señorita —le aclaró el ecuatoriano—. Nada más venir de la costa, mi madre se conoció allá con mi padre un Día de los Muertos, que es primero de noviembre. Un año más tarde, nazco yo en la ciudad de Quito, también un primero de noviembre. Luego llegué a Niuyork otro primero de noviembre y empecé a trabajar en el Oyster Bar, al año siguiente, el uno de noviembre. ¿Qué le parece? Como ve, esa fecha me persigue. O a lo mejor son los muertos.

—Pero ¿qué es lo que dice que le pasó en Ambato? —centró con mayor precisión esta vez Anna su pregunta.

—Ah… Je, je —recordó el sucedido Marcelo—. Nada. Fuimos a pasar allá la Semana Santa porque mi padre tocaba con la banda durante los desfiles de carros de fruta. En el baile, había un grupo con una muchacha que a mí me gustaba. Yo era feliz observándola, pero no me atrevía a pedirle bailar. Tenía quince años. Entonces me tomaba dos aguardientes, cogía coraje para enamorarla y le preguntaba. Pero ella me despachaba siempre con una negativa.

—¿Usted por qué solamente me habla cuando está borracho? —le reprochó con desdén la moza.

—*Thank you very* mucho —agradeció uno de los marines los Tom Collins repartiéndoselos a sus acompañantes.

Antes de voltearse a beber con ellos, Karen le regaló a Marcelo una sonrisa escueta. Su pelo desmadejado, sus gafas descolocadas, su timidez galopante: definitivamente había algo en aquel tipo que la intrigaba poderosamente. Pero le quedaba pequeño y lo sabía.

—No hay de qué —repuso Marcelo.

Uno de los galanes le pasó a Karen el brazo por el hombro. Brindaron. Bromearon. Luego la soltó. Se la cedió al siguiente candidato, que se animó a tomarla por la cintura e improvisaron juntos unos pasos de baile. Karen se despojó de los tacones.

—*Where the treetops glisten, and children listen to hear sleigh bells in the snow...*

Cantaron. Rieron. El cadete alzó el brazo izquierdo para permitirle el giro y ella se puso de puntillas, descalza, para ganarle velocidad al paso. Marcelo se sintió invadido por los celos.

—*May your days be merry and bright, and may all your Christmases be white...*

Se besaron apasionadamente. Rieron. Volvieron a aproximarse a la barra. Marcelo quiso morirse, pero aguantó el latigazo. Le iba a resultar ya muy difícil imaginar a su amada sin los dedazos de aquel marine revoloteándole la espalda.

—Me regreso a Nueva York —dejó caer en la despedida.

—Vaya, me alegro —disimuló el dolor causado por la profunda grieta abierta en su pecho el barman.

—Pero carteémonos, Marcelo. ¿Sí?

—De ley.

Karen le tendió la mano y Marcelo la retuvo algo más de la cuenta.

—¿Volverá alguna vez?

—No creo. Acá no se me perdió nada.

Marcelo sintió como si lo empujaran desde un helicóptero a los abismos del mar.

—Mándeme algunas postales, que yo se las iré contestando —le sugirió Karen.

—Claro —replicó el joven con la vista ya fijada en el infinito.

—Pero nunca nos escribimos, señorita Anna —confesó al teléfono el barman desalentado. Ni siquiera nos intercambiamos las direcciones...

Capítulo 22. El Ironbound

Hoy, fiesta de Acción de Gracias, el día en que todas las familias de Estados Unidos almuerzan juntas, Dylan deja dicho en casa que le toca trajinar en el Oyster Bar y a su madre no se le ocurre cuestionar el embuste.

—Absurdo —musita impávida sin prestar especial importancia al contenido del mensaje.

A Dylan la frialdad de su progenitora le sienta como un punterazo en la boca del estómago y a duras penas consigue alcanzar sin desmoronarse la puerta de la entrada. Contaba con que su madre le hubiese parado los pies.

—¿Cómo así? No puedes marcharte, hijo mío. Es Thanksgiving y necesitamos estar juntos.

Pero los acontecimientos se precipitan en dirección opuesta.

—En el Oyster Bar decidieron abrir hoy, día de Acción de Gracias, madre.

—Francamente absurdo. En fin, que te vaya bien.

Así que, como cada mañana, Dylan entra sigiloso en el Uber que lo aguarda al ralentí en la calzada y observa por el retrovisor cómo su mansión familiar se va achicando en el reflejo hasta convertirse en un píxel. Y en ese preciso instante siente que quiere morirse. Allí mismo, en la parte trasera del coche. Descansar eternamente para no tener que regresar nunca a esa maldita casa. Pero sigue vivo y, como siente excesivo calor, se desabrocha el abrigo.

—La mierda es que me voy a quedar sin ver a mi abuela —se remuerde en voz alta arrepentido de su farsa.

La conductora se gira en su asiento y le sostiene atenta la mirada.

—¿Decía?

Dylan reconoce a la italoamericana, pero no se anima a responderle.

«Manía de los conductores de entrometerse en los asuntos de uno», rumia.

La choferesa recupera la frontal para escanear con los ojos los peligros de la carretera.

—¿Hoy no vamos a la estación entonces? —se extraña al revisar Google Maps.

—Nope —responde Dylan.

Aparte de la tarta de manzana, la presencia de «esa vieja chalada», que es como le gusta definir a su padre a la abuela, constituye para Dylan el único elemento positivo de la tradicional celebración. El *millennial* adora a la anciana con locura. Toda su estima y su aprecio los guarda para la abuela. Para nadie más tiene ojitos. A nadie más aprecia en su familia.

—¿Le dejo en el Ironbound entonces?

—Correcto.

—Como no puso dirección exacta...

—Cualquier esquina me vale.

La conductora resulta atractiva de espaldas. No es que tenga un rostro desagradable, ni mucho menos; pero lo verdaderamente lindo es su cuello largo, sus orejas menudas y recortadas y su pelo negro recogido con un esfero en un moño a la japonesa. La abuela de Dylan también suele amarrarse con un lápiz los churitos sueltos.

—*Grandma,* ¿cómo es posible que las personas cambien tanto de una generación a otra? —la interrogó Dylan de niño.

—Todos salimos distintos —le indicó ella encogiéndose de hombros.

—Ya —reflexionó descorazonado el nieto—, pero ninguna de las buenas cualidades de usted alcanzaron a mi padre o a mi hermana.

—¿Tiene hermanos? —se interesa la conductora del Uber.

—Una hermanita, pero me salió medio beata. Una meapilas.

—Oh, una tía mía se quedó igual, solterona, por ayudar a la madre. Para vestir santos de por vida, que le dicen.

—Mi hermana, al revés: se casó bien pronto, pero con un tío soso que le ofreció una casa con piscina en Greenwich con espacio para criar una manada de hijos.

—¿Cuántos tiene? ¿Muchos?

—Ha parido tres y está embarazada del cuarto. Solo tiene veintiocho años.

—¡Puta! —se le escapa a la del volante elevando una mano al techo.

—No habla de otra cosa que no sea Jesús. Jesucristo esto. Jesucristo lo otro. Tan obsesionada anda con el cordero de Dios que quita el pecado del mundo que hasta le ha adjudicado al niño Jesús la creación del universo.

—Dylan, cuando Jesús creó el mundo en siete días, seis noches... —le sermoneó su hermana durante un viaje fraternal que hicieron en carro a la ciudad de Filadelfia.

—La creación fue obra de Dios padre, no del hijo, Ali, por favor... —la corrigió Dylan evitando caer en el sarcasmo para no ahondar en sus divergencias de fe.

—Ah, ¿sí? ¿Y desde cuando saliste tan enterado en temas bíblicos si nunca pisas la iglesia? —se defendió ofendida la hermana.

—Leo libros, Ali. Me gusta saber. Eso es todo.

—¡Venga, venga! Menos leer y más retirar los pies del salpicadero —zanjó ella la confrontación en seco.

—El último año de *high school* andaba yo echando solicitudes a varias universidades —explica Dylan a la conductora del moño—, y mi hermanita se empeñó en que visitara con ella el campus de Villanova. Un *college* católico que está en Pensilvania. No sé si lo conoce.

La conductora niega la mayor con un suave bamboleo del cuello.

—Resulta que la noche anterior yo había salido de fiesta con amigos en Jersey. Shotgunning. ¿Qué pudieron caer? ¿Once latas de Budweiser? Nada más bajar del auto en Villanova se me revolvió el estómago y vomité a los pies de la estatua del Sagrado Corazón. Los estudiantes lo llaman Jesús Touchdown porque está con los brazos en alto, como celebrando un ensayo de fútbol americano recién marcado.

Abochornada al comprobar los restos de alitas de pollo fermentados en cerveza salpicados sobre la peana de la estatua, Ali escudriñó los alrededores temerosa de que algún testigo de aquella sacrílega ofensa pudiera reconocerla. Al fin y al cabo, era antigua alumna y donaba todos los años a la institución una pasta.

—Okay, retornamos *ipso facto,* Dylan. Sube al coche —le comunicó a su hermano sin darle tiempo a protestar.

—Ni siquiera nos acercamos a recepción a pedir información sobre los cursos. Dimos media vuelta y a casa. Tardamos más de un año en volver a dirigirnos la palabra.

—Son desavenencias normales en una familia —le resta importancia al drama la mujer italoamericana—. Por algo será que celebramos el Thanksgiving solamente una vez al año, ¿no le parece?

El reflejo de Dylan asiente en el retrovisor del parabrisas.

—Veo que su familia eligió celebrarlo en el Ironbound. Buena idea. Tienen lindísimos restoranes, allá.

—Sí, muy bonitos. Por eso nos gusta celebrarlo —se sorprende Dylan mintiendo por segunda vez en lo que va de mañana y se asusta.

Desde que lo expulsaron de la Universidad de Parsons se ha transformado en un embustero compulsivo, en un aguafiestas tocapelotas, y se detesta por ello. Su actitud no le gusta y le hace sentirse culpable. Lo ahoga.

—¿Le importaría bajar la calefacción?

—Claro, sin problema.

Como medida preventiva contra la cocción, Dylan entorna el cristal de la ventanilla. Lo justo para que entre por la rendija una ráfaga de aire helado en su auxilio e impida dejarle las carnes al punto: churruscadas por fuera y jugosas por dentro.

—No sé si se fijó en que los termostatos son los causantes de los peores crímenes pasionales acaecidos acá en los Estados Unidos —comparte en alto su insospechada revelación la conductora.

La muchacha aporta el dato por seguir el hilo y sin llegar a sospechar que el mencionado asunto resulta ser protagonista de una pesadilla recurrente que con frecuencia le roba el sueño por las noches a Dylan. La escena es siempre la misma. El muchacho llega a casa, se aproxima silencioso al salón de la chimenea y presencia una pelea.

—*Gosh,* qué calor, querido. Perdona la *inconvenience,* pero bajo el termostato —dice la madre.

—Bien estamos, querida —aclara el padre—. Mejor déjalo estar.

—Pierde cuidado que apenas lo bajo un poco —responde ella.

—¡Menudo frío! —se queja de pronto el padre—. No te diste por notificada, ¿o qué? Lo subo de vuelta, caramba.

—No te azores —sentencia ella—, que así queda. Mejor no tocarlo.

—Lo toco si me apetece, querida —dice él.

—Ni te atrevas —aclara la madre.

—Pues mira —amenaza él—: Lo subo, lo subo y lo subo. Subirlo me turba de gozo.

—¿De veras? —pregunta ella.

—¿Para qué negarlo? —la desafía.

¡Pum!

—¡Madre, has matado a papá! —grita Dylan—. ¿Por qué lo hiciste?

—No sé, hijo mío. Son cosas que una va dejando, va dejando…

Luego ya, la edición de las siguientes escenas varía un poco según las noches, más primeros planos y menos panorámicas, pero los sucesos relatados, o sea, el contenido, viene a ser idéntico. La frente de su padre descerrajada por un tiro del calibre nueve sobre la alfombra de lana. Sirenas de la Policía que resuenan en la lejanía sobre un tráiler de acercamiento a un balcón abierto, en donde un visillo de hilo egipcio ondea levemente hacia dentro de la estancia. Plano general de la madre con la vista perdida y la pistola humeante en una mano. Macro a los dedos que se abren y dejan caer el arma homicida al suelo.

El impacto de la empuñadura contra el piso es lo que siempre despierta a Dylan. Se incorpora en la cama y se frota los ojos, enrojecidos por la angustia, a pesar de que, en la vida real, nunca hubiese llorado aquella escena. Su padre le parece una rata de cloaca, un burgués miserable y rastrero.

—Usted es culpable de que este país se esté yendo al infierno —se había atrevido el muchacho a echarle en cara a su progenitor la noche en que lo expulsaron de la universidad y se vio obligado a volver a dormir a casa de sus padres.

Aquella noche resultó una de las escasas ocasiones, según le había confesado con anterioridad su madre en la cocina, en las que el abogado financiero se dignaba a sentarse con ella a la mesa en lugar de quedarse enganchado al teléfono en la entrada del garaje.

—¿Yo? ¿Culpable de qué? ¡Es lo último que me faltaba escuchar! —le reprochó a su hijo visiblemente encendido por la impertinencia—. ¿Por qué no paras de decir estupideces y te quitas de una vez ese ridículo gorrito? ¿Cuántos años crees que tienes, mocoso? Me parece que ya va siendo hora de que te comportes de acuerdo con tu edad. ¿No crees?

—¿Te incomoda mi gorro o mi presencia? Tú lo que eres es un intolerante —se defendió el *millennial* sin amilanarse.

El cabeza de familia se puso en pie y arrojó airado la servilleta contra la mesa. Dylan se levantó también para encarar el envite a la altura de los ojos.

—Tú vas de demócrata liberal que escucha la radio pública —le espetó—. Que si salario mínimo para los trabajadores, que si justicia para los afroamericanos, que si respeto a las mujeres…

—¿Y te parece mal defender los derechos de las personas? —lo interrumpió el padre iracundo.

—Lo que me parece mal es presumir de ser abierto y ser un falso. Tú solo hablas con gente que haya ido a una universidad top o que tenga a rebosar su cuenta corriente en el banco. En cuanto alguien viste diferente, pesa unos kilos de más o mete patadas al diccionario, ni te dignas a devolverle el saludo.

—Tesoro, no tengo ganas de escucharte pelear con tu padre. Para un día que cenamos juntos, tengamos la fiesta en paz —balbuceó su madre arrastrando la lengua como un trapo antes de tumbar sobre el mantel, de un torpe manotazo, la botella de merlot.

Las miradas del matrimonio impactaron en el centro de la mesa. El padre entornó con desprecio los párpados y la madre agachó la cabeza avergonzada. Dylan se dedicó a reparar los daños colaterales. Posó su servilleta en el mantel de hilo para absorber el charco de Duckhorn Three Palms de California que amenazaba peligrosamente con desbordarse hacia la alfombra y levantó la botella. El padre recuperó su asiento y la compostura.

—Has terminado de darme ya lecciones, ¿verdad, hijo? —contuvo el tono de voz el fiscalista en un intento de apaciguar sus iras—. Porque no creo que seas la persona más adecuada para impartir lecciones a nadie en este momento. ¿O fue debido a tu ejemplar comportamiento por lo que te expulsaron de la universidad?

Dylan notó cómo le subía la sangre caliente al cuello y le entraban en ebullición las orejas, pero optó por apretar los dientes y esperar a que terminara de hablar su padre.

«Sin veneno en los colmillos —recapacitó—, resultan menos peligrosas las víboras.»

—No creo que tu generación, una panda de niñatos gandules y consentidos que se creen con derecho a todo, pueda servirle a la mía de ejemplo. En Ann Arbor nunca tuvieron que llamarme la atención, ¿sabes? ¡Nunca! Me gradué *cum laude* sin ayudas porque, te lo recuerdo por si acaso es que se te ha olvidado, yo crecí sin tener un papaíto que me firmaba cheques para cada capricho.

—Ojito, que tu padre fue el *valedictorian* del curso 1988 en la Universidad de Míchigan —apostilló la madre con voz pastosa.

—¿Te las das de importante por haberte graduado en Míchigan? —saltó el *millennial* como un resorte—. Pero ¿cuándo has utilizado tus estudios privilegiados para ayudar a nadie? Mí, para mí, conmigo. Tu único mérito ha consistido en hacerte millonario en la bolsa. Y sí: este país se está yendo a la mierda por culpa de hipócritas arrogantes como tú.

A Dylan lo salvó la campanita del teléfono de su padre. A su contrincante se le desviaron los ojos hacia el número reflejado en la pantalla, dudó un instante y luego salió de la estancia decidido a atender aquella llamada, no sin antes pegar un tremendo portazo.

—Estoy allí dentro de cinco minutos… —le escucharon prometer en tono distendido camino de la cochera.

Meredith, que tal era el nombre que le habían otorgado en la pila bautismal a la mujer que engendró a Dylan, recuperó la verticalidad, se acercó la botella de vino a los labios y, a morro, sin necesidad de copa, ahogó su desdicha en el último culín que quedaba de tinto californiano.

—Mi madre es un ejemplar para darle de comer aparte —articula Dylan un quejido mientras cierra de nuevo el cristal de la ventanilla.

El coche se detiene.

—¿Acá lo dejo? —se vuelve hacia él solícita la conductora.

Tal vez, por ponerle a su natural belleza algunas pegas, podría decirse que es un poco cejijunta. Inclusive, algo bizca de mirada. Pero al *millennial* le parece linda la muchacha.

Dylan examina el barrio a través del vidrio. Según las guías turísticas, las callejuelas del Ironbound, en la ciudad de Newark, evocan la atmósfera romántica de una ciudad mediterránea de provincias. ¿Quién sabe? Él nunca viajó tan lejos. Lo único que distingue son rótulos en portugués y español encima de los comercios: «MARISQUEIRA», «PANADERÍA», «LOJA DE BEBIDAS». Y también a algunas piñas de hispanos que transitan alegres por sus aceras.

—¿Acá lo boto no más? —insiste la italoamericana de las cejas Frida Kahlo.

—Aquí está bien. *Happy Thanksgiving Day*...

—Julia. Un placer.

—Dylan. *Bye.*

Según posa el pie en la acera comienza a nevar. Inesperado, pero nada fuera de lo habitual, porque, a estas alturas de curso, ya tocaba una tormenta.

Los copos descienden deshidratados, sin peso y, a la altura de las farolas, lo mismo van hacia abajo que hacia arriba, que salen propulsados como milanos en remolinos de viento. El efecto resulta mágico. Como si el Ironbound entero se encontrase atrapado en la bola de cristal de una tienda de recuerdos y algún cliente curioso se hubiera decidido a voltearla, agitarla suavemente y volver a colocarla en su repisa para comprobar la nevada. Dylan consulta el teléfono. Se ha citado con Marcelo en la Casa Vasca, pero a las dos. Faltan casi cinco horas. Tentado está de detener al Uber, que hace en la calzada un giro en «u» de ciento ochenta grados, y solicitarle a Julia que lo lleve, *per caritá y compassione,* de vuelta al punto de partida; pero la fascinación del paisaje le puede y decide echar a caminar. Sin rumbo fijo.

En el primer cruce, un pata brasileño improvisa una exhibición de minipatinaje. Con suma habilidad y la esperanza de impresionar a su atenta enamorada, desliza con gracia sus playeros sobre la tapa helada de una alcantarilla. El baile de cortejo tiene éxito y, según se acerca Dylan, culmina en un amasijo de arrumacos, besitos y risas. Al *millennial* las carantoñas le encogen el corazón como un jersey de lana en la secadora. Tal es el grado de profunda soledad que experimenta.

A la altura de la calle Elm se topa con un camión de comida. Puros colorines. Diablitos. Minutas. Piraguas. Salchipapas. Frío, frío. Dylan le solicita al vendedor un té.

—Acá no servimos agua de vieja, mijo —se excusa el camionero.

Mejor cambia de acera. Camina y camina como un autómata bajo la lluvia de confeti, dejándose llevar hacia donde el viento lo empuja, hasta que la intuición le sugiere detenerse frente al escaparate de un café gallego.

Observado desde atrás, parecería que Dylan se dedica a leer el menú, que finge hacerlo; pero, en realidad, otea el interior del local. Sus ojos son para la camarera, que, con un festivo antifaz de pavo con pico y largas cejas de plumas, sirve pegadita al escaparate un sándwich de queso a la parrilla. Hay algo en la camarera que le recuerda a la española.

—¿Dónde andará Anna? —se pregunta melancólico bajo la nevada—. ¿Habrá volado de regreso a Europa por las fiestas o se habrá quedado en su apartamento de Prospect Heights? Quizás debería mandarle un mensaje de texto e interesarme por ella. Bueno, mejor no. Qué tontería.

La visión del *cheddar* fundido sobre la tostada de pan de avena le despierta la leona. Con discreción se sacude la nieve de los hombros, se descubre la cabeza, agita el gorro, se lo vuelve a encajar y atraviesa la doble puerta.

—¡Feliz día de Acción de Gracias! —le da alegre la bienvenida la camarera disfrazada de pavo—. Mi nombre es Anne y voy a ser su anfitriona.

«Anne. Curiosa coincidencia...», medita Dylan mientras persigue su espalda hasta la mesa que la muchacha decide otorgarle.

—¿Aquí está bien?

Demasiado apartada de la ventana, pero Dylan no se encuentra con ánimo para poner pegas. La mujer le entrega un menú. No necesita consultarlo para pedir desayuno.

—Una taza de té, dos huevos fritos *sunny side up* y una tostada de avena. Sin mantequilla, por favor.

—¿No quiere chorizo?

—No, gracias.

Y antes de que la mujer disfrazada de pavo se marche.

—¿Tienen cargador de iPhone?

Dylan confiaba en que su madre le desbaratase el plan. Por ello, ni siquiera consideró echarse al bolsillo el cable blanco.

—Veré qué se puede hacer.

La camarera agarra el teléfono para llevárselo y Dylan experimenta un simulacro de ataque de ansiedad bastante realista. Es la primera vez que va a separarse físicamente de su teléfono desde que lo comprara en la tienda de Apple de la Catorce. La mujer se da cuenta.

—¿Todo bien? —consulta bamboleando las largas plumas que le brotan de la máscara.

—De fábula —se escucha a sí mismo pronunciar la tercera mentira de la jornada.

Durante la espera hojea un diario gratuito. Nada por aquí, nada por allá. Ni una maldita noticia reseñable: por qué vacunarse contra la gripe, pistas para entender el peinado del presidente, el horóscopo de los actores de *Ozark*.

—*Enjoy!* —le invita Anne a disfrutar de su plato humeante.

Dylan revisa entre los utensilios de la bandeja que esta lleva y no localiza su móvil. Sus miradas chocan. Anne inclina el cuello hacia un lado, interrogante.

—¿No tiene *sriracha?* —oculta su evidente desasosiego el *millennial*.

La camarera agarra la botellita de tabasco de la mesa contigua y se la entrega.

—Aquí tienes. Esta, de toda la vida, pica lo mismo —zanja con una leve sonrisa.

—Dope —agradece atorado el *millennial*.

Rocía los huevos fritos con la salsa. Desde arriba, gota a gota, Dylan salpica las claras hasta teñirlas de rojo. Pincha las yemas con el tenedor y moja con cautela su tostada.

—Ummm.

Al levantar la vista su anfitriona sigue ahí.

—Van a caer al menos dos pulgadas —predice Anne fingiendo que estaba pendiente del transcurso de la tormenta.

Cuando se retira, Dylan se toma tiempo para degustar el desayuno. A bocados chiquitos, hasta que llega un punto en el que no queda ni una mota más que rebañar en el plato. Entonces abre de nuevo el diario y lo mismo: vuelve a frustrarse por la ausencia de contenidos. Evitar robos en casa, consejos para limitar el uso del teléfono a sus hijos...

«¿Dónde diablos habrá metido esta pava el mío?»

Por adivinarlo, reclama un segundo té.

—Se está cargando en la cocina.

—De acuerdo, gracias.

Se lo termina. Pide la cuenta y el móvil. Anne le acerca ambos. Paga. Aún faltan tres horas y pico para la cita.

—Si se decide a regresar, ya sabe dónde encontrarnos. —La del antifaz le abre amablemente la puerta.

—Seguro —asiente asintomático Dylan bajo el diluvio ahora de grandes bolas de algodón.

Capítulo 23. Tormenta de hielo

A falta de sugerencias mejores, Dylan decide caminar hasta Indepence Park. Ahora, los únicos copos de nieve que identifica son los pegotes húmedos que chocan contra la pantalla de su teléfono.

«En realidad no tengo su número —repasa con el pulgar la columna de contactos sin encontrar a ninguna Anna en su agenda—. ¿Por qué habría de tenerlo?»

El cielo, recubierto por una corteza de nubes, es ahora mero plomo. Los edificios son puro plomo. El mapache que hurga en un cubo de basura con sus manitas de maestro relojero tiene también la piel de color plomizo. Parece que Christo, el artista loco que empaqueta el mundo, hubiese aceptado una propuesta del alcalde de Newark para forrar su ciudad con papel de aluminio. Por la parte interior del rollo, que es mate, hasta lograr transformar la urbe en una película en blanco y negro velada y con arañazos en los fotogramas. La única referencia de color, en el pantone del universo glacial que aparece ante los ojos de Dylan, la aportan los haces amarillentos de las farolas activadas de emergencia.

Para cuando alcanza el parque, las temperaturas han bajado drásticamente y la nevada comienza a transformarse en una tormenta de hielo. Los copos se espesan y se vuelven pegajosas gotas de un almíbar que lo barniza todo: árboles, farolas, patos, y crean un paisaje de cristal. El sendero central se le antoja todavía practicable y, al cabo de seis minutos y veinte segundos, Dylan culmina con éxito la vuelta de reconocimiento al recinto. Termina frente a la red que protege las canchas de baloncesto, que ha cobrado la forma de una gigantesca telaraña sacada de una película de Tim Burton.

El *millennial* siente frío. Mucho. El aire gélido le abrasa los pulmones. Es consciente de que no puede permanecer ahí pasmado por mucho tiempo si no quiere amanecer mañana en la portada de los diarios: «JOVEN ESTUDIANTE, CONGELADO EN UN PARQUE DE NUEVA JERSEY». Sin embargo, se siente incapaz de dar un paso. ¿No era este precisamente el final que andaba buscando? A pesar de no haber fumado nunca, echa de menos el tabaco.

«¿Acaso no se inventaron los cigarrillos para sobrellevar con dignidad estos momentos?», cavila.

Pasa Dios sabe cuánto rato y por fin amaina.

Cubierto de escarcha, Dylan emprende el camino de regreso y descubre con satisfacción que se halla mucho más cerca del Ironbound de lo que había calculado. Apenas a un bloque de distancia, tendido en horizontal sobre la acera y medio sepultado por una duna blanca, reconoce al chef de madera que sirve de reclamo al restorán gallego.

—No está la mañana para paseos —lo sermonea Anne al tomarle nota de la infusión—. ¿De veras que no quiere probar el chorizo a la olla?

—No, gracias.

Afuera, los vecinos comienzan a surgir, como topos salidos de sus madrigueras, cargados con grandes palas.

—Si no limpian el hielo antes de que compacte, se les quedan los coches atrapados, como insectos en metacrilato, y no podrán acceder a ellos.

Dylan fuerza una sonrisa. La camarera no termina de marcharse. Se conoce que la mujer tiene ganas de cháchara.

—¿Le gusta el baloncesto? —pregunta la chica. Cambia de conversación buscando algún punto de enganche con el *millennial*—. Hoy juegan los Nets contra los Celtics. Si se queda atrapado por la borrasca, tenemos cable.

Entonces, sin venir a cuento, Dylan rompe a llorar desconsoladamente. Es un llanto amargo, desgarrador, que termina en chirridos ahogados con cada nueva embestida. La camarera disfrazada de pavo se agobia. No sabe cómo reaccionar.

—¿Se encuentra usted bien? A ver si va a ser hipotermia... ¿Puedo ayudarle?

Dylan niega.

—Perdóneme si dije algo que le ofendió. No fue mi intención. ¿Le traigo unas servilletas?

El generoso ofrecimiento de auxilio, lejos de tranquilizar a la víctima, acrecienta sus sollozos. Dylan, un tiarrón más bien grande, convulsiona como un pelele frágil, se descompone, tiembla en un gimoteo intermitente al que se suma la aparición de dos embarazosas velas que chorrean sin misericordia labio abajo.

—Definitivamente, le traigo unas servilletas.

Cuando Anne se agacha para ofrecerle la caja de pañuelos de papel perfumado, Dylan pronuncia entrecortado su cuarto embuste de la jornada.

—Es que la nieve me provoca alergia —se disculpa.

La camarera no se lo traga. Descorre una silla y toma asiento a su vera. Le pide que se calme y, con movimientos sensuales, casi eróticos, se despoja despacio del antifaz. Dylan juega a adivinar que detrás de la máscara de pavo va a aparecer Anna, la reportera española. Antes de que se descubra el rostro le busca el lunar en el cuello. No se lo encuentra. Se lo tapa el pelo. El cabello lánguido que se lleva a la boca y mordisquea. Que se coloca haciendo la payasa sobre el labio a modo de bigote. No es ella. Cómo había de serlo. La muchacha le dedica una guiñada.

—Mis padres son argentinos, ¿sabés? —abre el fuego Anne imitando con acierto el acento porteño.

La camarera tiene gracia, pero Dylan no atina a responder nada.

—¿Ya estuvo en la Argentina? —pregunta la muchacha atreviéndose a apoyar con delicadeza sus largos dedos sobre el hombro del muchacho—. Puta, ¡a mí casi me ponen Mafalda!

Entre el mar de sollozos, una pequeña ola rompe en espuma en el rostro de Dylan y sonríe.

—Dejame saber qué pasa —le sugiere Anne con dulzura.

Dylan se resiste con un movimiento de cabeza.

—En plan profesional —aclara.

Dylan se encoge de hombros sin entender la propuesta.

—¿Vos conocés a algún argentino que no presuma de psicoanalista? —vuelve a imitar el porteño.

La mezcla de risa y llanto provocan la evacuación de más mocos. Anne le pasa otra servilleta.

—Contame. No estés triste.

Dylan cruza un brazo sobre el pecho para sujetar la mano tendida por la camarera en su hombro. Y así permanece un rato: cual naufrago que se aferra desesperado al cordel que pende del helicóptero que acudió a su rescate. La conversación de alguna manera continúa; pero las voces se van tornando en ecos lejanos. Como si fueran otros los que pronunciasen las palabras.

—Se lo agradezco, pero no tiene usted por qué preocuparse tanto por mí.

—Pues lo dejo y me marcho a Oregón si lo prefiere.

Risitas. Y otra vez el acento argentino impostado.

—Podés confiar en mí —escucha el *millennial* su voz dulce, ya sin ver, con la cabeza gacha y los párpados cerrados—. Contame porque lo que vos padecés, Dylan, es una hemorragia de tristeza.

La vida rebobina de golpe ocho meses.

—Los tiros de tres los lanza Langlitz. ¿De acuerdo? —indicó el entrenador de Parsons arrojando con furia el balón a las manos del capitán desde la banda.

Dylan Langlitz se había ganado a pulso su puesto de alero indiscutible en el equipo universitario de baloncesto. Setenta y cuatro por ciento de aciertos en tiros al aro desde detrás de la línea elíptica avalaban su reputación. No importaban cuáles fueran las circunstancias del partido, Dylan siempre conseguía alinear el pie de tiro con la canasta contraria y raramente fallaba al encestar.

—¡Langlitz! ¡Langlitz! ¡Langlitz! —se escuchaba corear con algarabía en las gradas de Parsons.

Si bien a Dylan le atraían poderosamente los talleres de fotografía y las clases de *marketing* de su facultad, el hecho de pertenecer a aquel equipo era, sin duda, lo que había convertido su paso por el campus de la Quinta Avenida en una experiencia dichosa. Disfrutaba con las victorias deportivas cuando se producían, claro; pero, sobre todas las cosas, la camiseta roja de Parsons le había proporcionado la oportunidad de pasarlo en grande con sus compañeros. El equipo era una auténtica piña y todos sus miembros se sentían unidos cual piñones.

—Todos, menos Jay Williams: el hijueputa del entrenador —aclara Dylan mientras Anne le entrega una nueva servilleta para que termine de enjugarse las lágrimas—. Es profesor de historia. Un hombrecillo acomplejado que la tenía tomada con Martin, el base, y no desaprovechaba ninguna oportunidad para ponerlo en ridículo delante de todos.

—¿Te pesa mucho el culo, Martin? —se burló con recochineo el entrenador Williams del jugador rollizo que botaba sudoroso el balón por la cancha.

Martin miró con desaprobación a Jay. El despiste le costó perder la pelota ante el contrario.

—¡¿Ves lo que te digo?! —gritó el entrenador arrojando con furia el pizarrín táctico al suelo.

—Al final del encuentro, Williams se acercó al base para rematar su humillación —Dylan continúa su narración sumido en la tristeza.

—¡Tienes un culo tan extenso, Martin...! —soltó una carcajada desproporcionada el entrenador—, ¡... que cuando naciste, en lugar de nombre, tendrían que haberte adjudicado un distrito postal!

—El base hizo amago de protestar —señala el *millennial* a la camarera medioargentina—, pero la respuesta de Jay no dejó lugar a las dudas.

—Si no te gusta mi trato, Martin, búscate otro equipo.

—¿Qué otro equipo iba a buscar? —se atraganta Dylan con un resurgimiento del llanto.

—Tranquilo... —lo calma Anne.

—No era que Martin no hubiera podido encontrar un puesto en otro equipo —recupera Dylan el habla—. A pesar de su tamaño, era el mejor organizador de juego de todo el campus...

Se emociona. Vuelve a interrumpirse. Anne le hace una carantoña, le quita el gorro, le acaricia el pelo. Dylan se deja hacer.

—El problema era mucho más simple. Algo que a ese maldito entrenador no le entraba en la cabeza. Al igual que el resto de nosotros, Martin no estaba allí para ganar la copa del mundo, sino para pasárselo bien con sus amigos de clase... y no quería marcharse a ningún otro equipo.

—¡Este imbécil de J. W. es un malnacido! —se desahogó en el vestuario Kevin, el pívot del equipo, arrojando contra la pared su camiseta, que quedó adherida a los baldosines como un espagueti.

—Es un mierda —corroboró con rotundidad Bill, el escolta, mientras se desenrollaba las medias.

—Además, tampoco es tan buen entrenador que se diga. Lo poco que sabe de baloncesto es lo que le sopla Martin —remató Kevin añadiendo, a continuación, un chasquido con la lengua.

Los chorros del agua caliente apagaron por un instante las conversaciones. Sin embargo, la frustración general hacía que hirviera más profundo el líquido interno que transportaban las venas que el surgido de las alcachofas metálicas.

—Deberíamos ir todos juntos a hablar con el entrenador —sugirió el joven Langlitz mientras se ajustaba la toalla a la cintura—. Si ese truhan no deja de maltratar a Martin, le plantamos todos cara y lo amenazamos con no jugar ninguno.

Cobijado por el vapor de las duchas, que había convertido al vestuario en una improvisada sauna, a Martin se le iluminaron los ojos con dos destellos de esperanza al escuchar las palabras del capitán.

—No valdría de nada —reculó enseguida Kevin con la toalla sobre los hombros, lista para secarse con movimientos de serrucho las gotas de agua.

Mark, el ala pívot, prefirió permanecer callado.

—Yo solo hablo de deportes —mantenía.

—¿Cómo que no vale de nada? —protestó Dylan al tiempo que se abrochaba los cordones de las botas—. Si vamos todos a ver al *dean,* la dirección no tendrá más remedio que llamarle la atención al hijueputa de Jay Williams. Y, tal vez, incluso consideren relevarlo del puesto.

—Kevin tiene razón, ¿no os parece? —argumentó resignado Bill al tiempo que repartía en dos mitades su cabello con un peine en el espejo—. El entrenador será un comemierda, pero a la universidad le funciona. Gana campeonatos, y eso da prestigio a la institución. Atrae nuevos alumnos que pagan. Además, Williams es amiguito del *dean.* Se tapan las miserias el uno al otro.

La raya le quedó demasiado baja. Probó a barajarse de nuevo el flequillo y lo intentó de nuevo. Esta vez se gustó más. Bastante más.

—Estás para comerte —se vanaglorió el escolta.

—Si hacemos lo que sugiere Dylan, los únicos perjudicados seríamos nosotros, que nos quedaríamos sin jugar. Me entendéis, ¿verdad? Vamos, Kevin, habla, tú me entiendes —buscaba desesperadamente apoyos para su razonamiento Bill.

Kevin volvió a chasquear la lengua. Era un ruido seco y súbito al que ya tenía acostumbrados a sus compañeros de equipo. La señal de que el pívot se encontraba intranquilo.

—El entrenador sacaría a la cancha al equipo be y punto —prosiguió el escolta—. A vosotros os queda un año más para la graduación; pero tanto para Mark como para mí la cosa es muy distinta.

Mark asintió con una leve inclinación de cabeza. Bill probó a untarse un poco de gomina para sujetar un mechón rebelde y le regaló una sonrisa a su reflejo. Definitivamente, se gustaba.

—Lo siento por Martin —concluyó el escolta, volteándose hacia el resto de sus compañeros—, pero esta es la última temporada de competición universitaria para nosotros y yo no me quedo sin ganar el maldito campeonato.

—¿No estáis de acuerdo? —se atrevió a abrir la boca por fin el pívot—. Estamos cerca de hacer historia y traernos a Parsons por primera vez la Gran Copa.

Bill recogió su bolsa.

—No la jodas, Langlitz. Por favor, no la jodas. Ni tú ni Kevin —rogó juntando sus manos en actitud de súplica.

—Todos ansiamos la copa, Bill… —trató de argumentar Dylan, pero ya nadie parecía dispuesto a apoyar su iniciativa.

—Da igual. Está bien. Dejadlo ya —surgió Martin de entre la neblina provocada por el vapor de las duchas ajustándose con dificultad los pantalones del chándal a sus rollizas piernas.

—Pobre Martin. No puedo creerlo —atrapa Anne con la yema del dedo una lágrima solitaria que se le escurre al *millennial* por la mejilla.

—Lo irónico es que el entrenador sabía que Martin era imprescindible en el equipo y, sin embargo, abusó de él hasta reventarlo. Incluso le obligó a jugar cuando estaba lesionado.

—Infórmale al míster que no puedo botar el balón. Me he dislocado la muñeca en el entrenamiento de ayer.

Tendrá que dejarme en el banquillo —le comentó el base al asistente técnico de Williams al tiempo que le mostraba una hinchazón enorme junto al escafoides.

Martin lo vio acercarse a J. W. e intercambiar con él unas palabras. El entrenador apretó con furia el papel que tenía entre las manos. Lo convirtió en una bola y lo arrojó airado al suelo. Luego se vino hacia el lugar donde se encontraba el base.

—Shit! —tragó saliva Martin.

—¿Quieres descansar? Yo solamente entreno a ganadores, Martin —le espetó Williams con tono disgustado—. Ponte una venda y sal a jugar ahora mismo o, si no, chuparás banquillo. Ya lo creo que chuparás banquillo… ¡pero durante todo el resto de la temporada!

—Martin jugó todo el encuentro con los dientes apretados para contener las lágrimas —recuerda con espanto Dylan—. Resultaba doloroso oírlo aullar por la pista. El hijueputa del míster hasta le obligó a lanzar los tiros libres.

—¡Si puedes abrir los ojos y respirar, puedes jugar, Martin! —le gritó el entrenador de Parsons desde la banda—. ¡No me importa si tienes que ponerte hasta el culo de pastillas; pero, por Dios santo, deja de una vez de llorar!

—Después de aquel desgraciado encuentro decidí tomar medidas —confiesa el *millennial* entre suspiros—. Me acerqué yo solo, en cumplimiento de mi deber como capitán, y le canté al entrenador las cuarenta.

—¡Muy valiente! —le regala orgullosa un cumplido la camarera.

—Bien pelotudo —corrige Dylan—. Me pasé de la raya y no volvió a sacarme ni un segundo más en los siguientes partidos.

—¿Qué le dijo al entrenador?

—¿Qué imagina? ¿Que si quería acompañarme al cine a ver la nueva de *Star Wars?*

—No. En serio —le reclama la camarera metida a psicoanalista.

—Esta situación tiene que terminar de una vez, entrenador —protestó amargamente Dylan cuando visitó al profesor de historia en su despacho de Parsons.

El *millennial* trataba de plantear del modo más sosegado que supo su preocupación por el cariz que habían tomado los acontecimientos en la cancha. Sin embargo, nada más detectar su presencia, el hombrecillo lo recibió con arrogante desprecio, levantando apenas la vista de los exámenes que se entretenía en corregir.

—¿A qué se refiere exactamente, Langlitz?

—Nos hace continuamente la pelota a Kevin y a mí, ignora sistemáticamente a Mark y a Bill y menosprecia descaradamente a Martin —colocó los puntos sobre las íes el alero sin perder la compostura.

—¿Le molestan los favores que yo le hago a usted, capitán? —sugirió con ironía el entrenador.

—Su favoritismo me parece injusto. Somos un equipo y usted debería de tratarnos a todos por igual; pero, ya que me lo pregunta, le confesaré que el maltrato a Martin nos asquea a todos.

—¿A todos? ¿Dónde se quedaron los demás? —alargó el cuello con sorna Jay Williams en busca del resto de los jugadores—. No veo a sus compañeros en mi despacho. ¿Mark? ¿Kevin? ¿Bill? ¿Están ustedes ahí? ¿Y Martin? ¿Tampoco vino a defenderse?

—Usted sabe por qué no se atrevieron a venir.

—De veras. Mejor explíquemelo usted. Siéntese, soy todo oídos.

Dylan se confió y tomó asiento.

—El reglamento dice que un estudiante no puede entrenar más de veinte horas semanales y usted le está obligando a Martin a practicar casi treinta.

—Está obeso. Le estoy haciendo un favor. ¿Algo más?

—Lo forzó a lanzar los tiros libres cuando sabía perfectamente que estaba lesionado.

—Lo que tiene que hacer el señor Martin es dejar de actuar como una señorita. ¿O es que Martin es una señorita? Dígamelo, por favor, porque, de ser así, mejor para el equipo: en el próximo entrenamiento le quito el tampón y lo desinflo. ¿Algo más?

A Dylan se le empezó a revolver el estómago a causa de los nauseabundos comentarios que emergían de la boca del profesor emérito.

—¿Langlitz?

—No, señor. Nada más.

Descorazonado, Dylan se levantó y se dirigió hacia la puerta. ¿Qué argumento razonable podía alegar un condenado frente al tribunal de la Inquisición?

—A mí me gusta que mis jugadores ganen, no que pierdan. Y que celebren sus victorias en un Steak House, no en un Panera Bred. No sé si me explico... —lo escuchó decir mientras abría la puerta del despacho.

Entonces supo que tenía que ignorar aquel ignominioso comentario y no contestar nada si quería conservar intacta su camiseta con el número tres. Sin embargo, para tremenda desgracia de Dylan Langlitz, capitán del equipo de baloncesto de la Universidad de Parsons, un impulso heredado posiblemente de su admirada abuela le impedía guardar silencio ante tamaña injusticia.

—Profesor Williams, sin ánimo de ofenderle —se volvió hacia el entrenador—, usted es el primer técnico en la historia de Parsons que ha llevado al equipo de baloncesto a un torneo de la NCAA y, por ello, le estaremos siempre eternamente agradecidos.

El profesor de Historia del Pensamiento Social y Económico carraspeó a la espera de la segunda parte del aforismo que, preveía, iba a resultar sin duda la más interesante. En la pared colgaba un cartel de Larry Bird.

—Pero... —reclamó impaciente J. W. el remate de la frase.

—Pero ha conseguido sus logros a costa de crear en el equipo un ambiente tóxico, asfixiante y miserable. Usted ha logrado lo imposible: que los que adoramos este deporte juguemos al baloncesto sin ganas.

Fue todo lo que Jay Williams necesitaba escuchar. Dylan no volvió a pisar la cancha en lo que restó de temporada. Ni siquiera en la final. A pesar de que iban perdiendo, el entrenador no hizo ni amago de contar con sus servicios. Los gritos de «¡Langlitz! ¡Langlitz! ¡Langlitz!», reclamando la presencia del fenómeno encestador de tres puntos desde el graderío, no fueron suficientes para derretir el corazón del hombrecillo de hielo. En aquella ocasión, el profesor emérito Jay Williams prefirió perder la copa antes que su orgullo.

—Qué injusticia, Langlitz. Tenía que haberte sacado el hijueputa. Si te saca, ganamos —es todo el consuelo que le regalaron sus compañeros en el vestuario.

—J. W. *sucks.* Es un mierda —repetían Bill y Kevin una y otra vez.

Mark, sin embargo, explotó contra el capitán.

—Te advirtió Bill de que no lo jodieras todo, Langlitz. Muchas gracias.

Martin no estaba. Llevaba un mes de baja por depresión.

—Terminaron segundos —le anima la camarera del gallego.

—Sí, medalla de plata, de la que cagó la gata. ¿Quién se acuerda de los segundos? Bill y Mark se graduaron. En verano yo hablé con Martin. Los dos decidimos tragar con Williams y luchar juntos por conseguir el campeonato en nuestro último año. La verdadera sorpresa se produjo en septiembre.

Dylan alza la mirada para encontrar los ojos de Anne.

—Hice las pruebas para el equipo y J. W. no me seleccionó.

—¿Cómo? —se lleva la mano a la boca la muchacha sin dar crédito.

—Alegó que no me encontraba en plena forma. Que me había descuidado. Que mis condiciones físicas resultaban desfavorables y no podía arriesgarse a seleccionarme.

—Elijo exclusivamente a los mejores, Langlitz, y usted lo sabe. Esta temporada se han presentado muchachos mejor preparados que usted. Siga entrenando por su cuenta, si quiere, y quizás le pueda repescar en navidades.

—*Bullshit!* —le espetó Dylan cerrándose para siempre las puertas del equipo.

—¡Puta, qué cabrón! —le brota del fondo del alma el insulto a la señorita camarera.

—¡Oiga! —la llama impaciente desde el podio de la entrada un señor.

—¡Perdone! Ya voy...

Anne se coloca el antifaz de pavo y marcha para atenderlo. Le regala un menú. Lo conduce a una mesa. Dylan consulta la hora. El tiempo ha transcurrido rapidito, pero aún faltan cuarenta y cinco minutos para su cita con Marcelo. En el lavabo, se refresca la cara con agua. Se atusa los rizos y vuelve a colocarse el gorro. De pronto, al observar su propio reflejo iluminado por esa luz ultravioleta que convierte en triste todo lo que roza, le entra una inmensa pena y siente vergüenza por haberle confesado sus cuitas a una desconocida. Regresa en silencio y paga la cuenta.

—Perdón por el numerito... —se disculpa.

—Al contrario. Me encantan los cuentos de héroes.

El *millennial* se sonroja.

—Tenés que contarme el final, ¿sí? —recupera de nuevo la muchacha el acento argentino.

Dylan no entiende.

—¿Por qué lo expulsaron de Parsons?

—Oh, esa es una historia muy aburrida.

—A mí me interesa. Prometa que volverá a contármela —insiste ella.

—Prometo.

Anne lo acompaña hasta la puerta.

—Llámeme por ahí un día.

—Sí. Cómo no…

Dylan se marcha apresurado, aunque en realidad no tiene ninguna prisa y, con la celeridad, cae en que se le ha olvidado de nuevo apuntar el número de teléfono en su móvil.

Capítulo 24. Cervantes

¿Cuándo fragua en la mente humana la decisión de tomar impulso y proyectarse, a seis millas por hora y en parábola, por encima de la barandilla que protege una terraza? ¿Cómo suena el impacto de un cuerpo humano contra el asfalto después de recorrer cuarenta y dos yardas de distancia en caída libre? ¿En qué momento exacto del proceso sobreviene la muerte?

En otoño, tras recibir la notificación por parte del entrenador Williams de que no había superado el corte para formar parte del equipo universitario de baloncesto, Dylan Langlitz fue a quejarse al *dean* de Academic Planning. Jerry Pearl lo recibió en su despacho.

—Es una decisión meramente deportiva, señor Langlitz. Entienda que yo no puedo, ni debo, entrometerme en asuntos de vestuario —se escudó en su imparcialidad el responsable de planificación de estudios para no tomar cartas en el asunto—. El profesor Williams está en su derecho de decidir si usted encaja o no en la estrategia que ha diseñado para su equipo esta temporada. Acéptelo. Yo no soy quién para llevarle la contraria. Queda fuera de mi jurisdicción.

—Se trata de una represalia clarísima del entrenador Williams contra mí por haberle plantado cara, señor Pearl —protestó encarecidamente el alumno.

—Por favor, señor Langlitz. ¿Qué pruebas tiene? Jay es una institución en Parsons. Nos ha dedicado quince años de su vida con entrega absoluta; ostenta el récord de victorias escolares, ha obtenido once pases a semifinales y me consta que trata a todos y cada uno de sus jugadores como a miembros de su propia familia.

—Pregúntele a cualquier otro jugador sobre J. W., míster Pearl —se atrevió Dylan a cuestionar las alabanzas del *dean* Pearl—. Todos le van a confesar lo mismo: que Jay Williams disfruta abusando emocional y físicamente de los más débiles.

—¡Por Dios santo, Langlitz, no exagere! Estamos hablando de un equipo de baloncesto. En un mundo ideal los entrenadores les pedirían las cosas con delicadeza y por favor a sus muchachos, pero estamos en este. Los entrenadores hablan con crudeza porque es la manera que tienen de motivar a sus pupilos.

—¿Todos los entrenadores son así? —dejó caer con incrédula ironía Dylan.

—Todos los entrenadores, todos —zanjó Pearl dejando bien claro de qué lado se posicionaba.

Dylan meneó la cabeza en señal de desaprobación e intentó alegar nuevos argumentos en su defensa, pero el *dean* de Academic Planning no estaba dispuesto a dejarle seguir hablando. Levantó una mano para hacerlo callar. Exigió respeto. Para él y, sobre todo, para la institución que representaba. Le pontificó sobre el enorme sacrificio que supone aceptar el cargo de decano universitario y de la injusta falta de reconocimiento que esa misma responsabilidad conlleva. Se convirtió en la víctima. Pobre Pearl. Al lado de los verdaderos quebraderos de cabeza que tenía que soportar a diario como director académico, lo de Langlizt no pasaba de una rabieta de adolescente mal criado e incapaz de aceptar responsabilidades sobre sus propios actos.

—El sacrificio y la disciplina forman también parte de la educación —lo sermoneó—. Le puedo asegurar que las decisiones de Jay Williams van encaminadas en una única dirección: ganar partidos. Se trata de algo tan sencillo como escoger a los mejores, porque a un entrenador el único que lo juzga es el resultado del marcador. ¿O es usted también, Langlitz, uno de esos buenistas que prefieren perder?

En ese momento Dylan entendió que el *dean,* como Poncio Pilato, lo único que trataba de hacer era quitarse el problema de encima. Pasar la patata caliente a otro tejado. O como se diga. Se conoce que, en el mundo ideal de Jerry Pearl, el oficio de *dean* consistía en arrojar balones fuera siguiendo al pie de la letra el más cómodo de los adagios: «Si consigo no ser parte del problema, tampoco tendré que preocuparme de arreglarlo». Ya se lo había advertido Bill a Dylan la temporada anterior en el vestuario.

—El entrenador será un comemierda, Dylan —argumentó el escolta del equipo intentando domesticar con el peine un remolino indomable de su flequillo frente al espejo—, pero les funciona. Gana campeonatos, y eso otorga prestigio a la universidad. Además, es amiguito del *dean* Jerry. Se tapan las miserias el uno al otro.

En vista del éxito obtenido, Dylan decidió saltarse por encima al *dean* y solicitó una cita con la presidenta del consejo universitario, Darlene Koppel.

—La señora presidenta me notifica que está demasiado ocupada para recibirle —le apuntó su diligente secretario.

—Puedo esperar —tomó asiento Dylan en el banco reservado para visitas en la antesala del despacho.

—Oh, no, no —le entraron de golpe los siete agobios al lacayo—. Si le parece, puedo arreglarle una breve conversación telefónica con la presidenta para plantearle el asunto y, a partir de ahí, según proceda, ya retomamos.

Dylan accedió y, tres días más tarde, la señora Koppel se puso al aparato.

—Si lo que de verdad quiere, como parece sugerirme usted, señor Langlitz, es simplemente compartir la experiencia deportiva con sus amigos, yo puedo hablar con el entrenador Williams y conseguir que le acepte en el cuerpo técnico —le propuso la presidenta del consejo con el tono risueño de encantadora de serpientes que tanto la caracterizaba.

Dylan, ofendido, tuvo la prudencia de guardar silencio.

—Piésenlo, Langlitz. Podría encargarse de llevar el agua o de repartir las toallas. De este modo estará en los partidos de baloncesto con sus compañeros.

Dylan sintió una punzada en el corazón. ¿Cómo podría tener la señora Koppel el descaro de atreverse a sugerirle una proposición tan humillante?

—Jimmy, el hijo de Darlene Koppel se ha hecho con tu posición de alero y el entrenador Williams acaba de nombrarlo capitán —trató de abrirle los ojos su amigo Kevin.

—Oh, vamos, Kevin, no saques las cosas de quicio. Jimmy no tiene culpa de nada —restó Dylan importancia a la maliciosa interpretación que le apuntaba su amigo.

El pívot chasqueó la lengua y pasó a la ofensiva.

—Langlitz, por todos los diablos, Jimmy Koppel es un *freshman. Hello?* ¿Un *freshman* capitán del equipo de baloncesto universitario? ¿Desde cuando? ¡Tch! —se le escapó otro chasquido—. Ese es un honor reservado a un sénior y lo sabes. Vamos, la señora Koppel no ha puesto pegas... porque se trata de su hijo. ¿Qué es lo que no ves?

Nada. Dylan se sentía incapaz de ver nada con claridad. La información que le acababa de proporcionar su compañero lo había dejado noqueado hasta el punto de ser incapaz de articular palabra; como si la lengua se le hubiese vuelto de goma, igual que cuando te la anestesia el dentista.

—Te lo aseguro yo, Langlitz —remató Kevin—. Tu salida les ha venido a los Koppel de perlas.

—¿Tú crees? —consiguió trastabillar Dylan sin saber ya qué pensar de los valores éticos de nadie.

—¿Que si creo? Jimmy Koppel no es mal jugador, eso te lo concedo, pero aún está muy verde y no es ni la mitad de efectivo que tú a la hora de lanzar tiros desde larga distancia. Venga, hombre. El entrenador Williams es una marioneta que el *dean* Pearl y la señora Koppel manejan a su antojo.

A las pocas semanas le entró en la pantalla del teléfono el mensaje de Martin.

«El hijuela me ha suspendido la Historia del Pensamiento».

«¿Quéééééé?», fue la contestación de Dylan seguida de toda suerte de degradantes iconos.

¿Suspendido? Si existía algún alumno brillante y digno de destacar en todo el campus de Parsons, un sabio con la inteligencia serena y el raro sentido común de Aristóteles, ese era Martin Cervantes.

«Le anuncié la semana pasada que me estaba planteando dejar el equipo y me ha represaliado con una F en el examen. Me ha jodido la vida, Dylan. Pierdo la beca y no voy a poder graduarme.»

¿Cómo libera el cuerpo humano la cantidad de energía acumulada durante la caída desde una altura de diez pisos? ¿En qué dirección se fracturan los huesos? ¿Emitió en algún momento el finado señales de advertencia que pasaron desapercibidas? Y, sobre todo, ¿se disipará alguna vez el devastador sentimiento de culpabilidad que atormenta a quienes no estuvieron presentes aquella tarde en la terraza para sujetarlo por la cintura y hacerle desistir de su empeño?

A mediados de octubre se cerró definitivamente el informe pericial:

- Las coordenadas cartesianas establecen que la velocidad de salida del cuerpo desde la supuesta zona de iniciación (terraza) no fue nula.
- La supuesta zona de iniciación observa la norma reglamentaria de protección perimetral (barandilla).
- Se descarta la hipótesis de caída accidental.
- A la supuesta zona de iniciación se accede únicamente por una puerta vigilada por videocámara.
- El finado entró sin compañía en la supuesta zona de iniciación y nadie más accedió a ella hasta la llegada de los técnicos de AP (atención primaria).
- Se descarta la hipótesis de homicidio.
- La autopsia psicológica evidencia personalidad con rasgos depresivos y desestabilización emocional en el momento del *exitus*.
- Se obtuvo un testimonio de episodio estresante de carácter psicosocial en las cuarenta y ocho horas previas al fallecimiento (SMS al teléfono de un compañero, Dylan Langlitz).
- Se concluye que el finado se impulsó al vacío por voluntad propia, en una acción autolítica de tipo finalista y con nula posibilidad de rescate.
- En circunstancias tan dolorosas, agradecemos la abnegada colaboración de los estudiantes y del claustro de profesores de Parsons, en especial del *dean* Jerry Pearl, en aras de esclarecer la verdad de los hechos.

Una vez la universidad se lavó las manos, los forenses pudieron liberar el cuerpo y entregárselo a la familia. Dominicanos. Dylan se enteró en el funeral de que su amigo Martin era un *dreamer.* Cervantes jamás mencionó este punto, y Langlitz jamás lo hubiera sospechado. El negro hablaba inglés mejor que él. Se manejaba por los rincones de Nueva York mejor que él. Amaba a América mucho más de lo que llegaría jamás a hacerlo ningún otro miembro del equipo. Y, sin embargo, era un soñador sin papeles.

—Respeta a tu país, Langlitz, y tu país te respetará a ti —solía comentarle Martin con orgullo cada vez que les tocaba alinearse en el centro de la cancha, la frente alta, la mano derecha posada sobre el corazón, para escuchar el himno nacional antes de los encuentros.

Al regresar del cementerio, Dylan fue directo a buscar su ordenador y se tumbó a escribir sobre la cama:

«Estimado señor Williams. Me gustaría abrir este *e-mail* expresándole mis sentimientos de forma sincera y clara: ¡que le den por el culo, enano hijueputa de metro y medio!»

Le sudaban las manos y le temblaban los dedos. Los apartó un instante del teclado para apaciguarse. Nada. La procesión seguía marcando el paso por dentro. Intentó entonces el mantra de palparse el gorro de lana para ajustárselo. Dedo índice a la mordedura de polilla y giro en rosca hasta alinear el agujero con la curva de caída de la ceja derecha. Marca de la casa. Luego sacudió los brazos y respiró hondo. Repasó con atención lo escrito y lo dio por bueno. Persistía el temblor, pero pudo más la sed de justicia. Apretó la mandíbula y volvió a posar las yemas, con la parsimonia de un concertista de piano, sobre las teclas del MacBook Pro.

«Igual se pregunta por qué me decido a escribirle precisamente ahora, cuando han transcurrido ya casi dos meses desde nuestro pequeño (aunque no tan pequeño como usted) incidente. La verdad es que no le escribo por mí, sino por Martin. Siempre me pregunté cómo un comemierda, contrahecho y reprimido como usted, cuyo cuerpo parece un hueso de jamón después de haberlo rodado por el piso de una peluquería, podía tener la osadía de meterse con el físico de un atleta de la talla de Cervantes. Un deportista al que usted, ni en sus mejores sueños, le llegará nunca a la altura de los talones. No me toque las pelotas, Jay, porque usted sabe de baloncesto lo mismo que Trump de literatura. Razón por la que sus expectativas profesionales terminan exactamente donde se encuentra usted ahora: en el mediocre puesto de entrenador de un equipo de tercera categoría en una liga universitaria de serie B. Sin embargo, por mucho que le jodiera a un renacuajo microscópico de mierda como usted, deforme humanoide con menos cuello que un muñeco de nieve, Martin Cervantes estaba predestinado a hacer algo grande en el mundo de la canasta. Poseía unas condiciones físicas extraordinarias. Rompía la defensa contraria y encontraba siempre al hombre libre al que entregarle en bandeja un pase. Siempre atento. Siempre brillante. Incansable trabajador que dirigía nuestro equipo a la perfección, dispuesto a dar un paso al frente por nosotros cada vez que las circunstancias lo demandasen. Por si no lo sabe, usted le debe al genio de Cervantes la mayoría de sus putas medallas. ¡Todos sabemos que Martin le soplaba a usted las estrategias y le sugería también las alineaciones! Dígame, señor Williams, mariconazo, ahora que Martin ya no está: ¿cuántos éxitos nuevos va a cosechar usted como entrenador? Me temo que ninguno... porque poco puede enseñar el que nada sabe. Le garantizo que, si alguna vez vuelve alguien a concederle a usted cinco estrellas, será por su conducción de un Uber.»

El profesor Williams comenzó a hiperventilar mientras leía el correo de Dylan en su despacho del segundo piso.

«Llegado este punto, estimado señor Jay, me encantaría aprovechar para confesarle que todos los jugadores nos hemos preguntado siempre en qué postura cagará usted para conseguir acumular tanta mierda en la frente. ¿Serán ciertos los rumores de que su madre se propuso abortarlo, pero que, como se arrepintió al último minuto, tuvieron que dejar el aborto a medias? Aunque en realidad el motivo ya da igual, me parece importante hacerle entender que usted no está mentalmente capacitado para trabajar con estudiantes. Para empezar, un entrenador se supone que ha de jugar el papel de mentor para los adolescentes que tiene a su cargo. Apoyar a los que buscan en él un modelo a seguir (algo que ocurre con prácticamente la totalidad de la plantilla) y no dedicarse a seleccionar favoritos, endiosarlos y ponerlos en contra del resto de sus compañeros. Cada una de las temporadas que yo he jugado en su equipo, usted, mamonazo hijo de la gran puta, se ha encargado de dinamitar cruelmente los sueños de algún alumno —incluidos los míos cuando tuvo los santos cojones de notificarme que no me encontraba en forma suficiente para formar parte del equipo—.

Bueno, el que tuvo los santos huevos de notificármelo fue su ayudante técnico porque usted, rata cobarde, ni se dignó a comparecer. En aquella ocasión, como al resto de sus víctimas, me tocó callar y envainármela. Pero, esta vez, pedazo de cabrón, se ha atrevido usted a ir demasiado lejos y le ha segado el futuro de cuajo a mi amigo Cervantes.»

Jerry Pearl no cesaba de dar puñetazos sobre su escritorio a medida que iba avanzando en la lectura del inesperado correo que le acababa de *forwardear,* con campanitas de urgente, el entrenador de baloncesto.

—*Fuck, fuck, fuck!* —cursaba por triplicado el *dean* sus maldiciones.

«Le admito, señor Williams, que he recapacitado mucho sobre la siniestra motivación que puede llevar a una escoria infrahumana como usted a abusar de tantos jóvenes inocentes y vulnerables. Pero creo que, al fin, he dado con su diagnóstico y considero importante hacerle partícipe: padece usted, estimado entrenador, de un galopante complejo de inferioridad. Usted engatusa a un par de jugadores con favores (una entrada para un partido de los Knicks, una camiseta...) a cambio de robarles los conocimientos técnicos sobre un juego que usted ignora por completo. Así parece que usted sabe, se convierte en intocable frente al claustro y puede ejercer, sin miedo a represalias académicas, sus viciosos malos tratos. Lo intentó conmigo. Quiso atraerme a su circulito de privilegiados (supongo que debido a mis estadísticas de tiros libres, asistencias y rebotes); pero le salió el tiro por la culata porque me negué desde el principio a chuparle el culo a cambio de mantener silencio ante su repugnantes actuaciones de *bully*. Para mí, desde el principio, usted representaba simplemente lo que es: un mediocre profesor de historia que, a la hora de entrenar baloncesto, no pasa de las nociones básicas del cambio de dirección en zigzag. Patético. La diferencia entre usted y yo es que yo puedo acostarme todas las noches tranquilo, sabiendo que nadie se está cagando en mi puta madre por la espalda, mientras que, en su caso, puedo contar con los dedos de una mano los estudiantes de esta universidad que no piensen que usted es un sátiro asaltacunas. Sí, señor Williams, no encontraría suficientes espermatozoides en mis pelotas para igualar el número de veces que he escuchado en el campus de Parsons llamarle a usted sapo hijo de puta, cabrón y malparido. Un burro puede fingir ser caballo por un tiempo, entrenador; pero, tarde o temprano, termina por rebuznar.»

—*Fuck you, you fucking fuck!* —volvió a maldecir Jerry Pearl al ver asomar por la puerta de su despacho, sonrojado y tembloroso, al entrenador de baloncesto del equipo de Parsons.

«Lo que me ha impulsado a escribirle este correo, señor Williams, ha sido la injusta e injustificada muerte de Martin Cervantes. ¿Cómo se siente un pelotudo como usted cuando sus prácticas vejatorias terminan con la vida de una persona? "¿Yo? ¿Responsable?", se preguntará ahora haciéndose la pobre e inocente víctima. Sí, usted, cabronazo de mierda, señor Williams. Martin, uno de mis mejores amigos, se dejó los cojones entrenando conmigo todo el verano para asegurarse su puesto de *star-*

ter esta temporada. Hablaba de este último año de universidad con la esperanza de que se convirtiera en la mejor temporada deportiva de su vida... Pero usted se iba a encargar de joderle los sueños. A mí me despachó del equipo con una burda excusa; pero, cuando Martin le salió gallito en mi defensa, como el base era demasiado bueno para relegarlo al banquillo sin que ello evidenciase públicamente sus asquerosas represalias, decidió minarle sus expectativas académicas. Que alguien pueda ser tan hijo de la gran puta como usted, señor Williams, tengo que admitirle que me deja completamente perplejo.

»Me toca concluir. Demasiadas líneas malgastadas en un mierda de su categoría. Solo quiero que sepa que, cuando me lo encuentre por el Campus de Parsons, me limitaré a reírme de usted en su propia cara para recordarle lo patético que resulta. Y también que si, Dios no lo quiera, cayese usted muerto víctima de un triple infarto mañana mismo, me acercaré encantado al cementerio con una cervecita para brindar por su desaparición y depositar una cagada encima de su tumba. Lo de Dios no lo quiera lo digo en serio. En verdad, me gustaría que usted envejeciese para que experimentase en sus carnes la amargura de la soledad al saber que, una vez jubilado de la universidad, no le va a quedar nadie que quiera permanecer a su lado. Para que entienda que sus copas de baloncesto contienen mucho más odio que felicidad y para que caiga en la cuenta de que ha desperdiciado la oportunidad que le brindó la vida de convertirse en alguien respetable en lugar de un puto capullo. Pero también quiero asegurarle que, si se produjese el milagro de que a usted le iluminase de pronto la compasión y decidiese cambiar y tratar por fin a los jugadores del equipo como corresponde, a pesar de que a mí me resultará imposible olvidar el rastro de mierda y sufrimiento que ha dejado durante todos estos años a su paso, de alguna manera intentaré buscar la posibilidad de perdonarlo en mi corazón. Por muy difícil que me resulte. Hasta entonces y, ante la duda, mi dedo corazón le saluda, valiente hijo de puta, cabrón, mariconazo de mierda. Atentamente, Dylan Langlitz.»

—¡Maldita sea, Williams, tenemos un problema de cojones! —exclamó congestionado Jerry Pearl mientras pulsaba el botón de imprimir documento en la pantalla táctil de su portátil.

Las hojas salieron impresas en tipografía Calibri del cuerpo 12 y a doble espacio. Jerry alargó el brazo, las arrancó con furia de la bandeja de la impresora y se puso en marcha.

—Vamos a ver a Darlene —le indicó al asustado profesor de historia.

Jerry Pearl abrió con tal ímpetu la puerta que el pomo quedó clavado en el yeso de la pared de afuera. El asombrado conserje, que fue testigo de la estampida, se acercó enseguida a valorar los daños.

—*Holy crap* —sacudió la cabeza sin dar crédito.

Si lo que se avecinaba no era la llegada del fin del mundo, alguna catástrofe de similares proporciones estaba, sin duda, a punto de acontecer. El responsable de Academic Planning de la Universidad de Parsons, un hombre rutinario, contenido, metódicamente atento a los detalles, se acababa de dejar la puerta de su guarida abierta. De par en par. Con el pomo incrustado en la placa de yeso de la pared del pasillo y las luces del despacho encendidas. Lo nunca visto. Cristo, protégenos.

Capítulo 25. Cantinflas

La tarde anterior, Anna García se sintió por fin inspirada y comenzó a teclear:

Antes de ser barman, Marcelo Hernández probó todos los oficios. Fue peón de albañil y mensajero, tornero en una factoría de hierros, contador de impuestos, profesor de inglés, reparador de máquinas traganíqueles y emigrante. Y en este camino cayó herido varias veces y murió otras cuantas, pero tuvo la habilidad de resucitar siempre.

En la pantalla del ordenador de la reportera iban brotando párrafos sueltos. Descripciones aisladas que Anna García aún no podía anticipar claramente si habrían de pertenecer al arranque de la narración, al nudo de la trama o al epílogo del libro. Era su forma habitual de confeccionar una biografía. Dispersar cachitos de inspiración, retazos de la historia en un puñado de líneas, que luego imprimía, recortaba y pegaba en tarjetones blancos de cartulina. Fichas preciosas que, como perlas de un collar confeccionado a mano, iba coleccionando hasta tener suficientes para empezar a ordenarlas (por sensaciones, por momentos, por escenarios…) y engarzarlas con un hilo narrativo.

Marcelo emigró a la Yoni. El lugar en donde a uno lo respetan, le dijeron. «Bajas del avión —le comentó un compadre—, y ya te están ofreciendo un contrato. Llegas y eliges casa por muestrario: con porche y antejardín. Allá te proporcionan un coche bien chulo y te llenan los bolsillos de dinero. Y las galerías comerciales se asemejan a Disneylandia: con empleados sonrientes que agradecen a cada minuto tu presencia.» «Have a nice day.» Los precios de las mercancías se supone que son tan bajos que uno ha de controlarse para no comprar las camisas de cuatro en cuatro.

—Ordenar las emociones lleva su tiempo, Margaux.

Es lo que Anna intentó explicarle a su compañera de apartamento cuando esta última la sorprendió, bien entrada la madrugada, con un mar de tarjetas desparramadas por el piso del salón. Margaux, con la valija en la mano, repeinada y a punto de partir hacia La Guardia para volar en un vuelo nocturno económico a Los Ángeles a pasar el fin de semana de Acción de Gracias en familia, y ella, con ojeras, despeinada e hincada de rodillas junto al anillo solitario y pegajoso que había dejado de recuerdo en el linóleo el bote de cerveza.

—¿Qué haces despierta tan tarde, mi niña? ¿No te toca trabajar mañana en el *diner?* —le preguntó preocupada Margaux.

—Necesito adivinar en qué número de taburete solía sentarse el capitán Caipiriña.

—*Good luck* —repuso su amiga dándola por imposible.

Se abrazaron. Se despidieron. Se desearon feliz día del pavo.

—Cuídate —le dijo Anna sabedora de que, por cada puñado de personas decentes que circulan libres por los aeropuertos del mundo, se cuela siempre de incógnito un sinvergüenza.

Margaux giró el pestillo de la puerta y sus pisadas se perdieron por el pasillo. García retomó su actividad. No le importaba perder sueño. Cambió una y otra vez de sitio los tarjetones impresos, como si de piezas de un rompecabezas se tratase, con la esperanza de que, de pronto y por arte de magia, su ordenación cobrase el apetecido sentido. Antes de iniciar cada movimiento, se dedicaba a releer la ficha.

En el Oyster Bar, los asiduos a la hora del almuerzo no tienen nada en común con quienes frecuentan la barra en la noche. Ocupan los mismos taburetes, beben idénticos cócteles e intercambian parecidas bromas, pero pertenecen a universos de Nueva York que nunca se entrecruzan. Sin embargo, ambos grupos están convencidos de ser la estirpe elegida por Marcelo: los únicos e irremplazables custodios de este viejo templo de Manhattan. Sin ellos: la nada. El «cerrado por traspaso». El olvido. Precisamente por eso, digamos que, por ejemplo, a quien ocupa el taburete número siete al mediodía ni se le pasa por la cabeza imaginar que alguien más pueda colocar sus posaderas con dignidad en el mismo banco a distintas horas. Dios todopoderoso nos libre de que alguna vez coincidan esas dos concurrencias al mismo tiempo en la barra porque, de producirse tan insospechado fenómeno, asistiríamos en pleno corazón de la estación central al comienzo de la segunda guerra civil.

A decir verdad, más que un puzle, aquel mar de papelitos se le antojaba a la señorita García como un perverso caleidoscopio. Era mover de lugar una simple nota y cambiaba por completo el hilo argumental. Un sencillo desplazamiento y Marcelo pasaba sin dilación del drama a la comedia o incluso, apurando, se adentraba en los insospechados confines de la ciencia ficción.

—Los hechos son lo que son, Margaux, pero el cuento es bien distinto según cómo ordene las fichas —justificó así Anna la caótica nevada de papeletas sobre el piso del salón—. No es lo mismo reírse y luego chocar con la farola, que chocar con la farola y después soltar una carcajada.

A modo de ayuda, como el comodín que ofrecen a los concursantes en los programas de la televisión, la señorita García se había colocado a mano dos carpetas. La una, con tapas de color azul, contenía las transcripciones de todas las entrevistas que la reportera le había venido grabando a Marcelo. Miles de líneas que saltaban sin contemplaciones del inglés al español y del español al inglés con la frescura de quien está acostumbrado a condimentar la vida en dos idiomas. Los recuerdos de Ecuador surgían mayormente en castellano.

Mi madre era mono. Así le decían porque se crio en la selva. Se mudó de Guayaquil, en la costa, a la ciudad de Ambato, cuna de las frutas y las flores, y allá escuchó cantar a un gordito que le resultó bien jocoso. Era mi padre. A los pocos meses se lo topó en el cementerio por el Día de los Difuntos y, tras intercambiar un par de miradas sin intención aparente, se decidió a presentarse.

—Le reconocí —le dijo.

—¿Acá en el cementerio? Me deja usted muerto —repuso él.

Se conoce que a mi madre aquel comentario le arrancó una sonrisa.

—Le vi actuar hace meses y le he reconocido por su uniforme de músico —le aclaró ella.

—No es uniforme, señorita, es que no tengo otra ropa que ponerme. Je, je, je...

A las memorias de Nueva York, sin embargo, les dio por manar de forma espontánea en idioma anglosajón. Debe de ser que los recuerdos gustan de presentarse en el lenguaje original en que acontecieron.

You learn no to take seriously the bar talk. —A Marcelo sus clientes le prometen esto, le prometen aquello y Marcelo va respondiendo que claro, que seguro, que de a poco, pero sabe perfectamente que son puras fantasías. Por eso a la hora del cierre, cuando les entrega la cuenta, les advierte de que el vuelo ha terminado—. *This plane is landing,* amigos. *Back to reality.*

La segunda carpeta que anoche descansaba abierta sobre el linóleo, a los pies de Anna, tenía la cubierta blanca y guardaba dentro esquemas, índices, diagramas, un árbol de familia y pintarrajos diversos que la reportera había ido manufacturando para poder navegar por la vida de Marcelo, cuyas aguas aún le resultaban bastante ajenas.

En la primera de las hojas del archivador, Anna había dibujado la barra del bar. Dos líneas transversales y ocho circulitos que marcaban las posiciones exactas de los asientos. En el centro, Marcelo era una rosa de los vientos que indicaba la orientación de cada elemento con respecto al barman. La repisa de botellas le quedaba al sur. El ventanuco de la cocina, al mero este. El taburete seis, al noroeste. Algunos asientos venían acompañados de anotaciones. Junto al tres ponía: «Peter Old Fashion, cascarrabias del Open USA». Debajo del ocho: «John John Kennedy, bebe *negroni*». Y así.

En la siguiente hoja aparecía una lista con nombres. Cada uno con su correspondiente fecha de nacimiento al costado. «Marcelo, 1944.» «Dylan, 1988.» «Señor Wall Street, 1967.» Pasabas página y te encontrabas dibujados, en pequeñito y con trazos básicos de esfero, diecinueve tipos de vasos. Desde la copa de ponche hasta la *silver mug.* Algunos, como la copa de balón de brandi, con su respectiva traducción al español. Luego venía una fotocopia de la biografía de James Beard, un plano esquemático del centro de Quito y el menú de ostras del Oyster Bar.

Las últimas hojas correspondían a un índice temático que remitía a las transcripciones originales de la carpeta azul. Por ejemplo: «Marcelo traduce crónica de boxeo a su abuelita fumadora, página 35». O: «Encuentro con Karen en Nueva York, páginas 203 y 204». Pero también: «El Oyster Bar no abre los fines de semana, página 16». De esta última referencia había extraído Anna el contenido de la siguiente tarjeta que releyó en voz alta:

—Mírelo por el lado positivo, Marcelo —quiso animar Albert a su compadre ecuatoriano en su primer trabajo fregando cacharros—. En el Oyster Bar tenemos la fortuna de librar los tres días de la semana que terminan en «o». —Marcelo se rascó dubitativo la frente con el capuchón de su bolígrafo. Solamente le salían dos: sábado y domingo—. Sábado, domingo y… ¡feriado! —resolvió el enigma el colombiano—. Je, je, je. Ventajas de trabajar en una estación de ferrocarril —le dijo—. ¿En qué otro bar escuchó usted que le den libre los fines de semana?

Antes de volver a depositar la cartulina sobre el suelo, Anna hizo un recorrido aéreo sobre el resto de las piezas. Como cuando jugaba de pequeña con las cartas al Memory en busca de parejas. El esfuerzo encontró su recompensa y, al poco, consiguió hermanar la tarjeta que sujetaba en la mano con otra que decía así:

Cada cliente que aparece de nuevas se cree el más importante. El primero a quien servir. Claro que usted es el número uno —les da la razón el ecuatoriano—, pero hay otros quinientos números uno delante de usted. —Se refiere a los fijos—. *Commuters* procedentes de Connecticut o de la parte de arriba del estado de Nueva York que se detienen a tomarse unos tragos con Marcelo antes de montarse en el tren de regreso. Clientela que se renueva cada dos o tres años siguiendo un mismo patrón: llegan con ínfulas, se calman, aparecen todos los días, cambian de residencia o trabajo y desaparecen. Al principio la mayoría de los asiduos era hombres solteros; pero, hoy en día, Marcelo cuenta entre sus fieles también con muchas mujeres.

Anna se encontraba en racha. Le alivió comprobar que, de alguna manera, comenzaba a hilvanarse aquel tapete. Entonces, le vinieron a la cabeza las deliciosas tardes, a la vuelta del colegio en Madrid, en que su abuela manchega le enseñó a hacer ganchillo. Las manos de la viejita en las agujas, tricotando con rapidez vertiginosa alrededor del tapón de plástico de una botella de vino barato, y la mirada pegada al televisor, pendiente de las novelas. Suspiró y volvió al trabajo. De nuevo sentada frente a las teclas del ordenador:

Marcelo ha tenido la dicha de servir en un establecimiento de categoría y no en un localucho de baja alcurnia, con matones apostados en la puerta, donde las riñas son el pan de cada día. En el Oyster Bar, como en el Waldorf Astoria, la atmósfera es civilizada y en su barra Marcelo ha atendido a personajes fabulosos. Todos de la vieja guardia. A las nuevas figuras ni las reconoce. Se centró en una época y allá se detuvo. Tal vez su primera celebridad fuera don Mario Moreno, Cantinflas. Un señor muy tímido que, como muchos de los grandes, hablaba poco. Despertaba delante de una audiencia y se encerraba en privado. Hubo de prestarle el barman toda la atención del mundo para lograr escucharlo, porque el tipo no hablaba muy alto.

—Y a usted, señor, ¿qué se le ofrece?

—...

—¿Señor?

—...

—¿Qué bebida resultaría de su agrado, señor? —Se decidió el joven Marcelo a acercar más su trompa a la del comediante para que este pudiera oírlo.

Mala cosa. Mario Moreno, partidario del distanciamiento social, se disgustó y le pellizcó el moflete.

—No me grite, hombre... —protestó antes de despacharle a Marcelo con una cachetada floja.

El barman se volvió guinda, pero reaccionó con entereza. Usó igualmente los dedos a modo de palillos de la ropa para presionar en legítima defensa el carrillo del artista mexicano y le replicó imitando el célebre palique de su personaje cinematográfico.

—Pues ni grito, ni dejo de gritar, ingeniero... Pero es que, como dijo el de Tolucas, que nunca dijo nada porque no le dio tiempo, a usted como que no se le escucha cuando menea la dentadura, don Mario.

—¡No toque al señor Moreno! —saltó alarmado en su defensa un gerifalte del estudio de cine que lo acompañaba.

—No, no. Está bien —intercedió Moreno súbitamente transformado en el simpático Cantinflas de la pantalla—. Sin enojarse, caballeros. Que se enojen los romanos, que para eso tienen pecho de lata, porque hay momentos en la vida que son verdaderamente momentáneos y ahí está el detalle: ni lo uno ni lo otro, sino todo lo contrario. A sus órdenes jefe: sírvame una chela bien ceniza.

—Pucha... —suspiró el ecuatoriano aliviado.

—Usted y yo compartimos el mismo bigotito incipiente de mestizo —le susurró don Mario alzando la copa de cerveza.

Y a partir de ese día congeniaron.

Anna lo dejó ahí. Apagó el ordenador y consultó la hora del microondas: las dos y media de la madrugada. Recogió las tarjetas del suelo sin prisas. Podía dormir hasta bien entrada la mañana porque, Acción de Gracias, este año le tocaba celebrarlo a solas.

Capítulo 26. *Influencer*

María Gema Aurre, la *maître* y dueña de la Casa Vasca, *traditional Basque cuisine* desde 1976, con los lentes hundidos en la libreta mientras anota raciones y calcula porcentajes, le indica al *millennial* que los Hernández tienen la reserva en el piso de arriba.

—Son ciento y la madre —resopla sin alterar un músculo de su cara—. Se multiplicaron con los años y acá abajo ya resulta demasiado angosto para acomodarlos.

La señora María no tuvo mayor escuela, pero aprendió a sujetarse y se maneja con soltura en un mundo en donde corretean mayoritariamente los hombres. Siempre hospitalaria, vende su carisma, coordina las operaciones de bar y cocina, maximiza la satisfacción de los clientes de sala, responde de forma eficiente a las quejas, evalúa la calidad de los productos, investiga nuevos proveedores y nunca nunca le niega cobijo a un cliente.

—No me indicaron que venía usted, pero suba y deme cinco minutos, que yo le arreglo.

Dylan sortea una fuentecilla decorativa que representa a un querubín risueño, que eleva al cielo en sus brazos una concha rebosante de agua, y enfila las escaleras. Una vez coronada la cima, recorre un pasillo angosto decorado con acuarelas folklóricas de una pareja danzando con espadas, de un paisano cortando troncos, de un caserío perdido en mitad de un valle infinito… Pasa de largo los baños y, antes de franquear el arco de escayola de una puerta de doble hoja, escucha un cierto revuelo.

—Ya viene —murmura con inquietud alguien.

—Avisaron de que sube. Apúrese, Jennifer —anuncia su llegada otra voz.

Dylan se asusta y está a punto de girar sobre sus talones, pero se recoloca el gorro y traspasa el umbral. A lo largo de una mesa interminable se reproducen en la pared cuatro láminas, descoloridas de tanto observarlas, de la bahía de Vizcaya. En la cabecera reconoce a un Marcelo que lo saluda risueño. Se incorpora, se alisa el terno, carraspea y ruega silencio a los presentes apuntando al suelo con las palmas de las manos.

—Familia, les presento a mi compadre Dylan —anuncia con solemnidad el barman.

—Feliz día de Acción de Gracias.

—Encantada.

—Bienvenido.

—*Happy Thanksgiving.*

—¿El gorro no se lo quita?

—Un gusto.

—Feliz día del pavo…

Se superponen salutaciones procedentes de al menos tres docenas de labios.

Dylan relaja la musculatura, sonríe, devuelve los gestos de cortesía.

—¡Viva el héroe! —vitorea una mujer con los ojos y el pelo idénticos a los de Delia.

Se suceden aplausos. Dylan se sonroja, no sabe qué hacer con las manos. Las introduce en los bolsillos, las saca, las junta por detrás de la espalda, se lleva una de ellas a la boca y se muerde las uñas.

—¡Dele, Pavita! —anima Marcelo a una moza coqueta que, vuelta de espaldas en su silla, termina de repasarse con carmín los labios.

La muchacha se pone en pie, se suelta el cabello, fija su mirada en la colorida lámpara de vidrio emplomado que cuelga del techo y arranca a cantar. No es la primera vez que actúa en público.

Mirad podéis ver
al sutil clarear
lo que erguido se alzó
cuando el sol se ocultaba.

Los versos suenan en español, pero Dylan no necesita traducción simultánea para conocer su significado. Se lo sabe de memoria.

Y sus franjas y estrellas
en el rudo luchar
sobre recio baluarte
gallardo ondulaba.

Al jugador de baloncesto Langlitz se le escapan tres lágrimas. Dos por América y una como recuerdo a Martin

Cervantes y a la multitud de ocasiones en que escucharon juntos *El pendón estrellado,* plantados como estatuas en el centro de la cancha. La Pavita tiene timbre, modula, apunta maneras, y sube sin esfuerzo aparente dos octavas el tono.

Y la bomba al lanzar
su rojiza explosión
en la noche dio a ver
que allí estaba el pendón.

El pendón estrellado
tremola feliz
en la tierra del valor
en libre país.

—¡Óyete eso! —vitorea Marcelo con los ojos convertidos en dos rayitas de tanto gozo.

Los comensales aplauden, se abrazan, se desean felicidad eterna, se lanzan migas de pan de lado a lado de la mesa. Peligran los candelabros de porcelana que representan protagonistas de cuentos de Dickens cuyos nombres hace ya largo tiempo que fueron olvidados.

—Venga a sentarse a mi vera —invita el barman a Dylan— y déjeme que le vaya presentando.

El *millennial* avanza por detrás de las sillas, estrecha manos y choca los cinco a su paso hasta alcanzar su puesto junto al veterano barman.

Se saludan. Se abrazan. Marcelo utiliza la nariz a modo de puntero.

—Ese es mi hermano pequeño, Pepe. Al lado, su mujer, Gladys, y, la que interpretó el himno de forma magistral fue su hija, mi sobrina la Pavita.

—Encantada, ¿cómo fue? —saluda la joven peinándose una ceja.

—Le metió con todo, señorita —agasaja Dylan su arte acompañándose de una leve inclinación de cabeza.

La Pavita se ruboriza, toma asiento, se gira de nuevo en la silla y comprueba con un espejito que el rímel sigue en su sitio.

—A mi Jennifer la llamamos Pavita porque nació un día de Acción de Gracias —aclara Gladys los motivos del apodo.

—Vale, mamá… —protesta volteándose la hija.

—Pepe es el culpable de que yo cambie tres veces de calzado al día —responde Marcelo y se mira los pies.

Dylan y Pepe intercambian saludos. Ambos han oído hablar del otro.

—Verá, es que soy transportista. Llevo años en ShopRite y tengo acumuladas muchas millas de carretera —expone en modo PowerPoint el hermano.

—Ajá —le sigue la corriente el *millennial*.

—Y, como digo yo —continúa el Pepe metiéndose ya en faena—: A mí déjenme de milongas, que lo que sujeta de verdad a un carro al asfalto son los neumáticos. Las gomas. Nada más.

—Ajá —corrobora Dylan de forma escueta mientras escudriña los moldes de cobre con forma de bacalao que adornan la pared.

—Ya puede tener usted un camión con un motor de no sé cuántos caballos, David…

—Dylan —corrige a su hermano Marcelo.

—Dylan, perdón —recula el transportista—. Pero a lo que vamos: que por mucho motor que tenga su carro, Dylan, como le fallen las gomas que lo fijan al pavimento, olvídese. ¿O no es así?

Dylan asiente.

—¿No le advertí de los fundamentos de mi hermano? —sonríe el barman ante las ocurrencias del menor de su familia.

—Bueno, tampoco quiero yo convencerle a usted de mi punto de vista, pero... —le resta importancia a su esquema argumentativo el Pepe.

—¿Pero? —le invita el joven del gorro de lana agujereado a descubrir de una vez su as en la manga.

—Pues es que con nosotros, los humanos, pasa tres cuartos de lo mismo. Ya puede usted cuidarse la musculatura en el gimnasio o salir a correr al parque todas las mañanas o practicar taichí que, como no invierta plata en un buen calzado con unas buenas suelas, al final del día se chingó. Hágame caso: el daño que se produce abajo, tarde o temprano, termina subiendo hacia arriba y doblándole a uno el espinazo. ¿Y usted qué mira? —le inquiere Pepe al chiquito con cara de pánfilo que ha seguido su hilo con una sonrisilla pícara dibujada en el rostro.

—Que estoy de acuerdo. La goma es lo primero.

—Yo lo hago siempre con gomas... —replica sin poder aguantarse la risa floja.

Se expanden las carcajadas alrededor de la mesa y vuelan un par de servilletas por encima del mantel. Pepe, que no le encuentra la gracia, agita la botella que tiene a mano y le rocía con gaseosa la cara al pánfilo.

—Tío, tío, tío… —se lamenta de la innecesaria maniobra de su tío carnal el guasón—. Que va usted a estropear la escultura del Quijote.

Pepe repasa con la servilleta el cuerpo del larguirucho hidalgo tallado en madera de olivo para escurrirle las gotas.

—A Delia ya la conoce… —continúa con las presentaciones Marcelo, ajeno a la bulla que su hermano ha formado.

—Un gusto volver a verla, señora —saluda Dylan a la hermana del barman mientras toma asiento junto a Delia.

—Deje presentarle a mi otra hermana… ¿dónde se metió? Allá, Rosa Mercedes.

La mujer que gritó «¡héroe!» eleva el brazo al otro lado de la mesa, bajo un cuadro azul que representa a dos tristes cisnes.

—Pues ya conoce a los cuatro que vivimos acá —le platica la ñaña—. Tenemos otra hermana en el Ecuador, Luzmila, a la que no pudimos traer por circunstancias. No sé si le contó mi hermano.

—No existe la felicidad completa —se disculpa Marcelo al tiempo que extrae su servilleta de un aro de plata decorado con una oveja.

—Son servilleteros de estilo victoriano —apunta orgullosa la dueña, que ha venido a corroborar la calidad del servicio—. Los coleccionaba mi esposo. Gustan mucho. Demasiado, diría yo, porque algunos comensales se los llevan de estraperlo a casa.

A la señora Delia le ha tocado en suerte uno con una gallina. El de Dylan tiene una vaca.

—Muy lindos —corrobora Marcelo mientras desdobla su servilleta.

—Los compraba mi Juanjo en mercadillos —confiesa la dueña con un hilo de nostalgia—. Tienen un baño de plata, no valen gran cosa, no se vaya usted a creer; pero ya digo que resultan muy aparentes.

Juan José Aurre abrió la Casa Vasca en 1976 con un compañero; pero, transcurridos los primeros diez años, el socio decidió regresar a Bilbao y a él le sorprendió la terrible noticia de un cáncer irreparable. Doña Maria Gema quedó sola y con dos hijos pequeños, de cinco y siete años, a su cargo. Así que, la vasca, no tuvo más remedio que remangarse la falda y meterse en harina. Pero no le dolieron prendas. Como el resto de los inmigrantes, había venido al Nuevo Mundo a prosperar y la frase «no se puede» no figuraba en su particular manual del usuario.

—Esta señora —le indica Marcelo con orgullo a Dylan— se partió la espalda para sacar adelante a sus empleados, pero con la mala fortuna de que, a mediados de 1991, un incendio en la cocina destruyó por completo el restorán. Nadie creía que la Casa Vasca volvería a abrir sus puertas. Ahora, cuando al fin lo hizo algunos meses más tarde, centenares de clientes aguardaban en una cola en la calle que daba tres vueltas al bloque de edificios.

La dueña se santigua. Cree en Dios y le agradece su misericordia. De hecho, canta los domingos en la iglesia. Ese es su *hobby*.

—No hay cosa que la detenga —alaba Marcelo a la señora mientras la observa repartir encargos a sus camareros y regresarse a la planta baja, que es donde le gusta a Maria Gema supervisar el buen servicio al comensal.

—Como le dije, a mi otra hermana no quisimos traerla ilegalmente —retoma la ñaña la conversación previamente interrumpida—. Además, ella prefirió quedarse en Quito al lado de su hijo.

—Le mandamos una mensualidad entre los cuatro hermanos para pagarle un apartamentico —señala el Pepe—. Así también, cuando alguno de nosotros vamos, tenemos un cuarto donde quedarnos.

—A mí ese porcentaje me lo deben, ¿eh? —reclama Marcelo—. Porque yo no he regresado al Ecuador jamás. Je, je, je...

La sucesión de bromas en español le hacen sentirse a Dylan extranjero en su propia tierra y disimula como puede: bebe agua, despliega la servilleta y se la coloca en el muslo, la vuelve a depositar sobre el mantel, la gira, primero al bies y luego en paralelo, la enrolla en el servilletero de la vaca plateada, agarra un trozo de pan, desmenuza la corteza...

—Ja, ja, ja —ríen los comensales.

—Ji, ji, ji... —hace que ríe Dylan.

No encuentra la mantequilla. En su lugar hay una jarrita con aceite de oliva, pero no está muy seguro de saber qué hacer con ella. Cuando uno sale de su entorno natural, pierde la sensación de seguridad. Se desorienta. Por muchos amigos nuevos que haga, el emigrante de primera generación está condenado a experimentar la amarga soledad que produce haber perdido el contexto, y Dylan se siente desprotegido e intuye que, de un momento a otro, va a meter la pata hasta el fondo.

—Bueno, bueno. Que le den a las penas por donde Cirilo a las manzanas —zanja el cantinero del Oyster Bar el ameno diálogo mantenido con el individuo que le queda al otro costado y regresa al idioma inglés.

—¿Cómo va, querido? —le pregunta a Dylan.

—Bien, bien... —Y luego retoma la conversación en donde recuerda haberla perdido—: ¿En verdad nunca regresó al Ecuador?

—Será un resentimiento que tengo yo con mi país... pero no me entran ganas de volver —le reitera su maestro.

—Es que mi primo tuvo la mente fuera de nuestro país desde bien chiquito —responde una voz que asoma sobre el hombro de Marcelo, un tipo de piel tostada, mandíbula robusta y mata negra de cabello lacio que masca con desparpajo un chicle globero.

—No le presenté a mi primo de Los Ángeles —se disculpa Marcelo reclinando su silla hacia atrás para facilitarle al *millennial* la visión—. Este es el Edwin.

El primo Edwin, que viste con orgullo un luminoso poncho rojo por si alguien pudiera albergar la mínima duda sobre sus ancestrales raíces kichwa, se marca un «namasté» hindú en señal de saludo al que Dylan responde con un torpe «hau».

—Tenemos familia desperdigada por todo el mapa, verá. —Marcelo utiliza un tenedor a modo de puntero—. Aquellos vinieron de Florida; aquellos, de Washington; estos, de Maryland; esos otros de por ahí... del norte de Niuyork, ya cerca del Canadá. ¡De muchos lugares vinieron!

—Nosotros —aclara el del chicle— volamos desde California para que mis hijos conocieran la nieve.

—¡Pues se hartaron, cabrón! —estalla en una desenfadada carcajada Rosa.

La concurrencia celebra el jocoso comentario con gran alboroto: vuelan de nuevo migas de pan por encima del mantel y una hace diana en la frente de Edwin. Los jóvenes baten sus cubiertos sobre la loza de los platos cual febril tamborrada y el pretendiente de la Jennifer, formal y repeinado, aprovecha la conmoción para robarle a la Pavita un beso.

—Nosotros ya nos acostumbramos a las tormentas —se arranca otra prima—. Vivimos al laditico de las cataratas del Niágara, adonde se fabrica el frío.

Más risas. Un par de camareros hacen acto de presencia con los aperitivos. Chistorra de Navarra *made in* Brooklyn. Almejas a la marinera. Croquetas de puerco. Descorchan botellas de cava. Pim, pam, pum. Las copas de flauta rebosan espuma de oro líquido sobre el mantel.

—¡Viva Quito, capital del mundo! —hace bocina con sus manos la señora Gladys.

—¡Que viva, pero que no viva tan lejos! —bromea animosa la Delia.

—Dele, Pavita. ¡A todo lo que le dé! —anima a arrancarse a la orquídea de su jardín el Pepe.

Toda la familia hace suyo el llamamiento a Jennifer y reclaman a coro la intervención de la cantante.

—¡Pavita!, ¡Pavita!, ¡Pavita!

Jennifer «Pavita» Hernández se arranca con un cántico folclórico. Los mayores acompañan dando palmas y patadas contra el piso.

Mi Quito es un edén de maravillas
poblado de mil versos y canciones.
Mi Quito es jardín de inspiraciones
poemas y sentidas melodías.

—En mi familia, Dylan —cabalga el maestro barista su voz grave sobre la dulce melodía de fondo—, somos como las Naciones Unidas. La esposa de mi primo Edwin es hondureña. La otra se casó con un colombiano. El yerno de mi cuñado es de Cuba. El esposo de mi hermana menor, de Santo Domingo. La mujer de mi tío, ya la ve que es china…

Divertido, el coro aumenta su volumen. Se suman nuevas voces. Hay risas y protestas, codazos y brindis. Pepe se levanta para atreverse con la voz tenora.

Pareces una reina de leyenda
luciendo la corona de su historia
que brilla con la aurora de su gloria
como brilla con la luna en La Alameda.

El hermano menor de Marcelo cosecha aplausos, los agradece, anima a la concurrencia a que le soliciten otra.

—*¡Encore, encore!* —los incita, pero recibe en su lugar un servilletazo en la cara y se sienta mandando al prometido de su hija al cuerno.

—A mi hermano se le pegó la musicalidad de mi padre —reconoce ufano Marcelo.

—Al Pepe sí que le fue bien regresar a Quito —deja caer la ñaña con cierto misterio.

—Es que Pepe tiene la anécdota de cuando se graduó de la *high school* y se fue al Ecuador de viaje para darse un premio —le aclara Marcelo al *millennial*.

—Bien merecido, ¿eh? —puntualiza Pepe quisquilloso—. Por graduarme con buena nota. E por «esfuerzo».

—Los cuatro mayores andábamos ya casados, pero él vivía en Jersey con los viejos —retoma el relato el barman—. A su vuelta del viaje a Quito, estábamos un domingo comiendo toda familia en un merendero y salió Pepe con el sorprendente anuncio.

—Ya me casé —le dejó caer el menor de los Hernández a Marcelo como si nada.

—Calle, Pepe —le recriminó su hermano con un codazo certero—. ¿No vio que papá está hablando? No vaya a interrumpir, hombre.

—Tenía que haber conocido a mi padre, Dylan —le explica al *millennial* la ñaña—. Era bien conservador, y cuando él platicaba en la mesa, más nos valía a los demás escuchar sin rechistar.

—Pero es que ya me casé —insistió en hacer pública su urgente notificación el adolescente.

—¿Qué estupidez es esa de que ya se casó, mijo? —detuvo su relato Míster Otto para confrontar la falta de educación de su vástago.

Entonces Rosa, que desde niña había ejercido de confidente del Pepe, salió en auxilio de su hermanillo.

—Es que es verdad, padre. Sí que se casó.

—¿Que se casó de qué? —clamó al cielo Míster Otto temeroso de que la cosa fuese a traer bemoles.

—Me casé en el Ecuador, padre, cuando fui a visitar al tío Papá Víctor. Encontré a una vecinita que me la quedé viendo y le pedí matrimonio y ya.

El señor Otto abrió los ojos como platos y se los frotó sin pena con los nudillos, por comprobar si es que acaso aquellas declaraciones formaban parte de un extraño sortilegio. Pero no.

—¿Quiere casarse conmigo? —interpeló Pepe a una versión aniñada de la actual señora Gladys que se limaba las puntiagudas uñas recostada con gracejo en una hamaca.

La muchacha también le quedó viendo. Anclada a la puerta de una casita de adobe, el algodón de la tela por delante, la cadera quebrada, el pelo lacio colgando hacia un lado. Se descubrió los anteojos de sol y dejó caer las pestañas.

—Le dejo sabiendo en diez minutos —declaró poniéndose a cubierto en la cocina.

—A ver, tenía que consultar con la familia... —se excusa sonrojada ahora la Gladys.

Los comensales murmuran, hacen bulla, explotan en risas, celebran con algarabía lo insólito de la historia.

—¡Gladys!, ¡Gladys!, ¡Gladys!

—De acuerdo, me caso con usted —afirmó al rato la gentil moza cuando volvió a asomarse al dintel de la puerta con una orquídea prendida al pelo.

—¡Que se besen! ¡Que se besen! —exige con vehemencia el grupo golpeando los vasos de champán con cucharillas.

Gladys y Pepe acceden a la demanda popular y juntan los labios para regocijo de todos los presentes.

—En cuanto ella pudo venir, se casaron y yo fui el padrino de ceremonias. Resultó muy lindo —relata Marcelo el final de la aventura.

La ñaña se enjuga una lágrima. La Rosa la disimula.

—Como les dije el día de la boda: no les deseo felicidad, les deseo suerte —recuerda su alocución el barman ante la atenta mirada de su pupilo—. Y ahí los tiene. Se quieren, se adoran, se gustan como diablos. Después de cuarenta años siguen siendo una parejita de enamorados.

Los camareros aparecen con el pavo y las guarniciones, sirven vino a los comensales, ofrecen agua plana y con burbujas. Alguien solicita un mondadientes.

—¿Usted no tiene novia formal? —se interesa la ñaña girándose hacia el *millennial*—. Favorcito, Marcelo, de pasarme la sal.

—¿Yo? ¿Para qué? —responde sarcástico Dylan.

—Acá está la sal, Delia —le entrega el salero el barman.

—Tener novia en esta vida es como llevar un sándwich a un banquete —explica Dylan.

La ñaña lo mira con desdén.

—Como llevar piñas a Milagro, hermana —le traduce al ecuatoriano Marcelo.

No hacía falta. Delia lo había pillado, y por eso no muda su expresión de desencanto. Al contrario. Alza las bolitas de los ojos hasta rozar prácticamente el borde de las cejas y sacude el cuello como un sonajero. Sin embargo, lo perdona. Desde el episodio del *diner* de North Bergen, la ñaña venera al ayudante de su hermano como si de un santo se tratase. San Dylan Tadeo.

—Tío Marcelo, para mí que usted no quiere regresar al Ecuador porque… seguramente cometió algún crimen y si vuelve lo cachan. Je, je, je —arranca en la mesa una risotada la Pavita.

—¿Acaso atropelló con el carro a una pobre viejita antes de partir, hermano? —se regodea el Pepe añadiendo leña al fuego de la misma broma.

—¡De seguro escondió el cadáver en la ladrillera! —remacha la Rosa provocando aplausos de algunos comensales.

Marcelo levanta la mano y la deja caer de golpe como quien espanta moscos. Continúan las risitas. Ni caso. Agarra los cubiertos, trincha la carne de pavo, revuelve los trocitos en el plato.

—Son resentimientos que a uno le quedan, Dylan —recapacita al rato en voz alta—. Nuestros países tienen problemas graves, y cuando uno va, los ve y siente que no puede hacer nada, y eso duele.

—Usted no opine del Ecuador, Marcelo, porque usted no vive allí —le recrimina su primo el kichwa.

—Mejor, brindemos para no aburrir a nuestro invitado —zanja la conversación la Delia.

La familia al completo alza las copas de vino.

—Chin, chin.

—Salud.

—*Cheers!*

Por un rato los convidados se entretienen con las viandas. Rebozan las tajadas de pavo en salsa de arándanos; degustan el relleno de migas de pan frito, puerros y frutos secos; se sirven un montecito de puré de boniatos, y, con la presión del cucharón en su cima, cavan un hoyo en el que depositar la salsa de carne. A Marcelo, la visión de los purés alineados en los platos a lo largo de la mesa le recuerda a su añorada cordillera andina coronada por hermosos lagos en los cráteres de sus volcanes.

Capítulo 27. Play Boy

Cuando uno nace pobre, la única aventura que puede permitirse es la de pasarse la vida persiguiendo una chuleta.

Anna recorta la cita de Marcelo, unta pegamento en el reverso de la tira de papel, la adhiere a una tarjeta, sopla con delicadeza para que el adhesivo seque más rápido y, finalmente, la ubica en el suelo junto a un puñado de fichas con frases sueltas.

Los clientes cambian de color con el tiempo. El caballero que iba de príncipe azul se volvió de pronto viejo verde.

Reza uno de los aforismos.

La felicidad reside en una palabra amable. En un apretón de manos. En un *scotch* con soda, hielo hasta arriba y dos rajitas de lima.

Puede leerse en otro.

Anna García se yergue e inspecciona el nutrido archipiélago de tarjetas blancas que ha esparcido sobre el mar azul de linóleo. Microrrelatos que a la reportera española la sobrepasan, incapaz de predecir aún qué historias lograrán hacerse un hueco y cuáles no en algún capítulo del libro.

«Menudo marrón, tía. ¿Por dónde comienzo hoy?», se interroga desde el borde de su improvisado mapamundi.

Como águila al acecho, Anna aguarda a que alguna presa llame su atención para lanzarse sobre ella en picado. Alguna anécdota que sobresalga. Algún episodio concreto que la motive a tirar del hilo y escribir esa mañana. Pero ningún detalle en particular parece dispuesto a hacerse notar de forma voluntaria.

«Vale.» La señorita García se resigna, pero no se arruga. Despide con un par de puntapiés sus chanclas, se remanga las perneras del pijama y se echa sin miedo a las aguas de Lilliput transformada en Gulliver. Con pasos quedos, de equilibrista en la cuerda floja, sortea los islotes —rectangulares, como muchos estados de la Unión— poniendo especial cuidado en no pisar ninguno. De vez en cuando se agacha, lee unas líneas y vuelve a enderezarse. Avanza otro par de yardas, se arrodilla, repasa un párrafo y reemprende el viaje. No es hasta alcanzar el conjunto de fichas que ha agrupado bajo el epígrafe de KAREN, que Anna siente el impulso que andaba buscando. Con prisas las cosecha todas. Las congrega en un mazo, las baraja, se las lleva a la cocina y las esparce en abanico sobre la barra para inspeccionarlas. Siente que el corazón le palpita. Toma asiento, abre el portátil, las contempla de nuevo y las ordena en familias, como quien juega a un solitario. Al rato vuelve a ponerse en pie, recupera las chanclas, se rellena de café la taza, se recoge el pelo con un pasador y comienza a teclear. Le ha venido la inspiración.

Transcurridos tres años desde la llegada de Marcelo a Manhattan, podían contarse con los dedos de las manos los ecuatorianos que habían optado por emigrar al Norte. Su presencia en Nueva York se reducía a un puñado de paisanos que solían reunirse, si el clima y las ocupaciones no lo impedían, una vez por semana en el departamentico de Marcelo en Brooklyn. Un piso que un tal Hozé Calderón, un medio pariente de una medio pariente de su tía Laura Salazar, le había ayudado a rentar por treinta y cinco dólares mensuales. Por aquel entonces, Williamsburg no ardía precisamente en fiestas y residir a ese lado del East River se asemejaba poderosamente a vivir en la clandestinidad. Pero los ecuatorianos daban gracias a Dios por tener un lugar en el que poder soñar planes de futuro juntos, llorar el pasado unidos y comentar en compañía las escasas noticias del presente que arribaban desde la madre patria. La información viajaba en aquella época a un ritmo más pausado. Desde la fecha del matasellos, las cartas venían demorándose por el camino unas tres semanas.

Para Hernández, aquel 1967 se presentaba por fin como un buen año. Con abnegación, entrega y sacrificio, el barman había logrado ascender varios puestos en el escalafón de la Restaurant Associates. De lavaplatos pasó enseguida a asistente de barman y, al poco, a primer ayudante de parrillas. De ahí, gracias al mérito añadido de haberle robado horas a los amaneceres para asistir a clases en la Bar Tender School (la escuela de baristas de la calle 47 donde los alumnos experimentaban con aguas teñidas de colores para no malgastar los licores de marca), se ganó a pulso el flamante título de SBSUF: sustituto de barman sin ubicación fija. Consistía su menester en deambular por los diversos locales de la prestigiosa cadena hostelera haciendo reemplazos. Lo mismo lo mandaban a cubrir la baja de un compañero en el Tavern of the Green que a suplir al titular de la barra del Top of the Sixties. Igual una noche atendía a la exigente clientela del Tower Suit, y otra cualquiera tomaba las riendas del bar de La Fonda del Sol o del Mama Leona's. Lo más parecido al paraíso que había diseñado en su imaginación antes de partir de Quito. Felicidad casi completa, pues el ecuatoriano era consciente de que en ese edén celestial se mantenían también las clases sociales, y a los ángeles negros y marrones les seguía tocando preparar en la cocina los manjares que degustaban al aire libre los arcángeles blancos.

Comentaba Marcelo estas inquietudes con algunos de sus coetáneos en una de aquellas asambleas en su minúscula casa cuando recibió de Hozé Calderón el inesperado soplo. Surgió a propósito de una mención sobre los gringos que gustaban de visitar con frecuencia el Ecuador.

—¿Usted no dijo conocer a una gringa? —parece que dejó caer de pasada su medio pariente sin darle a Marcelo tiempo a reaccionar—. Pues la vieron en el Club Play Boy.

A Marcelo se le revolvieron las entrañas.

El club que se convertiría en buque insignia de la franquicia ideada por Hugh Hefner acababa de inaugurar sede en Nueva York. En pleno corazón financiero y junto a los cuarteles generales de las grandes agencias publicitarias de la avenida Madison. Tras la exitosa acogida de Chicago, el Club Play Boy aterrizaba en la Gran Manzana con la intención de cautivar a los hombres deseosos de una sofisticada vida nocturna y, al parecer, según fuentes próximas al señor Hozé Calderón, la Karen de Marcelo formaba parte del ofertado paquete.

Marcelo se personó en las oficinas del club y echó una solicitud de trabajo, abultando en el informe de referencias su extensa experiencia como barman en prestigiosos clubes nocturnos quiteños repletos de lindas mujeres. A los dos días le contactaron.

—¿Ernesto?

—Marcelo.

—Se incorpora en el turno de madrugada, Ernesto. ¿Estamos?

La primera noche que hubo de franquear la misteriosa entrada al local, Marcelo estaba nervioso. La puerta del Club Play Boy parecía más bien una entrada secreta. Su llave, preciado objeto del deseo que muy pocos podían presumir de llevar encima, era equiparable al carné de socio. Los nombres no resultaban necesarios.

A Marcelo lo destinaron a la tercera planta. Ambiente barroco amenizado con música jazz y atendido por veintiún señoritas. Todas ellas ajustadas al patrón de belleza decretado por la marca. Altura: cinco pies con cinco pulgadas. Peso: ciento dieciséis libras. Edad media: veintitrés años. Estudios mínimos: dos años de carrera universitaria. Lo único que Hefner no cuestionaba a la hora de contratar a una conejita era el color de su piel. De hecho, en el número 5 de la calle 57 Este, había aquella noche mayor diversidad que en cualquier campus universitario del país. Junto a muchachas rubias y castañas de piel clara, Marcelo pudo conocer a Marion Baker, una elegante afroamericana de veinticuatro años, o a la simpática Jolly Young, una brillante estudiante de matemáticas de etnia china que luego saldría varias veces en la portada de la afamada revista de la casa.

—Vamos a lo que vamos, Ernesto —lo aleccionó nada más verlo venir el encargado.

—Oká.

—Las bebidas las ubicamos en la bandeja en la misma disposición que presenten en la mesa los clientes. De este modo siempre sabemos quién pidió qué. ¿Estamos?

—Oká.

—Sería imperdonable molestar a un cliente para averiguar si solicitó un *fluffy tail* o un *russell house*. ¿Estamos?

—Oká, estamos.

—Bien. Otro asunto, Ernesto: servimos siempre primero a las damas, ¿estamos?

—Oká.

—Bien, pues vamos a lo que vamos: las servilletas. El emblema del conejo siempre mirando al cliente. ¿Estamos?

—Oká, estamos.

—Bien. Pues entonces proceda, Ernesto.

Marcelo no encontró aquella noche a Karen entre las veintiuna conejitas. Desalmado, cuando ya empezaba a poner en tela de juicio la veracidad del soplo del tal Hozé, se informó por otro compañero y resultó que había más mujeres en otros pisos. Un total de ciento cincuenta señoritas repartidas entre las siete plantas que le correspondían al club. Recuperado el ánimo con esta información, la segunda noche se propuso recorrer con sigilo el edificio completo, misión que estuvo a punto de iniciar en un par de ocasiones; pero, cada vez que se arrimaba a la escalera, quedaba abortada por la respiración pegajosa del *manager* en su cogote.

—¿Ernesto?

—Señor.

—Vamos a lo que vamos. Repasemos los ingredientes del *fluffy tail.*

—Oká, señor. Amaro del capo, sirope de yuzu, clara de huevo y zumo de limón.

—Bien, pues vamos a lo que vamos.

El avistamiento tuvo lugar casi al final de la tercera noche. En un fortuito despiste del plomizo encargado, Marcelo se escapó con la bandeja cargada escaleras arriba y, en la planta quinta, ambiente mediterráneo, sorprendió a Karen esbozando unos pasos de *twist* con un hombre de negocios. Bajo la tenue iluminación de una pantalla de terciopelo rojo, la chica rebosaba calidez y elegancia, a pesar de llevar enfundado el uniforme de conejita: corsé sin tirantes, pantis negros, pajarita y manguitos, las orejas de conejo puntiagudas y alargadas, la mullida cola de algodón tamborileando en el centro del trasero...

Ella detectó también enseguida su presencia. No podría haber ocurrido de otra manera. Un barman parado como un pasmarote en mitad de la pista, bandeja en alto, sin quitarle de encima la vista.

—Permisito —mandó Karen al ejecutivo a esperarla en uno de los divanes de piel apurando su trago de hombre.

—Usted acá... —fue todo lo que alcanzó a exteriorizar Marcelo.

—Empate técnico. Una conejita no es otra cosa que una camarera con disfraz.

Karen le mostró el lazo de satén que llevaba prendido a la cadera con su nombre ficticio: Bunny Jenny.

—No vaya a pensar que me avergüenzo de usted... —intentó excusar Marcelo su torpeza—. Muy al contrario. Sé que para trabajar en Club Play Boy se necesitan cualidades mucho más valiosas que la de verse simplemente bonita.

—Sí, un poquito de insensatez ayuda… —Infló como pez globo sus carrillos Bunny Jenny.

Marcelo sonrió sin dejar de examinar las pestañas postizas que, en su humilde opinión, afeaban tanta belleza natural. Karen también examinaba su rostro en corto. El choque de sus cercanos alientos rozaba lo erótico.

—Se salió con la suya de mudarse a Niuyork…

Marcelo asintió en silencio.

—Y veo que se hizo un hombre…

—Por eso es por lo que vine a rescatarla.

—*Sure…* —suspiró Karen bajando los párpados en tono melancólico.

—En serio. Véngase conmigo. ¿Qué hace acá? —insistió el enamorado.

—Lo mismo que usted. ¿No es este su trabajo?

—No. Yo vine solamente a buscarla. Mi misión ya terminó. Trabajo en la estación central.

—Qué lugar tan lindo. ¿Quiere que nos encontremos allá?

—Seguro. El sábado libro, ¿le parece?

—A las doce en el reloj y luego me invita a almorzar.

—Bunny Jenny, ¿qué postura es esa? —interrumpió de forma brusca su conversación la coneja madre—. Piernas cerradas, espalda arqueada, caderas remetidas.

Era una señora alta y seria, pelo rubio cardado en avispero, uniforme frambuesa, acento de Europa del este, que se encargaba de supervisar la labor de sus pupilas.

—Retorne a su puesto, Bunny Jenny. Sabe que no está permitido charlar con el personal de la casa.

La última mirada, que irradiaba fuego envenenado, fue para Marcelo. El ecuatoriano giró sobre los talones y marchó, lo más digno que supo, con su bandeja escaleras abajo.

—Vamos a lo que vamos, Ernesto. ¿Dónde diablos se había usted metido?

Marcelo se excusó ante el *manager,* reconoció su error y pidió el cheque con el finiquito.

Anna aparta los dedos del teclado y abandona el ordenador para visitar el baño. Sentada en la taza del retrete se dedica a consultar con desgana los mensajes. Entra en Instagram. Revisa la cuenta de @MothHole.

Dylan ha colgado un selfi con sus ojos exageradamente abiertos y un breve texto que predica: «Ya terminé de ver todo en Netflix. ¿Ahora qué?». Duda si darle «me gusta», pendulea el dedo gordo a derecha e izquierda del icono, pero al final se abstiene. Tira del rollo de papel higiénico, pulsa por detrás la manija del depósito, se sube los pantalones, abre el grifo del lavabo, se enjabona las manos, se aclara con agua, se seca con la toalla y se mira en el espejo. Pensativa, regresa a la cuenta de @MothHole y le regala un «like». Sale del aseo, se aproxima a la cocina, abandona el teléfono sobre la barra y se enfrenta al teclado.

El sábado a mediodía, Marcelo aguardaba impaciente a Karen bajo el reloj dorado. La espalda, pegada al quiosco de información del vestíbulo, y en la mano, un clavel rojo que depositaba cada poco en el mostrador, protegido entre dos pilas de horarios de trenes, para agarrar un cigarrillo. Le propinaba un par de golpecitos contra el encendedor de gasolina, se lo llevaba a los labios, lo prendía, se ponía de puntillas para rastrear el horizonte entre la multitud de cabezas, pegaba dos o tres caladas, descendía los talones de nuevo a la posición de firme, lo apagaba de un pisotón y recuperaba la flor. A su alrededor, el suelo de mármol se iba inundando de colillas.

Se presentó la muchacha, pero él no notó su presencia hasta que la tuvo a dos palmos. Fue su olor, como a los animales, lo que lo puso en alerta. Reconocería el aroma dulzón de aquella piel a cien millas de distancia. Karen, de primeras, tampoco consiguió distinguirlo. Estiró tímidamente el cuello en ambas direcciones y, distraída, se entretuvo en contemplar el Zodíaco representado en la bóveda del techo. Marcelo la miró entallada en un vestido color durazno que remarcaba el contorno de su espléndida figura (su piel trigueña, sus ojos de gato, su cabello largo y rizado, sus espigadas piernas...) y supo una vez más que, por aquella mujer, estaba dispuesto a darlo todo.

—Disculpe... —se aproximó a ella sigiloso por la espalda y le rozó con suavidad el hombro.

Karen se volteó y el joven barman, con una estudiada reverencia, le ofreció su clavel rojo. La muchacha lo aceptó de buen grado y se lo amarró con soltura al pelo.

—Gracias —le siseó acariciándole la oreja con los labios.

Marcelo le echó coraje, adelantó una pierna y se atrevió a ceñirla por la cintura. Ella se dejó llevar. Por segunda vez, en lo que Marcelo conocía de siglo, frenó en su eje la Tierra. Cesó de existir el tiempo, amplió sus dimensiones el espacio y los dos únicos elementos que según Einstein podían ser infinitos (el universo y la pasión humana) se pusieron de acuerdo para mostrarse al unísono. Un, dos, tres, pausa. Un, dos, tres, pausa, comenzó la pareja a deslizar los pies, sorteando con pasos de son a los pasajeros que deambulaban por el vestíbulo de Grand Central Terminal. De punta a punta. Ida y vuelta. Amoldados a un compás en tres tiempos (un, dos, tres, pausa, cinco, seis, siete, pausa), los amantes retorcían con frenesí las piernas mientras los torsos permanecían inmóviles. Danzaban de cintura para abajo. De caderas hacia arriba, podrían haber tomado notas en una libreta sin que les temblase el pulso. Un, dos, tres, pausa. Las mejillas posadas, la una sobre la otra. Cinco, seis, siete, pausa. Los ombligos adheridos como imanes, los brazos enganchados en un nudo corredizo... pero las piernas sueltas (un, dos, tres, pausa), girando como endiablados torniquetes, deslizándose en latigazos intermitentes, a derecha y a izquierda, hacia adelante y hacia detrás, hurgando armoniosas por medio de las del compañero. Cinco, seis, siete, pausa. Aquello fue un compendio de ritmo y arrebato que culminó en un prolongado beso. Me hubiera gustado describir cómo los viajeros de la estación central soltaron sus equipajes y prorrumpieron en un espontáneo aplauso; pero, a lo que se ve, nadie reparó en la presencia de aquellos dos pobres diablos y su gesto de profundo amor pasó absolutamente desapercibido.

—Agarro mis cosas y nos vamos a vivir juntos —le prometió Karen cuando, agotados y bañados en sudor, decidieron ponerle fin a la danza.

Desaparecieron rampa arriba del Vanderbilt Hall e imagínese cómo irían de abstraídos que, antes de que pudieran calibrar su locura, ya habían alcanzado a fuerza de caminar el departamento de Marcelo en Williamsburg. Ya volaban las medias de seda y los calzones por lo alto del pasillo y se posaban del revés sobre las lamas de madera plástica. Ya se apretaban los cuerpos en el colchón. Ya se devoraban a mordisquitos y besos. Ya se arqueaban los pies. Ya arañaban las uñas el yeso de las paredes.

El domingo se lo pasaron haciendo planes.

—Marcelo, yo nunca he dejado de pensar en usted. No sé explicarle lo que sentía; pero siempre siempre, de alguna manera, mi corazón le esperaba.

Al salir de una película mexicana de riguroso estreno, *Juan Pistolas,* proyectada en el viejo teatro Jefferson de la 14, Marcelo hincó una rodilla en la acera y, entonando un bolero al estilo del mítico Javier Solís, le pidió matrimonio. Karen asintió y ese mismo lunes Marcelo solicitó a James Beard el día libre en el Oyster Bar.

—¿Y para qué necesita usted el día libre? —le preguntó el célebre chef atusándose el bigote.

—Porque me caso, don James.

—¡*Holy* guacamole! —se le escapó al señor Beard antes de reventar a reír—. Pero si nunca anunciaste que estuvieras prometido…

Otorgado el permiso del jefe, Marcelo salió garboso a compartir la buena nueva con su amada. Habían quedado en encontrarse en el sótano de la estación, donde los puestos de comida, para tomar un café. Karen había aprovechado la mañana para ir a recoger sus pertenencias.

—Será cosa de hora y media, dos horas a lo sumo —dejó caer.

—La acompaño.

—No. Prefiero mejor ir yo sola.

A la hora convenida Karen no se presentó. Marcelo consumió cafés hasta que el estómago se le volvió un pozo de petróleo. Regresó al departamento, convencido de haber entendido mal las instrucciones y con la angustia de haberla hecho esperar por su culpa tanto. Pero en Williamsburg tampoco estaba. La esperó una, dos... hasta cinco horas, sin resultados. En la noche se acercó al Club Play Boy.

—Vamos a lo que vamos, Ernesto. A Jenny Bunnie la despidió la coneja madre la misma noche que me dejó usted plantado. En Play Boy vamos a lo que vamos y la coneja madre no tolera una falta. Acá hay cola para ocupar el puesto de conejita, ¿estamos? Bloomingdale's paga a sus dependientas dieciocho dólares a la semana y acá ganan doscientos. Por cierto, Ernesto: ¿no querría regresar usted? Me las veo y me las deseo para encontrar profesionales cualificados.

Anna deja ahí la escritura. Entrelaza los dedos, las palmas hacia adelante y estira los brazos hasta que los cartílagos producen un eco de chasquidos. Se sacude las manos, aproxima su rostro al móvil, abre la calculadora, resta 1967 a 2019 y queda en estado de pasmo. Cuando Margaux abre la puerta de la calle, se la encuentra en el sofá sollozando.

—¿Qué tiene, mi niña? —pregunta alarmada su compañera de piso.

Anna se restriega las lágrimas con los puños.

—¿Tú no estabas en Los Ángeles?

—Me peleé con mi hermana.

—Oh, Margaux… —se levanta Anna a consolarla.

—Prefiero no hablar del tema. Cuéntame mejor qué te pasa.

—No soy una buena escritora, Margaux —responde sintiéndose una tonta—. Esta historia de Marcelo me viene grande, tía.

—¿Qué pasa, Annita? —insiste su amiga.

—Que Marcelo lleva cincuenta y dos años esperando a su amor, joder… —rompe a llorar la reportera como una tonta.

—Ay, mi niña… —exclama Margaux, la maleta aún asida por una mano, el rabillo del ojo fijado en el mapamundi que forman las tarjetas dispersas por el piso—. Usted se está volviendo loca como don Quijote de tanto leer novelas. Vístase ahora mismo que me la bajo a tomar un jugo verde. O a arreglarse las uñas. Lo que usted prefiera, pero necesita urgentemente salir de esta casa, mi niña. Y, bien mirado, yo también. Vamos a celebrar el día del pavo. ¿Vale, vale, vale, joder? —imita el acento español su amiga con desparpajo.

Capítulo 28. Familia

La dueña de la Casa Vasca recoloca los candelabros en el mantel, centra el cuadro de los cisnes, susurra instrucciones al mesero para que reparta más pan entre los comensales.

—¿Todo bien? —se acerca a preguntarle al anfitrión.

—Todo calidad, María Gema —le asegura con satisfacción Marcelo.

—De eso puede estar seguro —acepta el cumplido al vuelo la madre fundadora del negocio—. El secreto de la cocina vasca está en los ingredientes. Aquí no usamos salsas, como otros, para esconder productos de menor calidad. En esta casa los alimentos salen al plato desnudos, como Dios los trajo al mundo. Si acaso, vuelta y vuelta en el fogón con un chorrito de aceite y una pizca de sal. Ahora, escúcheme: el aceite tres cuartos de lo mismo, también ha de ser de primera. A mí eso de usar vino malo para cocinar no me va. Hasta la sal ha de cumplir el requisito de ser de una calidad suprema.

Marcelo bendice la perorata y la de Bilbao abandona la sala andando marcha atrás y con la mano en alto, como si acabase de cortar una oreja en la Semana Grande.

—Nosotros vivimos en el D. C., un lugar bien ambientado —comenta la señora Angelita, una viejecilla que está encajada en una silla con almohadón a la derecha de Delia—. Allá, si usted tiene un esmoquin, nunca va a padecer hambre, porque se las pasa festejando de embajada en embajada. Se organizan cientos de cócteles todos los días. Y, créame, hay gente que no vive de otra cosa.

Dylan escucha, sonríe, empuja con el dedo gordo hacia el tenedor los guisantes de guarnición que se le resisten. Marcelo observa la maniobra con un gesto de desaprobación hacia los modales del joven.

—¿Qué? —pregunta Dylan incómodo.

—Nada...

Delia se sirve cebollinos gratinados y discute con Angelita sobre si las aves almacenan más proteína en la carne blanca o en la oscura. Marcelo rellena su vaso y el de Edwin con el tinto de la botella.

—Yusulpayki —le agradece el cumplido su primo en idioma nativo.

Dylan vuelve a empujar con la mano los guisantes rebeldes que le bailan en el plato. Cual pala de buldócer, el dedo gordo atraviesa charcos de salsa y barrizales de puré hasta colocar su carga en el tenedor. Engulle su presa y remata llevándose el dedo sucio a la boca y pegándole un par de lametones prolongados cuyo eco resuena en toda la sala. Dylan siente de pronto que todos y cada uno de los comensales clavan en él sus miradas.

—¿Sus padres cuando emigraron? —se voltea el *millennial* a preguntarle a la Delia, por romper una tensión de cuya creación él no se siente culpable.

—Marcelo fue el primero en marchar. Después mandó traer a mi papá y, ya más lueguito, él y mi padre nos trajeron al resto.

—El padre fue un gran artista de variedades —introduce información adicional la señora Angelita.

—Sí, papá estuvo actuando un tiempo en un teatro rodante cubano por ahí, por Union City —confirma la ñaña.

—Hasta que vio que el arte no le daba de comer y lo dejó para tomarse la vida un poquitico más en serio —responde Rosa y alza las cejas con un suspiro.

—Acá un artista se regala y yo soy un profesional —se lamentó amargamente Míster Otto ante su esposa, doña Olga.

Era pleno verano. Bastaba con remitirse a las pruebas: la camiseta blanca de algodón pegada al cuerpo y el calor asfixiante del asfalto adherido al yeso de las paredes del apartamento de Williamsburg que el bueno de Marcelito había arrendado para que vivieran él y su esposa.

—¡Se acabó! —argumentó don José Hernández enterrando su guitarra en el nicho de un armario—. A partir de ahora, el menda que quiera escuchar a Míster Otto en los Estados Unidos que lo contrate y le pague lo que es debido. Porque yo, de gratis, no actúo más.

—Y así fue, Dylan: papá no volvió a actuar más —sentencia con pesadumbre la Delia—. Se puso a trabajar en una mecánica de banco, manejando un torno y con una *suite* opus 10 de yunque y martillo terminó papá su carrera artística.

—Ah, no, ñaña, pero en familia siguió cantando… —trata de elevar Marcelo con cariño los ánimos de la celebración—. Bailaba, contaba chistes y, a lo último, recuerde que se puso a pintar cuadros. Unas pinturas bien hermosas.

—¡Brindemos por el recuerdo de papá! —grita y alza su copa movida por la emoción Delia.

—¡Y por el de mamá también! —añade otra candidatura al brindis Rosa desde la banda opuesta.

Marcelo, Pepe y Gladys asienten al unísono con las cabezas. El resto de la familia se pone en modo escucha.

—Brindo por mami… —se para, se atusa la falda Rosa— que fue una señora bien inteligente y con un sentido del humor muy lindo.

—¡Ahí va! —sentencia el Pepe.

Algunos rostros se emocionan.

Marcelo la recuerda al final de su vida, en Jersey City, y la vuelve a ver subir la empinada cuesta para recorrer con paso quedo su adorado barrio. Solía pararse doña Olga a curiosear en las tienditas, a paladear desde las puertas los aromas que despedían a la calle las bodegas y restoranes (italianos, ecuatorianos, árabes, dominicanos, chinos, alemanes…) y a no dejar nunca de asombrarse de las infinitas combinaciones de rasgos humanos que procuraban las mezclas de razas en este rincón del mundo. A la buena señora, la calle Paterson se le antojaba el Antiguo Testamento; como si los de la torre de Babel hubiesen ido todos a parar allá después de la desgracia bíblica.

Había armado para entonces la mamá de Marcelo una buena pandilla de viejitas, comadres que venían a representar el amplio muestrario de etnias del planeta, y a las que unía una singular característica: ninguna de ellas había conseguido aprender inglés. Pero salían juntas a hacer la compra, se ayudaban las unas a las otras en los apuros domésticos, reían con ganas y parecían entenderse de maravilla.

—Mamá, ¿pero ustedes cómo hacen? —no cejaba en su asombro Marcelo.

—Tranquilo, mijo, que las mujeres, de siempre, nos hemos sabido apañar solas.

—Mami, para los nietos que no la pudisteis conocer, era profesora, aunque no llegara a ejercer nunca su magisterio —regala Rosa a la siguiente generación, con un deje de nostalgia, algunos datos de la biografía materna—. Fue enamorarse de mi padre y ponerse a viajar detrás de él. Corre que te corre. Guayaquil, Cuenca, Ambato, Loja... Corre que te corre. Hasta que salió encinta de usted, Marcelo, y ya decidió quedarse en casa.

—Mami era especial. Je, je, je... —Marcelo comparte con el resto de los comensales ahora sus recuerdos—. Las amantes de papá venían a buscarlo a casa y mamá las atendía personalmente. ¿No recuerdan?

—Espérese un momentito que ahora enseguidita le aviso a mi marido y sale —comunicó doña Olga Salcedo a la joven cupletista que se había llegado hasta la casa preguntando por Míster Otto. —¿Le apetece a usted tomar algo mientras?

—¡Imagínese! —sacude la cabeza como una serpiente su cascabel Marcelo.

—Eran otros tiempos... —echa tierra sobre el asunto la ñaña.

—Lo que su padre haga o deje de hacer en la calle, mijo, es asunto suyo y a mí ni me conviene ni me interesa —confesó la señora Olga a su primogénito, que la observaba con la mirada perdida de un gato.

El niño acababa de regresar de hacerle un mandado a su padre en casa de una cabaretera y encontró a su mamá aplastando con una maceta las rodajas de plátano verde que iba a rellenar con queso de cabra fresco para la cena. Se le hizo la boca agua. Aquel era de siempre su manjar preferido: patacones y humas con café.

—Lo que usted ha de tener claro es que, al final del día, Marcelo, mijito, la única dama que responde por esposa de su señor padre soy yo.

—Amén —bendice la prédica la señora Angelita.

—Mami era alto educada y bien dulce —recalca Rosa, con las mejillas ahora visiblemente humedecidas y la copa de vino todavía en alto—. Para ella no existía persona mala. Para ella toda la gente era buena. Por ti, mami.

—¡Invita la casa a una rueda! —grita el Pepe.

—¿No conoce? —le pregunta a Dylan Maria Gema blandiendo en sus manos una bota de vino.

—*Goatskin pouch* —le traduce al sorprendido *millennial* Marcelo.

La *maître* hace una demostración. Quita el pito de la boquilla, alza la bota en las manos, con los brazos bien estirados, alejados de la boca.

—Los labios —instruye la fundadora del refugio gastronómico vasco del Ironbound— no han de tocar nunca el brocal de baquelita.

Un chorro generoso de vino corta en caída libre el aire y rellena su garganta. Un hilillo rojo, apenas perceptible, rebosa por la comisura de sus labios como únicos daños colaterales.

—A ver quién es el primero que se atreve —cede el turno la bilbaína a Pepe.

Los asistentes se pelean por probar suerte, se salpican los unos a los otros, ríen, brindan, se besan, se abrazan, apoyan las manos en el hombro del compañero.

—¡Por mamá! —grita la Rosa.

—¡Por los abuelos! —sugiere una voz anónima.

—¡Salió regia doña Olga! —Trata de manejar la tripa de cabra rellena de vino la señora Angelita y hace diana en un ojo.

Las risotadas se multiplican.

—Dylan, ¿no se saca usted el gorro? —le recomienda Edwin.

—¡Viva Míster Otto!

—Permítame… —Surge por detrás del *millennial* un brazo de mujer que rellena con vino de la bota su inmaculada copa—. Brindar con agua mineral trae mal agüero.

—¡Caramba, no le presenté a mi hija! —se apuñetea la frente avergonzado el barman.

El *millennial* se gira para descubrir a la inesperada visitante: los mismos ojos del padre, dos hoyuelos marcados en las mejillas, una expresión dulce en el rostro y una entrada en la mediana edad que reivindica con estilo su natural atractivo. Viene acompañada de una fotocopia a tamaño reducido, que, obviamente, tiene que ser su hija.

—No me dijo que estuvo casado ni que tenía prole… —le reprocha el pupilo a Marcelo.

—¿Pensó que era un solterón cojudo? —coloca sus brazos en jarro el maestro—. Pues ya ve que no. Je, je, je…

Marcelo se para y realiza las debidas presentaciones.

—Esta muchacha tan linda es mi hija Olga —dice—. Y esta bella criatura, mi nieta Laura.

—Tanto gusto.

Olga junior ofrece su mano para que Dylan le plante un beso. Dylan asiente, cortés pero cortado, y se inclina. Hace una torpe reverencia, besa el anillo, se incorpora, se alisa las arrugas del pantalón, mira al techo.

—No sé cómo lo ha conseguido —baja Olga la voz hasta convertirla en susurro—, pero tiene usted a mi padre francamente impresionado.

—Por todas las cosas feas que le tengo dichas, supongo… —se refugia en el humor el *millennial*.

—No. De veras, Dylan. ¿No le contó?

Dylan se encoge de hombros, extiende los labios como un pato y se los pellizca. Entonces, Olga le indica con un torcimiento de cuello que abandone su asiento y la siga. Dylan aparta la silla. Salen al pasillo. Laura va detrás de su madre como un corderito. Olga le cuenta algo al oído y la manda de vuelta con su abuelo.

—Mi padre nunca quiso ayudantes. No se fía de ellos —le confiesa la hija del barman, una vez a solas, junto a la ilustración de la pareja que baila el aurresku—. Antes de que usted llegase, le trajeron a otros muchos gringos para que les enseñase el oficio. El que más aguantó en el Oyster Bar dos días. El algoritmo es bien fácil: encuéntreme usted un nacido en este país que quiera trabajar tan duro como nosotros. No existe. No quieren. De eso se quejó siempre mi padre, pero, al parecer —sonríe— hay excepciones.

Dylan se turba, se atraganta, no sabe qué responder. Se fija en el cuadro del tipo de la boina roja que corta troncos impertérrito.

—Papi puede volverse sapo gruñón y usted supo suavizarlo. Quería darle las gracias por ello. Nada más.

La joven le guiña un ojo y se voltea imprimiendo ritmo a sus tacones camino de los baños. El suave bamboleo de su falda hace perder el equilibrio al camarero con el que se cruza en el pasillo. La enorme bandeja raya el yeso de la pared y deja una muesca. De haberse producido el tropiezo, recapacita el *millennial,* hubiera resultado escaldado con hirviente café de Colombia; asaeteado por una piñata de azucarillos, sobres de sacarina, tejas de almendra, barquillos de Tolosa y loza blanca de IKEA; regado con leches de vaca, almendra y soja, y caramelizado con sirope de arce.

—Bien simpática su hija. ¿Cómo no me dijo nada? —se queja al barman nada más regresar a su puesto en la mesa.

—Mi vida privada prefiero dejarla a un ladito —se justifica Marcelo que juega al cordel con su nieta.

—Gracias a Dios, su hija debió de salir a la madre... —se mofa Dylan del mal genio de su jefe.

Marcelo no presta atención. Se concentra en el cordel que dispone entre las manos su nieta Laura formando una figura. El abuelo lo pinza con los dedos, lo pliega, lo estira y forma una figura nueva entre sus dedos.

—Estuve casado y fue lindo, Dylan, pero se terminó. Delia también se separó y, como tenía hijos crecidos como yo, decidimos compartir casa. Fin de la historia.

Olga junior regresa y se lleva a la niña. Antes, Laura choca los cinco con su abuelo.

—¿Tiene más hijos? —insiste Dylan, que se niega a aceptar la privacidad requerida en asuntos personales por su jefe.

—También aquel lindo muchacho, Leonardo. Allá sentado.

Dylan sigue la trayectoria marcada por la nariz del barman y se topa con la mirada de un hombre que también lo examina de cerca. Ambos machos se tantean, miden el terreno y, al final, se acercan, se estrechan la mano e intercambian unas palabras.

—Tanto gusto.

—El gusto es mío.

—Este es mi primo Ed —le presenta Leonardo a un joven que es puro calco del Edwin del poncho: piel tostada, mandíbula robusta y mata negra de cabello lacio.

—Encantado, Dylan. Soy Edwin Rotamara —le deja conocer su nombre el muchacho.

—Escuché que el Ecuador es un país muy lindo —comenta el *millennial* por romper el hielo.

—Ni idea, man —responde Ed con un impecable acento inglés—. No estuve allá en mi vida.

Estaba marcado. El *millennial* sabía que, más tarde o más temprano, iba a meter la pata.

—Está bien —suaviza la tensión Leonardo.

Dylan se recompone como puede y los tres continúan conversando amigablemente un rato.

El barman los observa por el rabillo del ojo. Ed es el que más habla, el que más sonríe dejando entrever con frecuencia sus dientes blancos, el que más golpea con el índice a los compinches en el pecho para remarcar el final de cada una de sus frases.

Los tres al fin reclinan los cuellos en señal de respeto mutuo y se despiden.

—Venga a visitarme a California cuando quiera —ofrece a Dylan el joven Rotamara.

—Mi primo trabaja en Disneylandia —le señala con orgullo Leonardo.

—¿Sí? ¿Qué hace allá? —se interesa el *millennial.*

—Es Mickey Mouse —bromea el hijo de Marcelo—. ¿No lo reconoció?

Los tres se ríen y regresan a sus respectivos puestos en la mesa. Leonardo y Ed se incorporan a la piña de la Pavita. Dylan enfila hacia la cabecera.

—¿Café, caballero? —interrumpe el caminar del *millennial* el camarero que estuvo a punto de arañar el piso con los dientes.

—¿No tiene té verde? —examina Dylan decepcionado el contenido de la fuente.

—Se lo traigo.

Los meseros afeitan las migas del mantel, cargan platos y cubiertos, ofrecen chupitos de licor.

—Hay pacharán de Navarra y ginebra de Mahón —dicen—. Y Coffee Royal, servido con un brandi *float* y cáscara de limón. ¿Alguna petición?

Se estiran brazos en el aire, impacientes, como parvulitos que demandan la atención inmediata de la maestra en la escuela.

La dueña de la casa asoma y anuncia los postres caseros elaborados con ingredientes orgánicos y sin gluten. Da a elegir entre el célebre pastel de queso neoyorquino o la tarta de naranja, especialidad de la casa. Los comensales paladean su respuesta.

—A mí, si fuera usted tan amable, me consigue por ahí una naranja fresca... ¿Tiene? —se adelanta el barman esperanzado.

—Bai —afirma solícita la *maître*.

Marcelo observa a Maria Gema pasmado.

—¿*Bye* me dijo? ¿Me despide? ¿No me habrá querido mandar usted al cuerno?

—No, por favor —niega tamaña ocurrencia la dueña—. Al contrario, le respondí que sí, Marcelo —aclara algo sofocada.

—Pues entonces, señora, me debió de hablar usted en ruso...

—Le he respondido en euskera.

—¿En euskera?

—¿No conoce? Es el idioma de los vascos, el más antiguo del mundo. El que hablaban Adán y Eva en el edén porque, no sé si sabrá, Marcelo, que el paraíso terrenal lo localizaron los historiadores en el hayedo de Balgerri.

Marcelo sacude la cabeza. Se queda a cuadros y, para cuando se dispone a demandar bibliografía que justifique tales argumentos, la dueña del restorán ya ha abandonado con discreción la sala.

—¿Café? —le pregunta el camarero que viene repartiendo tazas de felicidad alrededor de la mesa.

—Cómo no —asiente el del Oyster Bar—. Con un chorrito de brandi, si es tan amable. ¿Tienen Veterano?

El aroma que emana la cafetera, variedad robusta, lo transporta de golpe a los hermosos paisajes de su infancia andina.

—¡Apure, Marcelito! —se volteó a llamarlo el padre, la guitarra ceñida a la espalda, las piernas tensadas por el esfuerzo de ascender calles tan empinadas. El chaval se entretuvo admirando un colibrí que zumbaba marcha atrás, después de chupar las corolas de las flores que adornaban la ventana de una de las casitas del pueblito cafetero. Los portales rebosantes de plantas medicinales que las mujeres habían cultivado con mimo en latas de frijoles vacías. Algunas doñas los saludaban a su paso y les ofrecían maíz, cocos, piñas, guanábanas. No había hombres, estaban todos en el café. Solamente había señoras, bajitas y con sombrero, que, de patio en patio, charlaban con sus vecinas y se intercambiaban gajitos de plantas, remedios y tamales. Marcelo, despistado, casi chocó de bruces con su padre, que se detuvo de improviso a charlar con una joven aldeana.

—Doña Ligia —la llamó con confianza por su nombre de pila.

Entonces Marcelo observó a Míster Otto desenfundar su guitarra y guiñarle un ojo a la señorita mientras entonaba el *Muñequita linda de cabellos de oro* hasta conseguir turbarla. Tanto que el niño temió que esta vez asomara el marido y fueran a terminar saliendo a los apurones.

—Señorito Dylan —interrumpe la pausa nostálgica la voz cascada de la señora Angelita—. No me contaría, por favorcito, lo del malcriado que le basureó a mi primo en el *diner.*

—Ah, no tiene caso, déjelo estar señora Angelita —desestima la propuesta Marcelo.

—Un racista, no más, señora —da por explicado el relato el *millennial.*

—¡No, más bien un ignorante! —corrige visiblemente encendido el Edwin que, a lo que se ve, prestaba atención con las orejas tiesas.

Los comensales dirigen sus miradas hacia el de Otavalo, que, al parecer, se halla al corriente de algunos detalles del lamentable acontecimiento.

—Perdonen, pero es que me enervo. —Se saca el primo un chicle masticado de la boca y lo enrolla en un sobrecito de edulcorante—. Ya me harté del cuento ese de que Estados Unidos es la tierra prometida y de que media humanidad, por no decirle a usted que toda, estamos deseandito de mudarnos a vivir a este país a la primera oportunidad de cambio.

El silencio se podría cortar en lonchas con el cuchillo del pan y servirlo en una bandeja.

—Acá se creen que nosotros nacemos y ya tenemos un pie en el aeropuerto para venirnos.

Rosa asiente resignada al otro lado de la mesa. El novio de la Pavita vuelve a besar a su prometida de tapadillo.

—Pues yo les aseguro —se pone en pie el Edwin consciente de que un poco de teatralidad dotará de mayor verosimilitud a su presentación— que no conozco a una sola persona que quiera tener acento extranjero cada vez que abre la boca.

—Eso es verdad —responde Pepe y se gira hacia la Gladys.

—Nadie cambia voluntariamente por un sanduche de mantequilla de cacahuete y mermelada de arándanos los tacos de pescadito que prepara su comadre.

—Nadie —repite la Delia.

—Nadie —confirma la señora Angelita.

—Yo les prometo que nadie quiere abandonar por gusto su iglesia, ni sus amistades, ni sus paisajes. Todos los que vinimos al Yuma, señor Dylan —se gira el kichwa hacia el *millennial* y le señala con el índice—, vinimos a este país de forma obligatoria. Toditos. Obligados por las circunstancias. Se lo juro. Que no se le olvide.

Edwin se recoge el poncho y se sienta. Las miradas se posan en el *millennial,* que, sin comerlo ni beberlo, se ha convertido en el objetivo del rapapolvo. Dylan no dice ni mu. Extrae la bolsita de té que flota a la deriva en su infusión y remueve el humo. Pega un sorbo y se abrasa el paladar.

—No se lo tome como algo personal, pata —le insta a alegrar la cara Marcelo—. Es solo que vinimos acá a partirnos la espalda, Dylan. No hay otra. Y duele cuando se nos malinterpreta.

—A lo visto, a algunos se les olvida que en América todo el mundo, incluidos sus antepasados, vinieron de otro país —amplía la señora Angelita los conceptos con intención de que el *millennial* capte la idea.

—Vale, está bien, déjenle en paz al pobre —sale en defensa del gringo la Pavita—. Ya les escuchamos ese cuento mil veces. No se repitan, por favor.

—Es que los que nacieron acá tienen tendencia a olvidarse —le devuelve el Pepe con enfado la pelota a su querida hija—. Por eso es que se lo recordamos.

La muchacha lo deja por imposible y se arranca a cantar de nuevo. Esta vez en inglés, que, a fin de cuentas, es la lengua a la que, sin ser materna, considera su propio idioma.

Baby, I'm dancing in the dark
with you between my arms.
Barefoot on te grass…

Sus primas y primos la jalean.

—¡Dale, Pavita!

—*¡That's good,* Jenny, qué arte!

—Marcelo —le comentó en tono suave Soledad O'Brien—. Le escuché alguna vez decir en su barra que los hispanos nos matamos trabajando…

—Es que es así —la interrumpió en mitad de la frase el barman—. Trabajar es lo que aprendimos a hacer desde chicos en nuestros países. Trabajar y trabajar. Un muchacho, un oficio: ese era el lema de mi generación.

—A cada uno lo preparaban para una tarea… —le animó a continuar los puntos suspensivos la periodista.

—Sí: herreros, peluqueros, sastres, costureras, lavanderas, cargadores… Te ponías a trabajar y ya. Aprendías a la fuerza, sin necesidad de cursos ni capacitaciones.

—¿Su generación tiene algún lema? —le pregunta curioso el Pepe al *millennial.*

—¡Vive sin excusas y viaja sin remordimientos! —suelta de forma inconsciente Dylan enmarcando el eslogan en la mejor de sus sonrisas.

Silencio sepulcral. Houston, algo no funciona. Dylan silba, mira hacia la puerta, se rasca el gorro, desea que se abra el piso bajo su silla y que su cuerpo caiga al vacío en ofrenda eterna a la Pachamama.

Vuelve Maria Gema con un cesto de naranjas navel. Se restablecen los murmullos. Menos mal.

—Su fruta, caballero —expone a Marcelo su botín el ama de la Casa Vasca.

—¿No prefiere que le preparemos la naranja en rodajas con Cointreau y azúcar?

—Así no más. Está bien —agradece la ofrenda el barman.

—Buen provecho.

Marcelo escoge del cesto el ejemplar más redondo, el más brilloso, lo trincha con su tenedor y comienza a pelarlo con el cuchillo. El cítrico va girando sobre el eje del cubierto, cual globo terráqueo de escayola sobre una peana, y la afeitada monda va cayendo en forma de larga espiral sobre el plato. Dylan observa el proceso estupefacto.

—¿Puedo coger yo también una? —pregunta con timidez.

El barman apunta su nariz hacia el cesto en señal de aprobación. Dylan agarra la más gorda, caballo grande, ande o no ande, y la ubica en el mantel. La parte en dos con el cuchillo, divide las mitades en cuatro y vuelve a sajarlas hasta disponer de ocho medias lunas. Elige un gajo y se lo lleva a la boca. Con la pulpa aprisionada entre los dientes, la rugosa piel de la naranja recrea en su rostro unos falsos labios, a modo de chupete, como si algún desaprensivo le hubieran dibujado encima la sonrisa del Jocker. Por las comisuras rebosa un hilillo de jugo que salpica el mantel de hilo.

—Crecí humilde, pero al menos aprendí modales —le riñe Marcelo con explicaciones no solicitadas.

Dylan tira la cáscara rebañada en el mantel y observa cómo su jefe coloca su naranja sobre el plato, recién peladita, sin restos de carne blanca, como si la hubiera afeitado el barbero de Sevilla, mientras cuenta meticulosamente el número de tabiques que separan los doce gajos. Un par de veces. Hacia atrás y hacia adelante. Hacia adelante y hacia detrás.

—A usted seguramente le alimentaron de niño a base de Twinkies y de *cookie dough,* ¿verdad, Dylan? Porque yo en el Ecuador tuve una abuelita que guisaba para el presidente de la República.

Marcelo separa los gajos, los esparce como pétalos de flor sobre la porcelana blanca del plato, trincha uno de ellos con el tenedor y se lo aproxima a la boca.

—Antes de aprender a caminar yo ya sabía manejar los cubiertos y los palillos chinos —apostilla sin molestarse siquiera en dirigir la mirada a su interlocutor.

—A los tres años, en mi casa, ya distinguíamos el cochinillo confitado con crema de papa trufada del cuy asado con mote —convalida la afirmación de su hermano con orgullo la ñaña.

—Nada más cumplir cinco años, mi abuelita me enseñó a servir la mesa al estilo ruso —le había revelado el barman a una sorprendida Soledad O'Brien—. Sabe cómo va, ¿no? Consiste en ofrecerle al comensal la fuente por la izquierda y el vino por la derecha.

Dylan engulle otra media luna de naranja y se limpia en el mantel sus manos pringosas.

—La mayoría de los días éramos pobres —continuó relatando Marcelo retazos de su añorada infancia a Soledad O'Brien—, pero mi abuela nos traía de vez en cuando ollitas con manjares que habían sobrado de las cenas de estado que ella preparaba, y aquella noche nos convertíamos en príncipes. En la pobreza existe mucha felicidad, no sé si le comenté.

—¿Qué tipo de manjares les traía su abuela? —se interesó en saber la periodista de Long Island.

—Comida internacional. Locro con salsa de ají, lenguado *meuniere*... y así. Mi abuela nos procuraba también cubiertos y nos enseñaba a empujar la comida del plato con pan.

—Les enseñó modales —apuntó Soledad.

—Modales. Sí, señora. Aprendimos a limpiarnos las manos antes de sentarnos a la mesa, a poner la espalda recta en el respaldo de la silla, a no empezar a comer antes de tiempo, a masticar con la boca cerrada... esas pequeñas cosas que convierten la gastronomía en cultura. Los buenos modales lo marcan a uno para siempre. Al menos eso me parece a mí.

Soledad se llevó un dedo a los labios para rogarle al barman que guardase silencio y dar paso al siguiente corte para comerciales.

—*I Am an American*. Ya volvemos.

—La cortesía está sobrevalorada —se mofa Dylan con la boca llena de pulpa, los carrillos encharcados, los dedos pringosos y el mantel echado a perder de churretes.

Marcelo no se digna a mirarlo a los ojos.

—¿Usted cree que Dios puso cubiertos en el paraíso? —insiste en su fantochada el *millennial*—. Vamos. Marcelo, no me diga que a usted no le gusta comer hamburguesas con las manos, ¿eh? El gustito ese que produce un churretón de grasa por la barbilla. ¡Eso sí que es gastronomía, hombre!

Marcelo se retoca los labios con la servilleta, cuenta hasta tres mentalmente, posa el tenedor en el plato, bebe un traguito de agua, le clava por fin la mirada como el aguijón de un escorpión al chico.

—La cortesía, Dylan se parece al aire de los neumáticos —predica—. No cuesta nada y encima hace más confortable el viaje a quienes nos acompañan.

El *millennial* se mosquea.

—No tiene derecho a juzgarme —le echa en cara—. No sabe quién soy. No tiene ni idea de cómo ha sido mi infancia.

—Oh, déjeme ver... —exagera con ironía el rascado de su pelo Marcelo—. Mmmm... Estoy plenamente convencido de que usted tuvo una niñez complicada en Nueva Jersey. Pobrecito Dylan.

—Déjalo estar, ñaño —le sugiere Pepe.

—Déjeme ver —continúa el mayor de los Hernández a piñón fijo—. A mí en el Ecuador me tocó pasar la malaria, el dengue, la fiebre amarilla, el hambre, el frío... Y usted, en Elizabeth, seguramente tuvo que hacer frente a pandemias tan terribles como la alergia a los cacahuetes, la alta sensibilidad al polen, la intolerancia a la lactosa y el codo de tenista. Oh, y espéreme, que seguramente también se le apagó el celular alguna vez sin tener cargador a mano. Pobrecito Dylan...

El *millennial,* ofendido, arroja de mala gana las cáscaras de naranja en forma de media luna en el plato y cubre las salpicaduras de naranja en el mantel con la servilleta.

María Gema llega con la cuenta y se lo entrega a Marcelo en bandeja.

—La cuenta, señor. Mil gracias —le dice.

—¿Por qué me la entregó a mí? —pregunta Marcelo en voz alta.

Todas las cabezas se giran hacia él.

—Ahora verá que se marca un Cantinflas —le sopla a Dylan la Delia mientras su hermano, en modo payaso, se lleva con extremada lentitud la mano al bolsillo del saco en busca de la billetera.

—No se me adelanten, caballeros. Por favor, no se me vayan a adelantar... —hizo ademán de abrir la billetera Mario Moreno, el célebre cómico mexicano, ante el grupo atónito de contertulios que le acompañaban tomando tragos a últimas horas en la barra del Oyster Bar—. No se me adelanten, caraju... ¡Pero tampoco se me atrasen!

Las risotadas de la familia Hernández resuenan por todo el restorán. Los de la planta a pie de calle, las pupilas fijas en el eco proveniente del techo, se preguntan qué diantres estará sucediendo en la sala arriba.

—Estuvo gracioso —reconoce la prima Angelita.

—Son los efectos de las numerosas botellas de alcohol que consumimos. —Marcelo le resta importancia a su fina imitación de Cantinflas.

—Oká —descorre su silla Pepe y se levanta.

El resto de los comensales lo imitan. Se ponen en pie, se abrazan, se besuquean, se despiden más veces que un circo pobre y se acercan, de uno en uno, en fila al jefe del clan para hacerle entrega de sus ofrendas: billetes de cinco, de diez, de veinte, de cincuenta, que van dejando planear sobre la fuente plateada en donde reposa la cuenta.

—Adiós, tío.

—Nos vemos, cuñado.

—*Happy Thanksgiving.*

—Adiós, papá. A ver si te vemos más el pelo.

—Al tiro.

—Yusulpayki.

Marcelo hace las labores de contador.

—Cuarenta y cinco por barba.

—Bye, hermano.

—Adiós, adiós, adiós.

—*Happy Thanksgiving.*

—*Later,* abuelito.

Los comensales desaparecen de a poco; unos con pausa intermedia en los baños, otros directamente a por abrigos, guantes, gorros y derechos a la nieve. Todos, por el camino, vuelven a desearse muy felices fiestas. Se despiden de nuevo. Se requetedespiden. Los Hernández aún no se han separado y ya comienzan a echarse de menos.

—Venga a visitarme a Los Ángeles, Dylan. Se lo propuse en serio —le recuerda el primo Edwin Retamara dándole un abrazo.

—Seguro —le contesta el *millennial* convencido de que nunca sucederá el encuentro.

Marcelo permanece sentado, separa los billetes por su valor y los contea por enésima vez.

—No, usted no paga, Dylan. Ni modo. Le convido yo —le aparta la mano a su ayudante.

«Ojalá mi familia supiera hacer esto», suspira Dylan volviendo a tomar asiento junto a su jefe.

Marcelo abre los ojos y se los acerca en espera de una explicación. Dylan aprovecha para inmortalizar el gesto del barman en un retrato que enmarca y sube a Instagram bajo el título de *Lechuza en peligro de extinción.*

Resignado, Marcelo vuelve a recontar la plata.

—La familia de mi madre tiene un panteón a dos calles del de Whitney Houston —se decide a desenvolver la verdad por fin el *millennial*—. Un obelisco de piedra repleto de nombres. Gente que, en sus vidas, jamás intercambiaron más de dos frases seguidas y nunca jamás compartieron una mesa.

Dylan dispara un par de veces más contra el rostro curtido de Marcelo el obturador de su cámara.

—¿Para qué tanto celular, mijo? —tuerce el entrecejo Marcelo—. ¿Le gusta hacer fotos? Pues hágalas con el alma, pata. Míreme. Yo me fijo en algo que me gusta. Su gorrito, por ejemplo. Cierro los ojos dos segundos... y ¡ya! Quedó la imagen almacenada para siempre en mi recuerdo. ¿No vio? Ya está hecha la foto.

—¿De veras le gusta mi gorro? —pregunta sorprendido Dylan.

—Noooo. Ni lo piense. Solamente lo utilicé como un mal ejemplo.

La bilbaína sube a recoger la recaudación. Agradece la propina y recalca que espera volver a tener el honor de ver a esta linda familia bien pronto.

—Cómo no —se despide Marcelo mandando recuerdos para sus hijos, muy profesionales, y para sus maravillosos nietos.

—Agur, Benhur.

De a poco se levantan. Caminan hacia la puerta. Dejan atrás al impávido don Quijote de madera de olivo.

—La gracia no está en almacenar fotos, Marcelo —corrige a su maestro el aprendiz, que venía rumiando el comentario de textos a la exposición del barman un buen rato—. La gracia está en compartirlas.

—¿Compartirlas? —responde el mago de los combinados. Salen al pasillo, pasan de largo el cuadro de los aizkolaris—. ¿Con quien hay que compartir las fotos? ¿Con desconocidos *online?* ¿Para qué? ¿Por exhibicionismo? Menuda necesidad tienen ustedes, los *millennials,* de pasarse todo el santo día buscando desesperadamente a alguien que les regale un «me gusta» en internet, mijo.

Descienden la escalera, pasan de largo la fuente con el querubín de resina que imita piedra caliza y pierden poco a poco en la distancia el sonido del chapoteo del agua sobre su concha.

—Ya sé que piensa que estoy vendiendo mi alma al diablo —confiesa resignado Dylan.

—Para vender algo, primero hay que tenerlo, mijo —apostilla sarcástico el jefe.

—Guau... —alza los brazos en señal de rendición Dylan—. Eso ha dolido. —Camina hacia la puerta de espaldas y despacio.

—Espere. Lo siento —se arrepiente de su inusitada crueldad Marcelo—. Demasiado rioja, lo reconozco.

Le da alcance. Salen a la calle juntos. Su aliento se transforma en humareda.

—Perdone la impertinencia —insiste en disculparse Marcelo—. De veras que lo siento; pero ya me contará para qué otra cosa vale la *social media* esa si no es para presumir.

—Vale para mucho más de lo que su limitado cerebro alcanza a imaginar —se defiende el *millennial* airado.

—¡Guau! —Ahora es Marcelo el que experimenta los daños colaterales—. Por Chido, Liro, Ramiro y el vampiro Clodomiro, Dylan. Se ve que me devolvió el puñete con ganas.

Caminan unas yardas en silencio. Cruzan la calle.

—¿Por ejemplo? —lo reta Marcelo.

—¿Por ejemplo qué?

—¿Para qué otra cosa valen las redes sociales?

—Pues, mire —responde sin dudar el ayudante—: Usted que presume de llevar un siglo enclaustrado en el Oyster Bar, podría localizar a viejos amigos. ¿No me diga que no se acuerda de alguien con quien le encantaría volver a reencontrarse?

Las cejas de Marcelo se elevan, se curvan, se separan pelo a pelo y se expanden como gomas elásticas hasta formar en medio de la frente una fina bóveda de doble arco. Como las de Guastavino. Tanto llegan a dilatarse sus cejas que Dylan se cuestiona qué diantres habrá dicho para asustar al viejo de una forma tan terrible al verlo alejarse con paso firme y malhumorado calle abajo.

Capítulo 29. La fiesta

—Necesito un martini bien sucio, Marcelo.

El barman mira con asombro al hombre que esparce sus posaderas en el taburete seis. Los que eligen sentarse en esa esquina, bien lo sabe, gustan siempre de llamar la atención. Pertenecen a esa categoría de humanos que vinieron a este mundo a hacer historia, y de ningún modo a conformarse con que se la entreguen ya hecha. Son individuos a los que les gusta cambiar, sorprender, y su presencia en la barra nunca pasa desapercibida.

—Hoy necesito ensuciarme, Marcelo —responde y fuerza una sonrisa a modo de disculpa el doctor Cosmopolitan.

El barman sacude incrédulo la cabeza, se aproxima con sigilo al médico, retira la copa recién servida y vierte su contenido al fregadero. No sin cierta pena, observa cómo se pierden por el desagüe, formando un remolino rojo, las dos onzas de vodka, la chispa de triple seco, la onza de jugo de arándanos, el chorrito de limón y el *twist* de naranja.

—Sabe perfectamente que para cambiar de trago tiene que avisarme con una antelación de al menos veinticuatro horas —lo amonesta.

El doctor Cosmopolitan se encoge de hombros, se saca el plumífero, deposita el sombrero de pana sobre la barra, se carda el pelo con las uñas, hace vibrar los labios con un soplido.

—¿Acaso ha ocurrido algo? —agarra el agitador Marcelo y lo llena hasta el borde de hielo.

—Este doctor necesita un curandero —musita para sí Cosmopolitan.

El vodka helado escurre por el cristal inclinado del vaso. En lugar del tradicional vermú, el barman añade al martini agüilla salada del bote de aceitunas.

—*Dirty* martini. Más bien suciamente barato —reflexiona—. Echas agua sucia en lugar de vermú blanco y cobras lo mismo: catorce o quince dólares. Un negocio fabuloso.

Se regresa junto al doctor con el cóctel, deposita el vaso con un golpecito seco sobre la madera, apoya las almohadillas de los dedos en la barra y frunce el ceño en espera de convincentes explicaciones.

—Es que ayer... me compré mi sexto perro —reconoce el galeno alicaído.

—Guau... —se le escapa a Marcelo, a quien cincuenta y cinco años de barra le han enseñado que el grado de soledad de un individuo en Nueva York se mide por el número de perros que posee.

—Seis perros, amigo... —se compadece.

—El sexto —alza su copa el doctor Cosmopolitan y engulle de un lingotazo la ginebra turbia.

Marcelo no dice nada más. Tampoco es que tenga ahora demasiado tiempo para conversaciones de confesionario pues, pertrechado tras la doble hoja del menú, el agente del orden, Brian O'Connor, reclama su inmediata atención en el extremo este de la barra.

—Un sándwich de ostras fritas, por favor —ordena el policía.

—No sé para qué necesita la carta si pide lo mismo todos los días —protesta Marcelo—. Ya conoce al doctor, ¿cierto?

Regla de oro de un bar: si tienes dos clientes, ponlos a conversar entre ellos porque así, en lugar de mantener dos conversaciones, tendrás que atender a una sola.

—Hola, doc.

Cosmopolitan se marca un reina de Inglaterra girando levemente en vaivén la muñeca.

—Y un vasito de agua, Marcelo. Usted ya me entiende —agrega O'Connor con su pícara caída de párpado—. ¿Hoy no viene el flojo del gorrito lleno de mierda?

Hubiera preferido que no le hubiese mencionado a Dylan porque Marcelo no está de humor para ofendiditos de piel fina. El nuevón no se ha dejado caer por el Oyster Bar, no. Ni media excusa. Ni una mísera llamada. Está oficialmente *missing,* como en las series de misterios sin resolver que ofrecen los canales baratos de la televisión por cable. Otra vez le toca hacer todo el trabajo a Marcelo. Ta, ta, ta. Borra con la bayeta los cercos que marcan en la barra de roble las consumiciones. Ta, ta, ta. Coloca paquetitos de galletas saladas y posavasos delante de los nuevos clientes que van llegando. Ta, ta, ta. Vierte, agita, escurre, sirve las mezclas que le demandan.

—Bienvenida, señorita, ¿podría ofrecerle alguna bebida que resulte de su agrado?

—Un *old pepper,* por favor —responde la jovencita pelirroja.

—Marchando —arquea su bigotillo el barman sorprendido por la petición.

—¿Puede mostrarme su carnet?

El logo de Hackley School bordado en el bolsillo de su chaqueta parece delatar su corta edad; pero no, acaba de cumplir veinticinco años.

—Sé que paso por alumna, pero soy profesora.

—Déjeme dando un segundito y enseguida le preparo el combinado.

La mujer deja los libros sobre la barra, se desabotona el abrigo y elige ocupar el taburete número cinco, junto al doctor Cosmopolitan.

Ta, ta, ta. Marcelo pone a prueba la compleja habilidad de atender con naturalidad a todo el mundo sin que nadie note el gran esfuerzo que ello supone. Se desplaza a izquierda y derecha de la barra, se agacha, se incorpora, sonríe, mantiene varias conversaciones al unísono.

«Esta noche juega el Chelsea, Brian.» «Cuarenta y dos dólares, caballero, sin prisas, cuando pueda.» «¿Con limón, señorita?» «Le entiendo perfectamente, doctor.»

—¿De qué marca es? —le pregunta el policía a Cosmopolitan.

—¿Mi abrigo? —Se gira en el taburete el doctor para comprobar la etiqueta cosida al cuello de su plumífero.

—El perro —aclara O'Connor—. ¿No dijo que se compró uno nuevo?

—Ah, es una perrilla. *Bulldog* francés. Bien simpática, pero la pobre no se sabe quedar sola. Me voy a gastar una fortuna en un *dog sitter* para que juegue con ella todo el día.

—Cobran veinte dólares la hora, me parece... —apunta escandalizado Marcelo.

Un dedal y un tercio de Jiggers Whisky. El zumo de medio limón. Una cucharadita de salsa Worcestershire que, alguna vez, había que darle por fin salida. Dos lágrimas de angostura y una de tabasco. Agita la coctelera y vuelca su contenido en un vaso delmonico.

—¿Se compra usted perros de compañía y luego no tiene tiempo de estar con ellos? —se atreve a insinuar con cierto desparpajo la pelirroja del *old pepper.*

—Otros tienen hijos y los mandan a un *boarding school.* Cada uno hace con su dinero lo que quiere —se defiende molesto el doctor.

—Grandes ironías de esta vida —insiste la recién llegada sin darse por aludida—. Fíjese que en mi estado, New Hampshire, las matrículas de los autos que llevan el lema «Vive libre o muere» las fabrican los reclusos del presidio de Concord. *Just saying...*

—De alguna manera tendrán que redimir sus culpas esos desgraciados, ¿no? —salta Brian violento por el comentario—. No creo que puedan quejarse por tener que fabricar matrículas de carro esos prisioneros. Trabajan menos que un gorgojo en un riel.

—Solo intentaba resaltar la ironía de...

A Marcelo le salta una bandera roja.

—Señorita, caballeros —media en la conversación para cambiarle el ritmo a una partitura que, si acaso llevaba visos de tornarse en un *allegro,* desde luego iba a resultar bastante *ma non troppo*—. Permítanme que les invite a probar unas deliciosas *blue points.*

—¿Ostras de Long Island? —se hace el entendido el doctor Cosmopolitan.

—Mantequilla pura —presenta el barman la bandeja con los bivalvos abiertos sobre una cama de hielo picado—. Si quieren repetir, me indican. Hoy salen a dólar treinta y cinco la pieza.

—Pues sí que es grande el boliche este, ¿eh, ingeniero? —Se revuelve la pelirroja en el taburete escudriñando a ambos lados las bóvedas de azulejos rectangulares.

—Cuatrocientas cuarenta y cuatro plazas en mesas, cuarenta y dos taburetes en la barra larga, ciento cincuenta platos en el menú, novecientos vinos en la carta, más de diez mil ostras abiertas al día... y la eterna pregunta que atormenta a los neoyorquinos: la crema de almejas, ¿con tomate o sin tomate? —Abre con una meditada pausa la guía turística hueco a los ruegos y preguntas de sus feligreses de esta mañana—. *Any questions?*

El agente del orden resta importancia a las exclamaciones de admiración que provoca en los turistas la proclama propagandística de la guía de falda apretada y se dirige a la del pelo color panocha.

—Grand Central no tiene nada que ver con lo que era, señorita. Hágame caso. Del restorán no opino; pero, la estación que esta mujer glorifica con tanto orgullo era, hasta hace bien poco, y disculpe mi mala pronunciación del francés, la *fricking* entrada al puto infierno.

—Ese lenguaje, por favor... —se ve obligado a sacarle tarjeta amarilla Marcelo.

—Lo siento, pero es la verdad —se defiende el agente ante la cartulina amarilla de la FIFA que físicamente acerca a su rostro el barman—. Cuando yo empecé a patrullar acá a finales de los ochenta, señorita, el viajero que osara entrar en los baños públicos no volvía a salir de ellos con vida. Le digo la pura verdad. Esta barra estaba más vacía que el saco de Santa Claus después de Nochebuena y, allá en el *lobby,* se miraba el suelo cubierto por dos dedos de colillas. Los signos del Zodíaco del techo, negros; que ni se distinguían... Una auténtica maravilla. Usted lo vio, Marcelo.

El barman cierra los ojos y rebobina su memoria hasta llegar a un fotograma de 1991 en el que hace pausa. Aparecen tres hombres de piel cobriza encaramados a la cima de un andamio que alcanza el techo del vestíbulo. Marcelo los observa desde abajo. Le da al *play* y la película se pone en movimiento con la voz en *off* de la guía turística.

«Para la encomiable restauración de Grand Central Terminal se contrataron indios pertenecientes a la valerosa nación mohicana. Sus miembros, que años atrás resultaron cruciales en la construcción del Empire State Building, no padecen el mal del vértigo y, por tanto, no le temen a la altura. Las obras se extendieron por cuatro largos años, durante el transcurso de los cuales la estación fue objeto de una limpieza exhaustiva. Día tras día, pertrechados con la única asistencia de un cubo de agua, una pastilla de jabón y varias ristras de trapos, los nativos americanos frotaron sin parar con los brazos, cual limpiaparabrisas humanos, la bóveda del vestíbulo principal. Dos restriegues lentos hacia la derecha y uno de regreso, algo más rápido, hacia la izquierda. Dos a la derecha y uno a la izquierda. Una y otra vez. En tres turnos de ocho horas durante las veinticuatro del día. Imprimiendo un ritmo decidido y constante al movimiento elíptico de los brazos hasta lograr extinguir del techo, para siempre jamás, la capa de nicotina y alquitrán que ocultaba a los viajeros la placentera visión de las celestes galaxias.»

—¿Tiene *blue fish* del día?

La demanda de la señorita Old Pepper devuelve a Marcelo de golpe al siglo XXI.

—Seguro, pero mejor la mando a una mesita en el salón. Va a estar mucho más cómoda —sugiere el barman, viendo en aquella maniobra la posibilidad de evitar nuevas fricciones entre la señorita y los clientes veteranos.

—¡Cucú! ¡El sándwich! —anuncia con desgana el pinche serbio asomando la cabeza como el pajarito de un reloj de pared por el ventanuco de la cocina.

—*Perfect timing,* Luka —se congratula Marcelo de su presencia—. ¿Le importaría acompañar un momentito a esta señorita al salón y encargarse de que la mesera le encuentre un hueco? Dígale a Brittany que va de mi parte.

Luka acepta encantado.

Ta, ta, ta. Marcelo sirve el humeante bocadillo de almejas fritas al guachimán, cobra dos *proseccos* a una pareja de cagaprisas, se despide «hasta mañana, si Dios quiere» de la guía turística, corta limón, carga con más hielo picado la pila.

—Una *lager,* please —escucha a sus espaldas mientras se inclina a vaciar el lavavasos.

Jala con una mano la manija de cerveza, coloca debajo la copa *pilsner* y escucha una pedorreta. De la espita solamente resbalan amarillentos pegotes de espuma. Hay que cambiar el barril.

—Aguánteme una chance —dice y eleva el dedo índice solícito y, como el héroe de un teatrillo infantil de marionetas al que se le aparece de pronto la temida bruja, desaparece en vertical bajo la barra.

—A veces me pregunto si este Marcelo es un hombre o un teleñeco—comenta sarcástico el doctor Cosmopolitan.

—Barrio Marcelo. Je, je... —le ríe la gracia el agente Brian.

—¿Tanto me parezco al Monstruo de las Galletas? —encaja la voz en *off* de Marcelo la broma con deportividad, las destartaladas rodillas sobre las frías baldosas, las manos desconectando y conectando tubos, la lengua curvada en «u» para silbar notas del *Teach our Children*, de Crosby, Stills, Nash y Young—. ¿Y qué nombre le puso a su nueva perra? —eleva al rato la voz desde el suelo Marcelo para que pueda escucharle con claridad el doctor Cosmopolitan.

—Española —contesta el tipo.

Brian lo mira sorprendido. Marcelo no dice nada.

—Por la gripe del dieciocho —aclara para evitar malas interpretaciones—. Todos mis perros tienen nombres de enfermedades: Tifus, Sarampión, Malaria, Amarilla...

—Ajá... —resurge Marcelo de las profundidades.

Cosmopolitan se encoge de hombros.

Después de un par de escupitajos huecos, el zumo de cebada tostada mana libre por la cañería. El barman inclina el vaso para suavizar el impacto.

Regresa de su misión el serbio.

—¿Cómo va la coloradita, Luka?

Luka no le para bola y sigue de largo sin inmutarse.

—No se quedaría usted con su número de teléfono, pedazo de cabeza de pollo, ¿verdad? —le insinúa el agente.

—Bah… —desprecia el comentario Luka antes de empujar la puerta giratoria de la cocina—. ¡Pandilla de pervertidos!

—¿Ve? Lo malo de los tipos bonachones como Luka es que carecen de sentido del humor. ¿Tengo o no tengo razón, Marcelo? —Se da golpecitos con los dedos en el pecho el agente, eleva los brazos, muestra las palmas, reclama el reconocimiento oficial como oráculo de la semana.

—Su *lager,* caballero —anuncia Marcelo al tiempo que coloca el vaso de tubo delante del hombre que ocupa el taburete número cuatro.

—Gracias, man —le muestra su anillo de oro macizo con el sello de la Universidad de Michigan el desconocido—. *Surprise!*

—¡Chuta! ¡Esto sí que pega *full!* No le había reconocido —exclama incrédulo el barman al comprobar que tiene delante al mismísimo señor Wall Street—. Han pasado meses sin verle…

El señor Wall Street prorrumpe en una carcajada.

—Marcelo, usted sí que no cambia. Está igual de chisposo que siempre. Tengo que presentarle de una vez a mi madre, que está sola y de siempre he albergado el presentimiento de que se van a caer muy bien. Además, ella *parle* un poquito de español. Estuvo de joven en Honduras o por ahí. ¿No le dije?

—Eso mismo lleva contándome veinticinco años y nunca ha ocurrido —le recuerda Marcelo.

—Pues va a ocurrir. Va a ocurrir por fin —jura esta vez, no en vano—. Al menos eso espero.

—¿Cómo así? —se interesa el barman.

—Verá. Mi esposa va a cumplir cincuenta años y quiero hacerle una fiesta de cumpleaños. En casa. Por todo lo alto. Se lo debo, ¿sabe? Algo lindo con orquesta y barra de licores. Vine a proponerle que sea usted quien organice la bebida. Dígame que sí. No me importa el precio.

—Si cae en fin de semana, por mí encantado. Cuente conmigo.

—Fantástico. Gracias, Marcelo. Acá le apunté la dirección. Le espero el sábado. La fiesta es a las cinco. Véngase a las dos para montarlo todo. Ya encargué el alcohol. Mi esposa estará encantada.

Wall Street alza su copa, apura la *lager* de un trago y suelta un billete de cien dólares.

—*Free benefits* —dice y desaparece.

—¿Fiesta de cumpleaños? —inquiere en voz alta con sorpresa el guachimán—. ¿El pata este y la mujer con la que viene por acá están casados?

—Sí, están casados —sentencia Marcelo repasando pasmado con los dedos la superficie del billete—, pero cada uno de ellos con sus respectivas parejas.

El doctor Cosmopolitan tiene que sujetarse la mandíbula para que no se le caiga al piso.

—Últimamente parece que no se quiere quedar a limpiar... —comenta al cabo de un rato con intención de tirarle a Marcelo del hilo.

—Por lo que se ve ya no —zanja para decepción de los parroquianos el cotilleo Marcelo.

—Pues justo hoy, que le falló el flojo nuevón, le hubiera venido de perlas que se quedase el señor a pasar la bayeta —practica Brian un segundo intento de tirarle a Marcelo de la lengua.

—Las tres, señores. Voy a cerrar —anuncia el barman con rostro cariacontecido.

Capítulo 30. Ideas

Marcelo, en chanclas de ducha y chándal deportivo, desciende las escaleras de entrada de su casa esparciendo puñaditos de sal por los peldaños para que se derritan las placas de hielo que aún permanecen adheridas a las sombrías contrahuellas. Lo último que necesitan su hermana Delia o él mismo es un maldito resbalón y una rotura de cadera similar a la que se llevó por delante a su vecina hace apenas dos temporadas.

—*Eight and nine* —termina de contar los escalones en inglés.

Deposita la funda plástica que contiene sal gorda en el piso, se agacha, chequea la reparación que le hizo días atrás a la grieta detectada en el último de los escalones y, con satisfacción, comprueba que el parche de cemento ha resistido al envite de la nieve.

—Gracias, papá. —Mira al cielo en un guiño cariñoso hacia quien le enseñara a contar las cosas, pero Míster Otto no le responde como Mufasa a Simba en *El rey león*.

«Estamos solo a finales de noviembre y parece abril. Algún ángel travieso le ha debido de barajar a Dios los días del calendario», discurre entornando los párpados para protegerse de un sol que parece primaveral.

Los últimos vestigios de la borrasca, que resisten apelmazados en la lona que cubre al auto en el patio, han comenzado a derretirse. De un tiempo a esta parte, los paisajes de Jersey se niegan a permanecer estancados en gamas de grises durante largos meses. Ahora, un día te acercas a esquiar a Mountain Creek y al siguiente sales a jugar nueve hoyos al campo de golf de la avenida Duncan.

Marcelo regresa a la casa. Arrastra con prudencia la funda con rocas de sal y sube tan despacio que, de golpe, parece más mayor. Cierra tras de sí la puerta.

Transcurren aproximadamente cuatro horas. Las sombras de los árboles marcan el cambio de posición en la fachada como las agujas de un fidedigno reloj de sol. El termómetro exterior sube hasta los 62 °F. Una pareja de cardenales —ella, marrón con cresta verde; él, de un púrpura incandescente— se posan sobre el comedero de pájaros que ha recargado con semillas la ñaña.

Cuando vuelve a emerger Marcelo, un sol pálido domina el centro del universo. Huele a ozono y a mofeta. El ecuatoriano pasa lista de nuevo a los peldaños, se detiene frente a su auto enlonado en el patio y le retira la capota. Al descubierto queda un Toyota Camry de los noventa, color tomate, en perfecto estado de conservación. Más que un carro, parece un objeto de coleccionista. Se levanta algo de aire y la lona, endurecida por la escarcha, ondea rebelde, cual vela de barco, en las manos del barman. Finalmente consigue doblegarla, la pliega en dos, en cuatro, en ocho y la convierte en un rollito sumiso. Abre la cajuela trasera, le da un besito de agradecimiento por los servicios prestados y allá lo acuesta. De la cajuela extrae un cubo lleno de trastos y examina su contenido. No falta ningún producto de limpieza. Están la manguera con pistola de espray de siete posiciones, la esponja suave, el trapo, el cepillo para las ruedas, la toalla de microfibra para el secado, el jabón de carro, la cera abrillantadora de chapa, los guantes de hule, la aspiradora de mano y el papel de cocina. Marcelo sacude el cubo y, gracias a esta acción, libera otro idéntico en el que permanecía encajado el primero.

—Uno de los principales errores que comete el personal a la hora de lavar su carro, ñaña —gusta Marcelo de comentarle cuando tiene oportunidad a su hermana—, es el de aclarar las bayetas en el barreño del agua jabonosa. De esta manera, lo único que consiguen es volver a restregar la misma suciedad otra vez por la carrocería. Lo suyo es tener dos: un cubo con agua y jabón y otro con agua limpia para el aclarado.

Marcelo conecta la manguera en el grifo del patio, abre la llave de paso que tenía cerrada para evitar que las heladas le reventaran las tuberías exteriores, llena de agua los dos cubos, vierte un chorrito de detergente en el primero, se coloca los audífonos y canturrea por encima de los coros del *Palomica Guasiruca,* que resuena bajito y metálico.

—Otro error muy común, Delia, es pensar que conviene lavar el auto en un día caluroso. Todo lo contrario. Si hace mucho calor, el agua seca muy rápido y quedan motas en la chapa y en los vidrios. Mejor lavarlo a la sombra o en un día fresco.

Marcelo se agacha. Lo primero son las ruedas. Las frota bien con el cepillo que previamente baña en el cubo con agua jabonosa. Luego las aclara con la pistola de espray. Es bueno eliminar cuanto antes el barro acumulado en tapacubos y neumáticos para impedir que la arena raye la pintura.

—Palomita Guasiruca, ven que ya es hora, ven que ya es horaaa... —se marca un TikTok. Su voz suena sobre la de Mejía Godoy mientras seca con fruición las tuercas *nuts* que sujetan con firmeza las ruedas al carro.

«Lo que te agarra al suelo son los neumáticos», le viene a la cabeza la máxima de su hermano Pepe.

Ahora toca duchar al Toyota. De arriba abajo. Con el chorro de la boquilla en posición *jet,* apunta primero al techo, luego a las ventanillas, después a las puertas y, finalmente, a los parachoques y a la matrícula. Pone especial empeño en disolver con el líquido multipropósito las cagadas de pájaro, los insectos espachurrados contra el parabrisas y los churretes de resina de árbol. Cuando termina, abre las puertas del auto, saca las alfombrillas, se aleja unos metros, las sacude, las devuelve a su lugar de origen y les pasa la aspiradora de mano. Recoge los objetos sueltos por la cabina (un bolígrafo mordisqueado, un pin con las banderas de Ecuador y Estados Unidos entrelazadas, un par de monedas de cincuenta centavos...) y los introduce en la guantera para que no se los trague la aspiradora al recorrer con ella los asientos, la zona intermedia de la palanca de marchas y el salpicadero. Se distancia un poco para contemplar su obra y la da por buena. Aclara los cubos plásticos con la manguera y los deja a secar vueltos al sol. Retorna a la casa.

Al poco aparece vestido de calle y con su inseparable bolsa de Múnich 72 colgada de una mano. Desciende los nueve peldaños, desenrosca la manguera, cierra la toma de agua, encaja un cubo en el otro, guarda los objetos de limpieza en su interior y devuelve todo a la cajuela. Abre la cancela.

—*One, two, three*… —Procede a cerrar una a una las puertas del auto que ha dejado abiertas para que se esfumen los malos aromas.

Antes de montar al volante, comprueba con disgusto que ha quedado una mota blanquecina justo en el centro del parabrisas. Extrae de la cajuela una hoja de papel de cocina, restriega el vidrio hasta dejarlo impoluto, corre a la casa a botar el trozo de papel arrugado y húmedo.

—Con Dios, Delia —se despide.

—¿Cogió la fruta cortadita?

—Sí, la tengo.

Cuenta por enésima vez los peldaños de bajada, deposita la bolsita de deportes con su muda encima del asiento del copiloto, arranca el auto, se detiene al ralentí en la calle, sale y cierra la cancela, introduce la dirección facilitada por el señor Wall Street en el GPS de su celular.

—US-1 N / US-9 N.

El trayecto demora apenas veintiséis minutos. El auto sube la cuesta.

—A ver qué dan en la radio. —Juguetea con la rueda del estéreo.

—... mismo modo que el sol jamás se cansa de alumbrarnos, la naturaleza de Dios nuestro señor es cumplir siempre sus promesas porque...

Marcelo gira el dial.

—... *dude,* amigo. Si usted verdaderamente sigue a Cristo, tendrá a todos los perros del mundo ladrando a sus talones...

Tercer intento. Esta vez, la plática se escucha en castellano con acento panameño.

—... de sencillo, oiga. Toda mi teología se resume en cuatro pequeñas palabras: Jesús murió por mí...

Los fines de semana es difícil encontrar en la onda media otra cosa que no sean charlas de telepredicadores. En el 820 le salta WNYC.

—*Someday I'll wish upon a star...*

—Oh, oká —resopla complacido al identificar el ukelele del hawaiano Israel Kamakawiwo'ole en su versión del *Over the Rainbow.*

Le sucede el concurso *Wait, Wait, Don't Tell Me.* Tom Hanks es el invitado de hoy. Marcelo lo deja estar y a los veintiséis minutos exactos se planta en la puerta de la mansión. La calle hace fondo de cuchara y el barman aparca sin problemas bajo un árbol de cicuta gigantesco y seco.

—Marcelo —se anuncia ante la cámara que lo apunta con un foco de luz a la frente.

—¡Fantástico! —resuena metálica en el parlante del portero automático la voz del señor Wall Street.

La cancela de la entrada se descorre con pesada lentitud hacia el interior del jardín. Delante de los ojos del emigrante se descubre la majestuosa silueta de la casa.

—¡Chuta! —exclama empequeñecido ante la visión del enorme edificio.

Estilo victoriano *revival.* Segundo imperio, para ser más precisos. Arquitectura de hoy con pretensiones de igualar en belleza al museo del Louvre.

—¡Bienvenido, mi amigou! —le estrecha la mano calurosamente el señor Wall Street, se recoloca el anillo de oro que conmemora su paso por la facultad de Derecho de Ann Arbor, lo invita a acompañarle—. Pásele, pásele. Adelante, *my* casa *is* su casa. ¿Qué le parece la cabañita? Hermosa, ¿no? Espero que se aprecie la inversión porque llevo enterrados veintidós millones. Quince en lo que es la vivienda y otros siete más en el paisajismo. ¿Usted sabe lo que cuesta plantar un arce ya crecido, Marcelo? Mejor ni se lo cuento. Es una pena que sea invierno y no pueda comprobar la calidad del pasto. Pusimos la misma semilla que utilizan para los *greens* del campo de golf de Augusta. Sígame, por favor, que le muestro dónde cambiarse.

Atajan por un sendero de pizarras azules, abierto entre frondosas matas de rododendros cuyas hojas permanecen aún contraídas y acartonadas por el frío. Llegan al pabellón de la piscina cubierta, lo rodean y acceden al garaje.

—¿Ve usted esos semilleros? Solamente en pensamientos me dejo todas las primaveras fácilmente diez mil dólares. Hay flores que rebrotan, pero a mí me gustan los pensamientos. Qué se le va a hacer. Llámeme caprichoso si quiere. Lo admito. Me paso el día trabajando sin parar, así que algún capricho podré permitirme. Vamos, digo yo.

El señor Wall Street teclea el número secreto en la cajita atornillada en el dintel. El portón se eleva con un quejido que evidencia falta de grasa.

—No sé a qué dedican su tiempo los de mantenimiento, ¿¡para qué les pago!? ¡Qué gente! Hay que estar detrás de ellos todo el rato. Adelante, pásele. —El dueño de la casa cede la preferencia a Marcelo.

El garaje resulta ser un inmenso hangar que ocupa por completo la planta sótano de la mansión. A un lado los vehículos: un Porsche Cayenne todoterreno, un BMW descapotable, un Mercedes Smart eléctrico, una *van* Chrysler Town and Country, una lancha motora... Al otro, un tractor John Deer verde para cortar el césped, varios *blowers, weedwackers,* rastrillos y un montón de herramientas de jardín, sacos de tierra, *chips* de cortezas de pino y, alineadas contra la pared, un puñado de garrafas de vino barato australiano. El señor Wall Street estudia los ojos negros del barman para intentar adivinar su pensamiento, pero no consigue llegar a ninguna conclusión.

—Acá se puede usted cambiar, Marcelo —le indica—. Perdone usted el caos, pero esta gente lo deja todo revuelto. Tómese su tiempo. Cuando esté listo suba por aquella puerta y me encontrará en el *living.* Gracias de nuevo por haber venido. No sabe cuánto se lo agradezco. Ah...

El señor Wall Street extrae del bolsillo una tarjeta comercial y se la entrega.

—¿Ha traído usted teléfono? ¿Sí? Fantástico. Hágame un favor. Este es el número de la tienda de licores. Están sobre aviso. Tiene mano libre para encargar lo que necesite. Pida las mejores marcas, por favor, no me vaya a hacer quedar mal con los invitados.

—No se preocupe, yo me encargo.

—Fantástico. Las botellas que no usemos se pueden devolver, así que no ponga reparos.

—¿Le parece bien si pido…?

Suena un portazo. El señor Wall Street ya no está en el garaje.

—East Market Liquor Store, ¿dígame?

Marcelo se presenta.

—*Yes,* señor, estábamos esperando su llamada.

El barman encarga tres botellas de coñac Lepanto, tres de Blue Label Scotch, tres de esto, tres de aquello, tres de todo. El encargado de la licorería no cabe en sí de gozo y se compromete a servir el pedido en menos de cuarenta y cinco minutos.

—¡Fantástico! —comenta el señor Wall Street al escuchar de labios de Marcelo la buena nueva.

El *living* ha sido elegantemente transformado para la fiesta. Entre pitos y flautas, Marcelo cuenta una docena de empleados dando los últimos toques a la barra de licores, a la pista de baile, a las mesas con manteles de hilo decoradas con jarrones de orquídeas, al escenario para la orquesta en cuya trasera cuelgan en este instante dos operarios una pancarta que reza: «Fifty is nifty».

—Acompáñeme un momento, Marcelo, que necesito consejo —le suplica Wall Street.

Los dos abandonan el *living,* atraviesan la sala de billar, pasan por el salón de lectura, dejan atrás el cuarto de la chimenea en donde crepitan leños que no proporcionan calor a nadie y suben las escaleras. Marcelo cuenta mentalmente los peldaños.

—*Twenty two, twenty three…*

—¿Sabe cuál es el apellido de todos estos antepasados? —deja caer el señor Wall Street en referencia a los retratos que adornan las altas paredes.

Marcelo se encoge de hombros.

—Christie's. Je, je, je… —celebra risueño su propia ocurrencia Wall Street—. Millón y medio. *Instant family.* No me pregunte el nombre real de ninguno de ellos. Madame y Monsieur Christie's. Je, je.

Acceden a la *suite* matrimonial. La cama se le antoja a Marcelo más amplia que una cancha de tenis. La alfombra le recuerda a la del *lobby* del Waldorf Astoria. La mujer que junta los picos de sus agujas de lana en una mecedora, de cara al ventanal que se abre sobre el jardín, le trae recuerdos antiguos de su tía Laura.

—Marcelo, le presento a mi esposa.

—Oh, Richard, querido… —exclama la señora Wall Street incomodada por la sorpresa—. Disculpe. Me encuentra usted con el característico desarreglo de la vida doméstica.

—No te levantes, querida. Nosotros vamos a lo nuestro…

La señora Wall Street deposita las agujas en el cesto de las madejas sobre el pico de una botella de ginebra que sobresalía entre ellas. Luego se alisa la blusa, dirige una mirada endemoniada a su marido, se centra el collar de perlas y le tiende una mano al inesperado visitante.

—Tanto gusto, señora. —Marcelo se inclina cortés para besar el aire cercano a unos dedos cortos y extremadamente inflados por la acumulación de líquidos.

—¿Usted también copa su tiempo en hacer punto? —le demanda a Marcelo la dama.

—Meredith, por favor, podrías comportarte de un modo más discreto.

—En los puestos de artesanía de la feria parroquial hay siempre mucho latino. No he pronunciado ninguna calumnia. Tejer es un oficio bien digno entre la gente sencilla —puntualiza la señora Wall Street su comentario.

—Yo no, señora, pero mi hermana hace punto a todas horas. Dizque la relaja mucho.

—Delicioso. Lo mismo que a mí. Ahora, igual que le digo lo uno le cuento lo otro. Yo solía tejer delante de la televisión, pero ya no puedo con las noticias. Es escuchar cómo está el mundo y empieza a apretárseme el punto, a hacérseme cada vez más pequeñitos los nudos de lana, hasta que tengo que darlo por imposible porque no me pasan las agujas. ¿Está usted al tanto de las noticias?

—Meredith, por favor... —la increpa el marido.

Marcelo se esfuerza en elaborar la mejor de sus sonrisas.

—Que me condene si estoy mencionando algo censurable, querido. Ahora, proliferan los llamados *greenies,* que nos quieren dejar sin petróleo. Nos acusan de destruir el medioambiente por sacar gas. Por favor, si eso es como inyectarle una jeringuilla al terreno para extraer limpiamente el carburante. ¿A usted no le han extraído nunca sangre? Alguna gente no debería de tener derecho a votar. Igual que le digo lo uno le cuento lo otro. ¿No le parece?

—Bueno. Suficiente, cariño… —ataja el señor Wall Street.

Meredith se encoge de hombros, menea la cabeza, simula un vahído y vuelve a las agujas.

—Pásele, Marcelo. Sígame —indica el señor Wall Street al tiempo que le muestra al barman el acceso a un cuarto contiguo.

La estancia destinada a vestidor del señor Wall Street es más grande que el salón comedor de la casa de Marcelo en Nueva Jersey. Y hay más prendas colgadas que en el Marshall's del Hudson Mall. Decenas de ternos, chaquetas, camisas y pantalones cuelgan de sus respectivas perchas. Montones de calzones, calcetines, camisetas y corbatas reposan debidamente doblados en cajones con frontal de plexiglás transparente. Los pares de zapatos que aparecen ordenados en repisas, calcula a vuelapluma el barman, han de sobrepasar la centena.

—Tiene usted más zapatos que sabores de helado en la bombonería Dulce Placer —se le escapa.

Como si el señor Wall Street pudiera asociar el comentario al escaparate de la calle Ronda, allá en el casco viejo de la ciudad de Quito, frente al cual Marcelo y sus cuatro hermanitos trataban de imaginar a qué sabría cualquiera de las inalcanzables delicias heladas.

—Lindo vestidor… —le saca del apuro un cumplido.

—Me alegro de que le parezca aceptable. Lo mandé construir para no caer en los excesos en que incurrimos a veces los individuos de clase mediera. Como sentencia con gran acierto mi esposa: lo que no quepa aquí es capricho.

—¿Cómo quiere que le ayude?

—No consigo decidir qué ponerme para la fiesta, Marcelo. Elíjame usted la ropa.

Marcelo pasa revista a las perchas, selecciona un pantalón de satén negro, escoge una almidonada camisa de holán, un chaleco y una corbata de seda a juego —también blancos— y, finalmente, le entrega al señor Wall Street la casaca negra que cuelga abrochada por un único botón de una barra.

—Fantástico —agradece el abogado la elección de vestuario—. A su modesto entender, ¿qué tipo de calzado podría considerarse apropiado?

Marcelo pasa revista a la infinita balda de zapatos y se detiene delante de un par de ingleses clásicos.

—Los oxford —sugiere.

—Oh, no, no, no —se irrita el señor Wall Street—. ¿Combinar zapatos marrones con un traje azul marino? Antes muerto, Marcelo. No, no, no. De ninguna manera. Bueno, mire, déjelo. Pensaba que tendría usted más criterio. Mejor baje a ultimar el bar. Ya me encargo yo. Luego nos vemos.

Marcelo abandona el vestidor. La señora Wall Street ha vuelto a entretenerse con el punto. El barman intenta pasar inadvertido recorriendo a base de zancadas largas y delicadas la mullida moqueta, pero el chasquido de una viga de madera bajo los pies lo delata.

—Ah, Marcelo. ¿Sigue usted ahí? —Engancha la lana con la aguja, la vuelve del revés, la remete sin levantar los ojos del punto la señora Wall Street—. Mi opinión, retomando la conversación interrumpida por mi diligente esposo, es que en todos los hogares de América hay un grifo de agua caliente, ¿verdad? Pues lo único que yo les pido a mis compatriotas es que se levanten temprano por la mañana, se peguen una ducha y se vayan a trabajar. ¿Le parece a usted mucho pedir? Pues intente ofrecerles una colocación a los *homeless* esos, Marcelo, que se llevará el disgusto de comprobar que no la quieren. Los vagabundos ganan más con la subvención del estado. En Vermont, el socialista Bernie Sanders les entrega quinientos dólares todos los meses. Y les proporciona gratuitamente cama en un motel. Dinero que sale directamente del bolsillo de los consumidores. Así vamos. ¿Se da cuenta? ¡Ale! ¿Ve? Ya se me ha apretado demasiado el punto. No puede una dama encontrar sosiego ni en su propio hogar.

Marcelo sale al pasillo y desciende apresuradamente las escaleras. En el cuarto de la chimenea se tropieza con el ama de llaves, que viene en su busca.

—Acaba de llegar el pedido de la tienda de licores —le anuncia—. Le reclaman abajo para que les diga cómo colocar las botellas.

El primero en estrenar la barra es el señor Wall Street, que se pide un coñac. Marcelo vierte tres dedos del licor con destellos de topacio en una copa de balón y se la entrega. Enseguida aparece también la señora. Erguida, arrogante, vanidosa. Parece otra persona. Hay un mundo de distancia entre la mujer grisácea que sujetaba unas agujas junto a la ventana y la dama colorida que alarga el brazo para mostrar sin reparos una muñeca cuajada de diamantes. Suena el timbre, llegan los primeros invitados y la pareja se acerca a la puerta principal para recibir. La señora Wall Street no aparenta ni mucho menos los cincuenta años que está a punto de celebrar. Apenas se marcan arrugas en su esbelto cuello. El estómago permanece plano y en su sitio. Los senos no se han descolgado aún. El maquillaje la favorece.

Al poco, el *living* comienza a llenarse de damas enjoyadas y de caballeros en frac. Los invitados saludan tres veces: una en la puerta a los anfitriones, otra en medio de la sala a los presentes y la última al tomar asiento en una de las mesas.

—¿Me sugiere usted algún trago? —pregunta una señorita embutida en un vestido con falda hasta los tobillos, media melena de cabello negro por encima de los hombros y labios de rojo carmín, que se ve conmovida por el tema que en ese instante interpreta sobre el escenario de la sala un guitarrista de clásica.

—*Recuerdos de la Alhambra* —puntualiza Marcelo.

—¿Perdone? —se extraña la joven sin entender el comentario.

—La composición. Bien linda, ¿verdad? Usted dirá qué puedo ofrecerle. Tengo whisky, vodka, ron... lo que usted me solicite.

—¿Podría ser una sangría? —pregunta desafiante.

Se le marcan dos finos hoyuelos en las mejillas, se echa hacia atrás el pelo.

—Seguro. Solo deme dando un segundito.

Marcelo abre gas, baja al trote las escaleras camino del garaje, jala una de las garrafas de vino con el logotipo del canguro amarillo, sube de regreso al galope.

—Ya casi. Estoy en un tastás.

Apenas tarda dos minutos en elaborar la receta. En el cubo con hielo mezcla, detrás de la barra, media taza de Lepanto con media de licor de melocotón y otra media de mosto. Añade vino blanco: la mitad del contenido del galón de la garrafa. Remueve. Abre el táper con la fruta preparada previamente para los cócteles y disemina trocitos de fresas, melocotones, uvas, hojitas de menta fresca y un par de naranjas cortadas en finas rodajas. Lo prueba y ve que el resultado es bueno.

—Su sangría —le indica a la señorita.

—Le agradezco mucho —responde halagada—. Veo que sabe de clásica.

—Un poquitico. Gracias a mi tía que me pagó el pasaje para venir a Estados Unidos —explica Marcelo—. Andaba siempre la mujer con un casete grabando de la radio. Tenía multitud de cintas. Ninguna con la canción completa. Siempre, o le faltaba el principio, o se cortaba antes del final. Je, je.

La señorita Sangría le regala una sonrisa.

—Esta, del compositor Tárrega, la entusiasmaba. Nani, nanienoooo... —acompaña el barman al guitarrista en la ejecución del celebrado trémolo.

—¿Vive su tía? —se interesa la joven.

—Gensanta, no. De eso hace ya tantos años...

La señorita Sangría no se marcha. Quiere saber más.

—La música era su único escape. Su felicidad. Venía la pobre de la monstruosidad de un divorcio que, en aquella época en el Ecuador, imagínese, era lo peor que le podía ocurrir a una dama. Las mujeres entonces pasaban de depender de sus padres a depender de sus maridos. Necesitaban el consentimiento del esposo para todo: para abrir una cuenta bancaria, para conseguir un pasaporte, para comprarse un piso…

La señorita Sangría baja los ojos al piso azorada.

—¡Se separaban y la custodia de los hijos se la quedaba el padre! —continúa su narración Marcelo—. Las mujeres divorciadas eran consideradas poco menos que unas frescas, por decirlo pronto y mal, señorita.

—¿Volvió a casarse?

—¿Yo?

—Su tía.

Alza de nuevo la mirada, pega un largo trago al vaso de sangría y se sujeta el cabello a las orejas.

—No. Era una dama de esas antiguas que una vez enviudaban o se separaban del marido ya no buscaban otro. Siempre que le sacaba el tema me respondía lo mismo.

—¡Un hombre y no más, santo Tomás! —contestó la señora Salazar a la impertinente sugerencia de su sobrino—. ¡No quiero más dramas con forma de hombre en mi vida! Ande, acérqueme el casetico y guárdeme un poquitico de silencio, que voy a grabar esta pieza.

La señorita Sangría se hurga un diente con la uña. Marcelo la ausculta con detenimiento. Ella se apercibe y aparta su mirada algo turbada.

—¿Qué mira? —le reclama.

—Perdone. Es que de pronto me recordó usted a alguien conocido.

—Ah, claro, a mi papá. Es normal.

Ella recupera la compostura, gira en dirección al centro del *living,* localiza entre los invitados al señor Wall Street, lo saluda brazo en alto, a la espera de que su padre le devuelva el saludo y se gira de nuevo hacia el barman.

—Dicen que somos dos gotas de agua.

—No sabía... Pues encantado, señorita. ¿Cómo dijo que era su nombre?

—Alejandra.

—Alejandra. Lindo nombre, pero es nombre hispano...

—No sé. Así me pusieron.

—Oká —responde aturdido Marcelo.

—Todo el mundo me llama Ali.

—Oká.

Entonces, la señorita Sangría imprevisiblemente se inclina sobre la barra, baja la voz y formula una pregunta.

—¿Usted cree en Dios, Marcelo?

—Lo intento —responde el barman.

—Claro... esa es la cosa —dice ella—. Bueno, le dejo.

Los ojos de Marcelo la siguen hasta verla desaparecer entre un grupo de invitados y, aunque ya no queda nada a lo que mirar, continúa mirando a ese lugar por un rato de todas formas.

—¿Conoce usted el menú de la cena? —le saca de su ensimismamiento un caballero con un moreno veraniego que no casa con la temporada.

—*Surf and turf,* según tengo entendido —responde solícito Marcelo—. Colas de langosta con bistec.

—Ah, mar y montaña. Muy buena elección. ¿No le conozco yo a usted de algún otro sitio?

—¿Tal vez del Oyster Bar? —sugiere Marcelo.

—No. Déjeme pensar.

El hombre se empeña en afirmar que ambos han cruzado sus vidas con anterioridad, precisa que tiene la ubicación exacta en la punta de la lengua, y solicita que le deje un tiempo para recordarlo mientras el barman les sirve unas sangrías a él y al caballero que lo acompaña.

—¡Ya sé! —dice al cabo de un rato plenamente convencido—. ¡Usted estuvo de botones en el resort de Bakers Bay, en Bahamas! ¡Le recuerdo nítidamente!

Marcelo pone cara de póker.

—Es un resort fabuloso. —El hombre se gira hacia su acompañante, ignorando la reacción negativa del barman—. Solo se puede acceder a la isla en *jet* privado. Según llegas, te espera una limusina con toallitas calientes y la bebida que hayas solicitado previamente en el avión. A partir de ahí, no hay reglas ni etiquetas. Puedes pescar, hacer *windsurfing,* comer y beber lo que quieras, jugar al golf descalzo…

La pareja se aleja. El señor Wall Street se aproxima en busca de un *refill* para su copa de coñac.

—¿Qué tal marcha la fiesta, Marcelo? —se interesa el anfitrión.

—Bien —responde el barman—. Conocí a su hija. Linda mujer.

—Fantástico. Mire, le presento al señor Murphy, el dueño de la tienda de licores.

El señor Murphy es tan grande que, si se cayera de la cama, se vería obligado a hacerlo por ambos lados.

—Póngame un whiskey sour —resopla—. ¿Va a necesitar más alcohol?

—Casi no he tocado sus botellas —reporta con orgullo Marcelo.

—¿Pero qué me cuenta? —se alarma el señor Murphy.

—Todo el mundo parece estar encantado con la sangría —se encoge de hombros Marcelo.

—¿Sangría? —se sorprende el señor Wall Street.

—Me permití utilizar el vino del garaje.

—¿Ese vino? ¡No será verdad, Marcelo! —El anfitrión entra en pánico, se voltea a mirar las reacciones de sus invitados, anticipa la bronca nocturna con su esposa.

—Espero que sea una broma —amenaza el señor Murphy.

Al establecer contacto visual con el señor Wall Street, los invitados alzan sus vasos de sangría en señal de satisfacción y agradecimiento. El anfitrión se tranquiliza.

—Bueno, bueno, Marcelo. Fantástico —cambia de parecer el financiero.

Un camarero ofrece pastelillos en bandeja de plata con blonda. Murphy agarra tres de una tacada.

—Pruebe uno, Marcelo —le anima el señor Wall Street—. Son mexicanos o de por ahí abajo. Los encargué para mi madre, que le gustan, pero al final no pudo venir. Una lástima. Todavía tengo pendiente presentarles.

—No sé si al final me termino de creer que usted tenga madre. —Marcelo arquea las cejas travieso mientras le pega un mordisquito a un pastel.

—Les dicen puer-ki-tas —afina en plan técnico el anfitrión.

—¡Pero si son guaguas ecuatorianas! —exclama excitado Marcelo al paladear el pastelillo.

—Celebro que le gusten —afirma el señor Wall Street volviendo a agarrar su coñac.

—¿Vamos? —le pregunta a Murphy.

El dueño de la tienda de licores jala altivo su whiskey sagüer y le clava una mirada intimidatoria a Marcelo, mientras repasa con el índice su garganta simulando el lento recorrido de un cuchillo de degollar cochinos.

—Ya hablaremos usted y yo —se despide en tono amenazador.

—¿Del Ecuador escuché mencionar que era? —se interesa otro invitado que parece una copia barata, *made in* China, del actual corresponsal de la CNN en la Casa Blanca.

—Así es —responde el barman.

—Yo voy mucho a Portoviejo. Por negocios. —Le guiña un ojo y baja la voz para que no le escuche la jovencita rubia platino que lo acompaña—: Allá las señoritas son puros pimpollos.

—Así mismo dicen —corrobora el barman—. Sus dos sangrías. Que las disfruten.

La señora Wall Street se aproxima.

—Meredith... —la saluda el caballero.

—Allan... Esta fiesta es un desastre. Está del revés —se lamenta la anfitriona—. Las mujeres hablan de negocios y los hombres de dedican a comentar los vestidos de las damas.

—Ja, ja... —ríe el caballero que se ausenta en compañía de su jovencísima pareja.

—Ay, Marcelo —apoya los codos sobre la barra la señora Wall Street, menea la muñeca para que retintineen al chocar entre sí las pulseras de brillantes—. Abrimos la casa en tan raras ocasiones... No nos gusta reunirnos mucho con nadie para no vulgarizarnos, ¿sabe? Ya me entiende: reuniones con parientes que no nos convienen. ¿Está usted familiarizado con Nueva Jersey?

—De alguna manera.

—Entonces ya sabe de quiénes le estoy hablando. Los Clam Diggers, como los llamo yo. A mí me hubiera parecido más oportuno residir en Connecticut, pero mi esposo se encaprichó de esta casa.

—¿Le sirvo una sangría, señora? —se ofrece Marcelo.

—¿Usted me ve a mí cara de sangría? ¿Acaso piensa que yo también soy una buscaalmejas? —responde Wall Street alicaída—. Ya sabe lo que dice el cómico Stephen Colbert, ¿no? —La señora Wall Street no espera que Marcelo responda—. Afirma que la sangría es la única bebida que tiene la misma textura antes de beberla que después de vomitarla. Je, je... Póngame un bigote de Satanás, haga usted el favor.

—*Satan's whiskers!* —se iluminan como tizones los ojos negros de Marcelo—. No imagina lo feliz que me siento cuando alguien me pide una vieja mezcla.

—No me estará usted llamando antigualla...

—Nada más lejos, señora. Lo digo por mí.

—Tampoco me parece usted tan mayor.

—Échele mente: setenta y cinco años, señora.

Marcelo mezcla en la coctelera el vermú seco y el dulce, la ginebra, el zumo de naranja, el Grand Marnier y los *bitters.*

—Cuando yo aprendí a preparar cócteles —dice mientras escurre el vaso delante de la señora Wall Street—, los clientes sabían lo que pedían. Ahora no tienen ni idea de lo que toman. Por eso cuando algún joven se acerca y me solicita un *manhattan* o un *old fashion,* yo entro y le explico la historia del cóctel. Al principio me mira con desconfianza, pero enseguida me pilla la onda. A mí me da mucho gusto contárselo a quien quiera escucharme, claro.

—¿Y mi tesoro es de los que le hacen caso o de los que no prestan ninguna atención?

—¿Su tesoro? ¿Se refiere a su hija Alejandra?

—Me refiero a mi hijo. A Dylan —puntualiza la señora Wall Street.

A Marcelo se le escurre el mezclador de entre los dedos, desparrama el contenido de la coctelera y los bigotes de Satán quedan reducidos a pelusa de diablo sobre la mesa.

—Lo siento… —se excusa—. ¿Dylan es hijo del señor… es Dylan su hijo?

—Pensaba que lo sabía.

—Nadie me dijo nada.

—En cualquier caso, lo de hacerle perder el tiempo de camarero no fue cosa mía. Como le cuento lo uno le afirmo lo otro.

—Claro… —intenta recuperar la compostura el barman.

—Me gustaría que dialogase con él. Usted tiene acceso y el chico necesita una buena filípica. Está lleno de ideas.

—¿Qué tipo de ideas?

—Ideas, usted ya me entiende. Pensamientos absolutamente innecesarios. Preocupaciones que no le corresponden. La culpa es de mi suegra. Esa bruja le ha llenado la cabeza de pájaros. Nunca tuvo la mínima deferencia con mi marido y aún menos conmigo, ¿sabe? Ah, pero mi Richard siempre fue un calzonazos. Lo que diga su mamita va a misa y él lo bendice.

—¿Dylan está en la casa? —golpea intermitentemente Marcelo con las yemas de cuatro dedos la barra.

—Arriba, en su alcoba. Lleva una semana encerrado. ¿No me haría el favor de hablar con él cuando termine de recoger bien todo esto al final de la noche? Yo ya le he advertido que o se pega una ducha y se pone a trabajar o que agarre sus trastos y se marche a Vermont si le conviene. A ver si a usted le hace más caso.

Capítulo 31. Luna llena

Transcurren cuatro interminables horas hasta el final de la fiesta. Los temas de Jack Maheu interpretados por una impecable orquesta de jazz de Nueva Orleans, la imagen de la señorita Alexandra bailando descalza el *There Is Something in the Water* en el centro de la pista, el panal de ruidosos invitados coreando en torno a la torta de cumpleaños el *Happy Birthday to You* a la señora Meredith Langlitz, las palabras supuestamente sentidas del señor Wall Street hacia su diletante esposa parecen producirse en la distancia, como un eco de la realidad, ante un Marcelo atormentado en su interior que no puede dejar de pensar que Dylan se oculta en el piso de arriba. No obstante, al veterano barman no le queda más remedio que tratar de mantener el tipo con quienes se presentan en la barra en demanda de consumiciones.

—Maine es el nuevo Cape Cod, Marcelo. Así como se lo indico. Léame los labios.

—Ajá.

—Marcelo, ¿no reconoció al hombre al que acaba de servir? Es el CEO de Bridgewater. Maneja un fondo de ciento treinta y dos billones de dólares.

—Ah, oká.

—Nosotros siempre pasamos las navidades en New Port. ¿Estuvo usted alguna vez en Rhode Island, Marcelo?

—No, pero ya voy a intentar.

—Mi hijo termina el MBA esta primavera y sale ya con un puesto digno. Creo que tiene oferta en firme de Severus. ¿O era Blackrock? Bueno, Marcelo, como si es Oak Tree Capital. Cualquiera de esas compañías es un empleo para toda la vida. Un respiro. Si usted tiene hijos, sabe exactamente de qué le hablo.

—Claro.

—La última vez que puse el pie en Cayo Largo fue para rescatar mi yate de debajo del agua por culpa de una tormenta. No se imagina usted el drama.

—La verdad es que no.

—Marcelo...

—Dígame, señorita Alejandra.

La señorita Sangría escarba con los dedos en su monedero.

—Quería agradecerle por haber sido tan amable durante la fiesta.

—Me alegro de que lo pasara bien. Baila usted muy lindo. Me fijé. Se le daría de maravilla la salsa. ¿No probó?

—Ay, Marcelo, me sobreestima. ¿Bailar bien yo?

—Usted le pone sin miedo su personalidad al baile —confiesa el barman—. Mecánicamente uno puede saber los pasos; pero, cuando toca poner el alma, la sensualidad, eso tiene que salir natural. Eso no lo aprende uno, eso hay que dejarlo salir. Ojalá cada uno pusiéramos nuestra personalidad en lo que hacemos... pero bien pocos se atreven. Usted es una valiente y lo hace.

—Ay, Marcelo, Dios le oiga.

—No será porque hablo bajo, señorita.

La joven se sonroja.

—Tenga usted. —Introduce dos billetes de veinte dólares arrugados en el vaso de las propinas, cierra el monedero, lo guarda en el fondo de su bolso la señorita Sangría.

Marcelo vuelve a pensar que en aquella mujercita se esconde algo que le recuerda poderosamente a la Karen que vio por última vez en Grand Central; sin embargo, enseguida, recapacita y se dice que cuando uno es joven se permite hacer distingos entre mozas que se le antojan feas y otras que le resultan atractivas. Pero después, al hacerse uno viejo, cae en la cuenta de que todas las jóvenes resultan igual de hermosas, como bellos son todos los capullos en flor de las variadas especies que pueblan el planeta.

—Que tenga usted una vida muy linda —agradece la propina Marcelo.

—Ay, Marcelo. Voy a confesarle que yo soy una mujer muy espiritual. Bueno, más bien religiosa, para qué voy a engañarle, lo cual trae de cabeza a mi familia, pero... es que no me queda más remedio que creer en el cielo después de comprobar que existen ángeles como usted en esta Tierra.

El que se sonroja ahora es Marcelo.

—No cambie usted nunca —le planta la señorita Sangría un beso esponjoso y cálido en la mejilla.

Marcelo la ve ir en busca de su marido. Ambos se despiden de los anfitriones. Son los últimos invitados en abandonar la casa. De pronto le entran al barman las prisas.

Los camareros contratados lo ayudan a recoger la barra, doblar el mantel de hilo, separar los vasos sucios de los limpios, llevar las botellas a la cocina. Allá, con ayuda del ama de llaves, va introduciendo las bebidas espiritosas que no han sido utilizados en sus cajas.

—El señor Murphy va a sufrir un derrame cerebral cuando le informen de las devoluciones —se tapa la boca el ama para que la risa no delate la ausencia de dos paletas en su dentadura.

Los músicos de la orquesta devoran con deleite un *catering* de hamburguesas, perritos calientes y pizza que el ama ha dispuesto sobre el mostrador.

—Si gusta... —le ofrece la mujer a Marcelo.

El barman agradece el gesto, agarra su bolsita de deportes, se disculpa y sube a visitar a Dylan.

—Está en la habitación del fondo del pasillo —le indica el ama de llaves.

Marcelo encuentra al *millennial* postrado en la cama. La luz de la mesilla, encendida. La espalda, apoyada en el cabecero de tela de saco. La frente, cubierta por el apolillado gorrito de lana. El cuerpo, tapado por una sudadera de Parsons y unos calzones de cuadros escoceses. Las piernas huesudas y peludas, al aire sobre la colcha. Los dedos de las manos juguetean con el Rolex de oro valorado en veinte mil dólares que su madre le regaló al cumplir los doce años. La mirada perdida, a través del vidrio de la ventana, en un firmamento repleto de estrellas que palpitan como tímidas luciérnagas en la profunda espesura negra del cielo invernal.

—Me recuerda a Grand Central —le dice.

—¿Qué cosa? —pregunta Dylan sin regresar al cuarto su mirada.

—La bóveda celeste.

El *millennial* no reacciona.

—¿Qué hace?

—Acá.

—Se parece al Pollo Loco. —Cierra la puerta tras de sí Marcelo.

Dylan carraspea.

—El niñito encapuchado ese que sale en South Park —aclara el barman como si a un *millennial* le hicieran falta este tipo de puntualizaciones.

—Muy gracioso —responde.

—Tampoco es necesario ofenderse. A mí me confundió esta noche un amigo de su padre con un camarero de las Bahamas y no me lo tomé tan a pecho. Esta gente se piensa que todos los hispanos nos parecemos a Pancho Villa.

—Ya.

—No bajó a la fiesta.

—No.

—¿Y eso?

—Preferí quedarme acá.

—¿Acá sentado?

—Ajá.

—Solamente quería comprobar si llevaba puesta la pulsera.

—¿De qué pulsera me habla? —se digna a tantearle los ojos por vez primera Dylan.

—La pulserita de «todo incluido». A mí me la prestan solamente una vez al año, ¿sabe? La semana que tengo de vacaciones y voy a un hotel en República Dominicana. Siete días, seis noches. Eso es todo lo que me dura a mí la dichosa pulsera. A los de su generación, sin embargo, se conoce que se la regalaron de por vida. Vinieron al mundo con la pulsera *all inclusive* tatuada en la muñeca. Se acostumbraron a que les den todo hecho, a recibir siempre. Mí, para mí, conmigo. Ni se les pasa por la imaginación que, alguna vez, aunque fuese una vez solita, podrían ustedes aportar algo. Tener un detalle. Hacer un mínimo sacrificio por alguien.

Dylan deposita el reloj en la mesilla, cruza los brazos, se agarra los codos con las manos y agacha la cabeza.

—Gracias por venir al Oyster Bar —comenta Marcelo irónico—. Si no lo hace por usted, lo podría haber hecho por mí. Sabe que necesito ayuda —se sorprende el barman mostrándose vulnerable ante el muchacho.

—Ocurrió una desgracia —se disculpa Dylan cabizbajo.

—Ah, ¿sí? Pues no salió en las noticias.

—Es un tema personal.

—Ah.

—Esta semana me notifican oficialmente mi expulsión de la universidad.

El comentario pilla a Marcelo a contrapié.

—Vaya, lo siento —afirma.

—Lo siente —repite sarcástico Dylan.

—¡¿Por qué no me reveló que su papá era el señor Wall Street?! —explota iracundo de pronto Marcelo.

—No me haga reír —vuelve a agarrar el Rolex Dylan y a zarandearlo entre los dedos—. Usted y mi padre se pusieron obviamente de acuerdo para darme un escarmiento. Lo de aparentar querer ser mi mentor ha resultado una farsa. Sé que solo quería humillarme, pero ya todo me da igual.

—¡No mame! —protesta ofendido el barman—. ¡Yo no tengo nada que ver con su presencia en mi barra y a su padre no lo veía hacía meses!

Dylan le escruta la mirada intentando adivinar si hay algún residuo de verdad en sus palabras.

—He intentado quitarme la vida —anuncia al cabo de un rato en tono lánguido.

Marcelo traga saliva desconfiado.

—No me cree, ¿verdad? —Dylan baja las piernas al suelo, desenchufa el celular del cargador de la mesilla, le extiende el brazo para que compruebe la aplicación que ha seleccionado en pantalla—. Pues mire: lo colgué en Instagram.

—¿Qué hace subido al puente de Williamsburg? —le interroga Marcelo.

—Suicidarme. Ya se lo he dicho.

El selfi muestra a Dylan encaramado a un tramo de la barandilla roja que protege la sección peatonal del puente.

—¿Tomó fotos de su propio suicidio?

—Sí.

—Usted es más soplamazo de lo que pensaba, mijo. Los suicidas no se hacen selfis. Debería de hablar con alguien.

—¿Y qué se supone que estoy haciendo?

—Con un profesional, me refiero.

—¡Fantástico! ¿Qué coño quiere? ¿A qué ha venido? —gira Dylan de nuevo la cabeza hacia la espesa negrura de la ventana.

—Le subí algo de comida —extrae un paquetico Marcelo de su bolsa de deportes, despliega la envoltura de aluminio y deja mostrando dos grasientas hamburguesas.

Dylan observa por el rabillo del ojo cómo el barman ubica el papel de plata a modo de bandeja en el centro del colchón y se recuesta. Las manos cruzadas detrás de la nuca, en el borde opuesto de la cama. Observados desde el ventilador del techo, parecerían dos enamorados que acabaran de hacer el amor. Afuera, en la lejanía de un campo de golf, aúlla una pareja de coyotes. Abajo, en el jardín, ladran nerviosos los perros. Al rato vuelve el silencio. Dylan agarra una de las hamburguesas y le pega un bocado. Marcelo lo imita. A los dos les chorrean hilillos de grasa por la barbilla y por las manos. Dylan deja escapar media sonrisa.

—¿Ya conoció a mi hermana? —pregunta.

—Sí.

—¿No le habló de Jesús?

—No, pero me habló de los ángeles.

—Esa no pierde el tiempo.

—También traje vino —cambia la conversación el barman.

Marcelo extrae una botella de tinto, un sacacorchos y dos copas de cristal de su bolsita de Múnich 72.

—Parece el bolsón de Mary Poppins —ironiza Dylan.

Marcelo le muestra la botella y el sacacorchos.

—Sabe que no bebo —rechaza la oferta Dylan.

—Al menos puede aprender a servirlo.

—Ahora no es el momento. Gracias.

—Inténtelo. Hágame ese favor no más, Dylan —le ruega Marcelo—: Es lo último que le voy a pedir. Se lo prometo. Si en algo valora a este pobre viejito, hágame este favor no más. No sea turro, Dylan, preséntеme la botella.

Dylan jala el vino, se incorpora con desgana y, una vez puesto en pie, le muestra a Marcelo la botella.

—¿Satisfecho?

—Bien… —aprueba el barman.

—Pero… —insinúa Dylan.

—Pero no me importaría que me dejase ver la etiqueta para comprobar que se trata de la marca que yo he solicitado.

Dylan gira la botella en su mano hasta descubrir el logotipo.

—Oká. Ya puede abrirlo.

Dylan intenta arrancar con los dientes la funda metálica que recubre el pico de la botella.

—Mejor use la navajita —señala Marcelo al sacacorchos que descansa tirado en mitad de la colcha.

Dylan corta el metal con el filo de la navaja, deja a la vista el corcho, lo pincha en el centro con la espiral metálica del abridor y trata de desenroscarlo a base de dar vueltas en su mano al vidrio.

—La botella permanece quieta —indica con el dedo índice el barman—. Lo que gira es el sacacorchos.

Dylan sigue las instrucciones, extrae el tapón, se lo muestra a Marcelo cual presa de caza, se lo echa al bolsillo de la sudadera y se inclina sobre la cama para proceder a servirle un vaso.

—Espere. Tiene que permitirle al cliente examinar el corcho. Para eso es suyo.

—¿Quiere el cliente examinar su corcho? —consulta irónico el *millennial.*

—No. Está bien —responde Marcelo y pega distraído un nuevo mordisco a su hamburguesa.

La lámpara de la mesilla acentúa el brillo de los churretes de kétchup, grasa y mostaza que resbalan por las comisuras de sus labios.

—Ahora bien —habla con la boca llena, se chupa uno a uno los dedos Marcelo—, que el cliente no quiera examinarlo, no exime al sumiller de tener que hacerlo. Usted ha de oler el corcho para asegurarse de que el vino no esté picado, comprobar su consistencia para ver que no se haya desmigado por el interior de la botella, que no vaya a tener moho, que…

—¡Que sí, concha! Que lo he entendido —le corta la nota de un tajo Dylan—. Lo huelo, lo toco. Ya. ¿Contento?

Marcelo asiente y le presenta las dos copas.

—Ya le dije que yo no bebo.

—Todos cometemos errores. Su hermana me contó de su borrachera en Pensilvania.

—Si Ali no se lo cuenta, revienta.

—Se preocupa por usted. Al menos eso me pareció.

—Seguro.

—Beber es como conducir, Dylan: no es bueno ni malo, simplemente hay que respetar las reglas.

Vuelve a presentarle al muchacho las dos copas de vino que ha agarrado en la cocina.

—Sujete la botella por la parte de abajo, con la etiqueta apuntando siempre hacia la mesa. Y sirva al comensal que se lo haya solicitado.

Dylan llena una de las copas hasta arriba.

—¡¿A dónde va, caraju?! —protesta Marcelo.

—¿Prefiere que le ponga menos? Yo, si pago un vaso y no me lo llenan, sinceramente, me cabrearía.

—No hay razón para llenar el vaso hasta arriba. Puede irlo rellenando de a pocos y resulta más elegante.

Marcelo abandona el vaso rebosante de vino en la mesilla y le presenta el ejemplar vacío.

—Ande, mijo: inténtelo otra vez.

Dylan sirve dos dedos de tinto en el vaso.

—Ahora sí. Estupendo. —Marcelo moja los labios en el preciado líquido rojo, lo retiene, lo paladea, lo traga.

—¿Qué? ¿Está bueno? —pregunta impacientado el *millennial.*

Marcelo eleva un pulgar en señal de aprobación. Dylan llena un poquitico más el vaso, como dos terceras partes. El barman jala la copa que había depositado en su mesilla y se la pasa a su aprendiz. Dylan duda, pero al final la acepta. Ambos brindan. Dylan bebe un chupito y se recuesta de nuevo en la cama.

—Creí que no bebía usted en el lugar de trabajo —rompe el silencio el muchacho.

—Ya terminé.

—Ajá.

—Me da mucho gusto verle aprender. Quería que lo supiera.

—No se motive demasiado porque ya no sirve de nada. No voy a regresar. Además, perdí su libro.

Marcelo escupe el vino en la copa y se lleva la mano a la boca desolado.

—Estaba acá. No lo entiendo. Me lo ha debido quitar mi madre. No se preocupe que yo se lo repongo en la próxima temporada.

—No le sigo.

—Es solo que pienso en capítulos, como las series de Netflix. Le compraré otro.

—No los imprimen con la misma dedicatoria. No todo en la vida se puede sustituir por dinero.

—Lo sé… —suspira Dylan nostálgico.

Marcelo mira a la ventana y se siente pequeño y fugaz en comparación con las estrellas que llevan en el mismo punto del firmamento perennes millones de años.

—Está bien. No importa —reconoce el barman no sin esfuerzo al cabo de un rato—. ¿En qué piensa?

—En mi padre. Se cree el gran cacao —se queja Dylan.

—Todos tenemos problemas con nuestra gente.

—¿Todos? —remarca con cinismo el *millennial*.

—¿Sabe lo que decimos en Ecuador cuando vemos aparecer a una patrulla de la Policía?

Dylan aguarda callado la resolución del enigma.

—¡Al suelo, que vienen los nuestros! Je, je, je…

Dylan también ríe.

—¿Ve ese póster?

El *millennial* señala el cartel pinchado en la pared con coloridos dibujos de frutas.

—Lo veo.

—Se ha convertido en una gracia recurrente en mi familia. Me lo trajo mi abuelita de niño y un día me pidió que le recitara los nombres de las frutas. Piña, banana... le iba diciendo y, al llegar a la pareja de cerezas, le dije: «Pachá».

Los dos se ríen, apuran el vino, se sirven otro vaso.

—Pachá... —repite divertido por la ocurrencia Marcelo—. Hábleme de su abuelita. Su padre lleva empeñado en que debería presentármela desde que lo conozco, pero nunca lo hizo.

—Yo puedo ponerles en contacto, si quiere.

Marcelo le mira expectante.

—¿Trajo el celular? A mi abuela también le abrí cuenta en Instagram.

Marcelo rinde su dispositivo. Dylan pasea los pulgares por la pantalla, le solicita la contraseña de Google, baja la aplicación de la nube, le pide que invente una contraseña: mínimo ocho caracteres, al menos una mayúscula y un número, no pueden ir más de dos cifras consecutivas.

—Listo —le muestra—. Ya tiene cuenta en Instagram: @Marcelooysterbar.

—¿Cómo se llama su abuela?

—Jenny.

—Jenny —repite el barman—. Bonito nombre.

—Ya le pedí que le acepte. Si no le responde, me hace saber.

—¿Cómo busco aquí a una persona?

—¿Sabe su nombre?

—Claro.

Dylan queda a la espera de más datos.

—Karen —le aclara.

—Karen ¿qué más?

El *millennial* traza círculos con el dedo en el aire.

—No me sé el apellido. —Cae de pronto en la cuenta de lo poco que conoce en realidad de la vida de Karen.

Dylan agarra el celular del barman, teclea sobre la pantalla, mueve el dedo hacia abajo, carraspea.

—@Karen las hay a miles. @Karentookthekids, @Karenpolinesia, @Karenblack…

—Está bien. Solamente dígame cómo busco.

—Acá —le señala Dylan el icono con forma de lupa.

—Gracias —recupera su teléfono el barman—. Creo que es hora de marcharme.

—¿No quiere saber el motivo por el que intenté quitarme la vida? —trata de retenerle Dylan.

Marcelo se vuelve hacia el muchacho con ternura, se recuesta de nuevo en el cabecero, guarda silencio.

—Me quedé quieto —explica frustrado. Pega otro sorbo a la copa de vino, se limpia los labios con la mano, inicia un llanto sordo, los ojos rojos como los de los caballos cuando están extenuados.

Marcelo balancea atento sus pestañas.

—No hice nada, Marcelo. Le permití al entrenador de Parsons que arrastrase al bueno de Martin hacia el abismo. No hice nada por evitarlo. Le fallé. Siento como si hubiese sido yo quien lo empujó desde el alero de su terraza.

—¿Querría contarme esa historia?

—¿De veras le interesa?

—Me encantaría escucharla —dice el barman mientras rellena los vasos de vino.

Capítulo 32. Miedos

El carrusel de los caballitos inicia una aceleración vertiginosa. Marcelo comprime los muslos contra la silla, pero el viento lo empuja, lo gana en fuerza, lo despega de su cabalgadura blanca de madera y lo deja de nuevo en volandas, con los pies apuntando al firmamento. El barman se aferra a la barra vertical con una mano, pero el sudor lo traiciona. Uno a uno, los dedos se resbalan, húmedos, impotentes, quebrados, absorbidos hacia la negrura que está a punto de engullirlo.

—¡Ah!

Despierta bañado en sudor Marcelo.

—Buenos días, ñaño.

Delia, que hoy amaneció más temprano, le trae el café a la cama en una taza de latón esmaltada.

—Buenos días, ñaña.

—¿Dormiste bien?

—Sí, de un solo lado.

—Acá dejo su cafetico. Y su pantalón recién parcheado.

—Gracias, hermana.

—Dios primero.

En la parada del ómnibus Marcelo pasa revista a los viajeros de cada mañana. Los mismos rostros, los mismos destinos, las mismas actitudes de todos los días. Están el señor metiche, el matrimonio carapalo, la estudiante malcriada... Echa en falta, sin embargo, a la doña simpática.

—Mórnin.

—Días.

Los cafés hierven en vasos de cartón, solos, con leche, *macchiatos,* en los puestos de la planta sótano de Grand Central Terminal. Marcelo se para, se desenfunda despacio los guantes y observa a los viandantes que dan sorbitos a la carrera, estresados por la constante presión de tener que pasar, como si la vida se tratase de un videojuego, continuamente de pantalla. Nueva York no se conforma con suficiente; Manhattan siempre quiere más. Hoy Karen tampoco cumplió su promesa de presentarse a la cita. Marcelo suspira, se hurga el pellejo de una uña, avanza por la rampa que, como cada mañana, lo conduce a su habitual trabajo y, por vez primera en cincuenta y tres años, le asalta una duda: en caso de que ella al fin viniera —se interroga—, ¿sería capaz de reconocerla?

La jornada de mañana transcurre moderadamente tranquila en la barra del Oyster Bar. Marcelo reclama la ayuda de Luka para recalentar una sopa en el *jukebox,* montar un *six* top —mesa para seis—, traer *paper toques* para el filtro de la máquina del café, reponer una libra de pan y, al grito de «¡mátelas!» devolver al horno las almejas casino, cubiertas con orégano, migajas de pan y tocino, que un cliente se empeña en jamar prácticamente carbonizadas.

—Está usted ya preparado casi al ciento por cien para tomarme el relevo, Luka —le regala un cumplido Marcelo a media mañana al serbio.

En el ventanuco de la cocina, el lavaplatos, lejos de alabarle el halago, agacha la mirada.

—¿Pasó algo? —se inquieta el barman.

—Oh, lo siento, señor Marcelo —se disculpa Luka—. Tendría que habérselo comunicado antes. En cualquier caso, quiero que sepa que le estoy eternamente agradecido por todo lo que me ayudó usted.

—Pero ¿qué pasó?

—A partir del mes que viene, ya no me regreso más.

—¡¿Cómo así?! —exclama Marcelo pasando de la preocupación al desconcierto.

—Todo chévere, no se preocupe —lo tranquiliza Luka—. Mi hijo se graduó de médico y me jubila. Se supone que ya chambeé lo mío. Encima va a celebrar matrimonio. Me retiro a cuidar nietos, señor Marcelo. Eso es todo. De veras que lo siento.

Marcelo trata de recomponerse.

—Oh, claro, Luka. Felicitaciones a tu hijo. No sabía nada. Te deseo lo mejor. —El barman traga saliva, repasa la barra con la gamuza, coloca delante de un nuevo cliente un posavasos y una bolsa de galletitas saladas.

—¿Puedo ofrecerle algún trago que resulte de su agrado?

Cuando una persona se presenta ante mí yo la saludo cortésmente por dos motivos.

A base de pulsaciones en el teclado de su ordenador, Anna García transmite las reflexiones del barman que suenan en sus auriculares.

Primero, es una obligación, asunto de modales; pero, al mismo tiempo, en ese inicial saludo ya voy captando yo si sabe tomar, si está de buen genio, qué tipo de conversación nos va a ocupar, qué lado buscarle...

La reportera escucha el eco de un estornudo en la redacción y pulsa con el índice las dos rayitas verticales de la nota de voz. Retira el pinganillo blanco de una de sus orejas, enfoca con el rabillo del ojo hacía el despacho acristalado del redactor jefe y comprueba que el hombre se distrae con las páginas de la edición matinal de *El Diario*. Vuelve a darle al *play* y transcribe:

Igual que un *cowboy* en un rodeo, tanteo al toro y lo valoro. Cuernos grandes o pequeños. Asustadizo, manso o bravo. Cuando yo pongo un trago, me sale del corazón decirles: «*Enjoy it,* que le aproveche». Ahora, si me cayó mal de entrada el tipo, o la man, no les digo nada. Quedarme calladito también me sale a veces del corazón. Je, je, je... Hay trucos. Verá: si el cliente llegó estresado, me olvido de su presencia por espacio de un trago o trago y medio... hasta que empiece a relajarse. Ah, pero si el pana resultó mal genio de por vida, olvídese. Le demoro el segundo trago, me hago el ocupado, ni lo miro... que se tome unitico y ya. Aire. Que se busque otro ambiente. Que apure el vaso, pague y se vaya.

—Nunca ignore a un *bartender,* caballero, puede resultar perjudicial para su salud —aconseja Marcelo al buscabronca de barriga y piernas curvadas que abandona airado la barra sin dejarle propina.

—¿Quiubo, compadre? —se aproxima Albert alarmado por la tensión que ha detectado desde su cubículo—. ¿Qué le dijo?

—¿No vio? Un faiter. Un peleón afrentoso y de lengua larga. Le dije que no se moleste en volver porque no le pienso servir más.

—Marcelo… —se lleva las manos a la boca el colombiano—. Pero las normas de la casa…

—Mire, Albert: si los santos, que siendo santos y estando en el cielo, no se dignan a hacer milagros salvo que usted les deposite una limosna en la peana, yo, que soy de carne y hueso y estoy en esta tierra, muchísimo menos. Sin propina no me meneo —le calca el ecuatoriano al colombiano la retahíla que le escuchó tantas veces en el *diner* al mexicano.

Anna, con los audífonos ajustados en las orejas, la mirada ausente y la espalda recostada en la silla reclinable de la redacción, deja escapar una risa espontánea.

—¡¿Ya terminó el informe de la marcha contra las balaceras en Queens?! —vocea desde el otro lado del cristal el redactor jefe.

La reportera García se gira azarada hacia el despacho. No está para tiroteos. El responsable de la sala de noticias, con las botas encima de la mesa, el periódico impecablemente plegado en una mano y la CNN en español con la voz bajada a sus espaldas, la vigila meticulosamente.

—¡Estoy en ello! —afirma Anna bajando con disimulo la pantalla de su portátil.

El tipo, desconfiado, no le aparta la mirada. Anna descorre la silla, se acerca a por un vaso a la fuente de agua purificada, elige el grifo de temperatura ambiente y bebe. En el despacho retumba un teléfono, el redactor jefe encoge las piernas, inclina el torso sobre el escritorio, alarga el brazo y responde:

—¿Aló?

Anna vuelve a sentirse a salvo. Arruga el cartón, lo arroja al cesto de los papeles, vuelve a su mesa, levanta la pantalla y termina de transcribir su grabación.

Bartending se convierte en una experiencia maravillosa cuando uno consigue armonía entre sus parroquianos. El truco consiste en saber dónde ubicar a cada persona en la barra. Uno ya más o menos se da cuenta de la personalidad de cada cual. Por ejemplo, si yo veo que dos clientes resultan compatibles, los presento: «Miren, esta es mi amiga, ta, ta, ta», y así, de paso, yo hasta puedo trabajar más relajadamente, ¿no vio? De vez en cuando se lleva uno una sorpresita desagradable, claro, y se inicia una discusión. Entonces lo mejor es no tomar partes, cambiar el tema, distraerlos, hacerse el loco aun a riesgo de caer en la cursilería. Todo, con tal de mantener la paz. En el bar lo mandatorio son los hechos, no las opiniones. Un cliente puede pensar que eres un héroe y el de al lado tildarte de huevón. Eso da igual. No podemos cambiar las opiniones. Debemos limitarnos a los hechos. Si un *bartender,* serio, soso o parlanchín transmite energía positiva, es rápido, entusiasta, aseado, organizado, honesto, fiable, conoce sus recetas y su oficio... entonces la clientela regresará fielmente.

—Marcelo… —le reclama su atención el señor Martini Seco.

El barman se excusa ante Albert y se aproxima al papiado del taburete dos.

—Órale, Jim.

El señor Martini Seco apura el trago y le muestra la copa de cristal vacía.

—Salió medio rasposo el güiro buscabronca ese… —comenta.

—Ah, escuchó… Ahora entiende por qué no se lo presenté, ¿verdad?

El chef armenio asiente en silencio. Marcelo le sirve su segunda ronda y regresa a la esquina donde Albert termina su vaso de agua.

—Se jubila Luka, ¿se informó? —deja caer Marcelo en tono misterioso y por lo bajo.

—Sí. Y con la vida resuelta, escuché —confirma el viejo contable.

—¿Qué será de nosotros cuando no vengamos más, Albert? —suspira lánguido Marcelo—. ¿Lo pensó?

—No sé —responde encogiéndose de hombros el contable—. Mi plan de jubilación consiste en comprar boletos de lotería los sábados.

Albert gira sobre sus talones y arrastra los pies hasta el cubículo de la entrada.

Sándwiches, margaritas, ostras *bluepoint,* copa Burdeos, *chowder* de almejas, jarra cervecera, gambas *popcorn* al estilo cajún de Luisiana… Finalmente pasa el *rush hour* y llega el momento de echar el cierre de mediodía a la pequeña barra central del Oyster Bar y cuadrar caja.

Marcelo se cambia de calzado, se ajusta las Spandex, se enfunda el abrigo e informa a su compadre colombiano que hoy no lo espere para el almuerzo.

—Tengo un temita pendiente —le explica de forma escueta.

El elevador se detiene en la planta cuarenta y ocho del edificio de la MET. Marcelo recorre el pasillo, pasa de largo a la secretaria con un saludo marcial y golpea con los nudillos en la puerta del despacho de la doña.

—Señora, con todo el respeto —dice y empuja la madera—, venía a formularle una pregunta sobre mi ayudante.

—Pase, por favor.

El ventanal de la presidenta de Restaurant Associates sigue teniendo la mejor vista panorámica de todo Manhattan. Los primeros copos de una nevada, frágiles e inexperimentados, se espachurran contra el vidrio formando estrellitas de hielo prensado. A Marcelo se le antojan placas de laboratorio listas para ser observadas por el microscopio.

—¿Sí? —La CEO deja de ordenar papelitos en su mesa, alza la vista, jala un lápiz amarillo del cubilete y mordisquea la goma.

Marcelo entra directo al asunto que, desde la conversación con Dylan de la pasada noche, le arde con furor en el estómago.

—¿Recuerda usted lo que me dijo cuando admitió al nuevón?

—¿Las palabras exactas? —La ejecutiva parece ponerse a la defensiva.

—Me refirió que en la década de los setenta apenas asomaba un alma por el Oyster Bar —se las recuerda Marcelo.

—Sí, claro... —contesta la responsable de la corporación y pega otro mordisquito a la goma de borrar, inquieta en su silla.

—Me dijo que el abuelo de Dylan fue quien ayudó a sacar adelante este negocio.

—¿Y? —Ahora la doña da golpecitos sordos con la goma rosa del lápiz sobre el borde de su escritorio.

Marcelo cierra los ojos y rememora aquel día.

«Si hoy seguimos abiertos —manifestó con claridad entonces la dama—, se lo debemos en gran parte a ese señor. Ahora es él quien necesita que le hagamos un favor y no he podido negarme. Es nuestro turno. Lo comprende, ¿verdad?»

Los golpecitos acompasados del lapicero contra la mesa del despacho sumergen a Marcelo en un mantra. «Lo comprende, ¿verdad? Lo comprende, ¿verdad?», repite una y otra vez en su cabeza. A la doña se le hace excesivamente largo el silencio.

—¿Marcelo?

Marcelo vuelve en sí, avanza un paso, ladea la cabeza.

—¿Está segura de que ese señor era el abuelo de Dylan?

—Completamente —responde e introduce el lapicero en su cubilete la presidenta. Apoya los codos en la mesa, le mantiene la mirada.

—¿No se referiría usted por casualidad al padre del muchacho? —insiste Marcelo—. ¿Al señor Wall Street? Quiero decir, ¿al señor Richard Langlitz?

—No conozco a ningún Richard Langlitz. —La doña sacude la cabeza y muestra las manos cual prestidigitador en señal de inocencia.

—¿Entonces a quién conoce? Dígamelo, por favor.

—Prometí no decir... —se excusa incómoda la presidenta, improvisa una mueca y agarra de nuevo el lápiz. Se lo pasea por el cabello rubio.

—No le pido que se vaya de *quaker* y traicione su silencio, señora, pero me temo que ya está hecho el guiso. ¿No le parece? No más póngale un poquitico de arroz —suplica desesperado Marcelo.

La presidenta observa con ternura a su empleado. Su aspecto, frágil y vulnerable, termina por ablandarle el corazón.

—Está bien. Se lo contaré —decide.

Marcelo, con la cabeza gacha, alza las pelotitas de sus ojos hacia el escritorio, alarga los labios prietos y se acaricia el bigote.

—Vino a verme una dama desconocida para mí. Una tal Jenny.

—¿Jenny?

—Una dama muy hermosa que me aseguró que había tenido un romance de juventud con usted.

—¿Conmigo?

—Sí y que fruto de aquello...

El relato de la ejecutiva se convierte en un murmullo imperceptible para un Marcelo que ya ha viajado a otro escenario. Al número 5 de la calle 57 Este, donde observa con un nudo en la garganta el lazo de satén que Karen lleva prendido a la cadera con su ficticio nombre de conejita: Bunny Jenny.

—Jenny… —Marcelo se asusta, se emociona, se enfada, busca apoyo en el respaldo de la silla y se derrumba en el asiento, mientras un *collage* de imágenes colisionan de forma atropellada en su cerebro.

Por la pantalla de sus recuerdos transcurren secuencias del encuentro de ambos en la estación de ferrocarril, el primer plano de Karen amarrándose con soltura el clavel a los churos del cabello, el plano secuencia del baile acompasado por el vestíbulo (un, dos, tres, pausa. La salsa no es otra cosa que el vals centroamericano), el paseo entre risas y arrumacos hasta el departamento de Williamsburg, el montaje a corte de sus cuerpos transformados en uno sobre el colchón, la boca de ella mordiéndole el contorno de la mano hasta casi hacerle brotar sangre, los dedos de los pies de él arqueados en curva hacia los talones y, al final, las marcas de las uñas en el yeso de la pared como surcos arrancados con entusiasmo y dolor a una tierra de labranza.

—La señora Jenny me aseguró que Dylan necesitaba el apoyo y la guía que solamente su abuelo sabría proporcionarle. Me rogó y yo… —se explica lo mejor que puede la doña.

—¡Ay, Jesús! ¡Ay, Dios mío! —suspira Marcelo, gimotea, le entra hipo.

La presidenta se pone en pie, rodea el escritorio, posa tímidamente una mano en el hombro de su empleado, le propina con ella palmaditas cariñosas, la retira, vuelve a posarla. En realidad, la pobre mujer desconoce cómo reaccionar adecuadamente.

—El caballero que salvó al Oyster Bar de la quiebra en los años setenta fue usted, Marcelo. —La presidenta toma aire, se sujeta el cuello de la camisa, hace un esfuerzo encomiable por conservar la profesionalidad y no caer en la ñoñería.

Marcelo se sujeta con fuerza al asiento por miedo a desvanecerse y caer rodando al piso. La responsable de Restaurant Associates le da otra palmadita.

—¿Recuerda su famosa regla de tres?

La perplejidad inicial deriva en asombro, el pie del barman propinando pataditas nerviosas al aire, una risita floja, incontenida, disimulando su incredulidad.

—Cliente feliz, barman feliz, dueño entusiasmado —le recuerda la señora reforzando los puntos del lema ideado por el barman con los tres dedos de una mano.

Marcelo, el modesto inmigrante ecuatoriano que empezó en la empresa introduciendo con Albert vajilla en la máquina de lavar platos, deja escapar dos lagrimones que le escurren solitarios por las mejillas.

—Marcelo, si hoy día el Oyster Bar Restaurant sigue abierto, se lo debemos a usted y a su regla de tres —le confiesa la doña limpiándose también la humedad acumulada sin permiso en un párpado.

El barman demanda explicaciones.

—¿Recuerda los años setenta? Entonces muy pocos se atrevían a cruzar el *mezzanine* de Grand Central y mucho menos a bajar dos pisos para poner un pie en el Oyster Bar.

Marcelo asiente. Lo recuerda.

—La estación producía una sensación fantasmagórica: escuchabas el eco de tus propias pisadas, retumbaba la bóveda... pero usted consiguió el milagro, Marcelo.

Vuelven a humedecérsele los ojos al barman.

—Con su trato sumamente exquisito logró que cada alma que caía por su barra sintiera la obligada necesidad de volver a visitarlo. Fidelizó una clientela. Consiguió, en el Nueva York más cruel y despiadado, recrear un remanso de sosiego donde los neoyorquinos se sabían queridos y valorados.

Marcelo baja aturdido la mirada al piso.

—Los clientes regresaban a nuestra barra porque los atendía usted, Marcelo. Esa es la verdad. El señor Brody le adoraba.

Asombro, incredulidad, gratitud. Marcelo no sabe con qué adjetivo quedarse.

—Pero ustedes nunca me dijeron…

—No queríamos subirle los humos a la cabeza, Marcelo —zanja la presidenta la parte emotiva de la conversación, regresa al escritorio, se plisa la falda, toma asiento y recupera su tono más profesional—. Cuando la señora Jenny me solicitó contratar temporalmente a su nieto, no pude negarme. Quiero que entienda que lo hice por usted, Marcelo. Era nuestra oportunidad de agradecerle…

—Ya. Le agradezco…

—Pero me imploró que no revelase su identidad y yo cumplí mi promesa sin preguntar el motivo. Ignoraba lo que usted sabía o dejaba de saber, ¿me comprende?

—Ajá.

—Usted es mi empleado, pero su vida privada le pertenece solamente a usted y yo no tengo ningún derecho a entrometerme en ella. Espero no haberle causado trastornos con mi decisión.

—No se preocupe, doña, está bien… —se resigna, carraspea, asegura Marcelo—. Solo hágame un último favorcito y ruéguele a Luka que me cubra hasta mañana el puesto.

—¿Me está solicitando una tarde libre? —se extraña sobremanera la presidenta de Restaurant Associates—. ¡Pero si usted jamás faltó a su puesto de trabajo en cincuenta y cinco años, Marcelo!

—Siempre hay una primera vez, doña —gira el emigrante con cachaza sobre sus talones.

La secretaria lo ve abandonar el despacho, recorrer con pasitos de baile el pasillo, desaparecer engullido por las pesadas puertas del elevador y se pregunta qué diantres puede haber sucedido en el despacho. Es la primera vez que ve salir de él a un empleado danzando.

Asoma la doña y le solicita una copa de coñac. Doble. Como si esto fuera un episodio de *Mad Men*. «Definitivamente, hoy se han vuelto en esta corporación todos locos.»

Capítulo 33. Brooklyn

El vagón de metro de la línea verde va medio vacío. Es público de entre horas. Hay de todo: los estudiantes que regresan de visitar el Metropolitan; la ilustradora que sostiene, en un sobre amarillo de burbujas, el original con el que confía conseguir la portada de este mes en el *New Yorker;* el matrimonio de turistas escandinavos con niña rubia, larguirucha y repeinada...

Las ideas se agolpan en la cabeza del barman. Tiene que regresar a casa, recapacitar, conversar con la ñaña, tomarse un chato de vino, arrojar el fuego que le arde en las tripas antes de terminar calcinado.

«¿Llamo o no llamo a Dylan?», piensa tomando, casi al mismo tiempo, una decisión y su contraria.

En la parada de la calle 33 repica una campanita. El barman se sorprende al comprobar que su celular tiene cobertura bajo tierra. Examina la pantalla y detecta un puntito verde en el icono de Instagram. La abuela de Dylan, @JennyBunny, le ha aceptado como amigo. El corazón le pega un triple brinco mortal.

«¿Qué más ve?», se atreve al fin a inaugurar el diálogo Marcelo, con los dedos temblorosos, dos estaciones más tarde, a la altura de la calle 23.

En la burbuja reservada a las respuestas aparecen unos puntitos suspensivos. Desaparecen. Aparecen de nuevo. Se desvanecen.

Perdida toda esperanza de contestación, surgen de entre la niebla las siete letras que forman su nombre seguidas de un innecesario signo de interrogación.

«¿Marcelo?»

«Claro», responde lacónico el barman.

«Es una suerte que siga estando», confiesa lacónica @JennyBunny.

Marcelo teclea y borra, teclea y borra. Al final no escribe nada. Se limita a mirar y remirar en el perfil de Instagram la foto de una mujer a la que a duras penas reconoce.

«¿Cómo se encuentra, Marcelo?» Llega un nuevo intento de romper el hielo desde el otro lado de la nube.

«En lo importante, mal», se apresura a responder el barman.

Vienen de vuelta esta vez dos signos de interrogación.

«¿?»

«La selección del Ecuador hace años que no le marca un gol ni al arcoíris», se ve en la necesidad de aclarar su pesimista apreciación Marcelo.

Aparece una carita amarilla con dos enormes lagrimones.

«Stand clear of the closing doors». Suena el silbato del tren, se abren, se cierran las puertas, arranca el convoy en Union Square con una sacudida seca.

«Pasó mucho tiempo, Karen», se aventura a teclear Marcelo.

«Sí», es todo lo que responde ella.

«La extrañé un mundo, Karen», vuelve a atacar él con sus piezas.

@JennyBunny no responde. A Marcelo le entra rabia y deja que los dedos acaricien libres la pantalla. Siente, por vez primera en su larga vida, una irresistible necesidad de sincerarse.

«También la aborrecí con todas mis fuerzas, Karen —continúa—. Traté de odiarla para que su recuerdo no me dañase. Pero no hubo manera. Me morí por encontrarla.»

Puntos suspensivos. Nada. Puntos suspensivos. Nada. Puntos suspensivos. Nada. El tren se demora largo tiempo en Astor Place. La mirada de Marcelo se humedece. La dama que viaja sentada frente a él extrae un clínex del bolso y se lo tiende. Marcelo se turba, niega con un gesto de la mano, baja los ojos al piso, cruza los pies.

«¿Podemos encontrarnos?», teclea al poco @JennyBunny.

Marcelo sorprendido mira la proposición.

«¿Ahorita?», contesta a la portuguesa, devolviendo otra pregunta.

«Sí. Baje en Williamsburg», añade Karen.

«¿Cómo sabe? —se pregunta Marcelo, con el corazón acelerado y los ojos escudriñando cada recoveco del vagón sin encontrarla—. ¿Cómo sabe?»

En la calle Bleecker el barman cambia a la línea M, cuya letra en español coincide, convenientemente para recordarla, con la inicial del color marrón que la representa. Mira hacia atrás, hacia adelante, no la ve. Dos paradas más tarde, el tren cruza con su monótono traqueteo por debajo de la ría y sale al exterior. Recorre los paisajes nevados de Brooklyn. Los tejados blancos, los árboles desnudos y grises, las ardillas a lo suyo.

En Hewes Street, Marcelo salta al andén y experimenta la sensación de haber comprado un boleto en la máquina del tiempo y haber viajado medio siglo atrás: a sus primeros años de estancia en la ciudad de Nueva York, cuando regresaba de noche agotado de la chamba al barrio y tenía que ir cambiando de acera por miedo a ser asaltado cada vez que se cruzaba con otra sombra. Entonces la encuentra. Karen está descendiendo de un vagón contiguo. Flaca, serena, orgullosa. No cabe duda de que se trata de ella. El paso de los años, observa, la ha acostumbrado a unos andares más frágiles. Tiene el pelo encanecido, manchas en la piel, las manos surcadas por venas, los tobillos algo dilatados, pero no ha conseguido en absoluto robarle ni un ápice de su poderoso atractivo.

—Hola, Karen —le niega saliva la boca cuando la tiene a tiro.

—*Hello,* Marcelo —ladea ella con una sonrisa apagada la cabellera.

Caminan con sosiego hacia la salida sin decirse apenas nada.

—¿Cómo supo encontrarme?

—Fui a buscarle al Oyster Bar, le vi salir y le seguí. Pura suerte.

—Ya.

—Estaba en el vagón contiguo.

—Ya.

—¿Le parece que subamos de este lado?

—Está bien.

Una vez en la calle, Karen despliega un paraguas y ofrece cobijo a Marcelo. El barman prefiere sentir los copos de nieve en el rostro o, al menos, es el argumento que esgrime para desestimar la tentadora oferta.

—Prefiero sentir los copos de nieve en el rostro —explica—. Me despeja.

Bajo la fina nevada, deambulan por una calle de Williamsburg que les reporta a ambos rememorados anhelos. Los edificios de ladrillo, sin embargo, ya no están al borde del derribo, sino elegantemente reformados. Bien lindos. La sede de la farmacéutica Pfizer ya no emplea puertorriqueños, se convirtió hace tiempo en cibercafé y gimnasio para hípsters.

—Cambió bastantico el barrio —deja caer en tono desfallecido Karen.

—Sí, los carros parqueados conservan ahora intactas sus cuatro ruedas —remarca irónico Marcelo.

Karen intenta dibujar una sonrisa, pero le falla el diseño en los labios.

—Esta vez no me trajo un clavel de regalo —bromea ella con pena al pasar bajo el balcón del antiguo apartamento que rentaba Marcelo.

—No me avisó de que venía —aprieta el barman con frustración los labios.

«Uno siempre regresa a los sitios en los que amó», quiere decir Karen, pero no lo dice.

En su lugar se detiene y frunce el ceño. Puede palparse su abatimiento.

—Comportémonos como adultos —ruega.

—Oká —acepta el barman.

—Usted se casó, Marcelo, y tuvo dos lindos hijos.

—Cierto.

—Pues alegre esa trompa porque su vida debió de consistir en una bonita historia.

Marcelo menea afligido la cabeza.

—No resulté buen padre —confiesa al poco.

Karen guarda silencio.

—Me la pasé trabajando no más. Apenas los vi.

—Entonces, casi pasó más tiempo con el nuestro... —Karen juega a enredarse en un dedo los churos de su melena.

Marcelo se enciende.

—¡Por la santa patrona del Cisne, Karen! ¡Tuvimos un hijo! ¿Cómo pudo pasarse la vida sin decirme?

Karen inicia la respuesta, pero enmudece, se sofoca, traga saliva, lo intenta de nuevo.

—No supe.

—¿Qué no supo, Karen?

—No tuve valor.

—¿No tuvo valor de qué?

—No me atreví.

—Usted siempre fue valiente, Karen. Me salvó de Luisón en Quito. El cobarde de esta historia soy yo. Usted nunca le tuvo miedo a nada.

—Cometí un error, Marcelo, y para cuando quise darme cuenta ya era demasiado tarde.

Marcelo experimenta de una todos los sinónimos del adjetivo «descorazonado».

—¿Sabe cuántas mañanas pude amanecer llorando? —suspende en el aire frío su pregunta Karen.

—¿Qué más da ya? —protesta Marcelo malhumorado—. ¿Amaneció llorando de veras? Usted lo quiso.

Silencio. Aspavientos. Silencio. Retoman el paso.

—Marcelo, quiero que sepa que yo renuncié.

—¿A qué renunció, Karen? Dígamelo.

—Renuncié a usted por no dañarle, Marcelo. Le borré.

—¿Por no dañarme? —se desespera Marcelo—. ¡Por todos los santos! Yo la aguardaba.

—Usted soñaba con Nueva York y yo con marcharme. No tenía derecho a arrebatarle su sueño.

—Mi único anhelo era usted, Karen. La hubiera seguido al fin del mundo.

Karen clava los pies en la nieve y le tiende una mano. Marcelo da un paso al frente y ambos se abrazan bajo el paraguas. Sin prisas, con ternura, apretándose con el cuidado de quien sujeta un pájaro en sus manos; en un gesto que, ambos intuyen, despierta aromas más a definitiva despedida que a apasionado reencuentro.

—Richard le aprecia mucho —le anuncia ella al deshacer el nudo del abrazo.

—¿Sabe algo? ¿Le dijo? —se inquieta Marcelo.

—¡No! Nunca le dije. Pero es bien listo y creo que él, a su manera, sin saber nada, algo sospecha. Quizás por eso fue a visitarle al Oyster Bar tan a menudo. *Just in case*, ¿me entiende?

—Vaya desastre, Karen… —se derrumba Marcelo.

—Marcelo… yo me equivoqué. —Se nubla el semblante de Karen con churretes negros de pintura de ojos que resbalan por sus mejillas—. Me asusté y hui. Tuve miedo de que lo nuestro fuese un error. ¿Recuerda a mis padres? Seguí sus pasos. El día que usted me esperaba me ofrecieron un trabajo en la agencia. Volver a Sudamérica. Lo acepté sin pensarlo y abandoné el país. Pensé que era lo mejor para los dos... pero me equivoqué. Le eché de menos y, cuando regresé, usted ya tenía esposa e hijos y no quise destrozarles la vida... No tenía derecho a hacerlo. Ni a usted, ni a los suyos, ni a Richard... ¿Sabrá perdonarme?

Marcelo la observa con ternura y siente que, poco a poco, su dolor se va transformando en recuerdo. En el fondo, cae en la cuenta, lo entristece más verla a ella triste que sentir su propia congoja.

—¿Se hizo espía? —se rebaña Marcelo una lágrima con la yema del dedo—. ¿Por eso se cambió el nombre a Jenny?

Karen se encoge de hombros, baja la mirada, dibuja con la puntera del zapato en la nieve.

—Jenny es mi verdadero nombre —reconoce—. Karen me lo inventé solo para usted.

Marcelo se distancia, extiende al cielo sus brazos, se agacha, hace una pelota de nieve y la arroja contra el tronco de un árbol, falla, se vuelve hacia Karen.

—¿Por qué tuvo que hacerme esto? —Marcelo hurga en los ojos de la mesteña sin encontrar respuesta.

Karen no pronuncia palabra, solo se restriega el rímel con los dedos. Marcelo vuelve a aproximarse a ella.

—¿Por qué?

—Usted ha sido el valiente —se recompone @JennyBunny—. Usted me esperó. Mantuvo durante todo este tiempo sus convicciones. A mí, en cambio, mi familia, mis raíces, mi maldita educación... me hicieron dudar de nuestro romance y salí huyendo. Fui una estúpida. Mi ceguera me impidió aceptar mis verdaderos deseos y terminé por perder lo que más quería.

—¿Se avergonzó de mí por ser campesino? —Marcelo pierde el aliento, se desinfla—. ¿Y por qué tuvo que comunicármelo ahora, Karen? Mejor se hubiera llevado el secreto a la tumba.

—No rompí el silencio por mí.

—¿Entonces por quién lo hizo? Muchas gracias, Jenny. Le agradezco de veras. Si vino a calmar mis males, podría haberse ahorrado el viaje.

—Lo hice por Dylan. —Cierra el paraguas Karen y lo alza para llamar la atención de un taxi.

Marcelo se lleva las manos a la espalda, entrelaza las falanges de los dedos con fuerza. Los copos de nieve sobre el ondulado cabello de Karen, le parece, realzan aún más su singular belleza.

—El único que entiende de cariño en nuestra familia es usted, Marcelo. Su nieto lo necesita.

El auto de color pistacho aminora su marcha junto a la cuneta. Marcelo se adelanta para abrir caballerosamente la puerta a su dama.

—Marcelo, sé que resultará difícil que me crea después de todo lo sucedido, pero quiero que sepa que yo también le amé profundamente durante toda mi vida. Necesitaba que lo escuchase de mis labios. Se lo debo. —@JennyBunny sube al carro, toma asiento, baja el vidrio de la ventanilla.

Marcelo se acaricia el bigote, se pellizca el labio, se sacude la nieve acumulada en el pelo.

—Pasé la vida esperándola, Karen. Tan solo hice lo que consideré honrado y justo. Ese es mi único legado.

—Tal vez la fortuna nos brindó una segunda oportunidad, Marcelo.

—No sé, Karen. Creo que, de tanto buscarla, me quedé tan vacío como un tango.

—Marcelo... —trata de consolarlo con una tierna sonrisa Karen—. ¿No me dijo que se lamenta por no haber sabido ser un buen padre?

El barman asiente, arranca el taxi.

—Pues tal vez ahora pueda resarcirse demostrándose a sí mismo que sí sabe ser abuelo.

El rostro de Karen se va achicando en la distancia hasta convertirse en un píxel más del taxi verde que la conduce, avenida de Broadway abajo, hacia el puente que une Williamsburg con Manhattan. El mismo auto que, de alguna extraña manera, siente Marcelo que se lleva para siempre consigo la pesada carga que ha arrastrado sobre los hombros a lo largo de su azarosa existencia. Y se siente liberado. Libre como el viento frío del Atlántico que moldea con furia amenazadores remolinos grises en la superficie del East River.

Capítulo 34. Disneylandia

Anna termina de revisar el reportaje sobre la marcha antibalaceras en Queens, le da a enviar y se gira en su silla hacia el despacho del redactor jefe. El tipo tarda dos segundos en recibirlo, se calza las gafas, se inclina sobre la pantalla y recorre el texto con el ratón. La reportera muerde una manzana y observa sus reacciones con impaciencia. Debería de pasar el corte. Ha subrayado los gritos de «¡alto a la violencia!» y «¡oremos por la paz!» que registró en las calles con su grabadora, ha entrecomillado fragmentos de su entrevista con el reverendo José Martínez —presidente de Radiovisión Cristiana— e incluido declaraciones del comisionado Shea de la NYPD. Añadió también opiniones de representantes vecinales de los condados más empobrecidos y afectados por la violencia de armas en la ciudad. Entre ellas, la de Elai Rivera, madre dominicana residente en El Bronx, resaltada en el copete: «Solo queremos que Niuyork sea tierra de paz».

Anna pega otro mordisco a la manzana. El jefe de redacción alza su mirada de la pantalla, como si hubiese escuchado el crujido, y la llama al despacho.

—Está bien, García —le dice—, pero finalmente va a tercera página. Su compañero Oswaldo le robó la portada.

Anna observa el titular que le señala el redactor jefe en la pantalla.

—«Miles amanecieron sin luz: La compañía Con Ed teme apagón general en Nueva York y pide bajar consumo eléctrico durante la ola de frío.»

A través de la pared de cristal del despacho Anna cruza una mirada con Oswaldo, el reportero más veterano, que se encoge de hombros en su mesa a modo de disculpa.

—Okay —contesta resignada.

—Okay, pues —confirma el redactor jefe dejándola marchar.

—¿Y la foto? —pregunta Anna, con la puerta entornada y sujeta con una mano, antes de abandonar el despacho.

—Ya la elegí. —Se la muestra.

«Al menos el tronco tuvo la consideración de seleccionar la imagen que ella misma le propuso», piensa la reportera. Anna no necesita mirarla porque se la sabe de memoria: plano medio de la señora Virginia Cordones, orgullosa de su origen boricua y residente en el barrio de Red Hook, de Nueva York, gorra de béisbol con la leyenda Jerusalem y pancarta, escrita en cartón con un *sharpie,* que reza: «Jesus, save New York».

—¿Le parece?

—Guay.

De vuelta a casa, la señorita García decide telefonear a Dylan. Odia el *texting*.

—Hey, yo. Solo quería tocar base para ver cómo te encuentras —le indica.

—Hey, *dude* —responde el muchacho lacónico, con los codos apoyados sobre el frío mármol de la mesa de la cocina—. Mañana me comunican la expulsión.

—Lo siento —le dice.

—*Yeah*.

En el comedero de pájaros de la ventana de la cocina de la mansión de Elizabeth se posa una pareja de cardenales. Ella viste de marrón con el pico anaranjado; él va de puro rojo con un antifaz negro. El macho arranca de los alambres semillas de girasol, las parte y las ofrece peladas en el pico a su compañera. Ambos vigilan nerviosos en todas direcciones, no vaya a surgir de las tinieblas un ave de presa que les robe el amor de un imprevisto zarpazo.

—¿Puedo hacerte una pregunta, tío? —hurga en la nevera Anna sin encontrar nada apetecible.

—*Yeah*.

Mayonesa Hellmann's, mermelada casera de melocotón y arándanos, jalapeños cortados en rodajitas para picar, caldo de pollo orgánico de granja, un plato con sobras de ensaladilla de patata y huevo duro.

—¿A ti qué es lo que de verdad te pone de mala leche?

—La injusticia —responde el *millennial* sin dudarlo.

Anna abre el armarito que hace las veces de despensa. Cae sobre el linóleo el último tornillo que sujetaba la bisagra bajera. «¡Me cago en la puta!», la puerta queda colgando. Tampoco ve nada sugerente. Frijoles negros Goya, pan rallado, latitas de atún blanco, copos de avena, pasta orzo sin gluten… Anna coloca el tornillo en la repisa y encaja la desvencijada puerta para que se mantenga cerrada. La encargada de las reparaciones caseras es Margaux.

—¿Y por qué no canalizas esa energía negativa y la conviertes en positiva, tío?

—*Yeah* —responde sin entusiasmo el *millennial.*

—¿Me entiendes?

—*Yeah.* Hacer limonada en lugar de quejarse de lo amargos que son los limones y eso, ¿no?

Anna hace un segundo repaso al frigo y decide terminarse la *potato salad.*

—Podrías canalizar esa energía para denunciar las injusticias con tus fotografías. Son magníficas.

El *millennial* no expresa ninguna reacción ante el inesperado cumplido. Anna se sienta, agarra un tenedor y abre el táper dispuesta a ponerse como el Quico.

—En serio, Dylan —le dice.

La pareja de cardenales de Elizabeth emprende el vuelo. Hace acto de presencia un pájaro azul solitario, picotea las semillas con desgana y se va. Viene un pájaro carpintero, menudito, rayado como las cebras, corte de pelo a lo mohawk. Se conoce que el *take out* de la naturaleza, razona Dylan, va por turnos también como en el Pizza Hut.

—¿Por qué no me propones algún tema? —sugiere Anna—. Yo me encargo de colocarlo en *El Diario* —continúa.

—*Yeah*… —afirma Dylan con indecisión.

—¿Por qué no, Dylan? Eres muy buen fotógrafo.

El segundo cumplido de la española hace por fin mella y Dylan siente un dulce hormigueo en la tripa. Pone el teléfono en altavoz, lo coloca sobre la mesa de mármol blanco, rellena su vaso vacío con agua de la jarra, pega un trago prolongado, mastica en silencio un hielo.

—¿Qué tal la historia esa del *bully* que contó Marcelo?

—¡Oh…! Y dale con el *bully*. No hay historia.

—¿Por qué dices eso, joder?

—El tipo ese es un ignorante. Fin de la noticia.

Anna saborea los trocitos de cebolla roja picada que forman junto con la mayonesa la amalgama de su ensalada.

—Es simplemente un malcriado que cree que la emigración es cosa del pasado. El *Mayflower* y ya. No es consciente de que la emigración sigue siendo el verdadero motor de América.

—¿Dylan?

—*Dude?*

—¿Serías capaz de retratarme eso?

—¿El qué?

—¿El verdadero motor de América?

Regresa la pareja de cardenales. Son asiduos. Deben de residir en uno de los viejos nogales del jardín.

—¿Me harás el favor de pensarlo? —insiste Anna.

—*Yeah* —responde Dylan sin mucha convicción.

—Tío, si crees que existe una realidad que la gente no ve, ¿por qué no la muestras? Lo que no se retrata, Dylan, no sale en la foto.

La señora Wall Street irrumpe en la cocina.

—Oh, *darling,* ¿qué haces a oscuras?

Los cardenales emprenden el vuelo. El *millennial* da por concluida la llamada.

—*Got to go.*

—Vale, adiós.

—Después de lo de mañana, *darling,* esto se acabó —le indica a su hijo mientras llena un vaso con hielo, se sirve tres dedos de la botella de ginebra y pega un trago—. Te levantas temprano, te pegas una ducha caliente y te vas a buscar trabajo.

—Es lo que estaba haciendo, *mom* —protesta el *millennial.*

—¿De veras? —la respuesta le cambia el semblante a la señora Wall Street.

—Me ofrecieron trabajar de fotógrafo para el periódico.

—¿En el *New York Times?* —pregunta y menea el vaso la dama para entrechocar los hielos.

—En *El Diario* —aclara Dylan.

A la señora Wall Street se le agria el semblante.

—*¿El Diario?* ¿Eso no es prensa extranjera? —Vuelve a chocar los hielos contra el cristal.

—*Yeah* —afirma su hijo sin ganas de conflicto.

—¿Y quién lee eso? —desaprueba, empuja con un puntapié la puerta de vaivén de la cocina, desaparece camino del *living* la madre con un exabrupto.

—Ahora resulta que eres mexicano, hijo mío…

Capítulo 35. El claustro

—Ay Señor, ay Jesús, ay la Virgen… —Se persigna la ñaña frente al póster de *La última cena* enmarcado en la cocina, empareja calcetines, los deposita en el cesto, alza la mirada de nuevo hacia los santos apóstoles y regresa a sus lamentos—. Ay Dios mío, ay Jesús… ¡San Judas Tadeo, santito, apiádese de nosotros!

Motivos tiene para la preocupación la señora Delia Hernández. Realizaba la tarde anterior sus habituales quehaceres en la casa: la paila al fuego para la fritada, el hierro caliente de la plancha sobre las camisas, en su punto álgido la telenovela… cuando se presentó de improviso y mal parqueado su hermano Marcelo. Lo nunca visto y, para añadirle inquietud a la intriga, apenas se demoró en explicaciones. Solo consiguió arrancarle frases evasivas, confusas y alarmantes, del tipo: «Me importa un sieso, ñaña». «Me pagan una pichurria.» «Pille usted la nota.»

Eso ocurría ayer lunes a la tarde y hoy a la mañana, que amaneció martes para toitico el día, Marcelo acababa de confirmarle su deseo de incidir en el mismo disparate: ausentarse del trabajo nuevamente. A todas luces un doble no. Triple pecado mortal.

—Ay Jesús. Ay la Virgen… —No consigue encontrarle pareja a un calcetín de hilo la ñaña y se acelera aún más su agobio.

Rebusca entre la maraña de ropa limpia, va al lavadero, nada. Tampoco quedó pegado a la pared del tambor de la lavamatic.

—Acá sigo, doña Olga, luchando por no ser soberbio —saluda con una sutil reverencia Marcelo, con la toalla al cinto, al retrato de su madre reflejado en el espejo del baño.

Hoy se afeita a conciencia, revisando pulgada a pulgada la calidad del apurado, se deshace de los pelillos de gnomo que le asoman por los hoyos de las orejas, se peina por vez primera los cabellos encabritados como cosacos rebeldes de sus cejas. Luego, escancia un chorrillo de agua en un vaso, añade una cucharadita de bicarbonato en polvo, mezcla, remueve y crea un emplaste blanco que se esparce en los dientes con un dedo.

—Mmmm, mmm… —tararea entre dientes, con las mandíbulas apretadas, la sonrisa exagerada, una melodía nostálgica, quizás el *Linda mimosa* de Cesária Évora.

Al cabo de un rato da por terminado el blanqueo, se enjuaga la boca, se seca la cara, se abotona la camisa y procede a anudarse la corbata que escogió con sumo esmero en la gaveta. Sobre fondo de seda roja, representa el perfil marmóreo de la diosa romana de la justicia. La imagen tiene los ojos vendados en señal de imparcialidad y muestra la balanza que ha de sopesar las evidencias antes de aplicar con el acero de su espada el implacable castigo.

—Deséeme suerte —implora Marcelo a su hermana a modo de despedida.

—Ay, Dios mío… —se sorprende Delia al verlo vestido con el blazer negro que ella misma le tenía apartado para la mortaja—. Se ve bien acicalado.

—Gracias, ñana. No se apure. Todo está bien. Ya le voy a explicar —la tranquiliza.

Delia no reacciona.

—¿Me cachó?

—Está al palo, hermano… —confirma la ñaña resignada.

—Usted no más llame al numerito que le di y notifique que no llego hasta la tarde.

Delia escucha el retumbar de la puerta, se aproxima al viejo teléfono de rosca atornillado al muro en la cocina y, con las manos temblorosas, marca el número facilitado por su hermano.

—Este es el contestador automático del Oyster Bar Restaurant, si quiere hacer una reserva pulse…

Albert no contesta. Todavía no han debido de abrir al público.

Lo peor de Nueva York tras el deshielo de las nevadas son los charcos. Uno ha de caminar evitando las cochas de granizo embarrizado para que no se le arruinen los zapatos. Marcelo, sin embargo, disfruta saltando sobre ellos a la pata coja y calculando la puntuación, como en el juego de la rayuela que le procuran las losetas en las que aterriza a salvo. Ningún viandante presta la más mínima atención a su divertimento. En Manhattan uno ha de llevar un tiburón vivo prendido al pelo o pasear un pulpo con una correa de perro para que alguien se voltee a mirarlo.

En la esquina de la Quinta Avenida y la calle 16, Marcelo da el juego del avión por terminado, cepilla la suela de sus zapatos en el felpudo y entra en el edificio de Administración de la Universidad de Parsons.

—¿El claustro de profesores? —pregunta.

—Aula 323 —le señala el elevador un ujier con desgana.

Marcelo surge de la caja de acero tres pisos más arriba, atraviesa una sala espaciosa, las vidrieras de colores, las paredes de hormigón, las alfombras, las lámparas y los muebles sacados de la casa de Mitchell y Cameron en un episodio de *Modern Family*. Un corrillo de estudiantes se voltea con curiosidad a su paso. El profesor también lo ve, lo sigue atento con la mirada, pero no interrumpe su disertación.

—Después de una estancia como esta, atiborrada de información, muy *eighties,* que parece que estamos dentro de una piñata... necesitamos un pasillo en tonos pastel que nos permita respirar antes de pasar a la siguiente sala. El pasillo de un edificio, recuérdenlo, actúa como el sorbete en el menú de una cena. Sirve para neutralizar las sensaciones entre platos fuertes. ¿Preguntas?

Una pareja de jovencitas ríen la ocurrencia del maestro. Otro, con gruesas gafas de pasta, toma notas. Un larguirucho eleva la mano y vuelve a bajarla dubitativo. Los demás consultan su *social media* en el móvil.

—Favor, ¿el aula 323? —interrumpe el silencio del grupo Marcelo.

—Allá —señala el alumno de las gafas hacia el final de la sala.

—El pasillo es un sorbete... —continúa riendo la parejita.

Marcelo encuentra al fondo de la sala la entrada al claustro de profesores. Está enmarcada en el centro de un gigantesco mural. Sin duda, un homenaje en toda regla a la libertad de expresión confeccionado a base de citas entrecomilladas de pensadores ilustres: Aristóteles, Platón, Abraham Lincoln, Eleanor Roosevelt, John Lewis... Marcelo empuja con cuidado la puerta. El quejido oxidado del mecanismo hace que algunos rostros se giren de forma discreta. La señora Wall Street lo reconoce, arquea las cejas, palmotea el hombro de su hija, cuchichea algo en su oído. Marcelo se despoja del abrigo y se arruga en la primera butaca que encuentra.

—En un mundo ideal, los entrenadores hablarían con delicadeza a sus jugadores, pero habitamos en este. Y, en este mundo, los responsables deportivos utilizan el lenguaje con crudeza para motivar a sus pupilos —argumenta en medio del estrado un señor con toga y birrete que, según piensa Marcelo, ha de tratarse sin duda del celebérrimo *dean* Pearl.

La disposición de la sala se asemeja bastante a la de los juzgados que aparecen en los episodios de *Law and Order.* Al frente, cara al público, el buró del tribunal está ocupado en esta ocasión por cinco miembros, incluido el propio *dean,* según echa cuentas Marcelo. A continuación, de espaldas a los presentes, dos pupitres idénticos. A la izquierda, uno reservado al acusado y su defensa; a derechas, el de la víctima y los representantes de la acusación. Después, separadas ya por un grueso cordón púrpura que vigila con celo un ujier, varias filas de asientos destinadas a los asistentes que aquí, en lugar de disponerse en líneas rectas y paralelas como en la audiencia nacional, configuran semicírculos, al modo de la academia ateniense, en torno a la tarima.

Jerry Pearl, de frente despejada, barba rala y canosa, dedos sibilinos que rebotan entre sí a base de mullidos golpecitos, continúa impertérrito su monótona disertación. Del cuello le cuelga un medallón dorado, que a Marcelo se le antoja cencerro, con el sacrosanto lema de la universidad: «EST MODUS IN REBUS». Todo en su debida proporción.

—En un mundo ideal, los entrenadores dejarían jugar a todos como amiguitos, pero habitamos en este. Y en este mundo el objetivo de un entrenador es ganar partidos.

A la derecha del *dean,* una dama con rostro de muñeca repollo bosteza sin excesivo disimulo. La aflige, cavila Marcelo, el mismo trastrueque que a sir Paul McCartney: que, a pesar de su avanzada edad, aún conserva facciones de niña.

—Su padre contribuyó generosamente a esta institución en… ¿2012? —separa Jerry Pearl su mirada del documento que maneja y la posa con gravedad sobre los hombros del acusado.

Marcelo reconoce entonces en el patíbulo a Dylan: cabizbajo, frágil, incómodo, meditabundo.

—En 2014, concretamente —matiza la señora Koppel con expresión ausente.

—Gracias, Darlene.

—Segundo párrafo, tercera línea —puntualiza la dama sin ganas, como si nada de lo expuesto hasta el momento en la sala despertase curiosidad en su ánimo. Puro trámite.

—Exacto —confirma ahora la fecha en el documento Pearl—. En abril de 2014 se aceptó la donación del señor Richard Langlitz para la ampliación de la biblioteca.

La señora Wall Street carraspea, yergue el cuello cerrado por una gargantilla de oro, se pavonea.

—Catorce de abril de 2014 —repite con voz solemne el *dean*—. Se lo recuerdo al alumno para resaltarle el gran respeto que le profesamos en Parsons College al apellido Langlitz, lo cual convierte en más dolorosa si cabe, pero también por ello en más imparcial y justa, la decisión que hemos adoptado. Decisión que me propongo someter hoy a la aprobación de este consejo académico.

Sentados en primera fila, detrás de la silla que ocupa Dylan, tres muchachos larguiruchos se intercambian miradas cómplices, se llevan las manos al pelo, bajan el rostro apesadumbrados. El más grande tal vez sea Kevin, el pívot, piensa para sí Marcelo. El de al lado pudiera ser Bill, el escolta. El otro, que tiene pinta de ser más joven, ha de ser el hijo de la presidenta del consejo con cara de muñeca repollo, el estudiante primerizo que usurpó el puesto de titular a su nieto.

—Señoras, señores… —distribuye Pearl copias de su informe a ambos lados del buró.

En medio del silencio se escuchan los pisotones inquietos que alguien propina en el piso. Marcelo se fija en el hombrecillo menudo que ocupa el pupitre destinado a las víctimas. Ropa deportiva, barba pelirroja, sus ojos dos puñaladas en un tomate. A Marcelo se le agarrota el estómago.

—Señora presidenta del consejo escolar... —cede Pearl la palabra a Darlene Koppel.

La señora Wall Street se retoca con un pañuelo de encaje las perlitas de sudor que corretean airosas por su frente. Alejandra le pasa el brazo por los hombros.

—Gracias por sus sabias palabras, *dean* Pearl. —La señora presidenta ni se molesta en cambiar su apático registro de voz—. Antes de retirarnos a deliberar y, ajustándonos a las reglas del procedimiento, me corresponde en calidad de secretaria abrir el turno de alegaciones. ¿Desea el alumno Dylan Langlitz dirigirse a los miembros de este consejo?

Dylan niega, la cabeza oculta entre las manos, los codos clavados en las rodillas, las punteras de los zapatos alzadas hacia el artesonado del techo.

—Espero que valoren lo mucho que significó la aportación económica de mi esposo... —se pone en pie desafiante la señora Wall Street.

—*Mom*... —La baja con tironcitos en la falda su hija.

El *dean* se apresura a ofrecer explicaciones.

—Somos conscientes de la aportación del señor Langlitz, señora, pero no pongamos a las personas por encima de las instituciones, sino que dejemos que sean las instituciones las que pongan a las personas por encima de ellas... y viceversa —se lía notablemente azarado el señor Pearl.

Los miembros del consejo se miran entre ellos.

—Bueno, pues si no se presentan alegaciones… —comienza aliviada a airear sus posaderas Darlene.

—¡Permisito! —interrumpe una voz desde el fondo.

Los murmullos se propagan como un huracán por toda la sala.

—No sean malitos y permítanme pronunciar unas palabras antes de que vayan breve saliendo —solicita puesto en pie Marcelo.

Darlene estudia sorprendida la silueta del desconocido.

—¿Le importaría identificarse? —eleva su voz con desdén la presidenta de la junta.

—Con pleno agrado, señora. Marcelo Hernández Salcedo, servidor de usted y barman de oficio —responde, los pies bien anclados a tierra, la voz firme, la frente erguida, el ecuatoriano.

Dylan se voltea boquiabierto. Aumentan los murmullos. El *dean* y la presidenta, perplejos, intercambian palabras al oído, consultan con los miembros del tribunal, ruegan silencio en la sala, por favor.

—El protocolo solamente admite testimonios de personas relacionadas directamente con el alumno —anuncia al fin la señora Koppel, repitiendo cual bocina las instrucciones que Pearl le sopla en la oreja.

—Dylan trabaja a mis órdenes. Tiene derecho a la defensoría de mi persona —argumenta con rotundidad Marcelo.

La señora Wall Street suelta un gritito ahogado, el entrenador acelera el ritmo de sus pataditas y se limpia el rostro con el revés de la manga, los estudiantes intercambian comentarios de incredulidad y asombro.

—*What the fuck, dude?* —chasquea la lengua Kevin.

Pearl vuelve a reclamar silencio, busca explicaciones en el banco de la familia Langlitz y tropieza con el rostro de Alejandra, quien, con un indiscutible gesto de aprobación, confirma la veracidad de lo declarado por el extraño.

—De acuerdo, que proceda —exclama con resignación el *dean*.

Los miembros del tribunal académico vuelven a posar sus glúteos en el duro banco de madera. La señora Koppel invita a regañadientes al inesperado testigo a aproximarse al estrado. Cesan las murmuraciones.

El niño que lustraba botas y vendía diarios en Quito desfila ahora con dignidad por el pasillo, como el padrino de una boda, saludando con leves caídas de barbilla a los asistentes que va pasando de largo a cada lado. En algunas ocasiones, quienes se criaron en el corazón de la pobreza también creen merecerse el cielo.

Por el rabillo del ojo, Marcelo sorprende a Karen observándolo por el rabillo del ojo y se alegra de haberse puesto tan elegante. Además del blazer negro, calza mocasines color vino y luce un clavel rojo en la solapa.

—Ya puedes ayudarme en este trance —se encomienda por lo bajo a su Virgen de El Cisne, mientras alisa con mimo su corbata para que la diosa romana Iustitia quede plenamente visible en su pechera.

Sube al estrado. Extrae un papel plegado en cuatro inmaculadas dobleces, consulta en él algunas notas, toma aire y arranca su alocución Marcelo.

—Distinguido y pacientísimo auditorio, quisiera iniciar con un fuerte saludo a las autoridades presentes, a la comunidad universitaria y a toda la ciudadanía.

Pearl se lleva burlonamente las manos a la cabeza.

—Estoy acá para mostrarles mi parecer sobre la controversia que ha montado la Universidad de Parsons contra el alumno Dylan Langlitz. Lo primero, quiero manifestarles que, desde finales del mes de octubre, el mencionado señor trabaja conmigo en el Oyster Bar Restaurant de la estación de tren de Grand Central y que lo ha hecho a plena satisfacción tanto mía como de la empresa. El señor Langlitz ha resultado ser puntual, educado, divertido, generoso y especialmente cariñoso y atento con los empleados y clientes más vulnerables. En una palabra: bacán. Bacanísimo, diría yo. Y, si me permito subrayar todas estas cualidades, es porque, en mi modesta experiencia, nada puede quedar en mayor lejura de la verdadera forma de ser de esta magnífica persona, el Dylan que yo conozco, que ese ser humano despreciable e irreverente que algunos pretenden dibujarle al tribunal.

Al escucharlo, Karen se emociona. Ali observa la reacción de su abuela intrigada. Koppel se impacienta.

—Como saben, el pasado mes de agosto el señor Dylan Langlitz, estudiante sénior de esta institución, fue apartado del equipo de baloncesto por el entrenador Jay Williams. Un asunto en apariencia intrascendente y que no debería robarles su valioso tiempo, señorías, sino fuera porque la realidad induce a pensar que míster Langlitz no fue apartado del equipo por criterios deportivos.

Los miembros del consejo intercambian comentarios por lo bajo. El entrenador Williams barrunta algo entre dientes, se atraganta, tose, gira y clava desafiante sus ojos en los del indeseado defensor de Dylan.

«Calma, piojo, que el peine llega», medita en silencio Marcelo aguantándole en firme la mirada.

Pearl le mete prisa y le solicita que siga.

—Les cuento la verdad —consulta de nuevo datos en su hoja Marcelo—. Dylan Langlitz resultó el máximo anotador de canastas de tres puntos durante la temporada 2018. Y esto lo saben hasta los que le tiraron bronca.

El *dean* se encoge de hombros. Koppel resopla. Marcelo prosigue.

—Lo menciono porque, en la explicación argumentada por el señor Williams para rechazar al candidato Langlitz él mismo menciona… Cito textualmente… Ah, sí: falta de habilidades atléticas. —Levanta lo ojos, repite—: Falta de habilidades atléticas.

Ahora quienes bisbisean son los jugadores.

—Resulta que el mismo jugador que batió en el mes de junio el récord absoluto de la universidad en tiros desde fuera del área, con un setenta y cuatro por ciento de aciertos, carecía dos meses más tarde de habilidades técnicas para formar parte del equipo.

Alejandra estira el cuello por encima del hombro de su madre para detenerse a examinar la figura del entrenador, arrugado en su silla, cariacontecido, y siente que su rabia pasa de concentrarse en su hermano a dirigirse en aluvión contra este miserable pelele.

—Señorías, quien hoy de pronto carece de habilidades técnicas para el entrenador Williams es el mismo jugador a quien, tan solo dos temporadas antes, él mismo nombró capitán de la única escuadra que ha conseguido clasificar para el torneo de la NCAA en toda la historia de esta institución. ¿Me cachan? Simón.

Williams intercambia una mirada suplicatoria con los miembros del consejo y eleva los brazos en señal de protesta hacia el artesonado.

—¿Falta de condiciones físicas y de talento? —utiliza una pregunta recurrente Marcelo—. Muy bien, entrenador Williams, pero ¿con quién lo parangona usted para llegar a esa conclusión? ¿Lo parangona con el resto de estudiantes que seleccionó? ¿Son peores las habilidades de Dylan que las del hijo de la señora Darlene Koppel, un tuercebotas recién llegado cuyas estadísticas no alcanzan el quince por ciento de aciertos?

—¡Protesto! —interrumpe con un palmetazo en la mesa la señora Koppel.

—Su hijo tiene un quince por ciento de aciertos y lo ha nombrado capitán —se reitera en su acusación Marcelo.

Jimmy Koppel sonríe a sus compañeros de equipo en busca de complicidad, pero ninguno se la devuelve.

El *dean* Pearl se pone en pie.

—Este consejo no va a permitir insinuaciones personales contra ninguno de sus miembros —le recrimina a Marcelo—, y mucho menos sin estar debidamente fundamentadas. Esto no es un patio de vecinos señor...

—Hernández Salcedo, pero me puede usted llamar Marcelo —le indica el barman.

—Le recuerdo que se encuentra usted, señor Salcedo, en un aula universitaria. Haga el favor, por tanto, de limitarse a proporcionar los datos que pueda aportar en defensa del alumno Langlitz. Nada más. De lo contrario me veré obligado a dar su testimonio por concluido.

El *dean* se descubre la cabeza, se rasca los escasos pelos que le quedan formando una isla en el cuero cabelludo, rebufa, se vuelve a tapar la chimenea y se sienta.

—Perdón, señoría, no quise parecer descortés —se disculpa, dulcifica su tono Marcelo—. Quizás por mis orígenes se me escapó un punto de picardía barrial, pero mi intención no es otra que la de tratarles bonito y darles a ustedes los privilegios que merecen. Faltaría más. Lo que antes quise expresar es que, como fanático del baloncesto universitario que soy (fíjese que organizo todos los meses de marzo en el Oyster Bar un *bracket* de apuestas buenaso con los clientes para la final del campeonato) me resulta bien sabido que el puesto de capitán se reserva siempre a los alumnos veteranos. Por ello, ya digo que no craneo cómo Jimmy Koppel lo consiguió siendo un advenedizo. Estico no más hay.

A juzgar por las expresiones de sus rostros, los miembros del consejo se muestran francamente incomodados por las revelaciones del barman. No comprenden, no se les dijo, nadie les anticipó esos datos. La señora Koppel los tranquiliza. Ya les va a explicar ella más luego.

—Ajústese a los hechos y sea breve, por favor —le advierte Pearl deseoso de apartarse este inesperado cáliz cuanto antes—. No tenemos todo el día para debatir asuntos tan vacuos.

—Ya —asiente, rebusca palabras en los adentros de su existir, continúa la disertación Marcelo.

—Señoras y señores, miembros del consejo, ustedes están acá para procurar la educación de sus alumnos y cuidar lo mejor posible de ellos. Esa es su responsabilidad... y su poder. Pues bien, seguramente hayan sido *brifeados* sobre la carta que Dylan Langlitz envió al entrenador Williams en términos inadmisiblemente groseros. Y, seguramente también, el *dean* Pearl les habrá solicitado su voto para condenar tan execrable actitud y, como resultado, expulsar al alumno de la Universidad de Parsons. Pero es que eso no es lo que se debe discutir. Que no les hagan la casita.

Murmullos en las filas de asistentes.

—No puedo aprobar el lenguaje vulgar del alumno ni vengo aquí a celebrar algunas de las frases recogidas en su misiva, como cito textualmente... —Marcelo se sirve del dedo para señalar la cita—. Abro comillas: «Espero, señor Williams, que le chinguen cien eunucos con gonorrea», cierro comillas.

Risitas en la bancada estudiantil. La madre de Dylan simula un desmayo. Alejandra la abanica con un prospecto. Los labios de Dylan dibujan una sonrisa pícara a escondidas. El *dean* Pearl salta encendido.

—¡Haga usted el favor! —interrumpe alterado—. ¡Ese lenguaje es inadmisible!

—Lo reconozco, pero somos todos adultos y, como usted mismo dijo al inicio de este evento, en un mundo ideal utilizaríamos todos un lenguaje cristiano; pero, desgraciadamente, habitamos en este.

Jerry Pearl ha de tragarse el sapo.

—Señorías, simplemente leí un fragmento de la carta enviada por el alumno Langlitz a su entrenador porque vengo a solicitarles un esfuerzo: que se fijen en el contenido de este desgarrador texto, que sin duda todos conocen, y no únicamente en el formato vulgar en que se expresa y que yo también desapruebo. ¿Saben ustedes por qué escribe este texto el alumno Dylan? Porque no es cierto que Jay Williams lo rechazase por falta de aptitudes físicas. La verdad, la única verdad, es que el entrenador lo represalió por haberse opuesto, de forma valiente y rotunda, a la política de vejaciones, malos tratos y abusos continuados que este entrenador gusta aplicar a sus estudiantes más vulnerables.

Williams revuelve el trasero inquieto en su asiento, se frota las manos, carraspea, reanuda las pataditas.

—Vaya concluyendo —insiste Pearl.

—Ya. ¿Saben ustedes lo que detecto yo en ese escrito? —Marcelo se vuelve hacia el público sin necesidad de consultar más sus notas—. Detecto entre líneas el grito desesperado de un adolescente que demanda socorro. Escucho el sufrimiento, y no solamente del señor Langlitz, sino de muchos estudiantes de Parsons a quienes, aquellos que juraron en su cargo protegerlos, miran hacia otro lado cuando se produce un acto impune y les deniegan sistemáticamente su apoyo.

Resulta obvio que Pearl y Koppel están a punto de perder su paciencia. Ambos cruzan miradas con Williams, que se encoge de hombros y resopla.

—De acuerdo, señoras y señores. Jay Williams ha conseguido grandes logros deportivos para Parsons —retoma su discurso con energía Marcelo—. El entrenador gana campeonatos, lo cual entiendo que aumenta el prestigio de su universidad. Más estudiantes que quieren pagar sus elevadas tasas. Pero ¿a costa de qué consigue trofeos el señor Williams? A costa de crear en el equipo un ambiente tóxico, asfixiante y miserable. No es lo mismo vivir que honrar la vida. Williams vive, Dylan la honra. A la vueltita no más les cuento.

Marcelo se toma un respiro. Alejandra siente ganas de aplaudir, pero su madre la contiene. Marcelo se ajusta la corbata.

—El deporte universitario, señoras y señores del consejo, a mi humilde entender, supone una oportunidad para enseñarles valores a los estudiantes. Para que nuestra juventud experimente la sensación de pertenecer a una institución más grande y trascendente que el círculo de sus logros personales. Los deportes en equipo favorecen la camaradería, enseñan a compartir esfuerzo y a procurarle asistencia a los otros; muestran, en definitiva, que cada canasta marcada por un individuo, como cada copa servida en la barra de un bar, no es el resultado de un simple lance, de un único protagonista, sino el trabajo colectivo y continuado de mucha gente. Sentirse parte de esa cadena es lo que procura el triunfo a un equipo. Más allá de los meros resultados.

Marcelo se toma una pausa, traga saliva, siente que también él necesita ir terminando. Recapitula y sigue adelante.

—Observen a estos muchachos —dice el barman mientras señala al grupo de larguiruchos ubicados detrás del reo—. Son sus compañeros de clase. Los panas con los que Dylan compartió su vida durante tres cursos seguidos y con quienes confiaba exprimir, hasta el infinito y más allá, las experiencias de este último año de facultad. Al final, ¿no es el hecho de poder compartir el tiempo universitario con sus camaradas la única razón por la que a un alumno se le hacen llevaderos los estudios?

Los jugadores del equipo se atreven por vez primera a levantar la mirada hacia el banquillo de los acusados, donde aprieta los puños Dylan. Bill y Jimmy lo observan con pena. Kevin chasquea la lengua.

—Míster Jay Williams lo impidió. Se sacó de la manga la excusa de la falta de habilidades técnicas para apartar al señor Langlitz de sus compañeros. ¿La verdadera razón? Por no avenirse el señor Langlitz, excusen mi mal francés, a besarle al entrenador el trasero, por no aceptar su política de malos tratos para con sus compañeros más débiles. Dylan se atrevió a denunciarlo y recibió el silencio del claustro de profesores por respuesta.

—¿Tiene usted datos concretos? —interpela la señora Koppel, rebufa, señala el reloj de su muñeca—. Porque si no...

—Si me aguarda un momentico... —solicita tiempo Marcelo volteando su hojita—. Ajá —dice—. La reglamentación manda que un estudiante no puede entrenar más de veinte horas semanales y al capitán Dylan le constaba que el señor Williams obligaba a algunos de sus jugadores a practicar más de treinta. El código no permite jugar con lesiones y Williams forzó a saltar a la cancha de baloncesto a estudiantes lesionados, llegando a causarles, además del natural sufrimiento, trabas físicas irreversibles. Al inicio de este consejo escuchamos al *dean* Pearl justificar el lenguaje utilizado por el entrenador Williams con sus pupilos como herramienta de motivación. Explíquenme ustedes, por favor, qué motivación pudo encontrar un estudiante como el señor Martin Cervantes, obligado a jugar con una rotura de muñeca, con argumentos tan elocuentes como, cito textualmente: «... lo que tiene que hacer es dejar de actuar como una señorita, Martin. ¿O es que es usted una señorita? Dígamelo, Martin, porque, de ser así, le quito el tampón y lo desinflo...». No tengo que recordarles que Martin Cervantes, el estudiante que se sintió acosado en la mencionada ocasión por el hombre que hoy se sienta en la silla que corresponde a las víctimas, se quitó recientemente la vida.

Crecen los murmullos entre los presentes. Pearl exige silencio. A la señorita Alejandra se le escapa una lágrima y su madre le pasa el pañuelo.

—Pregúntenles ustedes a cualquiera de los jugadores —sugiere Marcelo.

Los jóvenes deportistas se revuelven inquietos en sus asientos.

—Ya basta de cuentos —prosigue Marcelo, convencido de que ha venido a luchar contra la injusticia, contra el oprobio, contra la infamia y contra los poderes fácticos que son enemigos de los grandes hombres de bien. Y haciéndolo de este modo, considera que de alguna manera les está haciendo también justicia a los desamparados que dejó en su pueblito y a toda la humanidad entera porque el poder es local y pasajero, pero la moral es universal y eterna—. Pregunten a los jugadores no más —insiste el barman— y les informarán de que Jay Williams disfrutaba abusando emocional y físicamente de ellos y que lo que ocurrió fue que su capitán, Dylan, se atrevió a denunciarlo. ¿Van ustedes a sacrificar al mensajero? El señor Langlitz es el verdadero perjudicado. Soy viejo y me consta, señorías, que Dylan, por su integridad, por su entereza, por su generosidad, por su valentía ante la injusticia, sabrá reponerse de este tremendo golpe para un estudiante: el de ver cómo sus amigos disfrutan jugando partidos mientras él pasa los fines de semana mirando al techo de su habitación en solitario. Todo, por la crueldad de este hombre... —señala Marcelo hacia el pupitre de Williams—, que le negó a él, como imagino que haría con tantos otros a lo largo de estos años, el acceso a algo que tenía ganado por propio derecho.

Marcelo hace una pausa, se emociona, se le escapa un «achachay» por lo bajito. Se recompone.

—A Dylan quiero asegurarle que, bien pronto, caerá en la cuenta de que un insignificante entrenador de una modesta universidad no supone sino una mota en el transcurso de la larga vida que le espera por delante. Se repondrá, no me cabe duda, y volteará la cabeza hacia este instante con una sonrisa. Por ello, la verdadera vaina que hoy discutimos acá, ya no va del alumno Langlitz: va de asegurarse de que no vuelva a repetirse una injusticia parecida con otro, de que no abandonen ustedes a un solo Martin Cervantes más en la cuneta. Lo que la historia les exige hoy, señorías, es que retomen su responsabilidad, que recuperen su papel de roles sociales para nuestros jóvenes. Se trata de impartir justicia. Un entrenador que actúa como lo hace míster Williams no actúa en interés de los alumnos, ni en el del departamento atlético de la facultad, ni en el de la universidad, ni mucho menos en el de esta patria de libertad y oportunidades que hemos dado en llamar Estados Unidos. ¿Cuantos daños colaterales más han de ocurrir en Parsons para que el claustro de profesores diga «basta»? El entrenador Williams ha truncado los sueños de muchos de sus estudiantes y, no se engañen, volverá a truncarlos de nuevo. Williams no conoce la decencia y está convencido de que ustedes tampoco. Pero en eso el entrenador se equivoca, señorías. Me consta que ustedes no son así. Ustedes ven más allá de lo que les da la nariz. Los votos de este tribunal pueden enderezar para bien la desviada trayectoria de esta institución. Cumplan con su deber. El entrenador no va a cambiar, pero ustedes sí que pueden cambiar la vida de sus alumnos. Ejerzan la misión de amparar y defender a los alumnos por la que juraron sus cargos. Ustedes eligen hoy entre ser recordados por la valiente decisión de apartar al señor Williams de la institución y salvar a sus estudiantes o, por el contrario, se inclinarán por bendecir la sangre derramada en los trofeos conseguidos por el entrenador y pasarán de puntillas y en silencio por la historia. Tomen la decisión adecuada, permitan que se gradúe el señor Dylan Langlitz y quítenle el título de entrenador a quien ha demostrado con creces que es un sapo indigno de merecerlo. Gracias por atenderme. Con su permiso, termino con un verso que, en mi opinión, resume bien la circunstancia: «*Vae victis*. Ay de los vencidos». Estico no más hoy vine a mentarles. Muchas gracias.

El *dean* Pearl agradece de mala gana, en nombre del consejo, las alegaciones de Marcelo, levanta la sesión, se acerca a conversar con el entrenador, le proporciona una palmada de consuelo en la espalda y se retira muy serio a deliberar seguido del resto de los miembros del consejo.

Marcelo regresa a su asiento con intención de recoger el abrigo y abandonar la sala de un modo discreto. Dylan le intercepta el paso.

—Gracias... —le dice, los ojos morados y abultados como si padeciese una alergia—. ¿De verdad piensa todo eso que dijo de mí?

—Bueno, exageré un poco... —sonríe con gesto pícaro Marcelo—. Tretas de abogados.

—Espero que se haga justicia, Marcelo, pero no confío en estos tipos —reconoce el *millennial*, desalentado.

—Verá... —Marcelo se lleva las manos a la espalda, se mira los mocasines de borlas, alza la cabeza y encuentra la mirada asustada de su pupilo—. Si algo aprendí de usted, Dylan, es a ser valiente. Yo no me atrevía a pelear porque pensaba que, siendo un don nadie, tendría siempre la guerra perdida. Pero usted me enseñó que también se pueden ganar pequeñas batallas. Lo que hizo con el matón en North Bergen y lo que hizo en defensa de su amigo Martin le honra. Y me abrió los ojos. No sé qué decidirán los miembros de este consejo. Si le soy sincero, a mí también me dan mala espina, pero tengo claro que no se hace justicia solamente cuando se consigue una sentencia justa. También se hace justicia con las víctimas durante el proceso. En el instante en que alguien decide alzar su voz por ellas, ya les está produciendo alivio. Hoy acá, Dylan, se hizo justicia. Ya veremos si poca o mucha, pero se hizo. Por eso es por lo que yo vine.

Dylan le tiende las manos y ambos se abrazan en medio del pasillo.

El entrenador Williams casi tropieza con ellos, enrojece, da un rodeo, los sortea, pasa de largo, vuelve la mirada incómodo, abandona apresuradamente el claustro.

—¿Ya contactó con mi abuela? —pregunta Dylan.

Se separan.

—Sí, nos hicimos amigos —confiesa el barman.

—Pues lo de chingarse eunucos con gonorrea fue idea de ella —confiesa el *millennial* risueño.

Marcelo zarandea la cabeza descreído, curva suavemente la boca, se ríe.

—Marcelo, estuvo usted genial. Esta es mi abuelita Jenny —le presenta Alejandra a Karen.

—Señorita Alejandra, ¿cómo estuvo? Señora…

—Abuela, este es Marcelo. El de Instagram —termina la introducción Dylan.

—Oh, el famoso Marcelo… —simula su sorpresa Karen—. Mi hijo Richard me habló mucho de usted. Lleva años insistiendo en que tendríamos que conocernos.

—Pues ya nos conocemos, señora —responde Marcelo forzando una sonrisa.

Alejandra y Dylan se estrechan la mano, se estudian con la mirada, dudan, deciden dejar a un lado los malos entendidos y fundirse en un fraternal abrazo.

—Marcelo, esto es suyo —le hace entrega Karen del manual de cócteles de Patrik Gavin Duffy—. Se lo tomé prestado a Dylan.

—Ah, qué bien… —acepta Marcelo el libro—. Lo había dado por perdido, gracias. —Se despide con una media reverencia, gira los tobillos rumbo a la puerta de salida.

—Marcelo… —le invita Karen a detener su marcha.

Marcelo queda a la espera.

—Un buen libro merece la pena releerlo, ¿no cree?

Marcelo no responde nada.

—No se interpreta la misma novela igual con dieciséis años que con setenta y cinco.

Marcelo continúa callado.

—¿Usted no cree eso?

—Déjeme pensarlo, Jenny —suspira Marcelo con una sonrisa genuina, fresca, distendida, natural.

—Adiós, Marcelo —se despide Dylan.

—Volveré para su graduación, pata —le asegura—. No le quepa la menor duda.

Los jugadores del equipo de baloncesto lo adelantan. Marcelo los ve avanzar cabizbajos por el pasillo en tonos pastel, que al parecer reconforta y suaviza el tránsito entre piñatas. Cerca del ascensor identifica la señalización de un aseo y cambia el rumbo con intención de aliviarse. En la porcelana contigua un miembro del tribunal inquisitorio le dedica un ademán de cabeza, se sube la cremallera, se dirige al lavabo y procede a enjabonarse las manos.

—Aprecié mucho el final de su disertación —le indica.

—Se agradece —responde un poco intimidado Marcelo.

—Usar una cita en latín como broche final en defensa de un *millennial* me pareció ocurrente y, si me apura, hasta necesario. Estos jóvenes de hoy en día carecen de referencias culturales. Yo doy clases de cine, ¿sabe?, y la película más antigua que conocen mis alumnos es *Avatar*. La consideran un clásico.

Marcelo también se enjabona, se enjuaga, se sacude los dedos.

—¿Le importaría resolverme una duda? —pregunta el consejero, el chorro de aire apartando el agua de sus poros.

Marcelo ladea la cabeza.

—La cita latina, ¿es de Plutarco? ¿O pertenece a *Las troyanas* de Eurípides? Es una nimiedad, pero estábamos discutiendo algunos consejeros sobre ello y me gustaría poder aclararlo.

—¿*Vae victis*? Lo saqué de la letra de una canción de ABBA —introduce bajo el chorro las manos extendidas Marcelo.

—Interesante. —El consejero, desconcertado, desaparece.

Marcelo toma el ascensor, desciende tres alturas, se asoma a la Quinta Avenida. La temperatura ha trepado hasta los 45 °F. Siete centígrados al cambio. Un paseíto y, en cuatro estaciones de metro (ta, ta, ta), se planta en el Oyster Bar. *Home sweet home.*

Capítulo 36. El récord

Grand Central Station, tres meses más tarde

Como cada mañana, Marcelo recorre el vestíbulo de la estación central de trenes de Nueva York con la devoción del creyente que traspasa el umbral de una catedral renacentista. Admira la bóveda estrellada, los colosales pilares, las paredes de mármol que compiten en altura con cualquier edificio neoyorquino de quince pisos.

—Ave María purísima —vuelve a conmoverse ante tamaña belleza el barman.

Cientos de *commuters* se desplazan, como electrones, en todas las direcciones imaginables sin que, milagrosamente, se produzcan colisiones. A la altura de las escaleras que suben a la tienda de Apple, el agente O'Connor lo localiza, lo llama, se aproxima a él, le corta la retirada y le platica su acostumbrada charla nostálgica.

—Cómo añoro los años setenta, Marcelo… ¿Recuerda usted los espectáculos de vodevil que echaban en el New Victory? Atraían a lo peor de cada casa. En la calle 42, a la puerta del teatro, se ubicaba uno y no paraba de detener pervertidos. Una delicia.

Marcelo se deshace como buenamente puede de Brian, desciende los escalones, escucha tras de sí el inicio de la frase cuyo final bien conoce.

—Lo malo de los buenos es que...

A la entrada del Oyster Bar, Albert le regala un saludo.

—¿Quiubo?

—Quería comentarle un temita —responde Marcelo echando mano de un paquetico que extrae de la bolsita de deportes que siempre le acompaña.

—¡Attila! —se sorprende el colombiano.

—Ábralo no más.

Albert lo desenvuelve. Bajo el papel de estraza aparece un trofeo: una copa plateada sobre una base de madera con una leyenda. El contable lee en voz alta sin comprender: «RÉCORD ABSOLUTO DE PERMANENCIA: 110 AÑOS».

Albert intuye, pero no entiende; se conmueve, pero le entra pena. Aguarda explicaciones para saber por qué tipo de emociones decantarse.

—Usted y yo llevamos cincuenta y cinco años cada uno de servicio, Albert. En unos meses ambos batiremos en el Oyster Bar el récord de permanencia del bueno de Papa Díaz. Siempre pensé que, llegado el momento, deberíamos compartirlo, pero caí en la cuenta de que el trofeo ha de ser suyo.

Albert decide emocionarse, mira de nuevo la placa, relee en alto la cifra.

—¿Ciento diez años?

—Albert, amigo. Cierto es que los dos camellamos de lo lindo durante estos cincuenta y cinco años y nos partimos por igual la espalda. Pero, si usted lo mira, yo ya tuve mi compensación. Del mismo modo que las gentes eligen su iglesia o su farmacia, escogen un bar donde se sientan especialmente atendidos. A mí el esfuerzo me lo pagaron con creces. Llego cada día a abrir mi humilde barrita, con apenas unos minutos de demora, y ya me encuentro una piña de clientes que con impaciencia me aguardan. Marcelo esto, Marcelo lo otro, ¿cómo va usted, Marcelo? Usted, en cambio, en su cubículo de contable…

Albert siente que tal vez se esté emocionando demasiado para el escaso aguante de sus canillas y decide tomar asiento.

—Su trabajo ha sido solitario, Albert, pero quiero que sepa que, sin usted, yo nunca habría podido hacer el mío con diligencia. Durante estos cincuenta y cinco años, por ponerle un ejemplo, jamás me faltó una botella de licor en el estante, porque usted cada noche se encargó de hacerme los pedidos de reposición.

El contable traga saliva.

—Jamás me faltó un céntimo de la propina dejada por un cliente, porque usted se encargó de descontársela a la casa de los tíquets pagados con tarjeta.

—Bueno… —se le escapa un punto de inmodestia al colombiano.

—Todas las sonrisas que yo recibí de los clientes y usted no —continúa emocionándole el barman—, toditos los gestos de agradecimiento que yo recibí de los clientes y usted no, todo eso quiero ahora compartirlo con usted porque también usted se lo merece. Son suyos. Así que solamente hice como en las tarjetas de viajero: le transferí mis puntos. Cincuenta y cinco años suyos y cincuenta y cinco míos suman ciento diez y, ¿sabe qué?, ese récord es imposible que lo iguale nadie. El trofeo es suyo de por vida. Disfrútelo, amigo.

Albert mira la copa, sonríe, la eleva en los brazos como alzan ante las cámaras sus trofeos los capitanes de los equipos que ganan la Champions League, la besa, le pega un mordisquito en un borde a lo Nadal, le entra una risa floja que encadena con un gimoteo, quiere dar las gracias pero no le salen las palabras por culpa de la flojera.

—¡Dos cervezas, por favor, que perdemos el tren! —le reclaman a media mañana con prisas tres turistas.

«¿Blanco es?, gallina lo pone», piensa Marcelo, que cree identificar la procedencia de los individuos por el simple hecho de que calzan calcetines con sandalias.

—¿De Múnich o de Hamburgo? —les pregunta confiado.

—De Praga —aclara diligentemente uno de ellos.

—Me equivoqué por poco —se niega a reconocer su error cabezota como siempre Marcelo.

Los checos beben, pagan y se van.

A media tarde, una joven demanda la carta de vino, se decanta por un Cote de Rhones, lo saborea, solicita la cuenta, entrega la tarjeta de crédito, añade al recibo una generosa propina.

—Ya, gracias, señorita. Estuvo bien —despide Marcelo a la desconocida.

—No. Fíjese usted en el tíquet, Marcelo. La mujer conoce su nombre. Chequee usted la propina —le indica.

Marcelo vuelve a la caja registradora, comprueba, queda perplejo: la joven le regaló cien yanquis.

—¡Por la gran flauta! —Se lleva las manos a la cabeza y deja caer la mandíbula al piso el barman—. ¿Pero esto? Si no hice nada, señorita…

—Lo hizo usted con mi abuelo y quería agradecerle en su memoria. Murió recientemente.

—¿Su abuelo? —masculla intrigado el barman.

—Míster Tres —responde risueña la joven.

—Son historias lindas —ha de reconocer Marcelo sacudiendo la cabeza en un ligero bamboleo.

Míster Tres era un tipo de Connecticut que se cepillaba tres *gin tonics* seguidos cada noche antes de embarcar en el tren. Sip, sip, sip. *One, two, three. Done.* Depositaba un billete de cincuenta sobre la barra y se evaporaba.

—Su abuelo tenía debilidad por las apuestas de caballos y me participaba, ¿sabía?

La joven niega intrigada.

—Era tan honesto que, cada vez que ganábamos una apuestica, me pagaba mis ganancias hasta con centavos. Era una persona muy buena, muy decente… Se sentaba en el taburete de la esquina, pegadito a la columna porque, como andaba medio ceguete, allá tenía más luz. Venía con el periódico a cruzar los caballos, consultaba conmigo las listas y, dadí, dadá, me decía este *jockey* no vale, este caballo sí vale… Descanse el hombre en paz. ¿Le brindo otra copa de vino? ¿Me permite?

—No, gracias, que voy con prisa.

—Marcelo, ¿no piensa usted jubilarse nunca? —le deja caer medio en broma medio en serio, entrada ya la noche, el señor Jameson.

—Si le soy sincero, a los sesenta y tantos estuve a punto de retirarme a causa de la vista —reflexiona en voz alta el barman.

El señor Jameson lo escucha sorprendido por el inesperado comentario.

—¿Por la vista?

—Porque no me veía trabajando —suelta Marcelo una risilla espontánea.

—¿Y ya no? —reconduce su pregunta el señor Jameson.

—Verá, llega un momento al cumplir los sesenta y cinco, como le platiqué, en que uno quiere parar. Pero más luego, cuando se llega a mi edad, uno se pregunta: «¿Y por qué voy a tener que dejarlo?».

La sorpresa de la jornada se la proporciona a ultimísima hora la señorita García, que le trae noticias de Dylan. Marcelo se asombra, se extraña, se admira, le inunda el orgullo. Desde que el claustro de Parsons determinó expulsar de la universidad al *millennial,* Marcelo le había perdido la pista y le consuela saber de él, pues, en el fondo, lo echa de menos.

—¿Esta fotografía la tomó él? ¿De veras? Buenasa… —escudriña Marcelo con admiración la portada de *El Diario.*

Anna asiente complacida.

—¿Usted le encargó que hiciera?

—Yo le indiqué la idea que tenía en mente, pero dejé que Dylan decidiese el modo de llevarla a cabo y, ya ve, me ha flipado con habilidades que ni yo misma me esperaba.

—¡Chuta! ¡Pero si el pata este es mi sobrino! —exclama al reconocer al de la foto Marcelo.

El reportaje de cabecera, que remite a más información en páginas centrales, se titula «El motor de América al descubierto». Firma el texto Anna García y la autoría de las fotografías se le atribuye a Dylan Langlitz.

—¿Quiere usted conocer el verdadero retrato de Estados Unidos? —comienza a leer el barman entre labios—. Viaje a Disneylandia, California, ponga en fila india a los muñecos: Mickey Mouse, Blancanieves, Pluto, Goofy... pídales que se descubran y observe los rostros que emergen de sus disfraces por el agujero del cuello.

Al pie del retrato de portada, en color y a cuatro columnas, Marcelo repasa con orgullo el nombre de su sobrino: Edwin Rotamara. Sus pómulos bronceados, su mentón rectilíneo como trazado a base de golpes de cincel... asoman con entereza por el cuello del disfraz de Mickey, cuya orejuda cabeza reposa entre sus manos.

Dylan ha retratado a Rotamara desplazado hacia la derecha del encuadre, sin duda para mostrar al fondo parte del parque temático y poner al personaje en contexto. Tras él, de la mano de un adulto, una niña con lazos en el pelo saborea un helado de doble bola. Edwin, en primer plano, sostiene una mirada pensativa, ardiente, luminosa. Su torso, casi de espaldas, iniciando el giro hacia la cámara, abre de forma mágica la perspectiva, dota de un imposible movimiento a la imagen, consigue una linda sensación de profundidad.

—Hay más en las páginas de adentro —indica excitada la reportera.

Marcelo pasa hojas hasta llegar a las centrales y encuentra otros retratos tomados por su ayudante. En uno, Winnie the Pooh, descabezado, deja asomar el rostro de una estilizada mujer de raza negra, sus rizos a contraluz apelmazados como la estopa, sus ojos esmeralda tímidamente enfocados hacia el ángulo superior izquierdo de la fotografía, como observando un objeto que no vemos, su nombre, de acuerdo al pie de foto que la acompaña justo debajo, corresponde al de la señorita Karla Cotton, originaria de McAllen, Texas.

El disfraz de Bella lo ocupa Diana Eng, joven de rasgos asiáticos, la piel clara, casi rosada, los parpados jalados. Diana adopta para la ocasión la pose serena y coqueta de una gran dama del siglo de las luces. Aparece en pie, ligeramente apoyada en un muro de piedra que tiene a su espalda, su suave sombra proyectada, con la tenue luz de primeras horas del día, en la refulgente hierba del jardín del palacio.

En el último de los retratos, considera Marcelo, Dylan se permitió las mayores licencias artísticas. La cabeza del decapitado vaquero Woody ocupa el centro de la fotografía, en pleno cruce de diagonales, sobre fondo oscuro e indeterminado. A un lado, la nada, y al otro, los contornos del disfraz difuminados, las manos transfiguradas en una mancha impresionista, el cuerpo del *sheriff* en movimiento contrapuesto, el torso girado, las piernas relajadas; emerge con fuerza del agujero del cuello una criolla de expresión dejada que clava sus grandes ojos a la cámara.

—Genoveva Salas —lee en voz alta Marcelo el epígrafe—, tomada desde un punto de vista bajo con el fin de realzarle su altura moral.

El barman se lleva ambas manos a la boca, sopla por el embudo que forman sus dedos, cierra el periódico y se lo devuelve a la señorita García.

—América se volvió el arcoíris —comenta.

—Quédeselo, Marcelo. Lo traje para usted.

Al rato, ya el ecuatoriano le ha servido su lager a la española y le ha regalado sus galletitas saladas.

—Dylan se va a quedar en Los Ángeles —suspira ella con un deje de nostalgia—. Me pidió que lo saludara de su parte.

—Veo que se llevan bien —deja caer Marcelo con cierta ironía.

—La confianza es la clave de una relación. Usted me lo enseñó, ¿no recuerda?

Marcelo no recuerda haberle dicho a la señorita Anna nunca nada parecido, pero asiente en silencio.

—El *trust* es el factor más importante entre un jefe y su empleado, me dijo —insiste en plan meditabundo Anna hasta descubrir que Marcelo la observa con incredulidad y, entonces, como a una niña a la que pillan en una mentira, enrojece y no le queda más remedio que reconocer la verdad.

—Vale, Marcelo, ¿qué quiere que le diga? Estaré como una cabra, pero sí, Dylan me gusta.

El barman arquea las cejas.

—No sabe cómo me alegra escucharla. Brindemos por eso —sugiere Marcelo añadiéndose una gotita de vino al agua.

Ambos alzan sus vasos. El barman, su agua teñida; Anna, el tubo de cerveza. La periodista pega un trago y se le antoja que a la cebada le falta algo de chispa.

—¿No podría darle más presión a esta birra? —utiliza su demanda como excusa para cambiar la narrativa.

—Simón —accede al punto Marcelo.

Agarra el vaso y lo deposita bajo la espita.

—A mí me gusta igualmente así, señorita, al estilo de Madrid: la caña con su buena espuma. Acá a veces la gente consume la cerveza tan plana que parece que uno les esté sirviendo un test de orina.

Ambos se ríen. Y al rato:

—¿Usted confía en mí, Marcelo?

—Sí —responde sin dudarlo el barman—. Pero, dígame, ¿qué hay del libro?

—¿Su libro? —se hace Anna la distraída.

—Ajá.

—Ay, Marcelo —suspira la señorita García—, las cosas de palacio van despacio…

—¿Pero van o no van?

—Van —se sigue haciendo Anna la remolona.

—¿De veras cree que lo terminará algún día? Ya sabe, en la barra de un bar se escuchan tantas promesas…

—Vale, Marcelo. No pensaba decírselo todavía pero como insiste…

Marcelo se preocupa, para las orejas.

—El libro está terminado, entregado y listo para imprenta. Próximamente en su librería más cercana.

El hijo de la Olga y Míster Otto, el niño que husmeaba olores en los cascos de las botellas del *grill* Henry's y que voló en busca de Karen a Nueva York gracias a un pasaje costeado por su tía Laura, siente por tercera vez en su prolongada existencia que el universo se detiene en seco. Como si al eje de la Tierra le hubieran echado de pronto el freno de mano.

—Achachay, caraju... —dice, se tambalea, se recupera, choca el puño de una mano contra la palma de la otra, sale de la barra y le pega un abrazo a su biógrafa venido arriba Marcelo.

—¡Marcelo se ligó a la espinaca! —corre Luka sin aliento a comunicar las últimas noticias a sus compañeros de cocina.

—Se publica en primavera —le notifica Anna, los pies ya posados en tierra después de que Marcelo le haya dado una vuelta completa de bailarina en sus brazos.

—¿Y la cubierta? —se interesa el barman deseoso de conocer detalles.

—Sacan las fotos que le hizo Dylan con sus corbatas. Sale más guapo que un san Luis.

Marcelo regresa eufórico a la barra. Se cierra el círculo porque las historias no existen hasta que no encuentran a alguien que quiera contarlas. Vierte el agua de su vaso sobre el fregadero y se sirve una copa de vino como Dios manda.

—Un día es un día, qué caraju.

Anna observa cómo Marcelo atiende a una dama que llega hambrienta y le recomienda con efusividad los pastelillos de cangrejo de Maryland. Cobra dos comandas, limpia los cercos de vaho rotulados en la madera, prepara un *dry* martini, trocea un limón... Es una máquina.

—Por ahí estaba craneando que… —se acerca a tentar con una nueva cerveza Marcelo a la española—, como ya quedó usted liberada del libro, tal vez podría ayudarme a mejorar el discurso de agradecimiento por el Oscar. Para cuando saquen su novela en película —aclara—. ¿Usted no ve como yo a Banderas de protagonista?

Anna ríe, apura la cerveza y da por imposible a este entrañable ser humano que, como el rescoldito de una hoguera, reconforta siempre con un calor templado a quienes a él se aproximan.

Apenas se ausenta la española, Marcelo escucha el descorrer del cerrojito de la puerta que le avisa como un cascabel de la llegada de un nuevo gato.

—¿A estas horas? —se asombra el barman de que su compadre Albert haya dejado pasar tan tarde a un cliente.

Es el señor Wall Street, que lo mira desde el zaguán sin atreverse a recorrer los veinte pasos que lo separan de la barra. Albert levanta el brazo para avisar a su compadre, como si Marcelo no hubiese ya caído en la cuenta.

—¿Cuántas veces voy a tener que pronunciar «caraju» este día? —se pregunta mientras abandona su recinto y avanza contando sus pasos quedito: uno y dos, tres y cuatro; los brazos despegándose del cuerpo; cinco y seis, alargándose hacia adelante las muñecas; quince y diecisés; abriéndose los codos hasta formar el aro con el que funde a su hijo en un abrazo.

—Marcelo, yo…

—No diga nada.

—Marcelo, yo…

—Está todo dicho.

Albert llora por primera vez en su vida.

Esa noche, Marcelo Hernández sueña que viaja a toda velocidad en un tiovivo sujeto tan solo por una mano a la barra del corcel que monta, su cuerpo en volandas, impulsado hacia afuera por la fuerza centrípeta, los pies apuntando al firmamento. Y, justo cuando siente que está a punto de salir indefectiblemente despedido hacia el abismo, los altoparlantes del carrusel reproducen, como por arte de magia, el *Tattler* de Ry Cooder. El artilugio aminora entonces su marcha y la acompasa al ritmo constante y distendido de la melodía.

Sorprendido, Marcelo comprueba cómo sus piernas descienden lentamente sobre la cabalgadura hasta que sus botas vuelven a encajar en los estribos. Entonces el corcel blanco se desliga del tiovivo y Marcelo cabalga libre en el horizonte.

Cabalga, cabalga, cabalga. Sin rumbo aparente, sin mirar hacia atrás. Y cree ver sobre un cielo negro en panavisión el rollo blanco de los títulos de crédito de su vida que descienden despacio sobre el negro infinito de la noche, con tiempo suficiente para poder darles lectura.

Y todo lo que acontece lo da por bueno Marcelo, a excepción de que, para el cierre de esta historia, según ya manifestó a la señorita García en su momento, él hubiese preferido el *Ripple* de los Grateful Dead. Pero no le presta demasiada importancia al cambio musical tampoco porque, según medita entre sueños Marcelo, aunque uno no pueda elegir siempre la canción que quisiera bailar, siempre puede procurarle alegría a la persona con quien le toque danzarla.